定家 正治百首、御室五十首、院五十首 注釈

小田剛

和泉書院

目次

凡例 …… iv
正治(初度)百首
春廿首(901〜920) …… 一
夏十五首(921〜935) …… 二八
秋廿首(936〜955) …… 四四
冬十五首(956〜970) …… 六六
戀十首(971〜980) …… 八六
旅五首(981〜985) …… 九九
山家五首(986〜990) …… 一〇五
鳥五首(991〜995) …… 一一〇
祝五首(996〜1000) …… 一一八

御室五十首

春十二首（1629〜1640）……一二五
夏七首（1641〜1647）……一四七
秋十二首（1648〜1659）……一五八
冬七首（1660〜1666）……一七二
雜十二首（1667〜1678）……一七九
祝二首（1667、1668）……一七九
述懐三首（1669〜1671）……一八二
閑居二首（1672、1673）……一八五
旅三首（1674〜1676）……一八八
眺望二首（1677、1678）……一九三

院五十首

春（10首、1679〜1688）……一九九
夏（10首、1689〜1698）……二一〇
秋（10首、1699〜1708）……二二五
冬（10首、1709〜1718）……二三九

凡　例

一、本書は、新古今（集）を代表する歌人である藤原定家の正治（初度——後度には出詠していない）百首（③133拾遺愚草901～1000。④31正治初度百首1304～1403）、御室五十首（前）仁和寺宮五十首。③133同1729～1778。④41御室五十首499～548）、院五十首（③133同1779～1828。⑤184老若五十首歌合のための五十首和歌）、計二百首の注釈を試みたものである。

この三つは、各々、正治二年（1200、定家39歳）、建久九年（1198、37歳）建仁元年（1201年、40歳）の詠であり、一般にこの期は、第一期（習作、初学期）、第二期（達磨歌・新風歌風期）に続く第三期、新古今歌風完成期・妖艶風全盛期（建久八・1197年36歳頃～建永二・1207年46歳頃）と呼ばれ、定家の（歌の）脂の乗り切った時期とされる。それぞれ順に、新古今に3首（906、913、967）、6首（1632、1634、1638、1644、1672、1675）、1首（1693）とられ、三つでは20首に1首の割合、就中御室五十首は多く6首と、ほぼ8首に1首（14％）が選ばれていることになる。なお後の二つの五十首は、新編国歌大観が「藤川百首」を入れているため、③133拾遺愚草とは番号が百番ずつずれている。

二、定家の歌の本文は、『冷泉家時雨亭叢書　拾遺愚草　上中』に拠った。歌番号は、『藤原定家全歌集（冷泉為臣編）』に従った。翻刻を許可された冷泉家時雨亭文庫に深く感謝したい。翻刻の方針としては、原本に忠実であることを旨としたが、濁点を付し、新字など現行通行の表記にほぼ従った。底本と異なる新編国歌大観の③133拾遺愚草、④31正治初度百首、41御室五十首、⑤184老若五十首歌合の本文も、歌の横に記した。

三、注釈は〔語注〕、〔(口語)訳〕、〔本歌・本説〕、「補説・参考事項（＝▽）」、〔参考(歌)〕、〔類歌〕の順とした。〔訳〕は原文理解のため、意訳ではなく、逐語訳とした。また各歌の変化・〝移り変わり〟にも留意して、▽の初めにそれを指摘しておいた。さらに〔参考〕は、勅撰集において①7千載集、私撰集において②10続詞花集、私家集において③129長秋詠藻（俊成）、定数歌集において④30久安百首、歌合、歌学書、物語、日記等において⑤174若宮社歌合建久二年三月あたりまでとした。〔類歌〕は、それ以後――①8新古今集、②11今撰集、③130秋篠月清集（良経）、④31正治初度百首、⑤175六百番歌合より――である。

勅撰集などの本文については、おおむね『新編国歌大観』に拠った。古今集などは、後述の「新大系」に基づいた歌もある。また「和歌文学大系」（明治書院）のシリーズは、上記の名称を省き、例えば、「明治・万代○」などとした。

略称は以下の如くである。

歌題索引…『平安和歌歌題索引』（瞿麦会編）
歌枕索引…『平安和歌歌枕地名索引』（大学堂書店）
歌枕辞典…『歌枕歌ことば辞典〈増訂版〉』（笠間書院）
歌ことば大辞典…『歌ことば歌枕大辞典』（角川書店）
旧大系…岩波書店刊の「日本古典文学大系」のシリーズ
新大系…岩波書店刊の「新　日本古典文学大系」のシリーズ
古典集成…新潮社刊の「新潮日本古典集成」のシリーズ
古典全集…小学館刊の「日本古典文学全集」のシリーズ

歌学大系…風間書房刊の「日本歌学大系」のシリーズ
和泉…和泉書院刊の「和泉古典叢書」のシリーズ
式子全歌注釈…『式子内親王全歌注釈』小田剛（平7・1995年12月、和泉書院）
守覚全歌注釈…『守覚法親王全歌注釈』小田剛（平13・2001年4月、同）
全歌集…『訳注藤原定家全歌集上』久保田淳（昭60・1985年3月、河出書房新社）
新古今ソフィア…『新古今和歌集上、下』久保田淳（平19・2007年3月、角川ソフィア文庫）
久保田『研究』…『新古今歌人の研究』久保田淳（昭48・1973年3月、東京大学出版会）
山崎『正治』…『正治百首の研究』山崎桂子（平12・2000年2月、勉誠出版）
安田『研究』…『藤原定家研究〈増補版〉』安田章生（昭50・1975年2月、至文堂）
赤羽『一首』…『定家の歌一首』赤羽淑（昭51・1976年5月、桜楓社）
『奥田』…『新古今的発想論』奥田久輝（昭56・1981年1月、桜楓社）
安東『定家』…『藤原定家（日本詩人選11）』安東次男（昭52・1977年11月、筑摩書房）
久保田『定家』…『王朝の歌人9　藤原定家』久保田淳（昭59・1984年10月、集英社）
『赤羽』…『藤原定家の歌風』赤羽淑（昭60・1985年4月、桜楓社）
佐藤『研究』…『藤原定家研究』佐藤恒雄（平13・2001年5月、風間書房）

古注および略称（、、を付す）

拾遺愚草　抄出聞書　正20、21頁、御38、39頁、院39頁。抄書　正110～112頁、御133、134頁、院134～136頁
『拾遺愚草古注（上）』　常縁口伝和歌、拾遺愚草抄出聞書、拾遺愚草不審

『同（中）』　拾遺愚草抄出聞書（中）、拾遺愚草摘抄…正10、49、93、94、124、125、194、197、御178、179、院
59、60、101

『同（下）』　拾遺愚草俟後抄

『六家抄』　拾遺愚抄

論文および略称

正「百首歌の世界　文治—正治期を中心とした一考察」（『国文学攷』67、昭50・1975年6月）金本節子…「金本」

「藤原定家『正治二年院百首』覚書　本歌取と掛詞の使用を中心として」（『国語と国文学』第69巻第5号、
平4・1992年5月）加藤睦…加藤「正治」

御「藤原定家の詠草覚書」（『実践国文学』17、昭55・1980年3月）小島孝之

「宮内庁書陵部蔵『京極黄門詠五十首和歌』——『軸物之和歌写』の原巻を復元する——」（『国文学研究』77、
昭57・1982年6月）兼築信行

「藤原定家『御室五十首』草稿について」（『国文学研究』79、昭58・1983年3月）兼築信行…兼築「草稿」

「定家「本歌取」の一様相」（『解釈』6、平元・1989年）依田泰…「依田」

「藤原定家の歌風——『仁和寺宮五十首』の世界——」（『光華日本文学』平5・1993年）里見さやか

「藤原定家「御室五十首」覚書」（『立教大学大学院日本文学論叢』第3号、平15・2003年6月）加藤睦…加藤
「御室」

院「老若五十首歌合と新古今和歌集」（『語文』第十六輯、昭38・1963年12月）有吉保…「有吉」

「藤原定家「建仁元年院五十首」覚書」（『立教大学日本文学』第90号、平15・2003年7月）加藤睦…加藤「院」

正治二年八月八日追給題　同廿五日詠進之

秋日侍　太上皇仙洞同詠百首應　製和歌

従四位上行左近衛権少将兼安藝権介臣藤原朝臣定家　上

春廿首

901　はるきぬとけさみよしの、あさぼらけ／昨日はかすむ峯の雪かは・④正1304

【語注】　**○みよしの**　「見」と「み吉野」の掛詞。　**○あさぼらけ**　④18後鳥羽院321「きてみればなにはの夏の朝ぼらけ春こしかたへかへるうらかぜ」（外宮御百首、夏）。　**○峯の雪**　八代集にない（新編国歌大観①索引——以下、「①索引」とする——）。式子202「峯の雪もまだふる年の空ながらかたへかすめる春の通路」（正治百首、春）。　**○かは**　反語。

【訳】　春がやってきたのだと、今朝見るみ吉野の朝朗けであるよ、昨日は霞んでいた峯の雪であろうか、イヤそうではなかったのだ。

▽「春廿首」の一首目——以下「春20の1」などと略す——。立春、霞。立春に「み吉野」は常套（以下の歌参照）。来春だと今朝見る吉野の夜明け、昨日は霞まなかったと、冬（「雪」）を残しながらも春は来たる。「今朝」と「昨日」の対。【類歌】が多い。『全歌集』は「参考」として、古今3「春霞たてるやいづこみよしのの吉野の山に雪はふりつつ」（春上、読人不知）、拾遺1・巻頭歌「春立つといふ許にや三吉野の山もかすみて今朝は見ゆらん」（春、壬生忠岑）を挙げる。

「無殊事。「きのふはかすむ峯の雪かは」、昨日までは如是峯の雪はかすまざりしに、けさほのかにゆきもかすみて、

春きぬとみえたるよし也。」（俟）

「「春きぬとけさ見」という時節の提示と、「み吉野のあさぼらけ」という景の提示とを掛詞がつなぎ、さらにその下に詠者の感想が続くという構成になっている。」・「ほぼ同様の構成を有する例」（加藤「正治」127頁）として、936、955、959をあげる。「句と句、語と語の連接機能を担った掛詞を含んでいる。こうした連接の掛詞の多用からうかがえるのは、複数の句を組み合せ重ね合せて一首を構成する作歌法であろう。」（加藤「正治」127頁）。あと908、910、913、914を掲げる。

【参考】②4古今六帖731「あさぼらけ有明の月と見るまでによしのの山《里（古、百）》にふれるしらゆき」（第一「ゆき」）。古今332。
⑤276百人一首31）
⑤420落窪物語51「朝ぼらけかすみて見ゆる吉野山春や夜のまに越えて来つらむ」（屏風歌））

【類歌】新古今1「み吉野は山もかすみて白雪のふりにし里に春はきにけり」（春上、摂政太政大臣）
①19新拾遺195「けふも猶かすむと山の朝ぼらけ昨日の春の面かげぞたつ」（夏「首夏を…」院）
③131拾玉2819「法のみちにたちくるはるもしりぬべし今朝みよしのの山もかすみて」
③131同4012「よしの山まちしは春の朝ぼらけ霞の色につつむはつ花」（「春山朝」）
③132壬二1442「春きぬと雪まの若菜賤の女がつむがののべぞ朝霞ゆく」（洞院摂政家百首「霞」）
④31正治初度百首1204「夜をこめて春たつ空の朝ぼらけかすむと見れば鶯のこゑ」（春、隆信）

902　あらたまの年のあくるをまちけらし／けふたにのとをいづるうぐひす・1305

【語注】○あらたまの　「年」の枕詞。改まり・新たなるを含意するか。○たにのと　「谷の戸」は八代集三例（あと「谷のとぼそ」二例）。「戸」は「開《あ》くる」の縁語。

【訳】　新たなる年が明けるのを待っていたらしい、今日谷の戸を出て行く鶯は。

【本歌】　古今14「うぐひすの谷よりいづる声なくははるくることを誰かしらまし」（「全歌集」。春上、大江千里）

「谷の戸をとぢやはてつる鶯の待つに音せで春も過ぎぬる」（「全歌集」。拾遺・雑春・一〇六四、千載・雑中・一〇五八

道長、第五句「春の暮れぬる」）

▽春20の2。「今朝」→「今日」、「春」→「年」、「峯」→「谷」。立春の今日谷の出入口を出る鶯は年が明けるのを待ちこがれていたらしいと歌う。本歌古今14によれば鳴き声が出ることとなる。三句切、倒置法、体言止の型。

「「谷の戸」〔○《と》〕下にいへる《(に)》より、「あくる」とつゞけたる也。／〔まちてゐたればこそ、今日いでたると也。〕」（俟）。

「中古の体の歌」（加藤「正治」126頁）

【参考】　④27永久百首418「谷の戸をいでずとなけやうぐひすは年もあ《の(夫)》けぬに春はきにけり」（冬「旧年立春」忠房。②16夫木13）

【類歌】　②11今撰6「鶯の谷の戸いづるこゑすなりとしのあくるといかでしるらん」（春「鶯の歌とて」兵衛）

③131拾玉3677「谷のとを冬の嵐にたたかせて春のあくるにいづるうぐひす」（詠百首和歌「鶯」。④32正治後度百首1004）

④35宝治百首158「今朝はしも猶さえこほる谷の戸を出でがてにこそ鶯もなけ」（春「朝鶯」弁内侍）

903　はるのいろをとぶひの、もりたづ《尋③》ぬれど《ば③》／ふたばのわかなゆきもきえあへず・1306

【語注】　**○はるのいろ**　八代集三例。漢語「春色」に当る。なお初句は字余（「い」）。**○とぶひの、もり**　「春日野の飛火の野守」八代集二例・古今18（後述・古今19）、後撰663。**○ふたばのわかな**　①〜⑩の新編国歌大観索引をみ

ると、他では、⑥36新明題和歌集301「…萌えいづるふた葉のわかなけふや摘むらし」（春「田若菜」実満）のみである。「若菜」は早春に芽生える食用の若草で、いわゆる春の七草のこと。正月初の子の日の若菜を摘んで食べると万病を除くとされた。　**○きえあへ**　八代集四例。なお末句もまた字余（「あ」）。

【訳】　春の様子を飛火野の野守に問い尋ねるけれども、双葉の若菜には、まだ雪も消えきってはいない。

【本歌】　古今19「春日野の飛火の野守いでて見よ今幾日ありてわかなつみてん」（「全歌集」。春上、読人しらず。②3新撰和歌25。4古今六帖9）

▽春20の3。「年」→「春」。春（の色）を飛火の野守にきくが、現実は、生え出したばかりの若菜に雪は消えず、冬はまだ残っていて、春は浅いとの詠。「「春の色を問ふ」と「飛火の野守」を掛ける」（全歌集）とするが、第三句「尋ぬれど」とあるので、掛詞とは見なさない。

「春日の、…「野守」は、野の案内者にて、春の色をたづぬれども、まだしたもえの二葉のわかなも雪にうづもれて、雪だに消やらぬと也。さしてめづらしき趣向にて〔は〕あらざれども、したてにてめづらしくきこゆるなり〔事〕〔ヒヒ〕。此作者毎度の事也。かやうのところ、よく心をつけてまなぶべき事にや。」・「「松」と結ぶのが通例の「二葉」を「若菜」と結ぶのは「元輔集」歌〔私注—③31元輔96〕の他では「わかなはまだぞふたばなりける（堀河百首・若菜・隆源）」などが早いか。…「きへ（ママ）あへぬゆきの花とみゆらん（古今・七）（後撰・二）」などの、春に見立てる喜びの表現を否定してみせた。「きえあへぬ雪をつみそへてわかなぞ冬のかたみなりけり（愚草・三四六六・寿永元年）」。」（俟）。「古今集の世界に基づき、その中に遊んでいるような本歌取の歌であるが、「たづぬれど」「こたへねど」といった逆接接続に、古典に基づきつつ、しかも新しい心を詠もうという志向がはっきり見てとれよう。」（加藤「正治」126頁）、もう一つは905。

【類歌】　④31正治初度百首1506「春は猶あさまの野べのいつのまに雪も消えあへずもゆるわらびぞ」（春、範光）④37嘉元百首106「はるあさきとぶひの野守つげずとも雪まのわかなまづやつままし」（春「若菜」当院）

⑤197千五百番歌合109「ゆきのうちにめぐむ若菜はうづもれてとぶひののもり見るかひぞなき」（春一、隆信）
⑤197同111「はるごとにとぶひののもりふりぬらむゆきまの若なとしをつみつつ」（春一、有家）

904　もろびとの花いろ衣たちかさね／みやこぞしるき《べ》（③）はるきたりとは・1307

【語注】○花いろ衣　八代集一例・古今1012。○たちかさね　八代集二例・後撰1356、拾遺592。「衣」の縁語「裁《た》ち」。「春」の縁語「立ち」。「たち」は接頭語か。○きたり　「衣」の縁語「着」。

【訳】多くの人々が花色の衣を裁ち重ね着て、都でははっきりしていることよ、春がやって来たのだとは。

▽春20の4。「色」「春」。「守《もり》」→「人」、「飛火の野」→「都」、「葉」「菜」→「花」。人々が花色の衣を新たに作り仕立て着て、来春が都に明白だとの詠。四句切、下句の倒置法。

「其心得がたし。「花色衣」、唯、花の色くの衣歟、都人の風流なる衣裳をいへる歟。さて、都の春の色、柳、桜ならでも諸人の衣服の体にも春とはしるき心をいへるばかりの事歟。猶可考。」・「一　この説で可。参考「たおりもてゆきかふ人のけしきまで花の匂ひはみやこなりけり」（愚草・六一五）」」。（俟）

【類歌】①14玉葉1871 1863「もろ人の春の衣にまづぞみゆる梢におそき花の色色」（雑一「春衣と…」為子。⑤247前摂政家歌合〈嘉吉三年〉36判）
①19新拾遺194「昨日にも空はかはらでもろ人のころもの色に夏はきにけり」（夏、等持院贈左大臣）
⑤175六百番歌合6「もろびとのたちゐる庭のさかづきにひかりもしるし千代のはつ春」（春「元日宴」家隆。③132壬二301）

905　うち渡すをち方人はこたへねど續古／にほひぞなのる野邊のむ《(う)》めがえ・1308

【語注】○うち渡す　八代集三例。③133拾遺愚草2301「うちわたすをちかた野べの白露によもの草木の色かはる比」（秋「…、行路秋」）。○うち…方人　④15明日香井696「さととほみあさのさごろもうちわたすをちかた人のしるべとぞなる」（百日歌合「行客」）。④18後鳥羽院634「うちわたすをちかた人の袖ながら霞にこもるよどのつぎ橋」（詠五百首和歌、春）。○をち方人　八代集五例。○こたへね　下句の「なのる」と対。○なのる　上句の「人」の縁語。

【訳】ずうっと向こうの遠くの方《かた》の人は返答しないが、匂いは告げ知らせてくれる、野辺の梅の枝は。

【本歌】古今1007「うちわたす　遠方人に　もの申す　我《(ママ)》そのそ《も(六)》こに　白く咲けるは　なにの花ぞも」（「全歌集」、「新大系・百番5」）。雑体、旋頭歌、よみ人しらず。②4古今六帖2510。⑤285新撰髄脳15。⑤331和歌大綱9。「返し　春されば野辺にまづ咲く見れどあかぬ花　幣《まひ》なしにただ名告るべき花の名なれや」（一〇〇八）

▽春20の5。「人」。「花」→「梅」「枝」、「色」→「匂ひ」、「都」→「野辺」。白い花は何ですかと聞いても、遠くの人は答えはしないが、野辺の梅が枝は匂いで知らせてくれると、本歌をふまえた梅詠。903参照。四句切、下句、倒置法。①11続古今63、春上「正治二年百首歌に」前中納言定家。⑤216定家卿百番自歌合5、春、三番　左持　院百首初度。⑤216定6「飛鳥河遠き梅が枝にほふよはいたづらにやは春風の吹く」（右、三宮十五首）。「…あり※く心候哉。／※合点」（不審47。309頁）。「打渡す…「物申す」といへるより《〔心をとりて〕》「こたへねど」、いへり。遠方人は何の花ともこたへねども、匂ひに《〔梅の〕》をのれとこたへ名のり出たる心、おもしろ《〔ヒヒ〕》くや。」（俟）

【類歌】①8新古今1490 1488「うちわたすをちかた人にこととへど答へぬからにしるき花かな」（雑上、小弁）
①21新続古今57「うちわたすをちかた人も春とてやよど野の沢にわかな摘むらん」（春上「若菜を…」成恩寺関白前左大臣）

①21同708「白妙の野原の雪にうちわたすをちかた人の袖まがふらし」（冬「…、野径雪を」忠房親王）
④37嘉元百首1907「白妙にさきなばとはむ打ちわたす遠方野辺の梅の初花」（春「梅」為藤）
⑤218内裏百番歌合〈承久元年〉9「うちわたす遠方人のたもとまで緑にかすむ野べの明ぼの」（「野径霞」知家）

906　梅《（むう）》花にほひをうつすそでのうへに／新古今　のきもる月のかげぞあらそふ・1309

【訳】梅の花（の）匂いを移す袖の上に、軒を漏れ落ちる月の光が、（匂いと）競う（ように映っている）。

【語注】○第三句　字余（「う」）。

▽春20の6。「梅」「匂ひ」。「枝」→「花」。梅花の匂いを移す、懐旧の涙に濡れた袖の上に、軒端を漏れる月光が争い交錯し映っていると、「移す」「争ふ」と動きがあり、「匂ひ」（嗅覚）と「影」（視覚）が錯綜する。下記の伊勢物語の有名な段をふまえての明確な詠。「恋の歌をよむには凡骨の身を捨てゝ、業平のふるまひけむ事を思ひいでゝ、我身をみな業平になしてよむ。」（「先達物語（定家卿相語）」、歌学大系三―381頁）の定家の言がある。伊勢物語「梅の花ざかりに、…あばらなる板敷に月のかたぶくまでふせりて、…5月やあらぬ春や昔の春ならぬわが身ひとつはもとの身にして」（新大系（四段）、82頁。「参考」（全歌集）・古今・恋五（巻頭歌）・七四七　業平）。①8新古今44、春上「百首歌たてまつりし時」藤原定家朝臣。

「むめのおもしろきうへに、月のかげさへやどりてあらそふやうなると也。花しよくの袖のさま也。」・「一　はなやかに彩られたさま。「花飾《クワシヨク》（運歩）」。」（抄出聞書。抄書も同じ）。摘抄（中10、227頁）。「九代抄　○我袖に月もやどり、梅も匂ふ心也。」（六家抄）。「こなたの袖をもてゆきて匂ひをうつすにはあらざる歟。梅花の、こなたの袖にきたりて匂ひをうつす袖に、折ふし、軒もる月の《〔も〕〔ヒ〕》影をうつして、袖の梅の匂ひにあらそふやう也といへり。まことにたぐ

ひなき風情也。」（俟）

「「梅」。…〇かげぞあらそふ　「うかひ舟村雨すぐる篝火に雲間の星のかげぞあらそふ」（嘉禄元年、権大納言家三十首、藤原定家）と同意。▽参考「月やあらぬ…とその詞書。伊勢物語四段にも。月が袖に映るには袖の露が前提となるし、それも「争ふ」といえばしとどに置く露で、ここでは参考歌をふまえた激しい懐旧の涙である。古注は単に梅や月に興じた歌とみているが、しかし梅と月を拮抗させた鋭い構成、緊迫した調べは何か劇的な事情を想像させる力があり、やはり参考歌の世界を再構成したとみたい。」（新大系・新古今44）。「春月に取り合された梅の歌で、『伊勢物語』四段の面影が認められる。…耽美的で懐古趣味の著しい歌。「月やあらぬ…」（『古今集』恋五、在原業平）の歌と『伊勢物語』四段の世界とを背景とする。」（古典集成・新古今44）。「伊勢物語の世界を思わせる妖艶な作、」（久保田『研究』798頁）

梅花の香気は人に懐古の情を誘発させるものであって、そこに香気を愛好した平安朝貴族の面影を追憶させると同時に、われわれをして源氏物語世界にひき入れないではおかないのである。すなわち匂宮の香気や薫大将の焚きこめていた薫香のゆかしさ—それはその人特有のものであった—を追懐する優艶な物語的情趣美であろう。」（『奥田』63頁）。906、967の「美しい情景や言葉続きは、この「山おろしにすずしくひびく鐘のおと哉」（私注——936）という表現の延長線上にあったものなのだろう。」（加藤「正治」135頁）。906「の下の句に見られるような、絶妙の言葉続き」（加藤「正治」126頁）

【参考】⑤74左京大夫八条山庄障子絵合5「梅のはなにほひことなるやどにきてをらぬそでにもうつりぬるかな」（頼家）

【類歌】①17風雅7363「梅花にほひをとめてをりつるに色さへ袖にうつりぬるかな」（春上「梅を」具平親王）

①17同1426 1416「梅花うつるにほひはかはらねどあらぬうき世にすみぞめの袖」（雑上、家親）

⑤182石清水若宮歌合〈正治二年〉49「袖の上に花のにほひもうつりけり跡たれそめしひかりのみかは」（「桜」源家長）⑤183三百六十番歌合47「梅の花にほひをおくるはるかぜのいろをもそでにうつさましかば」（春、家隆。が、③の歌集にこの歌はない）⑤185通親亭影供歌合〈建仁元年三月〉8「梅が香のにほひも共にそでのうへに月もなごりをあり明の空」（「梅香留袖」具親）⑤185同10「よしさらば軒端のむめはちりもせよ匂をうつせ手枕のそで」（「梅香留袖」新参）

907　はなのかのかすめる月にあくがれて／ゆめもさだかに見えぬころ哉・1310

【語注】○かすめる月　①22新葉30「木のもとはそこともみえで春の夜のかすめる月に梅がかぞする」（春上「夜梅と…」新宣陽門院）。②16夫木1125「さほ山のははそまじりの桜花かすめる月によるさへぞみる」（春四、花、公朝）。⑤319和歌口伝206「はなは又かすめる月をやどしてぞおぼろのし水それとみえける」。○あくがれて　④27永久百首28「はなざかり心も空にあくがれておきゐてぞみる春のあけぼの」（春「春曙」大進）。○さだかに　八代集二例・古今527、647。

【訳】（梅の）花の香の霞んでいる月に浮かれ出て、夢さえもしかとは見えないこの頃であるよ。

▽春20の7。「花」「月」。「匂ひ」→「香」。梅花の霞む月に浮遊し、現も夢もはっきりと分からないと歌う、浪漫の汪溢した詠。明月記の治承四年（十九歳）「○二月…十四日。天晴る。明月片雲無し。庭梅盛んに開く。芬芳四散す。家中人無く、一身徘徊す。夜深く寝所に帰る。燈、髣髴として猶寝に付くの心無し。更に南の方に出で、梅花を見るの間、忽ち炎上の由を開く。」（13頁。訓読明月記第一巻）の世界でもある。第一、二句は「嗅覚と視覚の共感覚的表

現。」（明治・続後拾遺130）。他、源氏物語「花宴」、松浦宮物語（後述）の場面が想起されると言及されている。①16続後拾遺130、春下「正治二年百首歌たてまつりける時」前中納言定家。⑤216定家卿百番自歌合7、春、四番、左、院百首初度。⑤216定8「春の夜は月のかつらもにほふらん光に梅の色はまがひぬ」（右勝、私百首文治五年）。

「○月のうちかすみたる時分の花に夢があくがる、心也。」（六家抄）。「春のおぼろ月夜に花のかもかすみそへたるに、人の心もよもすがらあくがれて、ぬるともなくてあかすよな〳〵《〔いくよに〕》〔ヒヒヒヒ〕、みるべき夢もさだかにみるともなくあかすよな〳〵を、「夢もさだかにみえぬ比哉」といへり。正《二》治・建仁之比、天満天神冥助を蒙たるよし、員外首書に見えたり。其故歟。此時分の歌ども別而面白し。」・「…源氏・花宴巻の朧月夜と出会の場面が予想される。／二　員外部巻末、堀河題百首の前に記述あり。」（俟）。源氏物語は桜、ここは梅。

「類想歌「おほ空はむめのにほひにかすみつつくもりもはてぬ春の夜の月」（新古今・春上・定家）」（明治・続後拾遺130）。「参考、定家自身の作り物語『松浦宮物語』中巻で、主人公の弁が唐土の梅林をさまよって、謎の美女にめぐりあう場での、「夕の空にながめわびて、何となくあくがれ出でぬ。いたく高きにはあらぬ山がかれる里の、梅の匂ひ、ほかよりもをかしきあたりを分け入れば、松風遙かに聞えて、山の端出づる月の光、暮れはつるままに、浮雲残らず空晴れて、さえゆく夜のさまに、物のあはれまさりて、遙かなる林の奥を尋ね行けば」〔私注――「〔二八〕梅里逍遙」74、75頁『松浦宮物語〔改訂版〕』（翰林書房）〕という描写に通う情趣がある。」（全歌集）。907、947、988「などの諸作も、「梅花…」〔私注――906〕に近い浪漫的情趣の色濃いものであるが」（久保田『研究』798頁）

【参考】①1古今527「涙河枕ながるるうきねには夢もさだかに見えずぞありける」（恋一、読人しらず。「新大系・百番7」は「本歌」とする）…907の下句、もと

①5′金葉（三）168「あきの夜の月にこころは《の〔詞〕》あくがれて雲井に物をおもふころかな」（秋、花山院。①6詞花106 104）…907と似る

【類歌】③133拾遺愚草1316「ながめつつかすめる月は明けはてぬ花の匂ひも里わかぬころ」（春日同詠百首応製和歌、春）

908　もゝちどりこゑや昔のそれならぬ／わが身ふりゆくはるさめのそら・1311

【語注】**○もゝちどり**　多くのいろいろな鳥。八代集二例・古今28（後述）、後拾遺160。**○ふり**　「古・降り」掛詞。

【訳】百千鳥の声は昔のそれ・声でないであろうか、昔のままだ、（それなのに）我身のみ衰え行き、また（折しも）降っている春雨の空よ。

【本歌】①1古今28「ももちどりさへづる春は物ごとにあらたまれども我ぞふり行く」（「全歌集」。春上、よみ人しらず。⑤291俊頼髄脳312）

▽春20の8。「花」↓「鳥」、「香」↓「声」、「頃」↓「昔」、「月」↓「空」。多くの鳥の囀る声は昔のままで、あらゆるものが新しくなるけれども、自分だけが古び、今空には春雨が降っているとの詠。第二句以下は「5月やあらぬ春や昔の春ならぬわが身ひとつはもとの身にして」（伊勢物語四段。「参考」（全歌集）・古今747。906参照）をふまえる。901参照。

「百千鳥…「あらたまれども」といへるを、「それならぬ」といひかへたる心面白し。畢竟は同事〔様〕〔ヒ〕なる心なれども、風情のかはりたるにて、又こと物のやうにめづらしくきこゆる事、又上手のしわざにや。」・「歌意からはこれ〔私注―古今28〕を本歌とし、律調からは「月やあらぬ…（勢語・四段）」が響いていよう。」（俟）。

『奥田』63、64頁参照。

「いくつかの要素を少々わずらわしいほど複雑に組み合わせていて、そのためかえって苦吟の跡があらわな作品」（加藤「正治」126頁）、他に934、932がある。「下の句「わが身ふりゆく春雨のそら」にも見られる、景と情とを合せて表現しうるこうした掛詞の使用にも、定家の景情融合に対する志向を見てとれよう。」（同、同128、129頁）。「「わが身／ふりゆく／春雨のそら」の後者の断絶が、初句「ももちどり」による本歌取の予告とあいまって、「ふりゆく」という本歌の句を一首の中への埋没から救い（業平の名歌に基づく一連の表現「こゑや昔のそれならぬわが身」が、「ふりゆく」の前の断絶を強調している）、「ふりゆく春雨のそら」という連続が、「ふりゆく」という句の当該歌における存在の必然性を、言葉つづきの面から保証している。」（同、同133頁）

【参考】④27永久百首16「ももちどりさへづる春はうらうらとなれども我が身くもりつつのみ」（春「春日」仲実。②16夫木1564）

【類歌】④18後鳥羽院331「ほととぎす声やむかしのいそのかみふるきみやこのむら雨の空」（外宮御百首、夏）
④34洞院摂政家百首261「百千鳥我もふりぬと声たててさへづる春は今や暮れなん」（春「暮春」信実）
⑤230百首歌合〈建長八年〉153「つれなくもふりぬる身かなももちどりさへづる春も又めぐりきて」（小宰相）
⑤230同311「とにかくに袖のみぬるるながめかな我が身世にふる春雨の空」（入道大納言）
⑤430有明の別れ42「ももちどりさへづるこゑはそれながら我のみゆめの心ちこそすれ」（（女院））

909　ありあけの月歟のこる山のはを／そらになしてもたつかすみ哉・1312

【語注】○ありあけの　①8新古今1522 1520「山の端を出でても松の木の間より心づくしの有明の月」（雑上「…、山月の…」業清）。④31正治初度百首1689「山のはを軒の梢に住み成して窓よりいづるありあけの月」（「山家」寂蓮）。⑤176民部卿家歌合〈建久六年〉123「詠むれば月はのこれる有明の空に心をつくしつるかな」（「暁月」宗隆）。⑤250風葉1287「在明の残れる月のかげよりも我が世にすまん程ぞはかなき」（雑二、しのぶの源大納言）。○ありあけの月歟　八代集一例・新古今1486。が、「有明」も「月影」も古今集既出。①21新続古今926「あり明の月影みれば過ぎきつる旅の日数ぞ空にしらるる」(羈旅「羈中送日と…」(登蓮))。④39延文百首120「春もはやあはれいくよに有明の月かげほそきよこ雲の空」(進子内親王)。**○たつかすみ哉**　④34洞院摂政家百首76「春きても都のかたは空晴れて山のはばかりたつかすみかな」(春「霞」光俊)。

【訳】　有明の月の光が残っている山の端を、空と合せても立つ霞であるよ。

▽春20の9。「空」。「空」→「月」。有明の月光の残る山の端を空と一体にして霞が立つとの叙景歌。「「月影のこる山のは」は、山端ちかき月なるべし。「空になしても」とは、霞に山のはを立へだて、山の見えずなりぬれば、月はそらに見えたるなるべし。我入がたの月をおしむ心より、山のかすみも月をおしみて、山のはをそらになしたるやうにみなしてよめるにや。」・「一　この解と部分的に重複するが、「そらに…」の構成は愚草に甚だ例が多く、「空」に「虚」「徒」などの響がある。春曙の朦朧たるさまであろう。」(俟)。

【類歌】　①17風雅1626 1616「にしの空はまだ星みえてありあけのかげよりしらむをちの山のは」(雑中、今上御歌)
④44正徹千首36「在明の月影きえて鶯の声の匂ひにかすむ山かな」(春「鶯」)
⑤202春日社歌合〈元久元年〉54「ゆくすゑはまだ影とほく在明のそらだのめなる山のはの月」(「暁月」具親)
⑤233歌合〈文永二年八月十五夜〉129「あり明の空にぞにたる山のはにいりかかりたる月の面影」(「欲入月」女房)

910　思たつ山のいく《づ》へ《く》④もしらくもに／はねうちかはし帰かりがね・1313

【語注】　**○思たつ**　(あることをしようと)決意・決心する。**○しらくも**　掛詞「知らず・白雲」。**○うちかはし**　八代集二例・古今191、新古今644。**○帰かりがね**　八代集初出は後拾遺71。

【訳】　決心した山が幾重あるかも知らず、白雲の中に羽を交わし合いながら帰って行く雁であるよ。

【本歌】　①1古今191「白雲にはねうちかはしとぶかりのかず《げ（新撰和、和）ゲ（新万）》さへ見ゆる秋のよの月《ツキカナ（新万）》」（「全歌集」。秋上、よみ人しらず。②2新撰万葉394。②3新撰和歌44。②4古今六帖300。②6和漢朗詠259。⑤291俊頼髄脳161。⑤334和歌口伝抄6）

▽春20の10。「立つ」「山」。「月」「霞」→「雲」。帰ることを決めた先の山は幾重かも知らないが、白雲に羽を交わして、月に数が見えて、北へ雁が飛び帰るとの詠。本歌の秋を、年が明けて春に続ける。下句かのリズム（四つ）。901参照。

「「山のいくへもしら雲」は、思ひたちて行末の山はいくへともしらぬよしなるべし。無殊事。一白雲に…二詞計をとりてよめり。」・「一…二　秋夜の清明と春天の朧と、「白雲」の様態の相違を媒として重複させた。」（俟）。「〇雪《（ママ）》と羽のみえかくる、心。雲とかはす心。」（六家抄）

「腰の句の掛詞にむかって情感が高まり、やや休止をおいてしみじみとした下の句に連なっていく作品」（加藤「正治」128頁）、他、954がある。「本歌の句の頭が掛詞になっている。この場合、「いくへも／しら／くもに」という断絶・連続が生ずるが、このうちの前の断絶と連続が、一方で「白雲にはねうちかはし」という本歌の句の、当該歌における埋没を防ぎ、他方、この句に新たな文脈や意味を付与して、一首の構成における存在の必然性を高めていると考える。そして、その両方の効果がともに、本歌と当該歌との距離を保つことに貢献しているのである。」（加藤「正治」133頁）

【類歌】　①19新拾遺82「思ひたつ雲の通ぢ遠からじあかつきふかくかへるかり金」（春上、後岡屋前関白左大臣）
④35宝治百首442「あけわたると山の末の横雲にはねうちかはしかへるかりがね」（春「帰雁」道助。①10続後撰59）…910に近い

④35同449「くれゆかばいづくとまりと白雲にはねうちかはしかへるかりがね」（春「帰雁」公相）…910と第三句以下同一

④39延文百首1211「かすむ《かへる雁(風)》よはかずこそみえねおのがどちはねうちかはしかへる雁金」（春「帰雁」経教）

⑤335井蛙抄291「かりがねのはねうちかはす白雲の道行ぶりはさくらなりけり」（為家。①17風雅134 124）

911　よしの山くもに心のか丶るより／花のころとは《も(④)》そらにしるしも・1314

【語注】○花のころ　八代集にない。③125山家389「はなのころをかげにうつせば秋のよの…」（秋「月前野花」）。③131拾玉5636「うれしくも春のやよひの花のころ…」。

【訳】吉野山（の）雲に心が懸かってからは、桜の季節だとは空にはっきりしていることよ。

▽春20の11。「山」「雲に」。「雲」↓「空」。吉野山の雲に心が懸かってからは、花の季節だと、空にはっきりと分かると歌う。【類歌】が多い。

【参考】②10続詞花75「吉野山花はなかばに散りにけりたえだえかかるみねの白雲」（春下、季通。④30久安百首411）

【類歌】①13新後撰73「吉野山空もひとつに匂ふなり霞のうへの花のしら雲」（春下「山花を…」今上御製）

③130月清38「ふくかぜやそらにしらするよしの山くもにあまぎる花のしらゆき」（花月百首、花）

③131拾玉4921「よしの山空になごりや残るらむ花見しみねにかかるしら雲」（詠三十首和歌、春）

③133拾遺愚草601「桜花さきにし日より吉野山空もひとつに《へ(玄)》かをる白雲」（花月百首、花。①10続後撰74。②13玄玉506。⑤216定家卿百番自歌合13）

④18後鳥羽院414「芳野山雲にうつろふ花の色をみどりの空に春風ぞ吹く」（千五百番御歌合、春。⑤197千五百番歌合391）

④18同672「吉野山くもらぬ雪とみるまでに有明の空に花ぞちりける」（詠五百首和歌、春。①15続千載168 169）

912　いつも見し松の色かははつせ山／さくらにもる、はるのひとしほ・1315

【語注】○いつも　八代集初出は後拾遺256。○いつも見し　④15明日香井1190「いつもみしあさゐる雲はそれながらかすみに《て(院)》か《は(〃)》をる春のやまかぜ」（仙洞歌合「春山朝」。⑤212院四十五番歌合〈建保三年〉6）。○松の色　八代集にない。①20新後拾遺873「あさまだきわがうちこゆる竜田山ふかくもみゆる松の色かな」（羇旅、人丸）。③132壬二644「…霜がれに残るも寒き松の色かな」（冬「水郷寒葦」）。○かは　反語。○はつせ山　花の名所。八代集初出は金葉51、が、「を初瀬の山」は後撰1242にある。○もる、　八代集では、下二段「漏る」は、「漏れ出づ」のみで、一例・新古今413。○はるのひとしほ　「本歌「ときはなる」の要点を巧みに圧縮した表現。「一しほ」は染料に一回浸すことから、「一層」の意となる。」（『風雅和歌集全注釈上巻』158）。④15明日香井1307「しづえひついそべの松ぞいろまさるみちくるかたのはるのひとしほ」（春「春の…」）。⑤197千五百番歌合83「子日する野辺よりいろぞかはりけるときはの松のはるのひとしほ」（春一、保季）。○ひとしほ　八代集二例・古今24、詞花20。④15明日香井1117「はるといへばいまひとしほの松のいろも千世をかねたるわがきみのため」（「松有春色」）。

【訳】　いつも見た松の色であろうか、イヤそうじゃない、初瀬山であるよ、桜に漏れている春の一しおに。

【本歌】　古今24「常磐なる松のみどりも春くれば今ひとしほの色まさりけり」（「参考」（全歌集）。春上、源宗于）

▽春20の12。「山」。「著《しる》し」→「見」「色」、「頃」→「いつも」、「花」→「松」、「吉野（山）」→「初瀬（山）」、「花」→「桜」。初瀬山、桜に漏れ出る常磐の松の緑は来る春により一層色がまさって、いつもの松とは思えないと、桜に漏れる松を歌う。①17風雅158 148、春中「春の歌とて」前中納言定家。②16夫木13719、下句「さくらにまじる花の…」、

第二十九、松「同〔=正治二年百首御歌〕」前中納言定家卿。⑤319和歌口伝199、第四句「さくらにまじる」。「本ときはなる…／松は不変の物なれども、さくらに映じてなを〳〵色の見事なるさまなり。」(抄出聞書202。173頁)。「満山花なる所々に、花にもれたる松のみどりはよのつねの松とも見えず、各別の春色と云り。ときはなる松の…此歌より「春の一しほ」といへり。」(俟)。

913　白雲のはるはかさねてたつた山《新古今》／をぐらの峯に花にほふらし・1316

【語注】〇たつた山　「立つ、立田山」掛詞。〇をぐらの峯　八代集一例・新古今91(=913)、が、「小倉山」は八代集に多い。

【訳】白雲が、春は二重に立つ立田山であるよ、小桜の峯に花・桜が美しく咲くらしい。

【本歌】②1万葉1751 1747「シラクモノ　タツタノヤマノ　タキノウヘノ　ヲグラノミネニ　サキヲセル《ひらけたる(俊、夫)》　サクラノハナハ《(以下ナシ)(夫)》　ヤマタカミ…」
しらくもの　たつたのやまの　たきのうへの　をぐらのみねに　さきをゐる　さくらのはなは　やまたかみ…」
(第九、雑歌、高橋虫麻呂歌集。⑤291俊頼髄脳18。②16夫木8381。⑤319和歌口伝265「白雲之　竜田山之　滝上之　小鞍嶺爾　開乎為流　桜花」)

▽春20の13。「春」「山」。「初瀬(山)」→「立田(山)」「小桜の峯」、「桜」→「花」、「色」→「匂ふ」。春には、実際の雲と花雲とが二重に立つ竜田山の中の小桜の嶺に桜が咲いているらしいとの叙景歌。【類歌】が多い。901参照。①8新古今91、春上「百首歌たてまつりし時」藤原定家朝臣。⑤319和歌口伝264、前中納言定家。⑤335井蛙抄228、前中納言定家。⑤344東野州聞書81。⑤388沙石集194、末句「…らん」定家。「万長歌たつた山…／重ねてたつといひかけたり《侍(抄書)》。花の雲のたちかさなりに《て(〃)》ほふらしと也。小倉《立田山(〃)》の近所也。」(抄出聞書203。174頁)。「立田山、小倉山、無分別候。」(不審48。309頁)。「〔万九…此詞をとりて「春はかさねて立《三》」といへり。殊《四》事なし。〕」・「〔三　白雲と桜と。立田山と小桜嶺

との地理的関係と共に「山」「峯」の繰り返しも計算の内。重畳満山の想。／四　桜花さきにけらしなあしひきの山のかひよりみゆる白雲（古今・春上・五九・貫之）」などが見立ての基本的型。当歌の「らし」は、見立ての雲へのものでなく、その奥のものへの推定。」（佚

「配列はこの辺から「盛花」に入る。」（新大系・新古今91）。「遠山の桜を雲と見た。八七と類想だがこのほうが先行歌。」（古典集成・新古今91）

「素材からいっても本歌（万葉集巻九・一七四七）からいっても長高い作であり、」（久保田『研究』798頁）。「紀貫之や源経信の晴の歌の系譜に連なろうとしたたけ高い作」（加藤「正治」127頁）。「万葉集の長歌を引き直して短歌にしたてたもので、晴の歌の風体をみごとに詠じてはいるが、詠歌方法としては新しいとはいえまい。いわば、旧来の詠法に則って巧みに詠んだ歌という評価を与えるのが妥当であろう。」（同、同134頁）

【参考】③100江帥35「しらくものやへたつやまと見えつるはたかまのみねのはなざかりかも」（春「花」）

【類歌】①10続後撰75「山のはにかさねてかかるしら雲のにほふやはなのさかりなるらん」（春中「…、雲間花」範宗）

①11続古今1518 1526「さくらばなさきそふままにしらくものかさなる山ににほふはるかぜ」（雑上「…、山花」祝部成賢）

①13新後撰78「よし野山みねにたなびくしら雲のにほふは花のさかりなりけり」（春下「…、山花」万里小路右大臣。

①14玉葉142「花ならし霞みてにほふしら雲の春はたちそふみよしのの山」（春下「見花と…」後二条院御製）

⑤228院御歌合〈宝治元年〉35）

①15続千載1669 1670「にほはずはなのところも白雲のかさなる山も猶やまよはん」（雑上「…、尋花と…」長舜）

②16夫木1323「見渡せば花の横雲立ちにけりをぐらのみねの春の明ぼの」（春四、花「…、名所花」後鳥羽院御製）

②16同8385「白雲のたつたの桜咲きにけり外山をかけてにほふ春かぜ」（雑二、たつた山、大和、後鳥羽院御製）

③132壬二2119「山のはも夕日のどけき白雲のにほふは春の花ざかりかも」（春「暮山花」。⑤220石清水若宮歌合〈寛喜四年〉41）
④38文保百首1710「竜田山はなのとだえも白雲のひとつにみゆる春の明ぼの」（春、実前）
④39延文百首1813「やまのはにたえだえかかる白雲のかさなるみねは花やさくらむ」（春「花」実夏）
⑤243新玉津島社歌合〈貞治六年三月〉104「しら雲のかさなるみねはとほくともこえてや花をみよしののやま」（「尋花」経定女）

914　高砂の松とみやこにことづてよ／お《（を）》のへのさくらいまさかり也・1317
【語注】　○松　「待つ」との掛詞。
【訳】　高砂の松を見に来るのを待っていると、都に言いやってくれ、尾上の桜が今まっ盛りであるよ。
▽春20の14。「立田（山）」「小桉（の峯）」↓「高砂」「都」、「花」↓「桜」「松」、「山」「峯」↓「尾上」。高砂の尾上の桜が只今まさにまっ盛りだから、高砂の松の所で待っていると都（人）に言ってくれと歌ったもの。三句切。901参照。『全歌集』は、①4後拾遺120「たかさごのをのへのさくらさきにけりと山のかすみたたずもあらなん」（春上、匡房）を「参考」とする。
「ことつてよとは自然にいひたる也あなかちたれにさしていふにはあらす大やうにみるへし人にはつけよも同心也歌は山家の心也非名所山守はいはゝいはなむ高砂のとよめるも名所の心はなき也」（抄出聞書）。「これは高砂に居住していへる心にや。「松」を「待」にして、待とことづてよ。漸の桜のさかりなれば、ちらぬまに待とことづてよと也。」・「一　B注一五八番は「ことづてよとは…大やうにみるべし」とし、「山家の心」で「高砂」は非名所とする。

その説も成り立つが、「高砂の…「立わかれいなばの山の峯におふる松としきかば今かへりこむ（古今・離別・三六五・行平）」の二首による物語的構成を意図したと見てはどうか。」（俟）
「その呼びかけの句に含まれる鷹揚な掛詞が、一首に古今風のおおらかさをもたらしている。」（加藤「正治」127頁）。

【参考】③119教長88「たかさごのをのへのさくらなみたてるまつに《の(久)》ときはをならひやはせぬ」（春。④30久安百首212）
③129長秋詠藻404「高砂のをのへのさくら見しこともおもへばかなし色にめでけり《る(夫)》」（釈教、方便品。②16夫木16174）

【類歌】①13新後撰79「山風は心してふけ高砂のをのへのさくらいまさかりなり」（春下、山階入道左大臣。⑤228院御歌合〈宝治元年〉32）…914の初、下句同一
④1式子213「高砂の尾上のさくらたづぬればみやこのにしきいくへかすみぬ」（春。①9新勅撰62。④31正治初度百首215）
④11隆信56「たかさごのをのへのさくらさくままにくもがくれゆく松の村立」（春下。②15万代264）

915　花の色をそれかとぞ思をとめごが／そでふる山のはるのあけぼの・1318

【語注】**○初句、第二句**　字余（「い」、「お」）。**○をとめご**　八代集二例・拾遺1210、新古今1612。**○をとめごがそでふる**　「少女が神楽を舞う時、袖を翻すこと。」（明治・万代221）。**○そでふる山**　八代集二例・拾遺1210、千載9。掛詞。布留山（大和・石上神宮の神域）。「天武天皇の吉野行幸の時、天女が現れて袖を五度翻して舞ったという五節の故事と関わる名であれば、吉野の異名。」（明治・万代221）。**○はるのあけぼの**　八代集七例、が、初出は千載28、29、新古今五例。「秋夕」と対。春の夜明け方。春曙。枕草子冒頭「春は曙。やうやうしろくなり行、…」（新大系（一段、3頁）でおなじみである。また「曙」の八代集初出は後拾遺1102。

【訳】　桜の色をそれかと思うことよ、少女・天女が袖を振って舞った、袖振山の春の曙の景色を見ると。

【本歌】　拾遺1210「少女子が袖ふる山の瑞垣の久しき世より思そめてき」(「全歌集」「新大系・百番15」。雑恋、柿本人麿。

原歌・②1万葉504 501「ヲトメラガ　…　カキ　…　ヒサシキヨヨリ　オモヒキワレハ
をとめらが　かき　ひさしきときゆ　おもひきわれは」(巻四)。②1万葉2419 2415

「ヲトメラヲ(ガ)…カキ…ヒサシキヨヨリ　オモヒキワレハ
をとめらを　かき　ひさしきときゆ　おもひけりわれは」。②4古今六帖2549。⑤166俊成三十六人歌合3

▽春20の15。「桜」→「花」、「高砂」「都」→「袖振(山)」、「尾上」→「山」。少女子が袖を振るという故事のいわれを持つ袖振山の春の曙を見ると、花の色をそれかと思うと、それが単純に「曙」とも思われるが、やはり少女が袖を振る様であろう。「見立て」詠。二句切、倒置法。【類歌】が多い。①21新続古今115、春上「正治百首歌たてまつりける時」後京極摂政前太政大臣。②15万代221、春上「正治百首に」前中納言定家。②16夫木8642、雑二、山、ふる山、布留、大和「正治二年百首」前中納言定家卿。⑤216定家卿百番自歌合15、春、八番、左持、院百首初度。⑤216定16「桜がり霞の下に今日くれぬ一夜やどかせ春の山もり」(右、内裏詩歌合)。

「乙女子が…「それかとぞ思ふ」とは、乙女子が袖かと花を思ふよし也」(俟)。「〇袖ふる山とは吉野勝手の御前也。花の色を天人の袖かとけうずる心也。乙女の姿のうたの心も有。」(六家抄)。

「五節舞の起源説話とも関わる神仙譚的な雰囲気が濃厚である。」(明治・新続古今115)。「(桜)」(明治・万代221)。「絵画的構成を強く見せている作品」(安田『研究』79頁)。

【参考】　③57兼澄112「をとめごが袖ふりはへしうつりがのけさは身にしむものをこそ思へ」

③100江帥320「をとめごがそでふりはへてくらをかにちとせのはるのわかなつむらん」(雑、甲帖正二月)

③115清輔31「をとめごの《が(続)》袖ふる山をきてみれば花の袂も《は(続)》ほころびにけり」(春「桜」。①12続拾遺56)

⑤421源氏物語792「袖ふれし人こそ見えね花の香のそれかとにほふ春のあけぼの」(「手習」(浮舟))

【類歌】　③132壬二2122「わぎもこが袖ふる山の桜花むかしにかへる春風ぞふく」(春「…、花添山気色」)

④18後鳥羽院15「風は吹けどしづかににほへをとめ子が袖ふる山に花のちるころ」（正治…、春）④18同640「ながめてもいかにかもせむわぎもこが袖ふる山の春のあけぼの」（詠五百首和歌、春）④34洞院摂政家百首147「匂はずは花ともわかじ乙女子が袖ふる山のみねのしら雲」（花、成実）④38文保百首1910「雲の色をそれかとぞ思ふいこま山花の林の春の明ぼの」（春、有忠）…915に似る⑤210内裏歌合〈建保二年〉105「ゆく末をおもへばひさし乙女子が袖ふる山の秋の夜の月」（秋祝、女房）⑤213内裏百番歌合〈建保四年〉12「花のかはありとやここにをとめごが袖ふる山にうぐひすぞなく」（春、範宗。⑤273続歌仙落書58）

916　春のを《（お）》る花のにしきのたてぬきに／みだれてあそぶそらのいとゆふ・1319

【語注】○花のにしき　桜の錦模様の美。八代集一例・千載90。○たてぬき　八代集二例・古今314、後撰247。「糸」の縁語。○あそぶ　八代集四例。○そらのいとゆふ　八代集にない（①索引）。「いとゆふ」も八代集にない。和漢朗詠集415「かすみ晴れみどりの空ものどけくてあるかなきかにあそぶ糸遊」（下「晴」）。狭衣物語「ふと降りゐ給に、いとゆふのやうなる物を、中将の君にかけ給と見るに、」（巻一、旧大系46頁）。

【訳】春が織る桜の錦の縦横糸に、乱れて遊んでいる空の陽炎であることよ。

▽春20の16。「春の」「花の」。「曙」→「空」。春が織る桜の錦模様の縦横に空の陽炎が乱れゆらめいていると歌う、桜と陽炎との交錯詠。第一、二句はの頭韻。上句ののリズム。和漢朗詠集19「野草芳菲たり紅錦の地　遊糸繚乱たり碧羅の天」（春「春興」禹錫。佐藤『研究』「漢詩文受客」440頁）。②16夫木1234、春四、花「正治二年百首」、同（＝前中納言定家卿）。

「花の錦の比なれば、糸ゆふにて花の錦もをりたつるやうに、たてぬきに遊糸のみだる丶、といふ也。遊糸にはめづらしく面白く思ひよりたる歌也。」(侯)。「○春殿がをる心也。糸ゆふもえむによめる也。右春のきる霞」(「野の衣と云も春殿がきる衣也。」(六家抄)。

【参考】④28為忠家初度百首117「あそぶいとの春のはやしにただよふは花のにしきやはつれゆくらん」(「野外遊糸」)

⑤167別雷社歌合17「さほ姫の霞の衣おりてけりあそぶいとゆふたてぬきにして」(霞、永範)

【類歌】①13新後撰302「いとどまたをりてぞまさるあき萩の花の錦の露のたてぬき」(秋上、法皇御製)

②16夫木1448「こはた山花の錦はおりてけり桜柳をたてぬきにして」(春四、花、堀川右大臣)

④洞院摂政家百首45「春のきる衣はぬきのうす霞おればみだるる空のいとゆふ」(霞、知家)

⑤175六百番歌合100「さほひめやかすみのころもおりつらんはるのみそらにあそぶいとゆふ」(春「遊糸」経家。②16夫木999)

917　を《（お）》のづからそこともしらぬ月は《も》見《み（③）》つ／くれなばなげの花をたのみて・1320

【語注】**○をのづから**　八代集初出は後拾遺952。④37嘉元百首1664「おのづからたのむるくれもいつはりのなき世ならねばうたがはれつつ」(恋「待恋二首」重経)。**○なげ**　八代集は「なげなり」のみで二例・古今95、後撰827。**○なげの花**　「本歌に基づいた表現。「なげの花のかげかは」と歌われた花、の意。」(全歌集)。

【訳】自然とそこにあるのだとも知らない月を見ることとなった、日が暮れたとしたらあるはずの桜をあてにして(いたのだが)…。

【本歌】古今95「いざけふは春の山辺《はなのみやま(素)》にまじりなむ暮れなばなげの花の影かは」(「全歌集」。春下、素性。②3新撰和

歌57。②4古今六帖1206。③9素性13）

▽春20の17。「花」。「花」→「月」。今日春の山辺を歩き、日が暮れたら、あるはずの花の蔭を頼りとしていたんだが、ふとどことも知らない月を見ることとなってしまったと、花の代りに月を見たとの詠。三句切、倒置法。上句の月と下句の花が対をなす。『全歌集』は、①1古今126「おもふどち春の山辺にうちむれてそこともいはぬたびねしてしか」（春下、そせい）を「参考」とする。

「本いざけふは…／花を終日ながめくらし、《て》月をさへ見そへて《侍り》おもしろきさま《体》なり《也》。「くれなばなげの花」とは、くる丶ともなからん花かはと也《(ナシ)》。暮はつるとも《まて(抄書)》はなをもてあそばんと也。」（抄出聞書174頁。204）。「いざけふは…思ふどち…両首の詞をとれり。くれなばなかるまじき花ならぬ陰をたのみて、くる丶陰にもかへるさ思はずくらしたれば、そこともしらぬ月まで見たる心おもしろくや。〔「をのづから」とは、月を待出る心もなく、花をみる木陰に自然と待出たるがをのづから也。〕」（僕）。「○花ゆへにをのづから月をみる心。右くれなばなげの花の陰かはの哥にてよくきこゆ。」（六家抄）

「本歌で歌われている希望を実行した後の状態を歌う。」（全歌集）。

「本歌（私注―古今126、95）の句を修飾語として用いると、多くの内容を圧縮して表現できるという、いささか平凡な事実である。「そこともしらぬ（月）」「くれなばなげの（花）」は、それぞれ本歌の内容を背景として非常に複雑な内容を表現している。特に後者は「くれなばなげの花のかげかは」の反語の部分の意味までも含めて用いられている。」（加藤「正治」131頁）、他に、943、980がある。

【類歌】④39延文百首2315「あかなくにかへさもしらず山ざくらくれなばなげのはなと月とに」（春「花」空静）
⑤197千五百番歌合380「やまぢをばおくりし月をたのみにてそこともしらぬ花にくらしつ」（春三、俊成卿女）

918　さくら花ちりしくはるの時しもあれ／かへす山田をうらみてぞゆく・1321

【語注】○ちりしく　八代集初出は詞花37。○うらみ　「返す」の縁語「裏見」。

【訳】桜花が散り敷いている時もあれよ、返す山田を恨みながら行くことよ。

▽春20の18。「花」。「花」「月」→「桜（花）」、「暮れ」→「時」、「無げ」→「あれ」。山田の桜の散り敷く時もあってほしい、だから耕す山田を恨み行き過ぎるとの詠。①5金葉（二）6871「さくらさくやまだをつくるしづのをはかへすがへすやはなを見るらん」（「参考」（全歌集）。春「春ものへまかりけるに、山田つくりけるを見てよめる」高階経成朝臣）は本歌といってもよいような働きをする。三句切。第三句字余（「あ」）。

「花は根にかへる物なれば、散しく比しもかへすは、落花を催すやうなればうらむるにや」（俟

「中古の体の歌」（加藤「正治」125、126頁）

【参考】④26堀河百首313「桜花山ぢもみえずちりにけりこれより春は暮行くかとよ」（春「三月尽」師時）…ことば

④29為忠家後度百首126「さくらばなはるのあらしにのこりなくたまのつみしにちりしきにけり」（桜「砌頭桜」）

⑤36堀河中納言家歌合8「みねごとにさきちるときはさくらばな山さむからぬはるのしらゆき」（「山ざくら」）…ことば

【類歌】③133拾遺愚草213「九重の雲の上とは桜花ちりしく春の名にこそ在りけれ」（大輔百首、春）

④34洞院摂政家百首199「春風か吹きにけらしな桜花山のかひより雪のちりくる」（春「花」但馬）

④37嘉元百首615「桜花ちりしく庭の春風をおのがさかりとさける山ぶき」（春「款冬」内実）

⑤197千五百番歌合1215判「遠山田うちそよぐなる時しもあれうらみもあへぬかよふ鹿のね」（秋一、御判）…ことば

919　春もお《（を）》し花をしるべにやどからむ／ゆかりのいろのふぢのしたかげ・1322

【語注】 **○ゆかりのいろ**　八代集にない（①索引）。「「紫のひともと…」（古今・雑上・八六七　読人不知）の古歌、及びそれに基づく「紫の色…」（拾遺・物名・三六〇　如覚）「ねは見ねど…」（源氏物語・若紫）などの歌から「草のゆかり」という歌句が生れ、さらにこの「ゆかりの色」という句が生じた。」（全歌集）。④15明日香井627「…藤なみのさこそ下葉の　下にのみ　末がすゑにて　かれぬとも　ゆかりのいろの　ひとしほは　…」（春日社百首、雑「短歌」）。⑤244南朝五百番歌合185「行く春のゆかりの色とみるばかり夏までかかれ池の藤浪」（春十、長親）。**○ふぢのしたかげ**　①9新勅撰468「はる日さすふぢのしたかげいろ見えてありしにまさるやどのいけみづ」（賀「池辺藤花」知家）。**○したかげ**　八代集一例・新古今261、が、「木の――」は八代集七例、他に「花の――」八代集一例（新古今1456）がある。

【訳】 行く春も惜しい、花をしるべとして宿を借りることにしよう、ゆかりの紫色をしている藤の下陰において。

▽春20の19。「春」「花」。「恨み」→「惜し」、「桜」→「藤」、「敷く」→「下」。過ぎ去る春も惜しいから、縁のある色の藤の下陰で、花を手がかりとして宿を借りようとの詠。初句、三句切、第二、三句と下句との倒置法。第一、二句はの頭韻。下句ののリズム。『全歌集』は、和漢朗詠集52「惆悵す春帰つて留むれども得ざることを　紫藤の花の下漸くに黄昏たり　白」（藤「三月尽」。白氏文集巻第十三「三月三十日題慈恩寺」、上、300頁）を「参考」とする。これについて、佐藤『研究』は、919の「二、三、四句は詩にない世界であるが、詩句表現の発展として連続する和歌的な世界が歌いこめられて、歌らしい歌となっている。」（432頁）と言う。「「ゆかりの色」は、春のゆかりといへる歟、又、ゆかり有なれば我にしたしきといへる歟〔なれば春をおしみがてらに、やどからんといへるにや〕。可尋之。」・「一「紫の…愚草には、後年であるが、「むさしの、ゆかりの色もとひわびぬみながらかすむはるのわかくさ（一八五七）」以下二

七四五・三一二〇・三二〇五など同趣で「ゆかりの色」「ゆかり」を用いる。」（俟）。「〇暮春のゆかりに藤のかげにやどからんとしたふ心也。ゆかりとよめるは藤のえん也。」（六家抄）

919は「藤裏葉の巻に、「花のかげの旅寝よ。苦しきしるべに」とある。これも源氏構想歌である。」（『奥田』63頁）

【類歌】①9新勅撰130「花ちりてかたみこひしきわがやどにゆかりのいろの池のふぢ波」（春下「暮春の心を」入道二品親王道助）

920　しのばじよ我《われ》ふりすてゝゆくはるの／なごりやすらふあめのゆふぐれ・1323

【語注】**〇ふりすて**　八代集二例・後拾遺971、新古今1613。「雨」の縁語「降り」。**〇あめのゆふぐれ**　「良経の「うちしめり…」（新古今・夏・二二〇、建久六年二月の作）に見え、のちに主ある詞とされる句。」（全歌集）。

【訳】思い慕いはしないよ、私を捨て去って逝く春の名残がたゆたっている雨の夕暮をば。

▽春20の20。「春」。初句切。「惜し」→「しのば」、「宿借る」→「やすらふ」。私を捨てて逝く春の名残が残る雨の夕暮を恋い慕わないと否定するところに、却って逆に逝く春への執着がにじむ。恋歌めかした詠で「春」を閉じる。初句切、倒置法。

「忍はしよはしたはしよと也名残やすらふとはこなたのとゝめたき心よりこの雨に春はやすらふといひかけたりされともとてもやすらひはつへきならねはしたはしよと也」（抄出聞書）。「我をすてゝ行はるなれば「しのばじ」といへり。「ふりすてゝ」は、「雨」の縁にいへり。」（俟）。「〇春殿がわれを捨てゆくを恨てかくしのはじよとよめる。したふうへよりの心也。雨のゆふべの時分すこし春ののこりたる心也。」（六家抄）

「春を男、自身を女、三月尽を後朝のように見立てて歌う。」（全歌集）

【類歌】④18後鳥羽院518「ゆく春のなごりやすらふむら雨にをる手つゆけき山ぶきの花」（建保四年二月御百首、春）
⑤218内裏百番歌合〈承久元年〉49「行く春のなごりの空やうき雲のおのれしをるる雨の夕暮」（「暮春雨」知家）

夏十五首

921　ぬぎかへてかたみとまらぬなつ衣／さてしも花のおもかげぞたつ・1324

【語注】**○花のおもかげ**　八代集にない（①索引）。③112堀河7「…かはらぬものははなのおもかげ」。**○たつ**　「衣」の縁語「裁つ」。

【訳】脱ぎ替えて、（春の）形見がとどまっていない夏衣（ではあるが）、それにしても花の面影が浮び立つことよ。

▽夏15の1。「やすらふ」→「止まら」、「春」→「夏」「花」、「名残」→「面影」。脱ぎ換え春の形見が何も残らない夏衣だが、桜の面影は立つとの、上句の現実と「花の面影」の意識の詠。①20新後拾遺163、夏（巻頭歌）「正治二年百首歌たてまつりける時」前中納言定家。

「更衣したれば、花のかたみはとまらぬ也。さありてしも、花のおもかげはたつと也。「たつ」は「衣」の縁なり。」（俟）

【参考】①5´金葉（三）97「なつごろもたちきるけふははなざくらかたみのいろをぬぎやかふらむ」（夏、中務）
①7千載136「夏ごろもはなのたもとにぬぎかへて春のかたみもとまらざりけり」（夏「…、更衣の心を…」匡房。④26堀河百首322）…921に似る
④26堀河百首330「色色の花のたもとをぬぎかへて夏の衣にけふぞなりぬる」（夏「更衣」顕仲）

【類歌】④38文保百首820「夏衣花のたもとにぬぎかへてけさまた春にわかれぬるかな」（夏、師信）
⑤197千五百番歌合607「夏ごろもいそぎかへつるかひもなくたちかさねたるはなのおもかげ」（夏一、越前）

922　すがのねや《の④》日かげもながくなるまゝに／むすぶばかりにしげる夏草※・1325

【語注】**○すがのね**　八代集四例。「菅の根や―「ながく」の序のごとく用いる。「夏草」の縁語。」（全歌集）。※「夏草（浪哉）」（新編国歌大観③歌集923頁）。
【訳】菅の根よ、日差も長くなるにつれて、結ぶほどに茂った夏草であるよ。
▽夏15の2。「夏」「影」。「花」→「菅の根」「草」、「止まらぬ」→「長く」。菅の根の如く、日差も長くなるのに従って夏草も長く茂って結べるほどになったと歌う。
「「日影もながく」は、草のたけもながく日かげもながくなる心なるべし。」・「一「長し」にかかる枕詞〈私注―「すがのね…」〉」。「すがのねやなが月の夜の（愚草・二二八一・建保二年）。」（佚）
【参考】①4後拾遺168「なつぐさはむすぶばかりになりにけりのがひしこ《の(重)》まや《も(古) は(新)》あくがれぬら《にけ(古、重)》ん」（「参考」（全歌集）。夏、源重之。②4古今六帖3559。②8新撰朗詠412。③35重之242）
③28元真94「なつぐ《く(秀)》さはしげりにけりなたまぼこのみちゆき人もむすぶばかりに」（①8新古今188。⑤274秀歌大体33。⑤277定家十体234）
⑤137六条宰相家歌合12「ゆきなれしみちわすられて夏草のむすぶばかりになりにけるかな」（「夏草」修理大夫。⑤295袋草紙480）
【類歌】④22草庵345「夏ふかき野中の清水うづもれて結ぶばかりに草ぞしげれる」（夏「野夏草」）

④38文保百首2428「夏草はむすぶばかりに茂るともからでや秋の花をまたまし」（夏、行房）

923　夘《（卯）》花のかきねもたわにを《（お）》けるつゆ／ちらずもあらなんたまにぬくまで・1326

【語注】○たわに　八代集三例。また「とををに」八代集二例。○「つゆ」以下　後撰308「白露に風の吹敷秋の野はつらぬきとめぬ玉ぞ散りける」（秋中、朝康）。

【訳】卯花の垣根もたわわに置いている露よ、散らないであってほしい、玉に貫くまでは。

▽夏15の3。「菅の根」「草」→「卯花」。卯の花の垣に多い露は、玉にぬくまで散らないでほしいと願望したもの。四句切、下句倒置法。

「無殊事。其体ふとくふるめかしくて面白歌也。」・「一　大ようで古体の姿をいうか。「ふるめかし」は非難の語ではない。「三体和歌」では、春・夏の体を「ふとくおほき」と規定する。当注では一一〇六に用例がある。」（俟）

【参考】①2後撰153「時わかずふれる雪かと見るまでにかきねもたわにさける卯花」（「本歌」（全歌集）。夏「卯花の…」よみ人しらず。①3拾遺94。②4古今六帖82。⑤293和歌童蒙抄553）

924　もろかづら草のゆかりにあらねども／かけてまたる、ほと、《（ママ）》ぎす哉・1327

【語注】○もろかづら　八代集三例。桂の折枝に葵を付けたもの。○草のゆかり　「紫の色には咲くな武蔵野の草のゆかりと人もこそ見れ」（拾遺・物名・如覚）。」（明治・万代530）。○かけ　「葛」の縁語「かけ」。

【訳】諸葛の候、草・葵の縁ではないが、心に懸けて自然と待たれる郭公であるよ。

▽夏15の4。「あら」。「卯花」↓「諸葛《かづら》」「草」「郭公」。賀茂の祭の諸葛の頃、時鳥は草・葵の縁《ゆかり》ではないが、心に待たれると歌ったもの。①18新千載203、夏「正治二年百首歌たてまつりける時」前中納言定家。②15万代530、夏「正治百首に」前中納言定家。

「「もろかづら」とは、かものまつりの葵《時》と桂との事也《をかく類をいへり》。まつりの時は、あふひかづらをしやうぞく《又》、すだれなどにかくるなり。かつらのゆかりにも《は》なけれどほと《も(抄書)》ゝぎすを心にかけてまつよし也。／千はやぶるかもの社の木綿だすきひとひも君をかけぬ日はなし〔私注―古今487、恋一、読人しらず〕／これも心にかくるよしなり。」（抄出聞書205。174頁）。「二「もろかづらとは、「葵のゆかりにはあらねども、其時節の物なれば、あふひをみてはかけてまたるゝと也。」・「二 「もろかづらとは、かもの…かくる也（C注・二〇五番）」。」（佚

「〔郭公〕…▽五三〇～五六〇は待郭公を詠む歌。」（明治・万代530）

【類歌】①13新後撰174「郭公いづるあなしの山かづらいまやさと人かけて待つらむ《し(夫)》」（夏「…、暁郭公」定家。②16夫木2907）

③132壬二1993「けふは又八十氏人のもろかづらかけてまたるる時鳥かな」（西園寺三十首、夏）

④18後鳥羽院985「もろかづらかけてやとふと待ちわびぬはかなき草の名をたのみつつ」（詠五百首和歌、恋）

925　あやめふくのきのたちばな風ふけば／むかしにならふけふのそでのか《かな(③、④)》・1328

【語注】〇あやめふく　③126西行法師763「あやめふく軒に匂へる橘にきてこゑぐせよ山郭公」（雑。②16夫木2703。③128残集9）。③127聞書集73「あやめふくのきににほへるたちばなにほととぎすなくさみだれのそら」（「郭公」）。〇ならふ　「習・慣らふ」。〇そでのか　八代集三例。

【訳】　菖蒲を葺いた軒の橘に風が吹くと、昔に倣っている今日の袖の香であるよ。

▽夏15の5。「諸葛」「草」→「菖蒲」「橘」、「時鳥」→「橘」。今日五月五日、菖蒲草を葺く軒付近の橘に風が吹く時には、今日の袖の香は、菖蒲と橘の二つの芳香で昔の袖の香に近しいと歌う。勿論、古今139「さつきまつ花たちばなの香をかげば昔の人の袖の香ぞする」（「参考」（全歌集）。夏、よみ人しらず。伊勢物語・六〇段）をふまえているが、更に菖蒲の香が加わる。【類歌】が多い。

「「むかしにならふ」、橘のむかしの香に、あやめのけふの袖のか相ならひてにほふ心にや。猶可吟味歌也。」・「「あやめくさ（冷泉編全歌集本のみ）」。／一「さつきまつ…」。」（俟）

【類歌】①18新千載252「香をとめてむかしにかへれ家の風吹きつたへたる軒のたち花」（夏、後三条前内大臣）
②16夫木684「春の夜はあたりの梅をふく風に袖の香かふる軒のたちばな」（春三、梅「…、春夜樹、…」同（ママ）（＝定家））
②16同2694「あやめふくよもぎのやどの夕風ににほひすずしきのきのたちばな」（夏一、橘、同（＝衣笠内大臣））
②16同2697「吹く風にわが袖のかやにほふらんてづからうゑしのきのたちばな」（夏一、橘、押小路内大臣）
④31正治初度百首2127「梅が香に染めしもおなじ袖なれど昔にかよふ軒のたち花」（夏、丹後）
④37嘉元百首1522「あやめふく軒のたちばな風すぎてにほひをかはすうたたねの床」（夏「盧橘」頓覚）
④40永享百首254「しげりあひて春はむかしの花の香を袖にぞのこす軒のたち花」（夏「橘」義教）
④40同256「袖の香に思ひぞいづることとはむ昔をかたれ軒のたち花」（夏「橘」浄喜）
⑤230百首歌合〈建長八年〉1101「しのべとやむかしおぼえて袖の香に風のにほはす軒の橘」（帥）
⑤244南朝五百番歌合256「うゑおきし人はむかしの古郷に袖のかのこる軒のたちばな」（夏三、源成直）

926　いか許み山さびしとうらむらん／さとなれはつるほとゝぎす哉・1329

【語注】　○み山さびし　「「花も散り人も都へ帰りなば山さびしくやならんとすらん」（山家集・上・春）」（全歌集）。○さとなれはつる　八代集にない（①索引）。また「さとなる」は八代集三例、「なれはつる」は八代集にない。③28元真326「きみだにもわれだにあさくなれはてば…」。③123唯心房14「よをいとふたもとはこけになれはてて…」。④34洞院摂政家百首1650「…近ければさとなれはてて月ぞいでける」（頼氏）。

【訳】　どれほどか深山が淋しいと恨んでいるのであろうか、人里に馴れ果ててしまった郭公であるよ。

▽夏15の6。「橘」→「時鳥」。人里に馴れた時鳥によって、深山ではどれほど（時鳥がいなくなって）淋しいと恨んでいることだろうと推量した詠。三句切。

「郭公は里なれはてゝかへらねば、み山にはこゑたえしさびしさに、郭公をうらむらんといへるにや。「はつる」といふ字をつよくいひたてたる歌也。」・「一　「深山の里人を思ひやる也（B注・一六〇番〔私注―抄出聞書と同一〕）」。

（俟）

【参考】　③60賀茂保憲女200「やまざとにしる人もなきほととぎすなれにしさとをあはれとぞなく」

③124殷富門院大輔39「かずならぬみやまがくれのほととぎすさとなれぬねをさのみなけとや」

⑤295袋草紙88「いかばかり寂しからまし山里の月さへすまぬ此夜なりせば」（公円）

【類歌】　③131拾玉223「かくばかりまつかひありて時鳥里なれぬまのしる人にせよ」（百首堀川院題、夏「郭公」）

③132壬二823「山がつのただひとりすむ岡のべにさとなれがほの時鳥かな」（院百首、夏）

④8資賢21「いかばかりさびしかるらんあきはてて人もおとせぬふゆのやまざと」（「はじめの冬」）

④45藤川五百首112「今は又里なれはてて時鳥すむ山もとのこゑぞすくなき」（「山家郭公」）

⑤176民部卿家歌合〈建久六年〉86「子規さとなれ初むる一こゑにあまたこたふる山びこもがな」（「初郭公」光行）

⑤184老若五十首歌合177「出でやらぬはつねをききしみ山べにさとなれかへるほとときすかな」（夏、家隆）

927　郭公しばしやすらへすがはらや／ふしみのさとのむらさめのそら・1330

【語注】**○むらさめのそら**　八代集二例・千載167、新古今214。ただし「村雨」は拾遺1110よりある。

【訳】　時鳥よ、しばらくの間とどまれ、菅原よ、伏見の里の村雨の空（において）。

▽夏15の7。「郭公」「里」。「山」→「原」。大和の菅原の伏見の里の（お前の好きな）村雨の空に、しばしとどまれ、立ち去って行くなと時鳥に呼びかけたもの。二句切。下句ののリズム。第三、四句は、①1古今981「いざここにわが世はへなむ菅原や伏見の里のあれまくもをし」（雑下、よみ人しらず）、①2後撰1024 1025「菅原や伏見の里のあれしよりかよひし人の跡もたえにき」（恋六、よみ人しらず）による。『全歌集』は、①7千載167「心をぞつくしはてつるほととぎすほのめくよひの村雨のそら」（夏、長方）を「参考」とする。①15続千載265 266、夏「正治百首歌奉りける時」前中納言定家。②15万代604、夏「正治百首に」前中納言定家。②16夫木2887、夏二、郭公「正治二年百首」前中納言定家卿。

「いざこゝに我世はへなん　とさへいへるに、おりふし、むら時雨《（ママ）》の時節なれば、しばしはやすらひだにせよとよめるにや。」（俟）

「〔郭公〕…参考歌「心をぞ…」「菅原や…」」（明治・万代604）

【参考】①7千載839 838「わするなよよの契をすがはらやふしみのさとの有明の空」（恋三、俊成。③129長秋詠藻520）

②9後葉260「わかれゆく空こそなけれすがはらやふしみの里の春の曙」（別、もろかた）

【類歌】③131拾玉2612「五月雨の雲まになのる郭公花橘にしばしやすらへ」（夏）

③132壬二824「郭公おのれいたらぬさとやなき月はしばしも村雨の空」(院百首、夏)
④31正治初度百首1285「露けしな草の枕をすが原やふし見の里のゆふぐれの空」(羇旅、隆信)

928　ほと、ぎすなにをよすがにたのめとて／花たちばなのちりはてぬらん・1331

【語注】○**よすが**　八代集では「露のよすが」のみ二例・新古今293、488。源氏物語「さる方のよすがに思ひてもありぬべきに、」(「帚木」、新大系一―43頁)。

【訳】郭公よ、何を形見としてあてにせよといって、花橘が散り果ててしまったのであろうか。

▽夏15の8。「時鳥」。「郭公」→「花橘」。花橘がすっかり散ってしまったので、この後、何を頼りとして時鳥の来訪を頼みにせよというのかと歌う。①1古今141「けさきなきいまだたびなる郭公花たちばなにやどはからなむ」(夏、よみ人しらず。②4古今六帖4257)をもとにする。なお『全歌集』は、⑤421源氏物語168「橘の香をなつかしみほととぎす花散る里をたづねてぞとふ」(「花散里」(光源氏))、「四月のつごもり五月のついたちの比ほひ、橘の葉のこく青きに、花のいとしろうさきたるが、雨うちふりたるつとめてなどは、よになう心あるさまにお《(を)》かし。…郭公のよすがとさへ思へばにや、猶さらにいふべうもあらず。」(枕草子、新大系(三四段)、51頁)を、「参考」とする。「「よすが」は、たより也。花橘は時鳥にたよりあるものなれば、郭公のためには何をたのめとて橘はちりぬらんといへるにや。」(俟)

【参考】②1万葉1513 1509「イモガミテ　ノチモナカカナム　ホトトギス　ハナタチバナヲ　ツチニチラシツ
いもがみて　のちもなかなむ　ほととぎす　はなたちばなを　つちにちらしつ」(夏相聞)
②1同1953 1950「ホトトギス　ハナタチバナノ　エダニヰテ　ナキトヨマセバ　ハナハチリツツ
ほととぎす　はなたちばなの　えだにゐて　なきとよもせば　はなはちりつつ」(夏雑歌)
⑤248和歌一字抄726「あけばまづちらさでをらん時鳥はな橘の枝になくなり」(聞「夜聞子規」俊頼)

【類歌】④21兼好61「さ月きてはなたちばなのちるなへに山ほととぎすなかぬ日はなし」（「ほととぎす」）

929　たが袖を花橘にゆづりけむ／やどはいく世とを《お》とづれもせで・1332

【語注】○花橘　①1古今141「けさきなきいまだたびなる郭公花たちばなにやどはからなむ」（夏、よみ人しらず。②4古今六帖4257）。①3拾遺112「たがそでに思ひよそへて郭公花橘のえだになくらん」（夏、よみ人しらず。①3′拾遺抄72）。①7千載174「わがやどの花たちばなにふく風をたが里よりとたれながむらん」（夏、親宗）。③80公任72「夏虫は花たちばなにやどりしてこのうちながらちよもへぬべし」。③105六条修理大夫329「ゆふづくよはなたちばなにふくかぜをたが袖ふるとおもひけるかな」（「詠蘆橘薫風和歌」）。③131拾玉3792「たが袖の涙なるらむ故郷の花たちばなに露のこぼるる」（詠百首和歌、夏「故郷橘」）。③132壬二1265「おいぬるはあるも昔の人なれば花たちばなに袖のかをする」（為家卿家百首、夏）。

【訳】いったい誰の袖（の香）を花橘に譲ったのであろうか、我家は幾世と人の訪れもしないで。

▽夏15の9。「花橘」。わが家は長く人の訪問もないのに、誰の袖を花橘に移したのか、香が匂ってくると歌ったもの。三句切、倒置法。女の立場での、恋歌めかした詠か。『全歌集』は、古今139「さつきまつ花たちばなの香をかげば昔の人の袖の香ぞする」（夏、よみ人しらず）を「参考」とする。「ゆつりけんとは袖の香をするとよめれはいかなるむかし人の匂ひを此花にゆつりをきつらんと也さりなから花はいく世になりたる宿ともしらせぬと云心を音信もせてと本歌の詞をかりてよめるにや」（抄出聞書）。常縁口伝和歌「いかなる昔の人の袖の香を此花にゆづりをきつらんとなり。本歌の心をもたせて、香といはね共匂は聞えたり。さらばいく世のやどになりたるぞととはまほしけれ共、そのこたへもあるまじきを、「音信もせで」とは云へり。」・「一　「さつきまつ…」B注一六一に本歌として指摘。」（21。

100頁)。「如何。」(不審49。310頁)。「たが袖の匂ひばかりを花橘にゆづりをきて、いく世ともなく人跡のたえたるぞと也。四句「と」文字、難心得やう也。いく世といふまでの心歟。」・「二　九二五と本歌同。／二「さらば…いへり(五十八首注・二二番)」。」(俟)

【類歌】④1式子126「むかしおもふはなたち花におとづれて物わすれせぬ時鳥かな」(夏。①13新後撰199)

930　わがしめしたま江のあしのよをへては／からねど見えぬさみだれのころ・1333

【語注】○しめ「占む」。○よ「あし」の縁語「節《よ》」。掛詞(「節・夜」。「世」よりも「夜」がよい)。

【訳】私が印をつけておいた玉江の葦は、夜を経ては、刈りはしないが見えなくなってしまう五月雨の比であるよ。

【本歌】①3拾遺1212「みしま江の玉江のあしをしめしよりおのがとぞ思ふいまだからねど」(「全歌集」。雑恋、人麿。③1人丸27。原歌・②1万葉1352 1348)

▽夏15の10。「世」。「花橘」→「芦」、「世」→「経《へ》」「頃」、「音(づれ)」→「見え」。恋の本歌により、印をつけて私のものだと思っている三島江の玉江の葦は、幾夜がたって、五月雨の頃は、まだ刈りはしないが見えないと、四季・夏の歌としている。

「しめし」とは、わが物と領《に》じたる心なり。「玉江」、越前の国也。人のかりとらねど、五月雨の時分は水にかくれて見えぬよし也。／本《本》みしま江の…玉江、津《摂》の国に《国也(抄書)》もあり。」(抄出聞書206。175頁)・「二　八雲五に「たま(江)越前、なつかりのたまえのあしといへるは、越前のよし在俊頼抄、みしま江の玉えとは別所也」としつゝ、「可尋之」とする。」(同)。「五月雨の比、よをへて水かさまさりたれば、からねど、あしは見えざるなり。」(俟)

「わがしめし玉江の葦の」は、「本歌の内容を圧縮した表現になっているが、それぞれ「よ」…という掛詞の前あるい

は後に存する断絶によって縁どられ、かつ第三句《（ママ）》の「刈らねど」…という本歌の句と照応して互いを引き立ててい
る。」（加藤「正治」133頁）

【参考】⑤82六条斎院歌合（天喜四年五月）12「さみだれのながさつきの《はの（夫）》みづふかみたまえのあしのなつが《か（夫）》りもあら《せ（夫）》じ」（「さみだれあまりあり」左衛門。②16夫木3048）

【類歌】④38文保百首2125「波やこすからねど見えずまこも草いなさほそえのさみだれのころ」（文保三年御百首、夏）
⑤197千五百番歌合804「夏かりにたまえのあしやくちぬらむ浪にとりゐるさみだれのころ」（夏二、良平）
⑤244南朝五百番歌合278「置く露の玉江の蘆のよるごとにほすひまぞなき五月雨の比」（夏四、頼意）
⑤247前摂政家歌合〈嘉吉三年〉487「夏かりのたま江のあしの代代をへて昔の跡ぞ今も恋しき」（「夏懐旧」為季）

931　夏草のつゆわけ衣ほしもあへず／かりねながらにあくるしのゝめ・1334

【語注】**○つゆわけ衣**　八代集一例、新古今1375（後述）。**○ほし（も）あへ**　八代集四例、初出は新古今563。この第三句字余（「あ」）。**○かりね**　「仮寝」は八代集五例、初出は千載534。また「草」の縁語「刈・根」は「芦の刈根」として八代集二例、初出は千載807。その「芦の」は前歌・930に歌われている。

【訳】　夏草の露を分けた衣を干しきらない間に、仮寝のままで明けて行く東雲時であるよ。

▽夏15の11。「刈《ら》り」。「芦」→「草」「根」、「頃」→「東雲《しののめ》」、「玉」「五月雨」→「露」。昼間、夏草の露を分けた衣が、夜に干し乾ききらないうちに、夏の短夜の仮寝そのままで夜が明けると、例の如く、夏夜の明けやすさ、短さを歌ったもの。

「たゞよのみじかき程を、「かりねながらにあくる」といへり。」（俟）

【参考】②4古今六帖3291「なつぐさのつゆわけごろもきもせぬにわがころもでの《などわが袖の(新)》かわくときなき」（夏ごろも。新古今1375（恋五、人麿））＝万葉1998 1994「夏草の露別け衣着けなくに我が衣手の干る時もなき」（「参考」（全歌集）。巻第十、夏相聞）
②7玄玄68「わかくは《ささ(続、長)》の妹が手なれ《き(続、長)》の夏ごろ《からこ(長)》もかさねも《はし(長)》あへずあくるしののめ」（長能十首。②10続詞花551。③69長能71）

【類歌】④15明日香井1267「なつぐさのつゆわけごろもこのごろの《も(続)》あか月おきは袖ぞすずしき」（院庚申御会「夏暁」。①15続千載305 307）
④22草庵357「夏草の露わけ衣ほさぬまにやどかる袖の月ぞあけゆく」（夏）
④23続草庵153「夏草の露分衣たちぬればともしにあくる宮城のの原」（夏「…、照射」）
④33建保名所百首1129「かり人の草分衣ほしもあへず秋のさがのの四方の白露」（雑「嵯峨野…」。①14玉葉539。②16夫木4581）

932　片糸をよる〱峯にともす火に《續古》／あはずはしかの身をもかへじを・1335

【語注】**○片糸**　八代集三例。第一句は「夜夜」と同音の「縒る」（掛詞）を導くための序詞。①2後撰550 551「逢ふ事のかた糸ぞとはしりながら玉のをばかり何によりけん」（恋一、これただのみこ）。③130月清883「くりかへしたのめてもなほあふことのかたいとをやはたまのをにせむ」（院第二度百首、恋）。**○よるよる**　八代集三例。**○ともす火**　④30久安百首27「さつき山弓末ふりたてともす火に鹿やあやなくめをあはすらん」（夏、御製）。④41御室五十首415「遠近のは山しげ山ともす火はいづくに鹿のめをあはすらん」（夏、隆信）。**○あは**　「「あふ」は「片糸」の縁語。」

（全歌集）。

【訳】 夜ごと峯に灯す火（照射）に、会わなかったら、鹿の身をも変えまいのに…。

▽夏15の12。「衣」→「糸」。夜々の峯の火に出会ったから、鹿は射殺されたという反実仮想、照射の詠。①1古今483「かたいとをこなたかなたによりかけてあはず《す(是)》はなにをたまのをにせむ」（「本歌」（全歌集。新大系・百番37）。恋一、読人しらず。②4古今六帖3210。③16是則34。⑤307近代秀歌83。⑤308詠歌大概90）の恋歌をもとにする。908参照。①11続古今254、夏「正治二年百首歌に」前中納言定家。⑤216定家卿百番自歌合37、夏、十九番、左、院百首初度。⑤216定38「ひさかたのなかなる河のうかひ舟いかに契りてやみを待つらん」（右勝、千五百番）。⑥11雲葉340、第三句「…火の」、夏「（題しらず）」前中納言定家。「本かたいとを…本歌の詞をとれり。ともし《の》かりは、しかのまなこに火の光のあふをしるべにして射るなり《とも》。あはずば鹿の身《を》をもうしなふまじきを《と》なり。いとをあはするによそへり《ていへり(抄書)》。」（抄出聞書207。175頁）。「かた糸を…「かた糸」は、「よる」と「あはずは」との枕詞也《〔に〕》《〔ヒ〕》。出せるにや。ともし火《〔の〕》の《〔に〕》《〔ヒ〕》あはずば鹿は身をうしなはじと也。」（俟934「の作に近い傾向のものである。」（久保田『研究』799頁）。「片糸をよるよる」は、「本歌の内容を圧縮した表現になっているが、…「よるよる」という掛詞の…後に存する断絶によって縁どられ、かつ第三句の…「あはずは」という本歌の句と照応して互いを引き立てている。」（加藤「正治133頁）

【参考】③85能因165「人こそはよはにねざらめともす火にしかさへめをもあはせぬやなぞ」（「ともし」）

【類歌】④38文保百首828「夜をかさねおなじは山にともす火にあはぬ小鹿や秋を待つらん」

933　お《(を)》※ぎのはもしのび〳〵にこゑたて、／まだきつゆけきせみのは衣・1336

【語注】〇おぎのはも　※「荻」—「内（萩）」（新編国歌大観③歌集922頁）。③132壬二2348「荻の葉もおなじまがきのをみなへししのびしのびしのばぬ秋かぜぞふく」（秋「秋…」）。③133拾遺愚草2066「荻の葉も心づくしのこゑたてつ秋はきにける月のしるべに」（権大納言家三十首「月前荻」）。〇しのび〳〵に　八代集一例・古今1078。〇せみのは衣　八代集二例・後拾遺218、千載137。

【訳】荻の葉もこっそりと（秋風の）音をさせて、早くも露っぽい蟬の羽衣（＝ぬけがら）であるよ。

▽夏15の13。「糸」→「衣」、「鹿」→「蟬」。荻の葉もひそと音を立て、蟬の脱殻は早くも露が置いていると、荻、露という秋のものをもってきて晩夏を歌う。季節の交錯。⑤421源氏物語25「空蟬の羽におく露の木がくれてしのびしのびにぬるる袖かな」（「空蟬」、（空蟬）。③15伊勢442（「本歌」（全歌集））の、空蟬は隠れ、人目を忍び続ける涙に袖は濡れる恋の世界をほのめかす。「荻の葉」と「蟬の羽衣」の組み合せは珍しい。

「夏の末なれば、しのび〳〵に声たつるといへり。「まだき露けき」、はや秋めき、衣の袖も露けきよしなるべし。〔「「こゑたて丶」」、「風」などもなくて「荻のこゑ」をいへる、めづらしくや。猶作例あまた有歟。可考之。〕」・「二同じく「風をもってよめり」（私注—六家抄）とするのは、風のことを心にもって、即ち、「風」を意識しての意。」（俟）。「〇風をもってよめる。夏のすゑの時分也。せみの羽衣はうすき夏の衣也。源氏の哥をもって也。」」（六家抄）

【類歌】⑤197千五百番歌合626「うつせみのはにおくこれや袖の露花のなごりをしのびしのびに」（夏一、具親）
③130月清881「こがくれてみはうつせみのからころもころもへにけりしのびしのびに」（院第二度百首、恋）

934　夏か秋かとへどしらたまいはねより／はなれておつるたき河の水・1337

【語注】○初句　字余（「あ」）。○しらたま　「知らず」と「白玉」の掛詞。○いはね　「言はず」を掛けるか。○いはねより　④34洞院摂政家百首1688「那智山の《の山(夫)》雲ゐに見ゆる岩ねより千尋にかかる滝の白糸」（「眺望」大殿。②16夫木8458）。④38文保百首2971「岩ねよりわかれておつる山水にゆきあふすゑはありとこそきけ」（恋、道順）。○たき河　八代集一例・詞花229。

【訳】夏か秋か、問うが知らないで、白玉となって岩根から離れて落ちて行く滝川の水であるよ。

▽夏15の14。「声立て」→「問へ」、「露」→「玉」「滝河」「水」。涼しさに、今は晩夏であるが、夏か秋か聞いても分からず、白玉となって岩根から滝川の水は離れて落ち行くと歌う。これも前歌にひき続いての季節の交錯詠。第二、三句は、①1古今873「ぬしやたれとへどしら玉いは《しら(六)》なくにさらばなべてやあはれとおもはむ」（「参考」（全歌集）。雑上、河原の左のおほいまうちぎみ＝融。②3新撰和歌349。②4古今六帖3187）による。908参照。⑤303無名抄65。「ぬしや…《ニ》たゞ詞ばかりをとれり。此すゞしさは夏か秋かとへど白玉《〔ヒヒ〕》こたへはなき也。たゞ岩ねより滝川の水のながる、風景、えもいはぬすゞしさなるべし。「はなれておつる」は、岩ねにもかゝはらずこえてつよきながれなるべし。」「二　無名抄「故実の体と云事」に古歌の取り方の一として「古き歌の中におかしき詞の歌にたちいりて、かざりと成ぬべきをとりて、わりなくつゞくべきなり」としたものの例歌となる。」（佚

「無名抄で長明が、古歌の「をかしき詞」を取って「わりなく」続けた歌の例として挙げている、興ある歌である。三五記に面白体の付たりとして掲げている一興体は、このような詠みぶりの作を言うのであろう。」（久保田『研究』798頁）。「本歌は、／ぬしやたれ…で、…「いはなくに」を「岩根より」と改め、掛詞で下に続けることで新しい歌に組み込んでいる。本歌では「白玉」は簪の玉の比喩だったが、定家詠では、滝の水の飛び散る様子の比喩に変えられている。「とへど白玉いは（なくに）」という特徴ある句をそのまま用いたところが、古歌の「をかしき詞」を「あらはに」取るという条件にかない、それを新しい歌に「たち入れて飾りと」したとりなしの巧みさが「わりなくつづく

べきなり」という条件を満たしていると、長明は判断したのであろう。」（加藤「正治」124頁）。「複数の句を組み合せて一首を構成する作歌法が端的に表れた作品であるが、この歌はまた、古歌の句をあらわに取る本歌取の典型的な作例でもあった。」（同、同129頁）。「変転自在の言葉続きそれ自体の面白さを主として狙っていると考えたほうがよかろう。」（同、同129頁）。「第三句以下の言葉続きは意外になだらかで、たけの高さは確保されているのである。」（同、同129頁）。「「とへどしらたま」は、あくまで本歌に基づく句として一首の中で独立したものとして存在しながら、なおかつ、滝水の景観の涼しさを歌った一首全体の脈絡の中に自らの抜き差しならぬ位置を確保するのである。」（同、同132、133頁）

935　今はとて晨明の歎のまきのとに／さすがにお《（を）》しきみな月のそら・1338

【語注】○晨明の歎　八代集にない（①索引）。また第二句字余（「あ」）。③133拾遺愚草2060「まきの戸の夜わたる梅のうつりがもあかぬ別の在明の影」（権大納言家三十首「暁梅」）。○まきのと　八代集初出は後拾遺910。○さすがに「差す」「流石に」掛詞。「「戸」の縁語「鎖す」を響かせる。」（全歌集）。

【訳】もう今は夏の最後だとして有明の月光が槙の戸に射し、（その光を見ると）やはり惜念の情の六月の空であるよ。

▽夏15の15。夏の終りだと、有明の月の光が槙の戸に差し、さすがに水無月の空は名残惜しいと歌って、「夏」を終える。第二、三句ののリズム。⑤216定家卿百番自歌合41、夏、廿一番、左持、院百首初度。⑤216定42「あすかがはゆくせの浪にみそぎしてはやくぞ年の半過ぎぬる」（右、院百首）。「夏は炎熱のくるしさに秋を待心はたれもある事也。されども、有明の月の真木の戸に、今はとなれる月影はさすがにおしき事、尤也。」（俟）

「副詞「さすがに」に「差す」「鎖す」の意を掛けて、複雑に景と情とを重ね合せている。」（加藤「正治」128頁）

【参考】③129長秋詠藻100「…とふ人もなき　まきの戸に　なほあり明の　月かげを　待つことがほに　ながめても
…」（雑、短歌。①9新勅撰1342 1344。④30久安百首901）

【類歌】①11続古今134「いまはとてつきもなごりやをしむらんはなちるやまのありあけのそら」（春下「月前落花と
…」内大臣）

①11同135「いまはとてはるのありあけにちるはなやつきにもをしきみねのしらくも」（春下、二条院讃岐。⑤197千五百番歌合554）

③132壬二2379「いまはとて有明の月の山颪につま吹きおくるさをしかのこゑ」（秋「…、暁鹿」）

⑤437我が身にたどる姫君123「やすらひにいづるもをしきまきの戸にいく夜ありあけの月かのこらん」（〈女帝〉）

秋廿首

936　けふこそは秋は《の》ゝ《は(④)》つせの山おろしに／すゞしくひゞくかねのを《(お)》と哉・1339

【語注】**○秋はゝつせの**　⑤180院当座歌合〈正治二年十月〉12「昨日より秋は初瀬の山里と今朝の嵐の気色にぞしる」（「初冬嵐」公景）。**○はつせの山おろし**　「初・初瀬」掛詞。八代集一例・千載708（後述）。が、「を初瀬の山」は八代集一例・後撰1242。「「初（瀬）」には「始まる」の意が掛けられているのだろうが、掛詞としては異例の掛け方。」（加藤「正治」127、128頁）。**○かねのを《(お)》と**　八代集初出は後拾遺1211。①6詞花112 110「ゆふぎりにこずゑもみえずはつせ山いりあひのかねのおとばかりして」（秋「霧を…」源兼昌）。④31正治初度百首90「きりふかしそこともしらぬ山寺にはるかにひびくか《れ》ね《いイ》のおとかな」（山家、御製）。

【訳】　今日こそ秋は初の初瀬の山颪とともに、涼しく響いている鐘の音であるよ。

▽秋20の1。「今」→「今日」。今日立秋の初瀬山の山颪と一緒に、（秋ゆえ）鐘の音が涼しく響くと歌う。第三句字余（「お」）。901、906参照。同じ定家に有名な③133拾遺愚草856「年もへぬいのるちぎりははつせ山尾上のかねのよその夕暮」（歌合百首、恋「祈恋」）がある。②16夫木3873、第二句「秋の…」、秋一、立秋「正治二年百首」前中納言定家卿。「無殊事。「けふこそは秋は初瀬」、まだすゞしさもおぼえまじき事なるといふ心有べき歟。「すゞしくひゞく」、景気二難。二　ここはむしろ聴覚を前面に出した場合の用例。四四四参照。」（俟）まことに初秋の天みるごとく也。」・山おろしよ「よ（冷泉氏編全歌集本のみ）」・「一　「うかり…。この本歌によって「果つ」がかけられ、秋の果てと思われるほどの激しい山颪の意か。ただ、当百首には余り奇想の歌はないのが聊か

936「に、基本的な構想は旧来の詠法に従い、情景の設定の新しさで勝負する姿勢がよく表れているように思う。」（加藤「正治」135頁）

【参考】　①7千載708 707「うかりける人をはつせの山おろしよは《ナシ（散）》げしかれとはいのらぬものを」（「全歌集」。恋二、俊頼。③106散木1183）

【類歌】　②13玄玉348「はつせ山かはらのこけに霜ふけてさびしくひびく鐘の音かな」（天地歌下「…、仏寺歌とて…」信光）
⑦82紫禁和歌集（順徳院）645「はつせ山ね覚おどろくかねの音もめにこそ見えね秋は来にけり」（秋「初瀬山」）

937　白露に袖もくさばもしほ《（を）》れつゝ／月かげならす秋はきにけり・1340

【語注】○**白露**　「袖に宿る秋思の涙をも暗示する。」（全歌集）。○**ならす**　「「袖」の縁語。」（全歌集）。

【訳】　白露に袖も草葉も萎れながら、月の光がなじみ馴れている秋はやって来たことだよ。

▽秋20の2。「秋は」。「初」→「来《き》」。白露・涙に草葉も袖も萎れ、露・涙に月光が宿る秋が来たとの来秋の詠。末句は古今184「木の間よりもりくる月の影みれば心づくしの秋はきにけり」（秋上、よみ人しらず）にも分かるように、終り方の一つの型《パターン》。

「草葉は勿論露のをき所也。袖さへしほれて月の《〔今よりの〕》やどり一かたならぬよし、おもしろくや。」（俟）

【参考】②2新撰万葉378「シラツユニ　ミガカレヤスル　アキクレバ　ツキノヒカリノ　スミマサルラム」（秋）

⑤16論春秋歌合10「きりぎりすなくくさむらのしらつゆにつきかげみゆるあきはまされり」（とよぬし）

【類歌】①10続後撰247 238「おくつゆは草葉のうへと思ひしに袖さへぬれて秋はきにけり」（秋上「…、初秋露」弁内侍）

①12続拾遺561 562「袖のうへにいつともわかぬ白露の草葉にむすぶ秋はきにけり」（雑秋、季宗）

③133拾遺愚草1548「秋かぜのうは葉にためぬ白露にしをらでひたす槿の花」（秋「露底槿花」）

③134拾遺愚草員外271「うき雲の色さへかはる月影の袖に露おく秋はきにけり」（秋）

⑤229影供歌合〈建長三年九月〉8「おく露は草ばのうへとおもひしに袖さへぬれて秋はきにけり」（「初秋露」弁内侍。⑤235新時代不同歌合113）

938　秋といへばゆふべのけしきひきかへて／まだゆみはりの月ぞさびしき・1341

【語注】○**初句**　字余（「い」）。○**けしき**　八代集初出は後拾遺10。○**ひきかへ**　八代集三例、初出は金葉131。③131拾玉5244「引きかへてさびしさみがく野べの月こほらぬ露にやどりしものを」（②13玄玉333。⑤177慈鎮和尚自歌合172）。

④34洞院摂政家百首524「引きかへて秋に成行く山のはの雲のあらしに月ぞかかれる」（秋「早秋」経通）。「ひき」は「弓」の縁語。　**○ゆみはりの月**　八代集二例・金葉655、新古今383。「秋二十首における歌の配列から旧暦七月上旬頃の歌と考えられるので、上の弓張、すなわち上弦の月をさす。」（全歌集）。

【訳】　秋というと、夕暮の有様もすっかり変えてしまって、まだ弓張・三日月の月が淋しいことよ。

▽秋20の3。「秋」「月」。「しをれ」↓「淋しき」、「月」↓「夕べ」。秋となり夕べの景色が夏とはうって変わって、秋なら満月が相応しいが、まだ弓張月であるので物足りない、又はまだ弓張月であるのが淋しいか。

【参考】　④30久安百首1043「弓張の月はいつともわかねどもひきかへてけり秋のけしきは」（秋、堀川）…938に近い

「はや秋といへば、夕の空のけしき、夏には引かへて弓はりの月影も物さびしき也。「また」といへるは、まだ弓はりの月などはさびしさもみゆまじき程の秋なるに、はや秋の色のさびしさなる事を感じたる心にや。」（俟）

939　いくかへりなれてもかなし荻《をぎ》原や／すゑこすかぜの秋のゆふぐれ・1342

【語注】　**○いくかへり**　八代集五例、初出は金葉530。　**○荻原**　八代集一例・新古今1289。　**○秋のゆふぐれ**　寂寥の形象。八代集初出は後拾遺271。

【訳】　どれほどか、慣れてしまっても哀しい、荻原であるよ、（荻原の葉）末を越して行く風の吹く秋の夕暮時には。

▽秋20の4。「秋」「夕」。「淋しき」↓「悲し」、「月」↓「暮」。荻原の葉末を風が越す秋夕は、どれほど慣れても慣れるということなく哀切だと歌ったもの。二句切、倒置法。基本型として、①6詞花107 105「ひとりゐてながむるやどの荻の葉にかぜこそわたれあきのゆふぐれ」（秋、源道済）があり、狭衣物語歌（後述）をふまえる。①15続千載359 361、秋上「正治百首歌奉りけるとき」前中納言定家。②15万代886、秋上「正治の百首に」前中納言定家。

「なれてはかなしさもなをざりなるべき事なれども、荻の末こす秋風の夕暮は、いくあきになれてもかなしきといへる也。〔○〕《〔「いくかへり」とあれば〕》当秋〔○〕《〔ばかり〕》なれたるにはあるべからず。」・「狭衣巻三で、狭衣の女二宮への贈歌とそれへの二宮の端書「をれかへりおきふしわぶるした荻のすゑこす風を人のとへかし（狭）、身にしみて…」情景場面を踏まえたか。」（侯）

「狭衣物語の、／身にしみて…／の歌に拠ったのであろう。」（久保田『研究』803頁）。「〔荻〕…参考歌「憂身には…」（明治・万代886）

【参考】⑤424狭衣物語96「身にしみて《うき身には（物、風）》、秋は知りにき《ぞしられし（風）ぞしられじ（物）》荻原や末越す風の音ならねども」（「全歌集」。巻三、（女二の宮）。⑤249物語二百番歌合62。⑤250風葉228）

【類歌】③130月清430「をぎはらやすゑこすかぜのほにいでてしたつゆよりもしのびかねける」（治承題百首「草花」）

③130同1449「をぎはらやよそにききこし秋のかぜものおもふくれはわがみひとつに」（恋「寄風恋」）

⑤183三百六十番歌合287「をぎはらや秋にかはらぬゆふ風にときしもまたぬそでのつゆかな」（夏、権大納言）

⑤197千五百番歌合1130「をぎはらやすゑふきなびく秋風のおとするたびに人はうらめし」（秋一、有家）

⑤197同1612「をぎはらや秋もすゑばにうらがれておもへどよわるかぜのおとかな」（秋四、保季）

⑤318野守鏡15「秋風に音せざりせば荻原や末葉のたかき薄とぞみむ」（（作者））

940 物おもはゞいかにせよとて秋のよに／かゝる風しもふきはじめけん・1343

【語注】○初句 字余（「お」）。○ふきはじめ 八代集にない。①14玉葉1946 1938「松浦がた八重のしほぢの秋風はもろこしよりや吹きはじむらん」（雑一、道玄）。⑤197千五百番歌合1333「花もつゆもいかにこころをくだけとて秋は野分のふきはじめけん」（秋二、釈阿）。

【訳】　物思いにふけるのなら、どうせよというのか、秋の夜にこのような風が、なんと吹き始めたのであろうか。

▽秋20の5。「秋の」「風」。「悲し」→「（物）思は」、「夕暮」→「夜」、「慣れ」→「初め」。物思いの中なら、一体どうせよということで、秋の夜にこんな（哀しい）風が吹き初めたのか、たまらないと歌ったもの。『全歌集』は、③129長秋詠藻228「わが心いかにせよとてほととぎす雲まの月の影に鳴くらん」（中、夏。①8新古今210）を「参考」とする。

「物おもはでさへものがなしくきかる丶風の音なれば、物おもはゞ、いかにせよとか丶る物がなしき風の吹そめつる事ぞと也。」（俟）。「○物をおもはぬさへ秋風の吹はかなしきに、物をおもはゞいかにあらんと云心也。吹初けんは昔より吹初めけんと云心也。」（六家抄）

【類歌】④18後鳥羽院444「あはれむかしいかなる野べの草葉よりかかる秋かぜの《ナシ（風、万、千）》吹きはじめけん」（千五百番御歌合、秋。①17風雅502 492。②15万代930。⑤197千五百番1290）…940よりこの院の歌へ

④32正治後度百首930「すむ月の哀のこらぬ秋の夜に荻ふく風を猶いかにせん」（あき「つき」越前）

④35宝治百首1393「さらぬだに物おもふころの夕暮をいかにせよとて秋風の吹く」（秋「秋夕」帥）…940よりこの歌へ

941　唐衣かりいほのとこのつゆさむみ／はぎのにしきをかさねてぞきる・1344

【語注】　**○唐衣**　「から」より「かり」を導く序詞。「錦」は「唐衣」の縁語。唐衣を着ているか。①5金葉（二）486 519「人しれずなきなはたてどからころもかさねぬそでは猶ぞつゆけき」（恋下、経忠。①5′金葉（三）477）。③119教長717「からころもかさぬるよはもあけゆけ《ぬれ（久）》ばこひぢにか丶るそでぞつゆけき」（恋、恋。④30久安百首270）。③119同950「た

ちかへりけふきたるにてからころもかさねてまたはうらみざらなん」（雑「かへし」）。③130月清358「からころもかさぬるちぎりくちずしていくよのつゆをうちはらふらむ」（歌合百首「遇恋」）。⑤175六百番歌合703）。**○かりいほ**　八代集四例。**○はぎのにしき**　八代集一例・後拾遺283（後述）。②6和漢朗詠285「あきのののはぎのにしきをふるさとに…」。②19貫之464「秋の野の萩の錦は女郎花…」。

【訳】　仮庵の床は露が寒いので、萩の錦を重ね着することだよ。

▽秋20の6。仮庵の床に敷く露が寒く、萩の花の錦を着重ねると歌う。第二、三句のリズムは、①2後撰302「秋の田のかりほのいほのとまをあらみわが衣手はつゆにぬれつつ」（「参考」）（全歌集）。秋中、天智天皇。⑤276百人一首1）による。第一、二句かの頭韻。第二句字余（「い」）。『全歌集』は、①2後撰295「秋の田のかりほのやどのにほふまでさける秋はぎみれどあかぬかも」（秋中、よみ人しらず。万葉2104/2100「秋田刈る仮廬《かりいほ》の宿り…」）の他、①4後拾遺283「かひもなき心地こそすれさをしかのたつこゑもせぬはぎのにしきは」（秋上「萩盛待鹿と…」御製）、⑤158太皇太后宮亮平経盛朝臣家歌合9「あきののは花の色色おほかれど萩のにしきにしく物ぞなき」（「草花」五番、左、頼輔）を「参考」とする。「秋《ニ》の田のかりほの宿の…」〔私注―①2後撰295。万葉2104/2100〕／此歌より、田家にははぎをよみならはせるにや。萩の花にうづもれたるを、かく見たて、思ひよれるにや。」・「「から衣」は「錦」と対応させるために用いた。／二…万葉・二一〇〇では第二句「借廬之宿」。「萩」語からはこの歌が参考されるが、律調からは「秋の田のかりほのいほの…」の方が近い。」（俟）

【類歌】　①15続千載398/400「をしかなく萩のにしきのから衣きつつなれにし妻やこふらん」（秋上、忠房）

③133拾遺愚草2366「忘れじなはぎのしら露しきたへのかりいほの床に残る月影」（「内裏秋十首」秋）

942　秋はぎのちりゆくをのゝあさつゆは《に》④／こぼるゝそでもいろぞうつろふ・1345

【語注】　〇ちりゆく　八代集一例・千載381。

【訳】　秋萩が散って行く小野の朝露は、こぼれるその袖にも色が移り変って行くことよ。

▽秋20の7。「萩の」「露」。「衣」→「袖」。萩の散る小野の朝露は、こぼれ落ちる袖にも萩の色が移って行くと歌う。第一、二句ののリズム。42「(露の)こぼるゝ袖も/色ぞうつろふ」、44「まつ袖ぬるゝ/初鴈の声」、45「月におどろく/袖の色かな」のそれぐ〵の下句では、秋の情緒と、恋の情緒とが混然として一体化して表出されている。」(「金本」22、23頁)

【参考】①1古今781「吹きまよふ野風をさむみ秋はぎのうつりも行くか人の心の」(恋五、雲林院のみこ)

【類歌】①16続後拾遺284「折る袖も色ぞうつろふしら露のむすぶ籬の秋はぎの花」(秋上、前左大臣)

①21新続古今402「宮城野のあさ露わけて秋萩の色にみだるる忍ぶもぢずり」(秋上、頓阿)

③132壬二839「つゆはらふ袖吹きかへす秋風にうらさへはぎの色ぞうつろふ」(院百首、秋)

③132同2393「箸鷹のはつかり衣露分けて野原の萩の色ぞうつろふ」(秋「…、秋の歌…」。⑤217家隆卿百番自歌合68)

④24慶運101「わけゆけば袖のみぬれて秋萩の色なる露も見えぬ野べかな」(秋「萩」)

943　あきの野になみだは見えぬしかのねは/わくるをがやのつゆをからなん・1346

【語注】　〇あきの野　①13新後撰316「秋の野の尾花にまじる鹿のねは色にやつまを恋ひわたるらん」(秋上、信実)。③47増基33「秋ののに鹿のしがらむをぎのはのすゑばの露の有がたのよや」。　〇しかのね　八代集初出は後拾遺282。　〇をがや　八代集二例・千載856、859。

【訳】秋の野に涙は見えない鹿の音は、分けていく小萱の露を借りてほしい。

【本歌】①1古今149「声はして涙は見えぬ郭公わが衣手のひつをからなむ」（夏、よみ人しらず。「本歌」（全歌集））

▽秋20の8。「秋」「野」「露」。「色」↓「見え」「音《ね》」、「萩」↓「鹿」「（小）萱」、「行く」↓「分くる」、「露」↓「涙」。野で鳴いても涙は見えない鹿の声は、分け行く萱の露を借りてほしいと、『全歌集』の言う如く、本歌の郭公を鹿に変えたのである。涙は露に、露は涙によく喩えられる。917参照。

「鹿の妻恋するこゑをきくに、かのかなしむ涙は海ともつもりぬべくおもへども、鹿の涙とては別にはみえざれば、所詮、なれが分野の草葉の露を涙にかれといへる心なり。本歌に、〽声はして…。時鳥を鹿にいひかへ、「わが衣手のひつ」といふを「分る小萱の露」といひかへられ侍り。是又一体の取やう也。」（摘抄（中93。283頁））。「鹿はなけども涙はみえざる也。幸、分行のべのをがやの露をかれと下知したる也。／声はして…といへるよりかく思よれるなるべし。」・「「をがや」は小萱。八代集では千載の二例（八五五・八五七ロ、共に久安百首歌）のみ。愚草では他に一六一五・一六二三など例がある。」（俟）

「本歌のほととぎすを鹿に変えた。」（全歌集）。「なみだは見えぬ（しか）」…も、それぞれ本歌の「声はして」…の内容を前提として含んだ表現になっている。」（加藤「正治」131頁）

【類歌】④18後鳥羽院1212「さをしかの涙は見えぬ夕まぐれほしえぬ袖の露をからなむ」（八幡卅首御会、秋〔元久元年・1204〕）…943に似る

⑤230百首歌合〈建長八年〉368「なく虫の涙はみえぬ秋の野にこれこそそれと露やおくらん」（真観）

944　おもふ人そなたの風にとはねども／まづ袖ぬるゝはつかりのこゑ・1347

【語注】○おもふ人　①2後撰1365 1366「思ふ人ありてかへればいつしかのつままつよひのこゑぞかなしき」（羈旅、よみ人しらず）。○そなた　八代集初出は後拾遺725。「そなた」にいるのは、「思ふ人」であろう。○そなたの風　八代集初出は新古今894（①索引。後述）。④35宝治百首2532「さすらふるみちもはかなしこぬ人のそなたの風に袖をまかせて」（恋「寄風恋」頼氏）。○はつかりのこゑ　①8新古今960「草まくらゆふべのそらを人問はばなきてもつげよ初雁の声」（羈旅、秀能）。③133拾遺愚草1756「秋風にそよぐ田のものいねがてにまづあけがたの初かりの声」（仁和寺宮五十首、秋。④41御室五十首526。⑤216定家卿百番自歌合65）。

【訳】思い慕う人のことを、その方（北国）の風にきいたのではないが、まず初めに袖が（涙で）濡れる（北からの）初雁の声であるよ。

▽秋20の9。「鹿」→「人」「雁」、「涙」「露」→「濡るる」、「音《ね》」→「声」。思慕の人の様子をそなたの風に尋ねたのではないが、手紙を運ぶという初雁の声をきくとまず涙されると、風の便り（風信）と雁の便り（雁信・書）とで恋歌めかしている。物語的情趣があり、第一、四句にみられる恋歌仕立ての詠である。女の立場に立ってか。942参照。『全歌集』は、新古今894「別れ路は雲井のよそになりぬともそなたの風のたよりすぐすな」（離別、行宗）を「参考」とする。

「とはねともとは雁とのはわかおもふ人の使とはいはね共と也」（抄出聞書）。「思ふ人ありてそなたの風の便をとふにはあらねども、初かりの声のあはれには、まづ袖ぬるゝと也。」・「参考「秋風にはつかりがねぞきこゆなるたがたまづさをかけてきつらん（古今・秋上・二〇七・友則）」。典拠の基は蘇武の故事であろうが、源氏・須磨巻も予想されはする。」（俟）

945　ゆふべより秋とはかねてながむれど／月におどろくそら（袖④）のいろ哉・1348

【語注】　○ゆふべより　⑤233歌合〈文永二年八月十五夜〉18「まちいでばいかにとおもふ夕よりかねて心の月に住みぬる」（「未出月」長雅）。　○ながむれど　①14玉葉2151 2143「山もとの木影はよるとながむれどをのへはいまだ夕ぐれの色」（雑二、式部卿親王）。⑤393和泉式部日記36「ひと夜みし月ぞと思へばながむれど心もゆかずめはそらにして」（女（和泉式部））。　○そらのいろ　八代集にない。源氏物語「咎なくて御覧ぜさす。空の色したる唐の紙に、」（「葵」、新大系一―320頁）。④27永久百首682「空の色によそへることのことぢをば…」。

【訳】　夕暮時から秋だとは前もってしみじみと思い見るが、夜となっての月にはっとされる空の色であるよ。

▽秋20の10。「雁」→「月」「空」、「風」→「空」、「声」→「色」。夕べ時からいかにも秋だとは見るが、やはり月が出ると、まさに秋だとハッとする空の色だとの詠。942参照。

「「夕より」は、秋の夕は今までのけしきにもかはればことに物あはれに〔て〕ながめ〔ヒヒヒヒ〕て、秋とはながめたるそらなれども、月の光の各別に清光てりかゝやくに、さらにおどろきたる心也。」（俟）

【類歌】　①9新勅撰286「月ゆゑにながき夜すがらながむれどあかずもをしき秋のそらかな」（秋下「対月惜秋と…」菅原在良）

④38文保百首2339「夕より空なる月のしらま弓すゑまでみゆる秋のかげかな」（秋、為実）

946　秋をへてくもる涙のますかゞみ／きよき月よも（に③）うたがはれつゝ・1349

【語注】　○ますかゞみ　「増」を掛ける。「増鏡」（真澄《ます》鏡の意）。「月」のこと。「増鏡は「きよき月」を起こす序のような働きをする。」（全歌集）。　○れ　自発。受身か。

【訳】　幾秋を経て、（物思いによって）曇る涙の増す、真澄鏡・月（であるから）、八月十五日夜の清明な月夜も自然疑いつつある。

▽秋20の11。「秋」「月」。「驚く」→「疑は」、「月」→「（真澄）鏡」。幾秋の後、涙が増し、涙で月が曇ってしまうので、この清い月夜も疑うと歌う。秋20首の11首目の位置から、中秋の名月、望月であろう。また第二、三句から、これも恋歌仕立てであろう。『全歌集』は、万葉2678/2670「まそ鏡清き月夜のゆつりなば思ひはやまず恋こそまさめ」（巻第十一「寄物陳思」）、同3922/3900「織女し《の》舟乗りすらしま《す》そ鏡（⑤311八雲御抄111）清き月夜に雲立ちわたる」（巻第十七、家持）を「参考」とする。

「物思に数年の秋涙にくもるながめなれば、きよき月よも秋の光とも見えざれば、秋にてはなきかとうたがはるゝ心なるべき歟。」（候）

946、970、992、993、994、995「などの歌は、沈淪の嘆きや、そこから出発して、院の庇護を期待する気持、又庇護を得たことの喜びなどを盛ったもので、院に詠進される百首としては当然詠まれるべき種類の歌であった。やはり三五記の分類に従えば、有心体の付たりの撫民体などに属しそうな作品である。」（久保田『研究』799頁）

【参考】　④26堀河百首796「秋の夜の月はくもらぬます鏡かげをうかぶる水はあらじな」（秋「月」永縁）

【類歌】　①10続後撰1108/1105「老いにける身にこそかこて秋の夜の月見るたびにくもるなみだを」（雑中「月の…」荒木田延成）

①17風雅610/600「秋をへてなみだおちそふ袖の月いつをはれまとみる夜半もなし」（秋中「…、秋歌」為定）

④35宝治百首3050「玉にぬく涙ばかりぞます鏡きよき月夜の影もうつらず」（恋「寄鏡恋」忠定）

⑤231三十六人大歌合〈弘長二年〉38「いかにせむくもるなみだのますかがみうらみしよりぞ秋はたえにし」（衣笠前内大臣）

947　おもふことまくらもしらじ秋のよの／ちゞにくだくる月のさかりは・　1350

【語注】　○おもふこと　③132壬二1432「思ふ事夜はの枕もこころあらばいひあはせてもなぐさみなまし」（家百首、雑「寄枕雑」）。④35宝治百首3113「思ふ事枕ばかりはしるなればかかる涙の色も見るらん」（恋「寄枕恋」俊成女）。④37嘉元百首2038「おもふことしらばしれとやきりぎりす枕にちかくなきあかすらん」（秋「虫」宗寂）。　○ちゞにくだくる　③133拾遺愚草1049「いく秋をちぢにくだけて過ぎぬらん我が身ひとつを月にうれへて」（千五百番歌合、秋。⑤197千五百番歌合1453）。⑤218内裏百番歌合〈承久元年〉166「さえくらし霰ふるよの袖のうへにうらむる月ぞ千千にくだくる」（「冬夜月」実氏）。

【訳】　私が思っていることは、決して枕といえども知るまいよ、秋の夜の様々に思い乱れている月の盛りは。

▽秋20の12。「秋」「夜」「月」。「疑は」→「思ふ」「知ら」、「鏡」→「枕」、「月」→「夜」。秋夜、心が千々に砕け散る中秋の名月・満月の頃は眠らないので、私の物思い（の数々）も枕は知るまいと歌う。第二句は古今504「わが恋を人知るらめやしきたへの枕のみこそ知らばしるらめ」（恋一、読人しらず）、第三句以下は古今193「月見れば千ゞにものこそかなしけれわが身ひとつの秋にはあらねど」（「参考」（全歌集）。秋上、大江千里）による。また古今504で分かるように、枕は恋の秘密を知るものとされているので、947も恋歌めかしていることになる。二句切、倒置法。907参照。『全歌集』は、①1古今676「しるといへば枕だにせでねしものをちりならぬなのそらにたつらむ」（恋三、伊勢）、①4後拾遺838 839「しきたへのまくらのちりやつもるらん月のさかりはいこそねられね」（雑一「連夜に月をみるといふ心をよみ侍ける」源頼家）を「参考」とする。

摘抄（中、284頁）。「本しるといへば…〔私注—後述〕／おもふ事をまくら《枕》のしる《知》といふ事あ《侍》れど、《も、哀と、月の（抄書）》月の時分、千々万々《(ナシ)》にくだくる思《おも》ひをば《(ナシ)》枕《(抄書)》もしらじ《す(抄書)》と也。じ《す(抄書)》と也。おほ《大》かたのおもひをこそ《まくらも》しらむと也。」(抄出聞書208。175頁)。「しるといへば…／…」・「国本「私、月のさかりはうちぬる事もなければはにや」と行間細字補記。」(抄出聞書（中）244。105頁)。「我恋を…／此歌より枕は思事を知やうに詠じ来れり。されば、月のさかりの比なき秋の夜には、さまぐ〜物思つくして千々に心をくだく也。そのくだく心のさまぐ〜なる事をば、枕もよもしらじとよめる也。」・「「南方正路、停午ノ月の事也（摘抄・九四番)」。「しきたへの…〔私注―前述〕「月みれば…千里歌を本歌、不知歌・頼家歌は参考歌。千五百番百首一〇四九も千里歌による同想歌。」(俟)。「〇千々は種々様々に思ひくだく心也。枕もいかでしらんと云心也。枕の思ふ事をしると云事有。それをもつて也。月のさかりは秋の最中也。」(六家抄)

948　もよほすもなぐさむもたゞ心から／ながむる月をなどかこつらん・1351

【語注】　**〇もよほす**　八代集一例・千載234。③125山家633「こひしさをもよほす月のかげなればこぼれかかりてかこつなみだか」(恋「月」)。　**〇かこつ**　八代集三例、初出は千載791。他「かこちがほなり」八代集一例・千載929(後述)。「かこちよす」八代集一例・後撰206。

【訳】　(感涙を)催すのも、(また心が)慰まるのも、ただ自《み》らの心からのことで(あるのに)、眺めている月をどうしてけなすのであろうか。

▽秋20の13。「月」。「思ふ」「砕くる」→「催す」「慰む」「心」「かこつ」。涙を催すのも、心を慰めるのも一重に心からであるのに、どうして〝眺め〟ている月のせいにするのかと、百人一首の西行歌(後述)を髣髴とさせる。下句(第二句も)なの頭韻。『全歌集』も、①7千載929 926「なげけとて月やは物をおもはするかこちがほなるわが涙かな」(恋五「月前恋と…」円位法師)と「類想の歌である。この西行歌の影響下に詠まれたか。」とする。

「催すは秋の思ひを月のもよほすやうなるも心から也同月に又なくさめたる上は何か月をかこつらんと也」（抄出聞書）。「一「もよほす」とは、二〔あはれ〕涙を催す事なるべき歟。涙ともあはれともなけれども、「なぐさむ」といひ、「心からながむる」といへるにて「涙〔あはれ〕〔ヒ〕」〔ヒ〕とはきこゆるやう也。三かやうのくさり、よく心をかけて思べき事なるにや。なぐさむも、哀を催すも、月にはなし。こなたのこゝろから、色々むかふる月かげを、月のわざのやうになどかこつとよめる也。」・「一「なげゝとて…を前提としていよう。／二「あはれ」より「涙」が可。／三　第三句切。「心からながむる」と文脈的承接を一方で認め、同時に三句末の中絶をも認める所からの注か。その、切れ、また続くことを、連歌用語「くさり」で表わしたか。」（俟）

949　さびしさも秋にはしか《ば》じ《し（③）》なげきつゝ／ねられぬ月にあかすさむしろ・1352

【語注】　○さびしさも　①8新古今374「ふかくさのさとの月かげさびしさもすみこしままの野べの秋風」（秋上、通具）。○しか　八代集初出は後拾遺225。「しかじ―「さむしろ」の縁語「敷か」を響かせる。」（全歌集）。○なげきつゝ　①3拾遺912「歎きつつ独ぬる夜のあくるまはいかにひさしき物とかはしる」（恋四、道綱母。3′拾遺抄268。②7玄玄13。⑤276百人一首53。⑤390蜻蛉日記27）。④18後鳥羽院970「なげきつつねぬよの空の月かげを恋しき人のかたみにぞみる」（詠五百首和歌、恋）。

【訳】　淋しさも秋には及ぶまい、歎きながら寝られはしない月に夜を明かす狭筵であるよ。

▽秋20の14。「月」。「心」→「淋しさ」「歎き」、「月」→「秋」。第一、二句は二つの解釈―わが淋しさも秋の淋しさには及ぶまい、淋しさの極みは秋だ・に分かれるが、後者か。第三句以下は、月を見て、嘆きながら筵の上で寝られずに夜を明すことによって分かる、である。例によって恋歌めかしている。二句切。『全歌集』は、③96経信119「あ

きのよはころもさむしろかさぬると《ねても(新)》つきの光にしくものはなし《ぞき(新)》」（「…、望月」。①8新古今489）を「参考」とする。「さびしさも、秋には他季はしかじと也。うちなげきてねられぬ深夜の月にあかすさむしろは、たぐひなきさびしさと也。「さむしろ」より「しかじ」とはいへる也。」・下句「「さむしろに衣かたしきこよひもや我をまつらん宇治の橋姫（古今・恋四・六八九・不知）」の面影はやはりあろう。」（俟）

【類歌】④19俊成卿女15「みる程ぞしばしなぐさむ歎きつつねぬ夜の空の有明の月」（恋。①21新続古今1431。⑤197千五百番歌合2573）

950　秋の夜のあまのとわたる月かげに／を《(お)》きそふしものあけがたのそら・1353

【語注】**○あけがたのそら**　八代集四例、初出は千載323。

【訳】秋夜の天の門を渡って行く月の光によって、（光の霜が）置き加わる霜の明方の空であるよ。

▽秋20の15。「秋」「月」「明《あか/あけ》（す/方）」。「寝（られぬ）」「月」「明す」「狭筵」→「夜」、「月」→「天（の門）」「渡る」「空」。歌の位置からして、もう晩秋であり、秋夜の空の通路を渡る月光により、李白の「静夜思」の「牀前看月光　疑是地上霜」や和漢朗詠246「自ら疑ふ荷葉の霜を凝らせることの早かなることを」（秋「十五夜付月」）の如く、実際の霜の上に月光の霜の加わる明方の空を歌う。上句は、①1古今648「さ夜ふけてあまのと渡る月影にあかずも君《人(六)》をあひ見つるかな」（恋三、よみ人しらず。②4古今六帖2585）による。第一、二句（末句も）あの頭韻。第一、二句ののリズム。「無殊事歟。たゞ秋の夜さむの月の《二》風景おもふべし。」・下句「四句の地上と五句の背景とで構成した暁の具象に、夜もすがらの秋天の推移を定着させようとしたものか。そうであれば秋月の清涼と暁の白霜の冷涼との対応は聊か微妙。」（俟）。「○／二　「風景」、七五五頭注参照。」―「構成された自然情景で、自ら特定の情調を印象させる具象場面。」（俟）。

天の戸渡るは空の事也。よひよりあかつきまで月のわたる心也。」（六家抄）安田章生「氏が「感覚の冴えを強く見せている作品」の項に挙げられた、」（久保田『研究』800頁、「（この類には…（九六六）の歌も挙げられるであろう）」（同800頁））

【参考】③49海人手古良94「秋の夜の月影うかぶ水のおもやあまの川ともみえわたるらん」（「秋の月みづにうかぶ」）

③103在良11「月かげにあきのよすがらおきゐつつうつころもでにしもやおくらむ」（「月前擣衣」）

④29為忠家後度百首397「くものなみわけゆくふねはあきのよのあまのとわたる月にぞありける」（秋月「雲間月」）

【類歌】①20新後拾遺762「月かげに置きそふ霜の夜やさむきふくるにつけてうつ衣かな」（雑秋、儀同三司実）

①22新葉378 377「初霜のおくてのいな葉雁ぞなく夜さむの月の明がたの空」（秋下、妙光寺内大臣）

④35宝治百首1803「明がたのあまのと渡る月影にうき人さへやころもうつらん」（秋「聞擣衣」基家。⑤231三十六人大歌合〈弘長二年〉2。⑤319和歌口伝59。⑤324和歌庭訓1）

⑤236摂政家月十首歌合60判「あまのはらとわたるよはの月かげに秋かぜさむしころもかりがね」

951　そめはつるしぐれをいまはまつむしの／なく〳〵お《（を）》しむのべのいろ〳〵《色かな（③）》・　1354

【語注】○そめはつる　八代集にない。③131拾玉2699「いろをふかくそめはててぬればたち返り…」。③133拾遺愚草2410「山の井のしづくも影もそめはてて…」。○まつ　「待つ・松虫」掛詞。

【訳】（草木を）染め果ててしまう時雨を今となっては待っている、松虫が鳴きながら惜しんでいる野辺の様々（な草花）であるよ。

▽秋20の16。「空」→「時雨」、「夜」「明方」→「今」、「天」→「野（べ）」。木々の葉をすっかり染め果てる時雨を今

待ち、松虫が、(これから散り行く)野辺の色々な草花を鳴(泣)きながら惜しんでいるとの詠。「「時雨を今はまつむし」、染はつる色のゆかしくまつ心にはあらず。「命まつま」といへる心の「待」なるべし。我身の[1]かきとまつ心也。これも「今は」といひ、「なく〳〵おしむ」といへるにて「待」の字の心あり〳〵ときこゆるなり。「「のべの色々」は千種の色くなるべし。」」・「1「かぎり」の「り」脱か。」・下句「なくなく…」の第四句は愚草に例が多い。」(俟)

【類歌】③133拾遺愚草2030「松むしのなく方遠くさく花の色色をしき露やこぼれん」(仁和寺宮五十首、秋「尋虫声」。①20新後拾遺316。⑤248和歌一字抄704)
⑤244南朝五百番歌合342「松虫のなくねもよはの初霜に色こそかはれ野辺のあさぢふ」(秋三、関白)

952　白妙の衣しでうつひゞきより/を《お》きまよふしものいろにいづらん・1355

【語注】○しでうつ　八代集一例・後拾遺336(後述)。「してうつ※　如何/※シキリニ也。」(不審50。310頁)。「「一義、しめ〲とうつといふなり」(綺語抄)、「しげくうつ也」(八雲御抄)。」(新大系・百番61)。○ひゞき　動詞は八代集に多いが、名詞は不思議とない。源氏物語「あな耳かしかましとこれにぞおぼさるゝ。何の響きとも聞き入れ給はず。」(「夕顔」、新大系一―116頁)。③131拾玉5100「…杣のたつ木の　ひびきより　みねの朝ぎり…」。平家物語「祇園精舎の鐘の声、諸行無常の響きあり。」(巻第一「祇園精舎」、新大系5頁)。○を《お》きまよふ　ひどく置き乱れる。八代集三例・新古今487(後述)、507(宮内卿)、516(俊成女)。この中には、新古今487「ひとりぬる山鳥のお《を》のしだりお《を》に霜を《お》きまよふ床の月かげ」(秋下、定家)の名歌がある。○いろ(色)「白」の縁語。

【訳】白妙の衣をしきりに打つ砧の響きから、置き迷っている霜は色に出るのであろうよ。

▽秋20の17。「色」。「時雨」→「霜」。「しで（打つ）」→「（置き）迷ふ」。白栲の衣を盛んに擣つ切ない砧の響きによって、あたり一面に置く霜が色に出るのだろうとの、音（「響」聴覚）と色（「色」視覚）の錯綜。また「白」は「霜」の色でもある。末句「色に出づ」は恋の詞。また第四句字余（「を（お）」）。『全歌集』は、①4後拾遺336「さよふけてころもしでうつこゑきけばいそがぬ人もねられざりけり」（秋下、伊勢大輔）を「参考」とする。②16夫木5750「秋とだにわすれむとおもふ月影をさもあやにくにうつ衣かな」（右勝、千五百番）。⑤216定家卿百番自歌合61、秋、三十一番、左、院百首初度。⑤216定62「おきそふ…」、秋五、擣衣「正治二年百首」同（＝前中納言定家卿）。「してうつとはしけくうつ事也色にいつらんとは夜寒の霜いよ〳〵をきまさること也擣衣の感情也」（抄出聞書）。「「白妙の衣」は、衣の[二]本色なれば也。「してうつ」の「[三]し」文字、清歟。頻に打心也。「[四]をきまよふ」は、まだをきさだめぬ霜也。夜さむのきぬたのひゞきより、霜もをきそひ、色にあると也。白妙と云も、霜に色のたよりある歟。よさむの霜によりてきぬたのひゞきもさむかるべきを、とりかへいへるこゝろ、めづらしくや。かやうの所、余人の歌とは各別なるにや。」・「二　本源の色。この一文、なぜ必要か不審。／三　あるいは「しで」についての疑問か。語義は不審・五〇番も「シキリニ也」とするが、手段・方法を表わす語。／四　「はつしものをきまどはせるしらぎくの花（古今・秋下・二七七・躬恒）」による表現であろうが、「おきまよふ…」の形が愚草には他に一五五三・一七二五・二七七〇・三八四八など例がある。」（俟）

【類歌】　②16夫木5787「しろたへのしも夜の風のさむければころもでうたぬさと人もなし」（秋五、擣衣、為家）
③132壬二2532「山かぜにはつ霜かけて白妙の衣しでうつしづの神人」（秋「秋…」。②16夫木16737）…ライバル家隆の詠
⑤213内裏百番歌合〈建保四年〉114「しろたへのしもの衣を打ちわたすをちかた人や袖にしるらむ」（秋、右大臣。②16夫木15582）

953　※おもひあへず秋ないそぎそさをしかの／つまどふ山のを田のはつしも・1356

【語注】○初句　字余（「あ」）。※「内（おもひあへる）」（新編国歌大観③歌集922頁）。○つまどふ　八代集三例、初出は千載308。○末句　新編国歌大観①～⑩の索引には、他になかった。

【訳】思い尽くしていないのだ、（だから）秋よ急いで行くな、（それなのに）雄鹿が妻問《ど》いをする山の田には（降った）初霜であるよ。

▽秋20の18。「霜」。牡鹿が妻問いをする山の田に初霜が早くも降りたのだが、まだ十二分に秋の物思いを尽くしていないので、秋に対して急いで行ってくれるなと呼びかけたもの。「おもひあへず」「つまどふ」と恋歌めかしている。⑤216定家卿百番自歌合68、秋、右、院百首初度。⑤216定67「たかさごの外にも秋は有るものを我がゆふぐれと鹿はなくなり」（左勝、水無瀬殿十首）。

摘抄「此五文字心得がたき事とぞ。たとへば、人丸の〽左男鹿の…、此本歌の心をおもひあへず、「秋ないそぎそ」と也。人丸の歌は初より後をみ、此歌は奥より端をみたる歌也。姿風情と、のほりてありがたき歌也。此五文字の「おもひあへず」とは、おもひさだめずといふ詞也。但、又歌によりて心かはるべし。」（中49。256頁）。「「思[二]あへず」、不思案也、不慮也。「秋ないそぎそ」の「秋」は、初秋にあらず、小田成就の秋ないそぎそなり。妻どふさをしかのためを思あへずに秋をないそぎそと、霜に下知したる心おもしろくや。〔ことに「初霜」の「初」の字、おもしろし。」／[四]さをしかの…」（俟）

【参考】①5金葉（二）265/283「なに事にあきはてながらさをしかのおもひかへしてつまをこふらん」（冬、光清）

③1人丸130「さをし《じ（秀）》かのつまよぶ《どふ（新、秀）》山《やど（家）》のをかべなるわさ田はからず《じ（新、家、秀）》霜はふれど《おくと（新、家、秀）》も」（「本歌（新古今）」（新大系・百番68）。下。万葉集十・2224/2220「…妻呼ぶ山の岡辺にある早稲田は刈らじ霜は降るとも」。①8新古今459（秋下、柿本人麿）。

③3家持130。⑤274秀歌大体73）

【類歌】　③130月清1222「五月やまともしにもれしさをしかの秋はおもひにみをしをるらむ」（秋）

③133拾遺愚草2266「さをしかの妻どふ小田に霜おきて月影さむしをかのべの里《宿(撰)》」（秋「田家見月」。⑤189撰歌合〈建仁元年八月十五日〉84）

⑤210内裏歌合〈建保二年〉93「さをしかの妻どふをかは霜がれてからぬわさ田に残る秋風」（「秋霜」僧正。②16夫木5808）

④39延文百首3296「さをしかの妻どふまではもる人もみえし山田のいほぞあれゆく」（雑「田家」為重）

⑤229影供歌合〈建長三年九月〉158「あはれまたためしもあらじさをしかの妻どふ山の秋の夕暮」（「暮山鹿」師継）

954　秋くれてわが身しぐれとふるさとの庭は《の(③)》もみぢのあとだにもなし・　1357

【語注】　○ふるさと　「降る・古る・故里」との掛詞。

【訳】　秋が終って、我身は時雨が降るにつれて古び、故郷の庭は紅葉の跡さえもない。

▽秋20の19。「秋」。「鹿」→「（我が）身」「紅葉」、「霜」→「時雨」、「山」「田」→「古里・庭」、「初（霜）」→「（秋）暮れ」。秋も暮れ、我身も古び、時雨が降る古里の庭は紅葉が跡かたもないと歌う。下句は「庭にはもみぢが散り敷いて、人の足跡すらない。」（全歌集）の解もあるが、語法上無理がある。言うまでもなく、①1古今782「今はとて《秋はて(後)》わが《われに(伊)》身時雨《の(伊)》にふり《ゆけ(伊)》ぬれば事のはさへ《ぞ(伊)》にうつろひにけり《る(伊)》」（「本歌」（全歌集）。恋五、をののこまち。①2後撰450（冬、よみ人しらず）。⑤415伊勢物語217）の恋歌をもとにする。910参照。

「今はとて…「我身時雨とふるさと」、我身のふりぬるよし也。「庭は紅葉の跡」といへる、いかゞ。紅葉をふみわくる跡のなき心なるべき歟。又、ふり敷たる紅葉の行衛もなくなりたる心なるべき歟。たしかにきこえず。いづれにても面白し。秋くれ、我身ふりたる庭をばとふ人も踏たえたる心なるべき歟。又、もみぢの行衛なき心ならば、秋の名残もなき心なるべし。」・「二「人にふるさる丶心」「とふ人の跡だになき也」と六家抄注もするが、四・五句の続きおよび当歌が秋の末二首の点からは、秋の名残なし解が可。」（俟）。「○我身のふりたる心也。とふ人の跡だになき也。右、我身時雨とふりぬれば…人にふるさる丶心也。」（六家抄）「「いまはとて…から、第二句と第三句を取った本歌取の作である。もともと、本歌の句が「降り」「古り」の掛詞であったところに、さらに「故郷」の意を掛けて、晩秋の景と我身の衰えの述懐を複雑に重層させている。」（加藤「正治」128頁）。「傍線部〔私注─「わが身しぐれとふる」〕も、ほぼ同様に説明できる例である。」（同133頁。934の同頁参照）

【類歌】③132壬二684「日の光やふしわきけりいたづらに我が身時雨のふるさとの秋」（光明峰寺入道摂政家百首、述懐「里」）④19俊成卿女210「けふとても桜は雪とふる里の跡なき庭に《を(続、宝)》花とやはみる」（「…、落花」。①12続古今113。④35宝治百首676）

955　あすよりは秋は嵐のを《(お)》とは山／かたみとなしにちるこのは《紅葉(④)》哉・1358

【語注】**○あすよりは**　①4後拾遺372「あすよりはい《の(二)》とどしぐれやふりそはんくれゆくあきをしむたもとに」（秋下、範永）。①5′金葉（三）256「あすよりはよもの山辺にあきぎりのおもかげにのみたたむとすらん」（秋「九月尽の…」中原経則。5金葉（二）254 271）。**○秋も嵐の**　①7千載381 380「紅葉ばのちり行くかたをたづぬれば秋も嵐のこゑのみぞする」（秋下、崇徳院。④30久安百首50）。**○嵐**「あらじ」との掛詞。**○をと**「音・音羽山」掛詞。

【訳】　明日からは秋もあるまい、嵐の吹く音のする音羽山よ、（そこには）秋の形見として何もなく散ってゆく木葉であるよ。

▽秋20の20。「秋」「無し」。「（秋）暮れ」↓「明日」、「無し」↓「有らじ」、「時雨」↓「嵐」、「故里・庭」↓「（音羽）山」、「紅葉」↓「木葉」、「跡」↓「形見」、「降る」↓「散る」。〝秋〟末の歌ゆえに、秋の最終日、（嵐の）音羽山において、秋の形見の姿をとどめないで、嵐によって木葉が散って行くと歌って、「秋」を閉じる。第一、二句あの頭韻とあのリズム。901参照。

「「かたみとなしに」、これも秋のかたみとせむとなしにちるこゝろ歟。又、かたみとはなくて、かたみとみるばかりと云心歟。秋も今日ばかりなる[1]〔「かたみとなしに」といへるは、秋もけふばかりなる音羽山に、あらしの吹ちらす木のはは、かたみに残さんともせずちるといへる心にてもあるべき歟。かたみはをく物なれば、はじめの心にてはあるまじき歟。〕」・「1行の途中で、以下を余白として改行し、「かたみ…」と記す。欠脱文など書写の問題か、加注段階の問題か、七〇二と共に不詳。」（佚）

「「嵐」に「あらじ」を、「音羽」に「音」を掛けていて、凝った言葉続きになっており、」（加藤「正治」128頁）

【類歌】　①15続千載2051 2067「なき跡はかたみだになほとどまらで秋もわかれとちる木のはかな」（哀傷、為氏）

②16夫木6317「ちるこのはかさなるしもにあともなし山路のすゑ《おく(拾)》の秋のわかれは《通路(拾)》」（秋六、九月尽、源英明。③134拾遺愚草員外372・全歌集・下・3163の頭注には何の指摘もない）

③132壬二3012「いく夜しも嵐ふくよの山里にいやはかなにもちる木葉かな」（雑「山家の…」）

冬十五首

956　たむけしてかひこそなけれ神な月／もみざはぬさとちりまがへども・1359

【語注】　○たむけし　八代集三例。　○神な月　③131拾玉1184「神無月ちるもみぢばのあはれをぞ空にしらする木がらしの風」（勒句百首、冬二十首）。　○ちりまがへ　八代集三例、初出は拾遺74。

【訳】　手向けをしてもそのかいがないことよ、神無月に、紅葉は幣と散り乱れているけれども。

▽冬15の1。「なしけれ」「ちるり」。「木葉」→「紅葉」。神無月で神がいないから、紅葉の錦は幣と散っているが、この度は手向山で、竜田姫が神に手向けしても、その甲斐がないと、古今298「たつた姫たむくる神のあればこそ秋の木の葉の幣とちるらめ」（秋下、兼覧王）と、有名な百人一首の道真の古今420「このたびは幣もとりあへずたむけ山紅葉の錦神のまに〳〵」（「本歌」（全歌集）。羇旅、菅原朝臣）をもとに歌う。二句切、倒置法。第二、三句かの頭韻。

「紅葉はぬさとちりまがひて手向するごとくなれども、神無月神のなき月なれば、手向してかひもなしと也。「神な月」といふよりいひたてたる歌なり。」（佚「中古の体の歌」（加藤「正治」126頁）

【参考】　①5金葉（二）217 230「あらしをやはもりのかみもたたるらん月にもみぢのたむけしつれば」（秋「月前落葉と…」俊頼）

②10続詞花269「嵐ふくかみがき山のふもとにはもみぢやぬさとちりまがふらん」（秋下、宗延法師）

【類歌】　④38文保百首58「染めつくす紅葉はぬさと散りはてて時雨にあける神無月かな」（冬、忠房）

⑤244南朝五百番歌合518「空はまた時雨もあへぬ神無月たむくるぬさとちる木のはかな」（冬一、実為）

957　山めぐり猶しぐるなり秋にだに／あらそひかねしまきのしたばを・1360

【語注】〇山めぐり（動）山々をめぐって。八代集一例・千載408。が、「山めぐりす」は八代集三例、初出は金葉（三）263。〇しぐるなり　終止形接続により、いわゆる伝聞推定。〇あらそひかね　八代集四例、初出は拾遺39。〇まきのしたば　八代集三例、すべて新古今。③85能因173「しぐれの雨そめかねてけりやましろのときはのもりのまきの下葉は」（下。①8新古今577。⑤277定家十体78）。

【訳】山をめぐってやはり時雨れているようだ、秋でさえ逆らいかねて紅葉しそうだった槇の下葉を（染めようとして、冬には）。

【本歌】③1人丸181「しぐれのみめには《のあめまなくし（新、童）》ふれ《ナシ（新、童）》れば槇のはもあらそひかねて紅葉《いろづきに（新、童）》しにけり」（①8新古今582（冬、人丸）。⑤293和歌童蒙抄60）＝②1万葉2200 2196「シグレノアメ　マナクシフレバ　マキノハモ　アラソヒカネテ　イロヅキニケリ」
しぐれのあめ　まなくしふれば　まきのはも　あらそひかねて　いろづきにけり」（「本歌」（全歌集）。秋雑歌。②4古今六帖494「しぐれの雨まなくしふれば神なびの森の木葉も色付きにけり」（第一「しぐれ」））

▽冬15の2。「紅葉」→「下葉」。本歌をふまえ、前の季節の秋でさえも紅葉しそうだった槇の下葉を色付け染めようと時雨の雨は山をめぐって絶え間なく時雨が降っているようだとの詠、あるいは、「俟」の言う如く、秋でさえ、競い染めることができなかった槇の下葉をやはり染めようと時雨は山をめぐり降るとの詠か。二句切、倒置法。第三、四句あの頭韻。

「時雨の雨…「秋にだにあらそひかねし」、「あらそひかねて色づきにけり」なれば、秋のうちさへあらそひかねてかつ色づきしまきの下葉を、なをいかほどそめむとか、山めぐりしていくたびとなく猶しぐるぞといへるにや。又、「あらそひかねて」も、本常盤のまきの葉なれば、そむることもあらじを、山めぐりしてなをそめむとやしぐる、といへるにや。」（俟）。

【類歌】　⑤197千五百番歌合1808「しぐれだにあらそひかねしまきのはのうづもれはつるゆきのゆふぐれ」（冬二、公経）
⑤200石清水若宮歌合〈元久元年十月〉18「槙の葉にあらそひかねて庭の面の落葉がうへになほ時雨るなり」（時雨、家長）
⑤204卿相侍臣歌合〈建永元年七月〉58「深山ゆく秋の涙のゆふしぐれあらそふものか槙の下葉も」（羇中暮、成茂）

958　うらがれしあさぢはくちぬひとゝせの／すゑばのしもの《も（④）》ふゆのよな〳〵・1361

【語注】　〇うらがれ　八代集五例、初出は千載305。が、他「思ひうらがる」八代集一例・拾遺845。①8新古今345「うらがるる浅茅がはらのかるかやのみだれて物をおもふころかな」（秋上、坂上是則）。④38文保百首3355「うらがれしやたのあさぢをくものふかき冬ともなりに〔　〕」（少将内侍）。〇あさぢ　たけの低い茅萱《ちがや》（＝草の名）、多く荒れた庭に生える。〇すゑば　八代集初出は詞花339。「末」掛詞。〇すゑばのしも　⑤197千五百番歌合1567「くれてゆくあきのちぎりはあさぢはらすゑばの霜やむすびはつらん」（秋四、通具）。〇ふゆのよなよな　八代集及び勅撰集にない（①索引）。③56恵慶273「あけがたきふゆのよなよな恋すれば…」。③58好忠341「…あけおきてさむさもしらず冬のよなよな」。

【訳】　先の枯れた浅茅は朽ち果ててしまった、一年の終りの（浅茅の）末葉に霜が置く冬の夜々であるよ。

▽冬15の3。「葉」。「槙・下葉」→「浅茅」、「下（葉）」→「末（葉）」、「時雨」→「霜」、「秋」→「冬」。年末の浅茅の末葉に降る冬の夜々の霜によって、末枯れしていた浅茅は朽ちたと歌う。二句切。第三句以下ののリズム。同じ定家に、⑤184老若五十音歌合365「ながめつつよわたる月におく霜のすぎてあとなき一とせの空」（冬）・1715がある。②16夫木6592、第一句「うらがれの」、冬一、霜「正治二年百首」前中納言定家卿。

「秋のうらがれし浅ぢは、今つゐにくちぬとなり。それは、秋よりうちつゞきをきそへたるよな〳〵の霜にたへずして、つゐにくち畢と也。「一とせの末葉」、めづらしからぬことながら、あたらしく思ひえたる末は也。かやうのところ、後学の可翫味ところ也。」（俟）

「自然の寂寥に徹した作品としては、既述の「こまとめて…」（私注―967）の作の他にも、」958、962、968、987「などの作を挙げることができる。」（久保田『研究』803頁）。958や987「などの作は、いずれも、特に非現実の世界を仮構したものではなく、むしろ作者の見聞の範囲内にある日常的な世界において、寂寥を探り得ている。後に中世和歌の主流を占めるに至る、為家風の平淡な歌の萌芽を、このあたりに見出すことができるのかも知れない。」（同804頁）

【類歌】⑤197千五百番歌合1718「ことゝひし庭のみちしばうらがれて霜よりさゆる冬のよなよな」（冬一、公経）
⑤197同1784「霜むすぶ冬のよなよなかさなりてかぜのみかれぬにはのあさぢふ」（冬一、讃岐）

959　冬はまだあさはのゝらにを《(お)》くしもの／ゆきよりふかきしのゝめのみち・1362

【語注】**○冬はまだ**　③33能宣308「…しらつゆの　おきのみそはる　ふゆはまた　きえせぬしもと　むすぼほれ　ながきよすがら　…」（四巻）。④18後鳥羽院1218「冬はまだあさぢがうへにふる霜の雪かとまがふあけがたの空」（八幡卅首御会、冬）。**○まだ**「又」か。「まだ」（③959、④1362）。**○あさは**　万葉2773 2763「紅の浅葉の野らに刈る草《かや》の束の間も我《あ吾(わ)》を忘らすな」（「参考」（全歌集）。巻第十一）。③115清輔234「露ふかきあさばののらにをがやかる…」。式子278「我袖はかりにもひめや紅のあさはのゝらにかゝる夕露」（正治百首、恋）。『式子全歌注釈』278参照。「浅」（掛詞）と「深」（下句）の対照。**○ゝ《(の)》ら**　八代集二例（古今248、千載859）。**○をくしもの**　③131拾玉1186「おしなべて野にも山にもおく霜のふかさをつぐるかねの声かな」（勅句百首、冬）。**○しのゝめのみち**　八代集にない（①索引）。④34洞院摂政家百首1198「いきてやは又もしをれん白露のおきまどはせる篠目の道」(恋「後朝恋」実氏)。③132壬二2791「…きえかえりゆきもやられぬしののめの道」(恋「後朝恋」)。⑤421源氏物語32「いにしへもかくやは人のまどひけんわがまだ知らぬしののめの道」(「参考」(全歌集)。「夕顔」、(光源氏))。「後朝の恋の気分を漂わせる句。」(全歌集)。

【訳】　冬はまだ浅く、浅羽の野らに置く霜は、雪よりも深い東雲の頃の道よ。

▽冬15の4。「冬」「浅(同位置)」「霜」。「霜」→「雪」、「浅」→「深き」、「夜な〳〵」→「東雲《しののめ》」。冬はまだ浅いので雪もなく、浅羽の野に霜が置いて、夜明け時の道は雪より深いと歌う。末句に分かるように、後朝に帰る男の気分の詠。②16夫木6568、初句「冬はいまだ」、冬一、霜「正治二年百首」前中納言定家卿。901参照。「名所歟、清※1濁※2如何。／※1「清」に合点　※2浅羽野、信濃国。」・「一　浅羽野、要抄・抄出「信濃国」。名寄「信濃・武蔵」。」(不審51、310頁)。「冬はあさしとうけたる也。冬はまだ浅けれども、霜は雪よりもふかしといへり。「しの、めの道」、よく見たてたる也。冬朝、道路の霜の景、まことにみるごとくなり。」・「一　当注の用語としての「見立て」「景」「みるごとく」については、三六二・七五五・三〇二頭注参照。」・「見立て」＝「自然現象の細微を充分に観察し尽くして、それを情景場面として再構成する意に用いている。」・「景」＝「実景と理解したか。」・「みるごとし」は、文字通りに、歌が表象する自然の構成された情景(視覚を中心とするが聴覚も有効)の印象鮮明なさまをいうに用いられ、」(俟)

【類歌】　④40永享百首583「枯れわたる野べはあさぢにおく霜のふかきや冬の色をみすらん」(冬「寒草」義教)

960　よしさらばよものこがらしふきはらへ／ひとは《は④》くもらぬ月をだに見む・1363

【語注】　**○よしさらば**　八代集初出は後拾遺865。③118重家125「よしさらばくもらばくもれ秋の月さやけきかげはいるもをしきに」（内裏百首「月」）。④15明日香井591「よしさらばひと問はぬまでうづむともいりなんやまのあとのこがらし」（春日社百首、冬）。**○ふきはらへ**　八代集初出は後拾遺148。④29為忠家後度百首409「ふきはらふあなしのかぜにくもはれてなごのとわたるありあけの月」（秋月廿首「雨後月」）。④31正治初度百首2161「吹きはらふ嵐の後のたかねより木葉くもらで月やいづらむ」（冬、丹後）。**○ひとは**　「一葉」八代集二例・詞花80、新古今1962。**○む**　意志。推量か。

【訳】　まあそれなら、まわりの木枯よ、（皆）吹き払ってしまえ、（それによって）一葉も曇りはしない月だけでも見よう。

▽冬15の5。「霜」「雪」→「木枯」「雲」、「雪」→「月」。辺りの木枯に対して、葉も雲も吹き払えと命令し、一葉も曇らない月を見ようと歌う。第一、二句よの頭韻。

「この「だに」は、[一]ことばのたすけ也。木葉のちるはおしき物なれど、よし〳〵さらばふきはらへ、もみぢのかはりにくまなき月をよくみんと也。／[本]秋は[二]猶木の間《葉（抄書）》がくれもくらかりき冬こそ月はみるべかりけれ」・「一　この「ことばのたすけ」は悦目抄などのいうそれとは異って、副助詞類の限定のあり方をいっているようである。／二　詞花・一四六・冬・不知。第二句「このしたかげも」一本に「このまがくれも」。」（抄出聞書209。176頁）。「「よしさらば」、おもしろし。とても梢にとめぬ木がらしならば、一向吹はらへと也。さあらば、一葉もくもらぬ木のまの月をみむと也。めづらしく見たてたる歌也。」・「秋はなを…をC注・二〇九番は本歌として挙げる。この歌は後葉集にも「読人不知」で採られ、また、詞花集顕昭注は永承四年十一月九日内裏歌合の伊房歌「あきとのみいかなるひとかいひそめしつきはふゆこそみるべかりけれ（十巻本類聚歌合）」を「大中臣永輔ヵ歌」として指摘する。詞花歌はなお、参考歌にとどめたい。」（俟）

【参考】　⑤424狭衣物語54「吹き払ふ四方の木枯心あらばうき名を隠す雲もあらせよ」（女二の宮）

【類歌】③132壬二1745「雲はなほよもの春風吹きはらへ霞にきゆる《ゆるす(続)》おぼろ月よに《ぞ(続)》」(道助法親王家五十首、春「春月」。①11続古今75)…ことば

961　を《(お)》とづれしまさきのかづらちりはて、／と山もいまはあられをぞきく・1364

【語注】**○をとづれ**　掛詞か。**○まさきのかづら**　③126西行法師619「松にはふまさきのかづらちりぬな《にけ(兼、西)》り　外山の秋は《や(西)》風すさむ《ぶ(兼)》らん」(雑。⑤346兼載雑談3。⑤386西行物語(文明本)156)。⑤197千五百番歌合1688「神無月とやまのしぐれすぎぬなりまさきのかづらちりもあへねば」(冬一、公経)。

【訳】音を立てていた正木の葛もすっかり散り尽くし、外山も今となっては(それに代って)霰(の音)を聞くことよ。

【本歌】①1古今1077「み山にはあられふるらしとやまなるまさきのかづらいろづきにけり」(『全歌集』。神あそびのうた「とりもののうた」。②4古今六帖226)

▽冬15の6。「払へ」→「散り」、「木枯」→「霰」、「見」→「聞く」。音をさせて(散って)いた外山の、色付いていた正木の葛は散り果て、音を立てなくなり、代りに深山のみならず、人里近い外山も今は降る霰の音を聞くとの詠。或いは、霰が訪れ音をたてた深山の正木の葛も散り果て外山も今は霰を聞く、か。「み山には…色付しまさきのかづらもちりはてゝ、み山に思やりしあられを、今はと山にもきくと也。」・「一…二　色付き、かつ、音を立てて訪れ散っていた。」(佚)

【類歌】①18新千載632「吹きはらふと山の嵐音たててまさ木のかづら今やちるらむ」(冬、後京極院)
③130月清667「しぐれこしとやまもいまはあられふりまさきのかづらちりやはてぬる」(西洞隠士百首(この百首の「創

作年次」・「おそらく同八以降正治初年まで。」（久保田『研究』740頁。1197〜1199年）、冬）…961に似る

962 山がつあさけのこやにたくしばの／しばしと見ればくる、そら哉・1365

【語注】○山がつの ①10続後撰1062 1059「山がつのしばのそでがきあさがほのはなゆゑならでたれかとはまし」（雑上「槿を」定経）。③89相模536「山がつのしばのかきねをみわたせばあなうのはなのさけるところや」（夏）。④1式子287「我がやどはつま木こり行く山がつのしばしばかよふあとばかりして」（「山家」。①17風雅1751 1741。④31正治初度百首289）。○上句 有心の序。「しばのしばし」と続く。○あさけ 「朝明（け）」は、八代集では古今よりあり、五例。が、「朝餉」は八代集にない。『古語大辞典』（小学館）は、「朝食」の例として、962のこの歌を挙げる。③58好忠418「をだまきはあさけのま人わがごとや…」（こひ十）。①13新後撰218「山がつのあさけのけぶり雲そへて晴れぬいほりの五月雨のころ」（夏、藻壁門院少将）。また「あさけのこや」は、新編国歌大観①〜⑩の索引では、この歌以外にない。○こや 八代集三例。○くる、そら哉 ③132壬二2630「ふぶきする越の大山こえなやみ日影もみえず暮るる空かな」（冬「旅山雪深」）。

【訳】山人が朝餉の小屋で焚く柴（の煙）が、暫くの間と見ると（すぐ）暮れる空であることよ。

▽冬15の7。「山」。「正木の葛」→「柴」、「今」→「暫し」、「聞く」→「見れ」。山賤の朝餉〔朝明か〕の小屋の柴の煙をしばしと思っていると、もう間もなく空が暮れてしまうと、「朝（餉・明）」と「暮るる」との対で、すぐ暮れる冬の日の短さを歌う。後述の源氏物語（恋の世界）をふまえるか。958参照。『全歌集』は、⑤421源氏物語208「山がつのいほりに焚けるしばしばもこと問ひ来なん恋ふる里人」（「須磨」（光源氏））を「本歌」（新大系・百番88も）とし、『玉葉和歌集全注釈上巻』908は、⑤421源氏物語208の他、③125山家1098「柴のいほのしばしみやこへかへらじとおもはん

だにもあはれなるべし」（下、雑。①14玉葉1089 1190）を「参考」とする。①14玉葉908 909、冬「正治二年後鳥羽院に百首歌たてまつりける時」前中納言定家。⑤216定家卿百番自歌合88、冬、右、院百首初度。⑤216定87「しがらきの外山の霰ふりすさみあれゆく冬の雲の色かな」（四十四番、左勝、三宮十五首）。「しばしとみればくるゝ空」、まことに冬の日のみじかさ、みるごとく也。上句序歌なるべし。されども、冬の景又みるがごとし。」・「「山がつの…」。」（佚）

962、990「などのような、寂びた境地を歌った佳作」（久保田『研究』800頁）。「源氏物語・須磨の巻に見える、光源氏の、「山がつの…の歌に拠るのであろう。言い掛けの妙は本歌に通ずるものがあるが、本歌のリリカルな郷愁は、冬の短日のリアルな描写に置換えられている。」（同803頁）。

【類歌】　④22草庵620「山賤の小屋にたく火の影みえて秋さむき夜の衣うつなり」（秋下「山家擣衣」）

963　冬の夜のむすばぬゆめにふしわびて／わたるをがは、氷《こほり》ゐにけり・1366

【語注】　**○冬の夜の**　①19新拾遺625「早き瀬は氷りもやらで冬の夜の河音たかく月ぞふけ行く」（冬「…、河上冬月」実教）。④18後鳥羽院150「冬の夜の川かぜさむみ氷して思ひかねたる友ちどりかな」（正治二年第二度御百首「氷」）。④32正治後度百首50）。　**○むすばぬ**　「夢」「氷」の縁語。「氷（ゐる）」と対。　**○ふしわび**　八代集二例・すべて新古今。　**○をがは**　八代集初出は金葉246。　**○氷ゐ**　八代集三例、初出は詞花1。　**○氷ゐにけり**　④28為忠家初度百首503「冬さむみみねのあらしのさえくればたにのかはみづこほりゐにけり」（冬「谷川氷」）。⑤189撰歌合〈建仁元年八月十五日〉96「月のすむ河せのなみはさむからで冬にしられぬ氷ゐにけり」（「河月似氷」通具）。

【訳】　冬の夜の、眠れぬゆえに夢も見ず、伏し侘びてしまって、渡って行く小川は氷が張っていることよ。

▽冬15の8。「暮るゝ」→「夜」「伏し」、「山」→「川」。有名な②4古今六帖4462「おもひかねいもがり行けば冬のよのかは風さむみ千どり鳴くなり」（鳥「千どり」つらゆき。①3拾遺224。3′拾遺抄583。②5金玉35。6和漢朗詠358。③19貫之339。⑤264和歌体十種18）の貫之歌をふまえて、冬夜、あの人の夢も見ず、冬の寒さ（「あの人へのもの思い」か）に、寝て横になることもできず、あの人の許へ行く途中に渡る小川は氷っているとの、恋歌仕立ての冬詠。「夢にふし侘てとはたゝねぬと云事のしたてなりわたる小川は河音の寒きを聞て床も枕も氷はてたれはさなから川をわたる心也むすはぬも氷の縁也ふし侘てわたるとは夜わたるなといへる詞のよせなり夜もすからのこと也一説是はかりねなとの寒夜におき出てわたる小川といへるにや此説可然歟」（抄出聞書）。「思よりがたき趣向也。「むすばぬ夢」と云より「小川の氷ゐにけり」といへり。殊事なしや。」・「一 B注一六五番は「わたる小川」を、(イ)「床も枕も氷はてたれば、さながら川をわたる心」、(ロ)「かりねなどの寒夜におき出てわたる小川」の二解を挙げ、(ロ)解を妥当とする。六家抄注も(ロ)説。冷泉為臣氏「全歌集」員外三八八九に「六家抄中拾遺愚抄」からとして第四句「涙の川は」の形を掲載（尤も、書陵部・高松宮本の六家抄、東大本・松本本の六家集抜書抄の本文はいずれも「わたる」の形）する。旅歌でなく冬歌であるから、作者の意図は(イ)解か。」（俟）。「○旅ねをしておき出て氷る川を渡るさま、かなしき心也。」（六家抄）

【参考】②9後葉212「冬の夜の空さえわたる月影やあまのかはせの氷なるらん」（冬、新少将）

【類歌】④43為尹千首904「河おとも氷にとまる冬の夜の夢をさへこそむすびそへぬれ」（雑「冬夜夢」）

964 庭の松はらふあらしにを《(お)》くしもを／うはげにわぶるをしのひとりね・1367

【語注】**○庭の松** 八代集にない（①索引）。③31元輔36「ちはやぶるいつきの宮の庭の松…」。③133拾遺愚草2484「庭の松まがきの竹におく霜のしたあらはなる千世の色かな」（冬「松竹霜」）。**○はらふあらしに**　③116林葉558「露はそめしもはおくてふもみぢばをなどあやにくにはらふあらしに」（秋）。**○をく**　掛詞「起・置く」。上の「払ふ」と対。**○をくしもを**　①7千載436「おく霜をはらひかねてやしをれふすかつみがしたにをしのなくらん」（冬、賀茂重保）。②12月詣997「月さえてかものうはげにおく霜をひとへはらふは夜半の浮雲」（十一月、覚延）。③133拾遺愚草2444「月の上に雲もまがはでおく霜をあかず吹きはらふ峰の木がらし」（冬「…、寒山月」）。④39延文百首763「おく霜をおのがうはげにかさねてもうきねやさむき鴨ぞ鳴くなる」（冬「水鳥」覚誉）。

【訳】　庭の松を払って通り過ぎる嵐によって起き、置いている霜を上毛に侘び苦しんでいる鴛鴦の一人寝であるよ。

▽冬15の9。「わぶる《び》」。「氷」→「霜」、「夜」「夢」「伏し」→「寝」。庭松を払う嵐の音に起き、夜に置く霜を、鴛は一人寝をして上毛に侘びていると歌う。②4古今六帖1475「はねのうへのしもうちはらふ人もなし《ともをなみ(和)》をしのひとりね今《する》朝《ぞ》ぞかなし《わび(和)》き」（「をし」）。⑤293和歌童蒙抄761）をもとに、『全歌集』の言う如く、鴛を通して自《み》らが独寝を侘び、寒さが身にしむ恋歌めいた詠としているのである。『全歌集』は、①2後撰478 479「夜をさむみねざめてきけばをしぞなく払ひもあへず霜やおくらん」（冬、よみ人しらず）、①7千載429「かたみにやうはげの霜をはらふらむともねのをしのもろごえになく」（冬、源親房）、①7千載432「このごろのをしのうきねぞあはれなるうはげの霜よ下のこほりよ」（冬、崇徳院）を「参考」とする。

「松のはらふあらしにをくりたる霜を鴛鴦の毛衣《〔上毛〕》《〔ヒヒ〕》にわぶるとにや。「はらふあらしにをくしも」、あたらしくや。かやうの所よく〳〵沈吟して味べし。「ひとりね」より「わぶる」といへり。」・「参考「夜をさむみ…「かたみにや…」（俟）

「共寝していれば、親房の歌のようにお互いに上毛の霜を払いあえるのに、独り寝のゆえにそれも出来ず、寒さをわびている鴛鴦を歌い、孤閨のわびしさに共感している歌。」（全歌集）

【類歌】⑤197千五百番歌合1913「さゆる夜のおのがうはげをはらひわび霜にものおもふをしのひとりね」（冬二、家長）

965　たれを又夜ぶかき風にまつしまや／をじまのちどりこゑうらむ覽・1368

【語注】**○夜ぶかき風**　「ぶ」（③、④、夫）。⑤175六百番歌合931「しらざりしよぶかきかぜのおともにず…」」。**○まつしま**　八代集四例、初出は有名な①4後拾遺827 828「松島や雄島の磯にあさりせし海人の袖こそかくはぬれしか」（恋四、源重之）。掛詞（「待つ・松島」）。**○まつしまやをじま**　「じ」（③、④、夫）。①8新古今933「立ちかへり又もきて見む松しまやをじまのとまや浪にあらすな」（羈旅「…旅歌」俊成。④41御室五十首295）。③126西行法師658「まつしまやをじまの磯も何ならずただきさかたの秋のよの月」（雑）。⑤197千五百番歌合1222「なみのうへにいざよふ月をまつしまやをじまがいその秋のはつかぜ」（秋二、保季）。⑤197同1953「まつしまやをじまがいそによるなみの月のこほりにちどりなくなり」（冬三、俊成卿女）。**○をじま**　八代集初出は同じく後拾遺827。**○をじまのちどり**　②16夫木6892「…さそはれてをじまのちどりうらづたふなり」（如覚《如願》）。**○こゑうらむ覽**　④18後鳥羽院1245「秋風も身にさむしとやきりぎりすくるる夜ごとにこゑうらむらん」（同月賀茂上社卅首御会、秋）。

【訳】　誰をいったいまた夜更けた風に待つ松島なのか、（だから）雄島の千鳥は声が恨んでいるのであろうよ。

▽冬15の10。「松」。「寝」→「夜（深き）」、「嵐」→「風」、「鴛」→「千鳥」。誰を待つ、松島の雄島の千鳥が恨むと、（松）風の音と千鳥の鳴声という二重の聴覚があり、さらに「夜深き」という、男がなかなかやって来なくて、いつまでも待っている女をほのめかし、その心を吸んで恨み声で千鳥が鳴くと恋歌仕立ての歌としている。②16夫木6893、初句「たれとまた」、冬二、千鳥「正治二年百首」前中納言定家卿。「…〳〵をじまの千鳥　※清候哉。／※濁歟。」（不審52。310頁）。「千鳥のたれまつといへるにや。如此事は作例ともなるべ

き歟。」（俟）

【類歌】②16夫木1651「誰爰に秋風吹けば松しまやをじまの浪にかへる雁がね」（春五、帰雁、猷円）

②16同11439「おきつかぜやさむからしまつしまやをじまのうらに千鳥なくなり」（雑七、浦、をじまの浦、陸奥又常陸、源季広）

⑤215冬題歌合〈建保五年〉36「すまの関なみ風さゆるさよ千鳥ふけゆく月にこゑうらむなり」（「冬関月」俊成卿女）

966　ながめやる衣手さむくふる雪に／《續拾》ゆふやみしらぬ山のはの月・1369

【語注】○ながめやる　⑤182石清水若宮歌合〈正治二年〉180「ながめやる山のはちかくなるままにねやまで月の影は来にけり」（「月」長明）。○ふる　「「振る」が響き「衣手」の縁語。」（明治・続拾遺460）。○ゆふやみ　八代集三例。

○下句　「夕闇を知らず雪明りの晩に山の端に懸かる月。」（明治・続拾遺460）。

【訳】　眺めやる袖にも冷たく降る雪の光によって、夕闇が分からない（ほど明るい）山の端にかかる月であるよ。

▽冬15の11。「風」→「雪」、「夜深き」→「夕闇」「月」。①1古今317「ゆふされば《ぐれは（六）》衣手さむしみよしののよしのの山《たかきみやま（六）》にみ雪ふるらし」（冬、読人しらず。②4古今六帖737）をふまえて、その（吉野の）山の端の月を見る私の袖に降る雪の明りで、山の端の月は夕闇とも思われない明るさがあると歌う。950参照。①12続拾遺460 461、冬「正治百首歌に」前中納言定家。⑤216定家卿百番自歌合98、冬、右、院百首初度。⑤216定97「神さびて…」・1716。

「「夕やみしらぬ山のはの月」は、雪の光に山端は夕やみもなく月のごとく《〔なる〕》といへるにや。」・「参考「朝ぼらけ雪ふる空をみわたせば山の葉ごとに月ぞのこれる（後拾・冬・四〇六・道済）」、「あさぼらけありあけの月とみるまでによしののさとにふれるしら雪（古今・冬・三三二・是則）」。」（俟）

「冴え冴えとした雪を背景に浮き上がる白木綿と月光。」（新大系・百番98）

【参考】②4古今六帖741「雪ふれば衣手さむしたかまどの山の木ごとに雪ぞふるらし」（「ゆき」）

【類歌】⑤175六百番歌合552「ながめやる衣でさむしありあけの月よりのこる峰のしらゆき」（「参考」）（明治・続拾遺460）。冬「冬朝」寂蓮。②16夫木7222）

⑤226河合社歌合〈寛元元年十一月〉12「敷妙の衣手寒し冬のよに雪げさえたる山のはの月」（「冬月」為氏）

⑤240院六首歌合〈康永二年〉3「ながめやる夕のやまのかきくれて雲にうづめる時雨ふるらし」（「冬雲」一品親王）

967　こまとめて袖うちはらふかげもなし新古今／さの、わたりの雪のゆふぐれ・1370

【語注】**○こまとめて**　②16夫木8654「年へたる杉の木陰に駒とめて夕だちすぐすふはの中やま」（雑二、ふは山「夏旅」同（＝中務卿のみ子））。**○かげ**　木陰、野亭（家の軒先）など。**○さの**　八代集四例。**○さの、わたり**　八代集には他にない（①索引）。定家の時代には大和の歌枕（八雲御抄五）と考えられていたらしい。万葉集の地名としては紀伊。「家なしと万葉にもいへり。」（八雲御抄五、別巻三―419頁）。夫木抄二十六・12184も大和（「三輪の崎」条）で、川の渡し場を想定している。③131拾玉3316「…かぞへつつさののわたりの月をみるかな」。④14金槐473「なみだこそゆくへもしらぬみわの崎さののわたりの雨の夕ぐれ」（恋）。「渡り」は「渡し場」、「辺《あた》り」の意とも。**○雪のゆふぐれ**　八代集では、他は新古今663（冬、寂蓮。1179年「寂蓮はいみじきものなり。雪の夕ぐれもかの歌にはじめて見えき。」（先達物語、三―383頁））のみ（①索引）。③131拾玉3975「過ぎきつるかたにも猶やまよふべきこまに跡なき雪のゆふ暮」（「雪中旅行」）。

【訳】馬をとどめて袖（の雪）を払う物蔭もない、（この）佐野の渡し場の雪の夕暮時であるよ。

▽冬15の12。「雪」「夕」。「衣手」→「袖」、「(夕)闇」→「(夕)暮」。佐野の渡しの雪の夕べ、馬を止め、降り積った袖の雪を払う物蔭もないと歌う定家の代表歌。②1万葉267 265「クルシクモ　フリクルアメカ　ミワノサキ　サノノワタリニ　イヘモアラナクニ
くるしくも　ふりくるあめか　みわのさき　さののわたりに　いへもあらなくに」(「本歌」(全歌集、新大系・百番93、新古今の注)。第三、雑歌、長忌寸奥麿歌一首。①9新勅撰500。①11続古今1923 924。②16夫木12184)、①1古今1080「ささのくまひのくま河にこまとめてしばし水かへかげをだに見む」(神あそびのうた「ひるめのうた」)をもとに、定家的な独自の世界を構築。「夕暮」ゆえ恋の情趣がにじむとも考えられる。下句ののリズム。三句切、体言止の、三夕の歌などに見られる新古今的表現型《パターン》。906参照。①8新古今671、冬「百首歌たてまつりし時」定家朝臣。⑤216定家卿百番自歌合93、冬四十七番、左持、院百首初度。⑤216定94「待つ人の麓の道やたえぬらん軒ばの杉に雪おもるなり」(右、後京極摂政家雪十首文治五大納言時)。⑤273続歌仙落書13(「百首歌たてまつりける時」)。⑤278自讃歌92、定家朝臣。⑤319和歌口伝266、前中納言定家。⑤335井蛙抄163、230、前中納言定家。⑤341了俊一子伝6、定家卿。⑤342落書露顕32。⑥12別本和漢兼作集202「正治百首歌」前中納言定家。⑩177定家八代抄564。

「本くる…／本歌の雨を雪にとりかへてよめり。いへのなきところなれば、たちよるべきかげだになきと《也》、雪の夕暮をかなしぶ也《むよし(抄書)》。さのゝわたり、大和国也。」(抄出聞書210。176頁)。「[二]にはかにも降くる…「家もあらなくに」といへる心をとりて「陰もなし」といへり。駒とめて袖の雪うちはらふ陰もなしといへる、おもしろくや。「雪の夕ぐれ」は、此歌より制[三]の詞となれり。」・「二　初句「苦毛」で万葉・二六五。C注二一〇番は「くるしくも」。／三　詠歌一体の広本・冷泉家系統本(「歌論集・一(三弥井書店・中世の文学)」の解説)に載せる句。」(俟)。「九代抄」(六家抄)「「雪」…本歌「苦しくも…▽歌枕のほかは一語も本歌を取らないが、雨を雪に替え、「家なし」というこの歌枕の眼目に新しい描写を与え、寂しさに優美な情感をこめる。参考「ささのくま…「うちはらふ…(私注―⑤421源氏物語16「うち払ふ袖も露けきとこなつに嵐吹きそふ秋も来にけり」(「帚木」、女(夕顔))。」(新大系・新古今671)。「本歌「苦

しくも…の雨を雪に変え、無季の歌を冬の歌とした。本歌取りの手本とされる。さらに『源氏物語』東屋の巻で、薫が浮舟を訪れた時の、「『佐野のわたりに家もあらなくに』など口ずさびて、里びたる簀子の端つ方にゐたまへり」という一場面をも背景とするという説もある。」（古典集成・新古今671）。「絵画的と評されるが、現実感を感じ取ろうとする見方もある。「ある註に、今ふる…」（宗祇自讃歌註）「定家の名歌なり。…」（世阿弥『遊楽習道風見』）」（全歌集）。「世阿弥が遊楽習道風見で、「若、堪能其人の態は、かやうに言はれぬ感もあるやらん。天台妙釈にも、『言語道断、不思議、心行所滅之処、是妙也』と云り。かやうの姿にてやあるべき」と絶讃しているように、幽玄の風がある。」（久保田『研究』798頁）。『奥田』5～19頁に、この歌についての詳しい考察がある。

【類歌】　④34洞院摂政家百首467「三輪のさきさのの渡りの夕暮にぬれて宿なき五月雨の空」（夏「五月雨」頼氏）

968　白妙にたなびくゝもをふきまぜて／ゆきにあまぎる峯のまつかぜ・1371

【語注】　**○白妙に**　②4古今六帖701「しろたへに雪のふれれば小松原色のみどりもかくろへにけり」（「ゆき」）。③19貫之125）。③89相模377「しろたへにふきかへたらむあづまやののきのたるひをゆきみてしかな」（「はての冬」）。④28為忠家初度百首474「いつしかとあけばまづみむしろたへにゆきふりおほふはこざきの松」（冬「松上雪」）。**○たなびくゝも**　③106散木897「笛のねにことのしらべのかをれるはたなびく雲に風やふくらん」（釈教）。**○ふきまぜ**　八代集にない。①14玉葉33「猶さゆる嵐は雪を吹きまぜて…」（春上）。⑤197千五百番歌合1131「をぎの葉にまつのこずゑをふきまぜて…」（秋一、忠良）。**○ゆきにあまぎる**　八代集にない（①索引）。「あまぎる雪の」（小侍従81）。⑤261最勝四天王院和歌115「吹上のはま風さむみ跡とへば雪にあまぎるむらちどりかな」（「吹上浜紀伊」有家）。「月にあまぎる」（讃岐101）。**○峯のまつかぜ**　③130月清1520「つゆしぐれそでにもらすなみかさ山くもふきはらへみねのまつかぜ」（雑「松風、…」)。④31正治初度百首366「冬ごもる谷の戸たたく音寒《さ》えて雪吹きおろす峰の松風」(冬、御室)。

【訳】 真白にたなびく雲を(雪と)まぜて吹き、雪によって天空が霧り渡っている峯の松風であるよ。

▽冬15の13。「雪」。「雪」↓「雲」「(天)霧る」「風」。峯の松風は、雪を含む白くたなびく雲を雪とまぜて吹き、その結果空は雪に覆われると歌う叙景歌。958参照。⑤216定家卿百番自歌合100、冬、右、院百首初度。⑤216定99「をはつせや峰のときは木吹きしをりあらしにくもる雪の山本」(「五十番　左勝　最勝四天王院」)。⑤225定家家隆両卿撰歌合55、廿八番、左。

「「あまぎる」、心如何。／※天霧。」(不審53。310頁)。「「白妙にたな引雲」、雪の雲は白色也。「あまぎる」は、天霧相たる也。白雲に雪を吹まぜてあまぎるといへる、おもしろくや。「雪にあまぎる松風」は、雪をさそひてくもりふる風なるべし。」・「二「あまぎる」は柿本人丸集一七〇(古今・三三四・不知、拾遺・一二・人麿)の「久堅のあまぎる雪のなべてふれゝば」による万葉語として意識したか。なお、愚草には月前雪題で「ふきみだるゆきのくもまをゆく月のあまぎる風に光そへつゝ(二三四六・建仁元)」の作もある。」(俟)。「〇雲と雪とを松風が吹まぜたる也。」(六家抄)「▽…白く朦朧たる景色。左右、下句の構文相似る。」(新大系・百番100)。968「には、動きが感じられ、「こまとめて…」〔私注―967〕の作の静と好対照を示す。そして、下句は新鮮である。」(久保田『研究』803、804頁)

【類歌】 ①17風雅1540 1530「鹿のねを入あひのかねにふきまぜておのれこゑなきみねの松かぜ」(雑上、順徳院)

④37嘉元百首1311「よしの山桜を雲に吹きまぜておのれあまぎるみねの春かぜ」(春「花」俊定)…968に近い

⑤213内裏百番歌合〈建保四年〉132「すみがまの《をイ》けぶりをくもに吹きまぜて雪のみしろきをのの山風」(冬、範宗)

⑤237仙洞五十番歌合〈乾元二年〉62「みねの雪むらむら雲に吹きまぜてわたるあらしはかたもさだめず」(「冬雲」為兼)

969　庭のおもにきえずはあらねど《れ④》花と見る／雪は春までつぎてふらなん・1372

【語注】○初句、第二句　字余（「お」、「あ」）。○つぎ「付き」か。が、「ぎ」（③969、④1372）及び後述の古今318により「継・次ぎ」。

【訳】庭の上に消えないということはないが、桜の花びらと見る雪は春までも続いて降ってほしいものだよ。

▽冬15の14。「雪」。「松」→「花」、「雲」「（天）霧る」→「雪」、「吹き」→「降ら」。①1古今63「けふこずはあすは雪とぞふりなましきえずはありとも《と（和）》花と見ましや」（「本歌」（全歌集）。春上「返し」なりひらの朝臣。②4古今六帖4210。③6業平3。⑤302和歌色葉71。⑤415伊勢物語29）の花（見立て・雪）とは逆に、969は雪（見立て・花）であり、その他、①1古今318「今よりはつぎてふらなむわがやどのすすきおしなみふれるしら雪」（「本歌」（全歌集）。冬、読人しらず）、①1古今331「ふゆごもり思ひかけぬをこのまより花と見るまで雪ぞふりける」（冬、つらゆき）等をもとに、庭に消えもするが、落花と見る雪は春まで引き続いて降ってほしいと歌ったもの。裏にはいうまでもなく春を待望する心がある。さらに同じ定家の①8新古今134「桜いろの庭の春かぜ跡もなし問はばぞ人の雪とだにみん」（春下、定家）や、新古今での次の詠である後鳥羽院の①8新古今135「けふだにもにはをさかりとうつる花きえずはありともゆきかとも見よ」（春下、太上天皇。詞書「ひととせ忍びて…」の「ひととせ」は、建仁三年（1203）二月二十五日のこと。③130月清1017。⑤399源家長日記110）が想起される。

「「きえずはありとも花とみましや」といへる詞を、「きえずはあらねど」、つかへる、めづらしくや。やがてきえはすれども、つぎてふれと下知したるなり。「花とみる」雪なれば「春まで」といへる、花のかはりにみるべき心にや。」（俟）

【参考】①1古今1005「…いやかたまれる　にはのおもに　むらむら見ゆる　冬草の　うへにふりしく　白雪の　つも

りつもりて…」（雑体「冬のながうた」躬恒。②4古今六帖2507）
②2新撰万葉436「フリモアヘズ　キエナムユキヲ　フユノヒノ　ハナトミレバヤ　トリノトムラム」（冬）
②4古今六帖703「花と見る雪のいましもふりしく《つらん（貫）》は春ちかくなるとしのつねかも」（「ゆき」。③19貫之395）
③125山家1460「ながめつるあしたの雨の庭のおもに花のゆきしく春の夕ぐれ」（下、百首「花十首」）
⑤157中宮亮重家朝臣家歌合86「庭のおもにふりつむ雪の上を見て今朝こそ人はまたれざりけれ」（「雪」小侍従）
【類歌】③132壬二2018「ふるほどぞきえずはありとも桜花庭にいろなき春の淡雪」（春）
③132同2032「あすもなほきえずはありとも桜花ふりだにそはん庭の雪かは」（下、春「落花」。⑤181仙洞十人歌合21）
⑤251秘蔵抄13「ささめ雪ふりしくやどの庭の面に見るに心もあへずざりけり」

970　いくかへりはるをばよそにむかへつゝ／を《お》くる年のみ身につもるらむ・1373

【語注】○いくかへり　八代集初出は金葉530。○むかへ　「むかふ」八代集二例、「むかへがてら」八代集一例。○むかへつゝ、　③23忠見39「はるがすみたつといふひをむかへつつとしのあるじとわれやなりなむ」（「…、正月、せちする」）。③133拾遺愚草1688「さてもうしことしも春をむかへつつながめながめむはての霞よ」（韻歌「述懐」）。○身につもるらむ　③132壬二1411「あら玉の年のいくとせけふ暮れてそこらの人の身につもるらん」（家百首、冬「歳暮」）。

【訳】　幾度となく〝春〟をば自分に無関係なものとしてむかえながら、（歳末に）送る年ばかりが我身に積りゆくのであろう（よ）。

▽冬15の15。「春」。「春」→「年」。どれほど春を我身にはかかわりのないものとして迎えて、年末に送りゆく年ばかりがこの身に積るのかという述懐的な詠で、四季・冬歌を締めくくる。『全歌集』は、①1古今879「おほかたは月を

もめでじこれぞこのつもれば人のおいとなるもの」（雑上、なりひら。⑤415伊勢物語162）を「参考」とする。946参照。「正治二《一》年卅八歳、少将従四位上也。沈淪之述懐、尤なる事也。「春をばよそに」、我身の上の春をばしらで、よその春のみむかへて、たゞとしのみ身にはつもるとなり。」・「一　三九歳、官位などは当百首冒頭頭注参照。」（侯）

【参考】①5′金葉（三）94「いくかへりけふにわが身のあひぬらんをしむ《き(千)》は《に(後)》はるのすぐるのみかは」（春「三月尽の…」定成。①7千載127。②9後葉80）

【類歌】②16夫木5326「身につもる年は暮れねど逢坂におくりむかふる望月の駒」（秋四、駒迎、為家）

戀十首

971　久方のあまてる神のゆふかづら／續後かけていくよをこひわたるらん・1374

【語注】○久方の　「天」にかかる枕詞。③106散木480「君が代を空にしりてや久かたのあまてる月もかげをそふらん」（秋）。⑤3是貞親王家歌合9「ひさかたのあまてる月のにごりなくきみがみよをばともにとぞ思ふ」。⑤254日本紀竟宴和歌17「ひさかたのあまてるかみをいのるとぞえだもすゑゑにぬさはしてける」（「得太玉命」安興）。⑤335井蛙抄61「久かたのかつらにかくるあふひ草そらのひかりにいくよなるらん」（定家）。○あまてる神　八代集二例、後拾遺930、金葉328。天照大神。④26堀河百首1155「くり返し天てる神のみや柱たてかふるまであはぬ君かな」（恋「不逢恋」国信）。○ゆふかづら　「かづら」（③971、④1374）。八代集一例・新古今1872「…のゆふかづら長き世までもかけて頼まん」（神祇、定家）。源氏物語「住の江の松に夜深くを《（お）》く霜は神のかけたる木綿鬘かも」（「若菜下」、新大系三―325頁）。他、⑤425堤中納言物語18も歌の例。④33建保名所百首620「をしほ山けさふる雪の夕かづら神代をかけてなびくまつかぜ」

（冬「小塩山」）。**○かけて** 「掛く」と「ずうっと」の掛詞。

【訳】 天照らす神は木綿鬘を掛け、ずうっとひたすら幾世にもわたって恋い続けるのであろうか。

▽恋10の1。「幾」「（る）らん（末）」。「年」↓「世」。心にかけ長く一心にどれほどの年月恋い続けるのかという詠で、恋十首を始める。天照大神は女神ゆえ鬘であり、それをかけて、ゆえに「かけて…」と続くのであろう。つまり上句は「かけて」の序詞。「よ」は「世・夜」の掛詞か。①10続後撰773 768、第三句「…かづら」、恋二「正治百首歌たてまつりける時」前中納言定家。②15万代1939、第三句「…かづら」、恋二「正治の百首に」前中納言定家。⑤216定家卿百番自歌合105、第三句「…かづら」、恋、五十三番、左持、院百首初度。⑤216定106「露時雨下草かけてもる山のいろかずならぬ袖をみせばや」（右、三宮十五首）。

摘抄（中124。301、302頁）。「無殊事歟。「あまてる神」は、天照太《（ママ）》神にや。「かけていく世」といふより、久しき神をとり出せるにや。」・「…「詞づかひめづらかに奇妙に余情かぎりなしとぞ（続後撰口実）」。」（俟）。「○いく代をかけてといはん為也。久しき恋也。」（六家抄）

「〔祈恋〕」（明治・万代1939）

【参考】 ③1人丸45「ひさかたのあめにしぐ《をを（新）》る君ゆゑに月日もしらずこ《で（新）》ひわたるらん」（①8新古今849）③118重家65「ひさかたの月すみわたる秋のよはよもの山べにゆふかづらせり」

【類歌】 ①18新千載951「神路山内外の宮のゆふかづらいく世をかけて君まもるらん」（神祇「…、祝」為子）

②15万代1020「ひさかたのあまてるかみのみよよりやあきをちぎりて月のすみけむ」（秋下、経季）

④14金槐617「恋しともおもはでいはば久かたのあまてる神も空にしるらん」（雑）

④39延文百首3000「わが君のあきらけき世は久堅のあまてる神もさぞてらすらん」（雑「祝言」行輔）

⑤197千五百番歌合2138「きみがよのかずをおもへばひさかたのあまてるかみのかげをならべて」（祝、公経）

972　松がねをいそべの浪のうつたへに《勅撰》／あらはれぬべきそでのうへかな・1375

【語注】**○松がね**　八代集初出は金葉211。**○いそべ**　八代集四例。**○うつたへに**　八代集にない。「打つ」との掛詞。万葉520 517「神木にも手は触るといふをうつたへに人妻といへば触れぬものかも」（巻第四）。源氏物語「とみにもゆるさで持給へれば、うつたへに思寄らで取り給御袖を引き動かしたり。」（「藤袴」、新大系三―93、94頁）。あと②4古今六帖1353「うつたへにまがきのすがたみまほしみ…」。③23忠見61「はるさめはふりそめにしかうつたへに…」。

【訳】松の根を磯辺の浪が打つ、そのようにひとえにあらわれてしまいそうな袖の上（の涙）であるよ。

▽恋10の2。古今671「風ふけば浪打岸の松《こすいそのそなれまつ（六）》なれやねにあらはれて泣きぬべら也」（「参考」（全歌集。新大系・百番103）。恋三、よみ人しらず。②4古今六帖4113・人丸）をもとに、風が吹き、岸の松の根を磯辺の波が打ちつけて露わにする、そのように恋が全く現われてしまいそうな、泣いた涙でぬれた袖の上と歌う。「松」に「待つ」をにおわせ、「浪」は「涙」に通う。新勅撰へはこの百首からこの一首のみ。①9新勅撰675 677、恋一、権中納言定家。⑤216定家卿百番自歌合103、恋、五十二番、左勝、院百首初度。⑤216定104「初雁のとわたる風のたよりにもあらぬおもひを誰につたへん」（右、院百首）。⑤278自讃歌94、定家朝臣。⑤335井蛙抄66、権中納言定家。⑤388沙石集199、初句「松がねの」、「同（定家）」。

「本風ふけば…／浪うつところの松は根あらはる、物也。「あらはるゝ」といはん序[二]の歌也。我おもひはうちつけにあらはれむとなり。「うつたへ」、《は（抄書）》打つけ也。」（抄出聞書211。176頁）・「二一　序構成の歌。当注八番頭注参照。「序の歌也。松がねを磯辺の波のうつたへは、あらはれぬべきといはむため也（九大本伝頓阿自讃歌注）」。」（同）。「「うつたへ」[二]は、うちつけ也。／風[三]吹けば…此歌より「あらはれぬべき」といへる也。うちつけにあらはれぬべき袖の涙ぞといへり。まことにことなる事はなけれど、上・下句つゞき、大方ならぬ歌也。さればにや、自撰の新勅撰に入られたり。」・「二」「うちつけ」説、C注二一一番、自讃歌注の兼載・宗祇注。「ひたすら（自讃歌孝範注）」「一向に（自讃歌注抄）」「遍《ヒトヘ》に（口実・澄月抄）」。「うちつけ」説は不充分。三…「あらはる丶といはん序歌也（新勅撰秋風抄）」（侯）。

「九代抄・内註　○うつやがてと云心也。忍ぶ心也。我袖もやがて泪にあらはれむといふ心なり。松が根を波のうちてやがてねのみゆるやうに、わが袖もやがてあらはれむと也。やがてといはんため也。右、風吹ば…」（六家抄）

「〔参考〕類歌。…風ふけば…『後拾遺集』恋四・七七七・和泉式部（相模）／あやしくもあらはれぬべきたもとかなしのびねにのみなくとおもふを…うき草の…〔余釈〕…発想としては、右に掲げた『古今集』の「風ふけば…」の歌により、さらに、右掲の『後拾遺集』の「あやしくも…」の歌の詞を巧みに転用して詠んだ一首である。ただし、下句「あらはれぬべき袖の上かな」の詞は、すでに家隆によって詠まれている（参考項を参照）。家隆が詠んだのは「後度百首」とされる堀河百首題和歌においてである。その成立は、文治四（1188）年頃から建久八（1197）年頃までとされている。定家がこの歌を詠んだのは正治二（1200）年である。」（『新勅撰和歌集全釈四』）

【類歌】③130月清878「あらいそのなみよせかくるいはねまついはねどねにはあらはれぬべし」（院第二度百首、恋。①12続拾遺822・823。⑤197千五百番歌合2342）
③132壬二172「うき草のしたゆく浪の程もなく顕れぬべき袖の上かな」（後度百首、恋）…972に似る、972に先行
⑤197千五百番歌合2500「おきつなみあらゐのいそのいはにおふる松にもにたる袖のうへかな」（恋二、季能。②16夫木12086）

973　あはれとも人はいはたのを《(お)》のれのみ／秋のもみぢをなみだにぞかる・1376

【語注】 **○あはれとも** ①3拾遺950「あはれともいふべき人は《も（抄）》おもほえで身のいたづらに成りぬべきかな」（恋五、一条摂政。3′拾遺抄343。③50一条摂政御集1。⑤276百人一首45）。②4古今六帖485「しる人もなみだならずはぬらしけん春雨こそは哀とも見め」（天「あめ」いせ）。③74和泉式部続445「あはれともいはましものを人のせしあかつきおきはくるしかりけり」。 **○いはた** 「言は（ず）」との掛詞。「石田」は八代集三例、初出は千載109。「岩田」は八代集二例、初出は金葉680。山城、今の京都市伏見区石田。『藤原定家全歌集下』の「歌枕一覧」では、「山城国宇治郡。現、京都市山科区から伏見区にかけての地域。」（351頁）とする。 **○をのれ** 掛詞（「小野・己れ」）。 **○秋のもみぢ** 「飽き」を響かせる。①1古今1006「…涙の色の　くれなゐは　我らがなかの　時雨にて　秋のもみぢと　人人は　おのがちりぢり…」（雑体、伊勢。②4古今六帖2508）。①2後撰427「君こふと涙にぬるるわが袖と秋のもみぢといづれまされり」（秋下、みなもとのととのふ）。 **○をのれのみ** ④30久安百首233「きく人もおどろかれけり鳴く鹿はおのれのみやは秋を知るらん」（秋二十首、教長）。⑤171歌合〈文治二年〉88「おのれのみ秋のあはれをしりがほにこゑうらぶれてをしかなくなり」（「鹿」相模）。

【訳】 〝かわいそうだ〟とも人は言わず、自分だけが、石田の小野の秋の紅葉のような血涙を借りているよ。

▽恋10の3。「松」→「紅葉」、「浪」「袖」→「涙」。あはれともあの人は言わず、私だけが紅涙を流すとの、「石田の小野、秋の紅葉」（後述の千載367と同じ）という具体的な景を用いて歌う。『全歌集』は、①7千載368 367「秋といへばいはたのをののははそ原時雨もまたず紅葉しにけり」（秋下、覚盛）、①1古今922「こきちらす滝の白玉ひろひおきて世のうき時の涙にぞかる」（雑上、行平）、①2後撰315「あさごとにおくつゆそでにうけためて世のうき時の涙にぞかる」（秋中、よみ人しらず）を「参考」とする。②16夫木9622、末句「…にぞみる」、雑四、野「いはたのをの、石田、山城風土記、尾張」、「正治二年百首」前中納言定家卿。「紅葉を袖にかりたるやうなる涙也」（抄出聞書）。「哀とも人はいはぬおもひに、我のみ紅涙となりて、秋の紅葉をな

みだにかるといへるにや。「岩田の小野」といふより紅葉を出せるなるべし。」・「山科の石田の小野の柞原見つつか君が山道越ゆらむ（万・一七三〇）」。」（佚）

「掛詞による景情融合の詠法を、四季の歌に応用したものと考えてよかろう。」（加藤「正治」128頁）、他に985がある。

【参考】③54西宮左大臣44「秋のたのほのかにひとをあはれともいはでにかけてやまむとやする」

【類歌】④37嘉元百首1058「あはれともいふ人あらばおのづからもらしやせましのぶ涙を」（恋「忍恋」公顕）

④41御室五十首125「大かたの秋のあはれをおのれのみ人にきかするさをしかの声」（秋、隆房）

974　しのぶるはまけてあふにも身をかへつ／つれなきこひのなぐさめぞなき・1377

【語注】**○つれなきこひ**　③119教長663「いかにしてあくてふことをみにしめてつれなきこひのいろをかへにし」（恋）。④38文保百首3370「この世にはつれなき恋にみをかへてながくやはれぬ〔やみにまよはん（新）〕」（少将内侍。①21新続古今1150）。

【訳】　忍ぶことは負けてしまって、（あの人と）会うのにも死を覚悟してしまった、（しかし、あの人の）冷淡な仕打ちの恋の慰めがないことよ。

▽恋10の4。「人」→「身」。（思い余り）こらえきれず死ぬと分かっていて会ったが、あの人は薄情で、辛い我恋の慰めとてないと歌う。後述の伊勢物語六五段歌の後を974は下句に描く。『全歌集』は、⑤415伊勢物語118「思ふには忍ぶることぞ負けにける逢ふにしかへばさもあらばあれ」（第六十五段、（在原なりける男）。①8新古今1151）を「本歌」、①1古今503「おもふには忍ぶる事ぞまけにける色にはいでじとおもひしものを」（恋一、読人しらず）を「参考」とする。

「思ふには…おしからなくに／しのぶるは逢にもかふるためしはあれど〔ば、それに心をなぐさむる也。〕〔ヒ〕、つれなき恋にはかふべきかたもなければ、なぐさまずとなげきたる也。」・「一　第五句「さもあらばあれ」で勢語・六五段に所載。新古・恋三・一一五一に業平として収。ところで、勢語歌は古今・恋一・五〇三・不知の上句と恋二・六一五・友則の下句を組合わせ、第五句を変改した勢語作者の創作歌であろうから、当注加注者がこの形で示したのは聊か気になるが、単に記憶違いであろう。」（俟）

【参考】①4後拾遺655「おもひしる人もこそあれあぢきなくつれなきこひに身をやかへてむ」（恋一、小弁。⑤235新時代不同歌合243。⑤301古来風体抄456）

975　わくらばにたのむるくれのいりあひは／かはらぬかねのを《お》とぞひさ《さび(③、④)》しき・1378

【語注】**○わくらばに**　偶然に。八代集六例、古今962の他すべて新古今。①8新古今1194「大井河ゐせきの水のわくらばにけふはたのめしくれにやはあらぬ《ぞまたるる(俊)》」（恋三、清原元輔。⑤166俊成三十六人歌合83）。**○いりあひ**　八代集一例・後拾遺918。が、「入相の鐘」八代集七例。②9後葉127「夕ぎりにこずゑもみえずはつせ山入あひの鐘の音ばかりして」（秋上「霧を」源兼昌）。**○かねのを《(お)》と**　八代集初出は後拾遺1211。

【訳】まれに（あの人が来ると）頼みにされる暮の入相は、（いつもと）変わらない鐘の音だけが（鳴り、あの人が来なくなって）久しい。

▽恋10の5。まれに来るとあてにさせた夕暮の鐘の音は、今までずうっとあの人が来なくて変わりばえがしないと、長く待ちくたびれる女を歌う。或いは「俟」の言う如く、下句「いつもと変らない鐘の音までもが長いように感ぜられる」か。『全歌集』は、①4後拾遺904905「まつほどのすぎのみゆけばおほゐがはたのむるくれをいかがとぞ思ふ」（雑二、馬内侍）を、「参考」とする。②16夫木15248、末句「…さびしき」、雑十四、鐘「同〔＝正治二年百首御歌〕」前

中納言定家卿。

「「わくらば」、邂逅也。たまく(たのむ暮なれば、いつもは何ともなきかねの音まで、くれがたく久しきやうにおぼゆるといへるにや。」(侯)

【参考】　②6和漢朗詠集585「やまでら《おほ寺(玄)》のいりあひのかねのこゑごとにけふもくれぬときくぞかなしき」(下「山寺」。②7玄玄74)

【類歌】　⑤175六百番歌合820「あふことをたのむるくれとおもひせばいりあひのかねもうれしからまし」(恋上「夕恋」中宮権大夫)

976　あか月はわかる、袖をとひがほに／山した風もつゆこぼるなり・1379

【語注】　**○あか月は**　⑤250風葉1393「暁は袖のみぬれし山ざとにねざめいかにとおもひやるかな」(雑三、かをる大将)。**○わかる、袖**　①10続後撰828 824「あかつきの涙ばかりをかたみにてわかるるそでにしたふ月かげ」(恋三、土御門院御製)。③133拾遺愚草2393「露霜のしたてるにしき竜田姫わかるる袖もうつるばかりに」(秋「…、紅葉」)。**○とひがほ**　八代集にない。③130月清1424「ふくかぜもものやおもふととひがほに…」(恋)。⑤197千五百番歌合1411「夜さむなる松のあらしをとひがほに…」(忠良)。**○山した風**　八代集四例。

【訳】　暁(時)は、(あの人と)別れ行く袖を問うかのような顔をして、山からの風も露(涙)がこぼれ落ちるようだ。

▽恋10の6。暁、別れの袖の涙を問うて、山下ろしの風も吹き、露がこぼれるようだとの詠。女の立場の歌とも考えられるが、男のそれととる。末「なり」は終止形接続により、いわゆる伝聞推定。

「山下風もとは別路の心也われを問かと聞なす也露しほる也は泪に似たるやうに取なせりもろともに哀をかけてこほ

すかと也衣手に山下風吹てさむき夜を君きまさすはひとりかもねんかやうの風にや」（抄出聞書）。「無殊事歟。別の道の山下露の風にちるも、我別の袖をとひがほなるといへる心にや。」・「侫」頭注では、「参考「衣手に…（①8新古今1208「衣手に山おろしふきてさむきよをきみきまさず《ね》は《ば（六）》ひとりかもねん」（恋三、人麿。②4古今六帖426。②1万葉3296 3282「山下吹而《ヤマオロシフキテ》《あらしのふきて》」、「キミキマサズハ きみきまさずは」）」。「あしひきの…（①3拾遺777「あしひきの山した風もさむけきにこよひも又やわがひとりねん」（恋三、よみ人しらず）」。「山した風」を万葉語と意識し、待つ刻を別の刻に変えたものか。／二「…顔」の表現については八四二頭注参照。」（侫）

「後朝の恋の心。」（全歌集）

【類歌】③132壬二3037「その山とちぎらぬ月も秋風もすすむる袖に露こぼれつつ」（雑「…、述懐」。①8新古今1762 1760。①217家隆卿百番自歌合172）

977　まつ人のこぬ夜のかげにおもなれて／山のはいづる月もうらめし・1380

【語注】○かげ　「月光に恋人の面影を重ねる。」（新大系・百番136）。○おもなれ（動）八代集一例・金葉289。「おもなれ」（名）も八代集一例・新古今315。

【訳】待ち侘びる人がやっては来ない夜の月の光にいつしか慣れはててしまって（今は）山の端の出る月も恨めしいことよ。

▽恋10の7。「山」。「暁」↓「夜」、「顔」↓「面」、「問ひ」↓「来《こ》」。夕べに待つ人がやって来ない夜が続き、その時の月の姿をいつしか見慣れたので、夕暮時山の端を出る月も恨めしいとの、待つ女の詠。⑤216定家卿百番自歌合136、恋、右、同百首初度。⑤216定135「夜もすがら月にうれへてねをぞなく命にむかふ物思ふとて」（六十八番、左勝、院百首）。

摘抄（中197。343、344頁）。「待人のこぬ夜ごとの月影のうらめしさになれて、またぬよの月の山のは出る影までうらめしくなりたりといへる也。「暁ばかりうき物はなし」といへる面影より、かく読出せるにや。」・「二「またぬ夜の月…」は深読みか。「月出ばと…始はうれしかりしも今は月のとがのやうに、うきになれくるよとうらみたる歌（摘抄・一九七番）」の解が可。」・「三「晨明のつれなくみえし別より（古今・恋三・六二五・忠岑）」の指摘は可。一首を摘抄は「面影かすかに、長高く幽玄なる歌也、常に可仰すがた」と評する。」（侯）。「内註　○連夜人のこぬ月影におもて（おもなれて・松）なれていづる月がうらめしきと也。人のこぬ夜になれて見る月のかなしさなり。」（六家抄）

【参考】①4後拾遺837 838「月かげは山のはいづるよひよりもふけゆくそらぞてりまさりける」（雑一「…月を…」長房。⑤295袋草紙80）
②4古今六帖306「まつ人の影は見えずて秋のよ《やま（重）》の月の光ぞ袖にいりける《ぬ（重）》」（天「秋の月」。③35重之265）
③115清輔132「夜とともに山のはいづる月かげのこよひみそむる心ちこそすれ」（秋「月…」）
③125山家308「うれしとやまつ人ごとにおもふらん山のはいづる秋のよの月」（秋「月」。③126西行法師212。⑤386西行物語（文明本）78）
⑤156太皇太后宮大進清輔朝臣家歌合32「待つ人のこぬもおもへばつらからずねなばこよひの月をみましや」（「月」空仁）

【類歌】①8新古今1283「こぬ人をまつとはなくてまつよひのふけゆくそらの月もうらめし」（恋四、有家）
②15万代2117「まつひとのこぬにねぬよの月かげはこころにもあらでながめられけり」（恋二、鷹司院帥）
③132壬二2704「まつ人のこぬ夜つれなきを山田のほむけの風ぞ色にかはらず」（恋「恋歌…」）
⑤197千五百番歌合2377「まちまちて山のはいづる月は見ついまこんといふ人はなけれど」（恋一、丹後）
⑤247前摂政家歌合〈嘉吉三年〉356「待つ人のこぬ夜かさなる袖の上に月もおぼろの影ぞやどれる」（「春待恋」小宰相）

978　うきはうくつらきはつらしと許も／人めおぼえて《もはで》（④）人をこひばや・1381

【語注】　○うきはうく　①21新続古今1144「さのみよもつらかれとてはつらからじうきはうき身のとがにぞ有りける」（恋二、後勧修寺前内大臣）。③116林葉714「はかなしと夢をもいはじ憂きはうくつらきはつらく見えぬものかは」（恋）。○と許　「と」＋「ばかり」（副助詞）。「と」の受ける内容について、限定する意を表す。八代集二例、初出は後拾遺967。③130月清688「すみわびぬよのうきよりもとばかりもおぼえぬまでのくさのとざしに」（西洞隠士百首、雑）。

【訳】　憂きことは憂く、辛いことは辛いのだという程にも、他人の視線を感じて、人を恋い慕いたいものだよ。

▽恋10の8。「人」。「うらめし」→「憂く《き》」「辛し《き》」。「憂きは憂く、辛きは辛し」と認識できる程度《レベル》にでも、人のことを気にして恋したい、逆にいえば今は非理性的で錯乱状態で恋をしているということ。また第四句「…おぼえで」か。第一、二句の繰り返しのリズム、及び下句の人の頭韻。『全歌集』は、①8新古今1099「はるかなるいはのはざまにひとりゐて人めおもはで物おもはばや」（恋二、西行）を「参考」とする。「如何。※／※無別儀候。」（不審54。311頁）。「うきことはうく、つらき事をばつらしとみる事も、我物思ひにほれ〳〵しき心はその弁へもなければ、せめてその弁へ有て恋ばやといへるにや。」・「一「はるかなる…」の影響を受け、逆にしたものか。」（俟）「恋に判断力を失った状態。」（全歌集）。

979　たれゆへ《ゑ》ぞ月をあはれといひかねて／とりのねを《お》そきさよのたまくら・1382

【語注】　○月をあはれと　②15万代3010「ながめつつ月をあはれといひかねてひとりおきゐるとこのさむしろ」（雑二、

入道前摂政左大臣）。**〇いひかね**　八代集にない。②1万葉322 319「…火用消通都《ヒモテケシツツ》《ひもちけちつつ》　言不得《イヒカネテ》《いひもえず》　名不知《ナヲモシラセズ》《なづけもしらず》　…」（第三、雑歌）。あと②1万葉469 466「言毛不得《イヒモカネ》《いひもえず》」。①17風雅1118 1108「さても又いつぞとだにもいひかねて…」。**〇さよのたまくら**　八代集にない（①索引）。③132壬二97「…秋のよの夢路かたしくさよの手枕」。⑤175六百番歌合839「…おもかげになみだかきやるさよのたまくら」（「夜恋」女房）。

【訳】（あの人はやって来ず）「誰のせいで月を哀しい（それはすべてあなたのせいだ）」と言いかねてしまって、夜明けを告げる鶏の音が遅い夜の（独寝の）手枕であるよ。

▽恋10の9。「人」→「誰れ」「鳥」、「憂く《き》」「辛く《き》」→「あはれ」、「目」→「音《ね》」。③5小町36「ひとりねの侘しきままにおきゐつつ月をあはれといみぞかねつる」（①2後撰684 685（恋二、よみ人しらず））、①3拾遺1195「こぬ人をしたにまちつつ久方の《しまてば夏の夜の》月をあはれといはぬよぞなき《いひつつぞをる（古）》」（雑賀、貫之。②4古今六帖290。③19貫之80。⑤264和歌体十種23）をもとにして、あなたが来ないせいで、月がしみじみと身にしみると、（忌むことを）言い出せなくて、心の中で待っているあの人はいつまでも来ず、独寝の侘しい夜、手枕をして夜通し起きていて、なかなか鶏は夜明けを告げないと歌う。

「…ぞ[※1]…如何。月[※2]をあはれといみぞかねぬる、と本歌の心歟、如何。五文字（私注―いひかねて）如何。／※1ソ。※2合点」（不審55。311頁）。「後撰、恋二、月を哀といふはいむなりといふ人有ければ、よみ人しらず、ひとりねの…かねぬる　此おなじ心にや。月を哀といひかねて鳥のねをまつ手枕もたれゆへぞと、思ふ人ゆへといへる心歟。「いむ」といふ字けやけきによりて、「いひかねて」とかへられけるにや。「月を哀といひかねて」といひて、「鳥のねをそき」といへるつゞき、凡慮の及べきにもあらず。「鳥のねをそき」は、夜のあくるを待心にや。」（俟）

980　見せばやなまつとせしまのわがやどを／猶つれなさはことゝはずとも・1383

【語注】○まつとせしま　①15続千載1280 1284「ちぎりしをまつとせしまの年月につもる涙の色をみせばや」（恋二、師重）。③132壬二1702「時鳥まつとせしまに我がやどの池の藤なみうつろひにけり」（老若歌合五十首、夏）。③133拾遺愚草2544「つれなきを待つとせしまの春の草かれぬ心の故郷のしも」（恋「故郷恋」）。○わがやどを　①1古今811「それ《こ（六）》をだに思ふ事とてわがやどを見きとないひそ人のきかくに」（恋五、よみ人しらず。②3新撰和歌278。②4古今六帖2973）。○つれなさ　八代集初出は金葉508。なお「つれなし」は八代集に多い。○ことゝふ　（あなたが）訪れる、か、（私が）聞く、か。○ことゝはずとも　②1万葉1201 1211「イモガアタリ　イマゾワガユク　メニダニモ《めのみたに（六）》　ワレニミエコ《われのみみつ》ソ《つ（六）》　コトトハズトモ」
「いもがあたり　いまぞわがゆく　めのみだに　われにみえこそ　こととはずとも」（第七、雑歌。②4古今六帖3096）。

【訳】見せたいものだよ、待っていた時の我家を、やはり（あなたの）冷淡さは（我家を）訪れずとも。

【本歌】①1古今770「わがやどは道もなき《みえぬ（遍）》まであれにけりつれなき人をまつとせしまに」（「全歌集」。恋五、僧正へんぜう。②6和漢朗詠623。③7遍昭解）

▽恋10の10。「言ひ」「音《ね》」→「見せ」、「言ひ」→「言問《こと》は」。初句切、上句倒置法。あなたの薄情さのあかしとして来なくとも、（あなたを）待っている間の、道もなきまでに荒れ果ててしまった、我家の有様を見せたいと歌う。917参照。

摘抄（中125。302頁）。「「待とせしまの我宿」、待として猶退屈もせず、年ふりてまたかよふ人もなきわがやどを、人のつらさに、今はとひよる程のことはなくとも、此体ばかりをもみせばやと也。侍とせしまゝのやどをみたらば、さしもつらき人もあはれはかくべき物をといへる也。」・「一　「わがやどは…摘抄一二五番は「本歌にことはらせたる歌」とする。」（俟）

「女の心で詠む。」（全歌集）。「「まつとせしまのわがやど」も、それぞれ本歌の…「道もなきまであれにけり」の内容

を前提として含んだ表現になっている。」（加藤「正治」131頁）

旅五首

981　草枕ゆふつゆ《露》はらふ《むすぶ(④)》さゝのはの／み山もそよにいくよしほ《(を)》れぬ・1384

【語注】○ゆふつゆ　八代集初出は後拾遺682。「…づゆ」か。また「結《ゆ》ふ」と「夕」の掛詞とはみなさない。○そよ　掛詞（「そうよ」と擬音語）か。○いくよ　「さゝ」の縁語「節《よ》」。

【訳】旅寝をして、夕露を払う笹の葉は、深山もそよと音をたて、幾夜（私は）萎れはてたことよ。

▽旅5の1。②1万葉133「ササノハハ　ミヤマモサヤニ　ミダレドモ　ワレハイモオモフ　ワカレキヌレバ
ささのはは　みやまもさやに　さやげども　われはいもおもふ　わかれきぬれば」（「本歌」（全歌集）。第二、相聞、人麻呂）＝②4古今六帖2346「さゝのはは《は》《も(人)》《の(桐)》みやまもよそ《そよ(新、人、柿、桐)(ママ)》にわかるらん《みだるなり(新、桐)》《らん(人)》《とも(柿)》われはいもに《を(柿)》しわかれ《おもふ(新、人、桐)》《おきて》きぬれば《ぬ》《きつれば(人)》」（第四、別「わかれ」人まろみつ。①8新古今900。③1人丸39。⑤298柿本人麻呂勘文63。⑤329桐火桶133）をもとに、旅寝において、風が夕露を払い落とす笹の葉は、深山もその葉がそよと乱れ鳴り、私は妹と別れやって来たので、幾夜涙したことかと歌う。恋の雰囲気がにじむ。①21新続古今973、下句「み山もさやに…しをれぬ」、羇旅「正治二年百首歌たてまつりける時」前中納言定家。「新古今、さゝの葉はみ山もよそ《(ママ)》にたたる也…人丸　万葉には「み山もさやに」とありて「清尓」とあり。きよくさやかなる心歟。此歌の心、さゝのははそようちみだれてあれども、我は兄妹思ふとよめり云々。さゝのはうちみだるれども、我はひとすぢに妹思ふとよめるにや。此歌の心は、「さゝのはのみ山もそよに」といへるにて本歌の妹思ふをこめて、故郷を思ふ心にさゝのはのそよぎみだるゝみ山に、いく夜袖

もしほれてねぬらんとよめるにや。」・「一　旅・山家の一〇首については、俊成かと思われる添削のついた草稿と見られる歌切が報告されている（久保田淳氏「新古今歌人の研究」七九五頁）。それに拠って、必要なことを「草稿」の表示で註記する。…愚草は為村筆本・名大本以下「そよに」。草稿本文は歌末表記「しをれぬ」以外異なく（漢字・仮名の相違は除く。）、歌頭に合点を付す。／三…この誤写は聊かひどい。万葉一二三三では「清爾」。万葉でも「さやに」「そよに」両語があり、愚草二二九五は「みやまもさやに」。この万葉歌を本歌とした新古・六一五・良経歌は「み山もさやに」。」（俟）

【参考】①7千載514 513「ささのはをゆふ露ながらをりしけば玉ちるたびのくさ枕かな」（羇旅、安芸）

④30久安百首954「君こずはひとりやねなむささの葉の深山もそよにさやぐ霜よを」（冬、清輔。①8新古今616。③115清輔221）

【類歌】①9新勅撰1347 1349「草枕ゆふつゆはらふたび衣そでもしほほにおきあかすよのかずぞかさなる」（「参考」（全歌集）。雑五、顕綱）

③132壬二2863「この山は夕露ふかきささのはの都もよ所に乱れてぞ思ふ」（恋）

⑤335井蛙抄48「雲はらふゆふかぜわたるささの葉のみやまさやかに出づる月かげ」（中務卿親王）

982　浪のうへの月をみやこのともとして／あかしのせとをいづるふな人・1385

【語注】**○初句**　字余（「う」）。**○みやこ**　「見」をほのめかす。**○あかしのせと**　八代集二例・初出は金葉179。

○ふな人　八代集三例、初出は金葉511。

【訳】浪の上の月を都の友として、明石の瀬戸を出て行く舟人であるよ。

▽旅5の2。「深山」→「浪」「都」「瀬戸」、「夜」→「月」。浪の上の月（浪に映り浮かんでいる月か）を都の友（つまり都で見たあの月だ）として、明石海峡を舟人が出るとの、「都」（意識）と「明石（の瀬戸）」（現実）の旅詠。前歌の柿本人麻呂の詠の続きでいえば、万葉集256 255「天離る…明石の門より大和島見ゆ」（巻第三）があり、「明石」はまた源氏物語の舞台でもある。

【参考】③125山家376「月さゆるあかしのせとに風ふけばこほりのうへにたたむしらなみ」（秋「月歌…」）。①14玉葉657。②16夫木5194。③126西行法師219

「都の友と思ふ物は月ばかり也。されば、月をのみ友として千里の波濤をしのぎ、あかしのせとを出る心ぼそさをいへる也。」・「一　草稿、本文異なし、合点あり。」（俟）

【類歌】③130月清1064「なつのよをあかしのせとのなみのうへに月ふきかへせいそのまつかぜ」（夏「…、海辺夏月」）。②16夫木12200。⑤187鳥羽殿影供歌合〈建仁元年四月〉32

④32正治後度百首77「月きよきあかしのせとの浪の上にうらみを残すありあけの雲」（「海辺」御製）

983　いもと我《われ》といるさの山は名のみして／月をぞしたふありあけのそら・1386

【語注】○初句　字余（「い」）。②4古今六帖3626、3551に用例がある。○いるさ　掛詞「入る・入佐」。但馬。⑤146関白内大臣歌合〈保安二年〉6「われひとりいるさのやまとおもひしにまづすみまさる秋夜月」（「山月」定信）。○ありあけのそら　八代集初出は詞花324。①7千載496 495「わするなよをばすて山の月みても都をいづるあり明のそら」（離別、頼実）。③131拾玉1396「いりぬれど涙の露に影とめて月はたもとに有明の空」（花月百首、花五十首）。③131同4342「みうしとてまきたつ山に木がくれぬ月さへよそに有明の空」（短冊「林中暁月」）。⑤197千五百番歌合2907「都にて見しにかはらぬ月なれどやまざとさびしありあけのそら」（雑二、兼宗）。

【訳】恋人と私とが入って行く（という）入佐の山は名ばかりであって、出ている月をば思い慕う有明の空であるよ。

▽旅5の3。「月」。「明石の瀬戸」→「入佐の山」、「月」→「有明・空」、「人」→「妹」「我」、「出《いづ》る」→「入る」。一人ぽっちで入佐の山に来て、有明の空に、愛人の代わりに月を恋い慕う恋歌的旅歌。第一、二句いの頭韻。『全歌集』は、催馬楽43「婦《いも》と我《あれ》と　いるさの山の　山蘭《あららぎ》　手な取り触れそや　貌優《かほまさ》るがにや　速《と》く優るがにや」（「婦と我《われ》」、旧大系406頁）を「本歌」、⑤421源氏物語107「あづさ弓いるさの山にまどふかなほのみし月の影や見ゆると」（「花の宴」（光源氏））を「参考」とする。

「さいばら《催馬楽二》に、いもとわれといるさの山《の山あらしと有。》、といへり。いも《妹》とい《ぬ》る《ゐ（抄書）》とい《云》ふ事《こと（ナシ・抄書）》は名のみにて、月ばかりわがあい《ひ》てに成たる体也。旅のうた《歌》也。いるさの山《は》、但馬国なり《也、と八雲御抄に有。不詳。》。」（抄出聞書212。177頁）。抄出聞書（（中）245。105頁）。「妹と我入といふ山の名はなのみして、我のみ分て古郷の月を有明の空にしたふ心にや。「月」といへるに、則、妹を思ふはこもる也。」・「一　草稿にはこの歌なく、代りに「うちなびくたくものけぶりたちなれて心よわくもぬるゝそでかな」があり、合点がある。定家自身の判断によるさし替えか。…二「いるさの（山）《但》、（八雲御抄五）」、「但馬国なり（C注・二二二番）」。」（俟）

「依然として恋歌めいた雰囲気を湛えてはいる。」（久保田『研究』797頁）

【類歌】④32正治後度百首33「あり明の月にはちかき名のみしてすむかひなしやにしの山もと」（秋「月」御製）

984　こまなづむいはき《（木）》の山をこえわびて／人もこぬみのはまにかもねむ・1387

【語注】○こまなづむ　②16夫木10906「うみ山を夕こえくればみかさなるいはぶち川に駒なづむなり」（雑六、河、為頼)。**○なづむ**　八代集一例・後拾遺279。他「たち―」八代集一例・後拾遺45。**○いはきの山**　八代集にない。が、「岩木」は八代集一例・千載758。掛詞(普通名詞・歌枕)。③106散木1461「われといへばいはきの山のみねたかみ…」。⑤220石清水若宮歌合〈寛喜四年〉54「…心なきいはきの山の花の夕ばえ」(家長)。**○こえわび**　八代集にない。蜻蛉日記「9あふさかの…こゑ《(え)》わびぬればなげきてぞふる／かへし、／10こえわぶるあふさかよりもおとにきく…」(上、新大系42頁)。③129長秋詠藻233「五月雨にきその御坂をこえ侘びて…」。④1式子372「おのづからあふ人あらばことづてようつの山辺をこえ侘びぬとも」。⑤423浜松中納言物語122「死出の山こえ侘びつつぞ帰りこし尋ねぬ人を待つとせしまに」((吉野の姫君))。ここもとは「こえつかれ」で、添削に従い「こえわびて」と改めたことについては、兼築「草稿」142頁参照。**○こぬみのはま**　八代集にない。「来ぬ(身)」との掛詞。駿河国(か)。歌枕。③106散木1035「いつとなくこぬみのはまに《の》君《人(永)》まつと…」(④27永久百首480)。④13長明51「…松風にこぬ身のはまやさびしかるらん」。

【訳】　馬が行き煩う岩や木の険しい磐城の山を越えかねて、誰もやっては来ない我身は、こぬみの浜辺に寝るのであろうか。

【本歌】　万葉3209 3195「磐城山直越え来ませ磯《いほ》崎《(井)》の許奴美の浜に我れ立ち待たむ」(巻第十二、悲別歌、作者未詳。「磐城山」「磯崎の…」共「所在未詳。」、前者は「清水市東の薩埵峠ともいう。」(角川文庫)。②16夫木8124。⑤335井蛙抄473)

▽旅5の4。「の山(同位置)」。「妹」「我」↓「駒」「人」「身」、「入佐(の山)」(同位置)↓「岩木(の山)」(〃)、「入る」↓「越え」「来《こ》」、「山」↓「浜」。「駒(なづむ)」と「人(も来ぬ)」、「(いはきの)山」と「(こぬみの)浜」との対で、「ただ越え来ませ」と言われ、馬が難渋する、岩や木に覆われた磐城山を越えあぐね、誰一人(恋人か)来ない私は、さびしく、「我れ立ち待たむ」といった磯崎の許奴美の浜に今夜寝るのかという掛詞(二つ)の詠。これも恋歌めかすか。①21新続古今986、第三句「こえかねて」、羇旅「題不知」前中納言定家。②15万代3404、第三句「こえかねて」、雑四「正治百首に、旅を」前中納言定家。②16夫木11832、第三句「こえかねて」、雑七、浜「こぬみのはま、

許奴美、駿河」、「百首歌」前中納言定家卿。「盤《（ママ）》城山…いはき山、こぬみの浜近所歟。「人もこぬみの浜」、旅人もこぬといへる心なるべき歟。」・「…愚草諸本「わひて」。草稿は第三句「こえつかれ」の右傍に「超疲」、此字頗不宜、左傍に「ワヒテ如何」として合点を付す。これは、おそらく添削者が複数であったことを示そうが、結果は添削の通りで、一首に合点を付す。さらに「本歌云いはき山たゝ…」の注記がある。」（俟）。「〇岩木の山名所也。こぬみの浦は其辺也。旅也。駒がくたびれてなづむ心也。人もこぬ浜のかなしきさま也。右、岩木山たゞこえきませいそざきのこぬみの浜に、まへの哥も駒なづむによりてこえ佗る也。」（六家抄）

「（海浜の泊）」（明治・万代3404）

985　宮こ思ふ涙のつまとなるみがた／月にわれとふ秋のしほ風・1388

【語注】〇初句　字余（「お」）。⑤197千五百番歌合2874「みやこおもふそなたの風を身にしめて月にともなふうつの山ごえ」（雑二、保季）。〇涙のつま　③27仲文55「…さびしくてなみだのつまになにをかくらむ」。〇つま　八代集初出は後拾遺742。〇なるみがた　八代集三例・すべて新古今。「…となる」との掛詞。千鳥などの水鳥と組み合わせて多く詠まれた。①8新古今648「さよ千鳥こゑこそちかくなるみがたかたぶく月にしほやみつらん」（冬、季能。⑤197千五百番歌合2020）。②10続詞花527「なるみがたしほぢにあそぶかもどりのうきねはわれもおとりやはする」（恋上、公実）。③133拾遺愚草1951「なるみがた雪の衣手吹きかへすうら風おもく残る月影」（最勝四天王院名所御障子歌「鳴海浦」）。⑤165治承三十六人歌合294「鳴海がた塩風寒み寝覚する浪の枕に千鳥啼くなり」（「旅泊千鳥」顕昭。⑤183三百六十番歌合535）。〇末句　八代集にない（①索引）。「しほ風」は八代集五例、初出は千載542、あとすべて新古今。⑤189撰歌合

〈建仁元年八月十五日〉31「…雲きえて月かげかよふ秋のしほ風」（「海辺秋月」俊成卿女）。⑤197千五百番歌合1530「…夜半の月こほりをよする秋のしほかぜ」（秋四、女房）。

【訳】　都を思い慕う涙のきっかけとなる鳴海潟よ、月の光の中に私を訪れる秋の汐風であるよ。

▽旅5の5。「山」「浜」↓「都」、「岩木の山」↓「鳴海潟」、「浜」↓「潟」「潮」、「人」↓「我」。月光下、私にやってくる秋の潮風は、都を恋慕する涙の契機となる鳴海潟を歌って「旅」を閉じる。涙のつまは、「月」か、それとも下句すべて「月に…汐風」か。上、下句とも名詞止。第二、三句なの頭韻。973参照。

摘抄（中194。342頁）。「月にとふ秋の塩風の物がなしさは、まことに古郷おもふ涙のつまとなるべき事也。「つま」は、涙のたよりとなる心にや。」・「一　草稿、本文異なし、合点あり。」（俟）

【類歌】　④18後鳥羽院1656「都おもふ涙に月をやどしおきて朝たつ野べのすゐの秋風」（同八月十五夜御会「羈旅月」）

④32正治後度百首377「浪風のおとさへあらずなるみがた都をとほくおもふのみかは」（「海辺」具親）

山家五首

986　露じものをぐらの山にいへゐして／續古ほさでもそでのくちぬべき哉・1389

【語注】　**○露じもの**　枕詞ではなかろう。③133拾遺愚草1542「露霜のおくての山田ふく風のもよほすかたに衣うつなり」（秋「田家擣衣」）。　**○をぐら**　「を」（①11続1697 1705、③986、④1389）。「置《お》く」との掛詞。大和ではなかろう。「嵐山」の近く。「小暗」を掛けるとはみなさない。

【訳】　露霜が置く小倉の山に住みかを定めて、干さなくても袖は朽ち果ててしまいそうであるよ。

▽山家5の1。「涙」「潮」→「露」、「鳴海潟」→「小倉の山」、「涙」→「干さ」。露霜の小倉山に住まいして、干す間《ひま》もなく、露霜や侘しさ、寂しさの涙で袖が朽ちると歌う。①11続古今1697 1705、雑中「正治二年百首歌」前中納言定家。「小倉山庄の事よめるにや。「露霜のをぐら」は、置とうけたるにや。かやうに下の清濁の相違せるたぐひ多之、猶可考。「ほさでも」といへる、つゐに出身する時節もなく、ほさでそのまゝ、朽ぬべきにやとなげきたる歌なるべし。」・「一…草稿、本文異なし、合点あり。」（侯）

【参考】③58好忠498「いざせことをぐらのやまにいへゐしてみじかきなつのよをもうらみむ」（夏十）…第二、三句同一

③126西行法師710「我が物と秋のこずゑを見つるかな小倉の山に家ゐせしより」（雑）

【類歌】③132壬二642「露霜とうつろふ袖ぞくちぬべきささわくるのの冬の通路」（光明峰寺入道摂政家百首、冬「野径霜」）

③133拾遺愚草729「露霜のおくての山田かりねして袖ほしわぶるいほのさむしろ」（十題百首、居所十）

987　秋の日にみやこをいそぐしづのめが／かへるほどなきおほはらのさと・1390

【語注】○秋の日　意外にも八代集にない。②1万葉1543 1539「秋日乃《アキノヒノ》《あきのたの（ママ）》穂田乎鴈之鳴《ホダヲカリガネ》《ほだをかりがね》闇尓《クラヤミニ》《くらけくに》…」（第八、秋雑歌）。②14新撰和歌六帖2599「いかなればあしたほどなき秋の日にはねかく鴫のももはかくらん」（第六「しぎ」）。③79輔親124「あきの日にしづけきあめのなぐさめは…」。○しづのめ　八代集二例、初出は金葉103。①15続千載747 751「しづのめがきなれの衣の秋あはせはやくもいそぐつちの音かな」（雑体、知家）。⑤197千五百番歌合1471「衣うつきぬたのおとにしづのめがいそぐこころやよはの秋風」（秋三、通光）。○おほはらのさと　八代集二例・新古今690、1628。③131拾玉1873

「このごろはもとすむ人やいとふらむ都にかへるおほ原の里」（百番歌合「山家」）。④11隆信850「みやこ人まれにいはねのしばゐしてかへるなごりぞ大原の里」（雑二「返し」）。

【訳】（短い）秋の日に、都へと急いだ賤の女が、帰るには時間がない大原の里よ。

▽山家5の2。「小倉の山」→「都」「大原の里」、「露霜」→「日」。秋日、都へ急いで出た大原女が帰る間もない、短い、秋の日の暮れるのが早い大原の里を歌う。②16夫木14679、雑十三、里「おほはらのさと、大原、山城」、「同（＝正治二年百首）」前中納言定家卿。958参照。

「これは、たゞ大原の山里をよめる歟。但、「里」といへるにて、我は此大原に山居して、賤のめが往来の体をみていへる心歟。」・「一　草稿、本文異なし、合点あり。」（俟）

「大原女を歌う。」（全歌集）

988　浪のを《（お）》とに宇治のさと人よるさへや／ねてもあやうき《ふ（③、④）》夢のうきはし・1391

【語注】○初句　字余（「を《（お）》」）。③133拾遺愚草577「たびねするあらき浜辺の波の音にいとどたちそふ人のおもかげ」（重奉和早率百首、恋）。○宇治のさと人　八代集にない（①索引）。③130月清861「あじろもるうぢのさと人いかばかり…」（千五百番百首、冬）。⑤197千五百番歌合1289判「せぜくだす宇治のさと人ふねとめて…」（秋二）。○よる「夜」。初句の「浪」の縁語「寄る」。○夢のうきはし　八代集一例（定家の名歌・この1638）。源氏物語の最終巻名。「うきはし」は八代集一例・後撰1122。詳しくは1638参照。

【訳】浪の音に、宇治の里人は夜までも、寝ても危なっかしい浮橋のような夢（を見る）よ。

▽山家5の3。「里」。「都」「大原（の里）」→「宇治（の里）」、「賤の女《め》」→「里人」、「日」→「夜《よる》」。①1古今559

「住の江《すみよし(六、寛)》の岸による浪よるさへやゆめのかよひぢ人めよく《ぐ(全歌集)》らむ」（「本歌」（全歌集）。恋二、藤原としゆき。②4古今六帖2033。③8敏行解。⑤4寛平御時后宮歌合186。⑤275百人秀歌11。⑤276百人一首18）をふまえて、急流の浪の音に、宇治の里人は、午《ひる》のみならず夜までも、寝ても危ない、川に落ちる浮橋のような夢を見ると歌う。907参照。②16夫木14475、第四句「…あやふき」、雑、山家「正治二年百首」同（＝前中納言定家卿）。②16同14669、第四句「…あやふき」、雑十三、里「宇治のさと、山城」、「正治二年百首、山家」前中納言定家卿。

「うぢばし、うつゝにわたる事、あやうきのみならず、ねてもあやうきと也。浪のをとに、うちとけてもねられず、夢もさめやすきよし也。」（抄出聞書213。177頁）・抄書同一。「これぞたゞ宇治の里人をよめるなるべし。しからば、前の歌もたゞながめやりたる山里なるべき歟。「ねてもあやうき」、うきはしより「あやうき」といへり。ねても波の音に夢はあやうき心なるべし。」・「一　草稿、初・二句「かはなみにうちの山人」の「かはなみ」と「山」にみせけちして、右傍に「浪のおと二」として合点、「里如何」とし、上句末に「無河字ハ似海歟」と割注して合点。結果は添削の通り。「宇治」といえば「川」が、源氏・浮舟巻を予想すれば既に場面が山荘だから題に捉われた「山」がそれぞれ無用との判断か。」（俟）

「源氏物語・浮舟などの心で詠む。」（全歌集）。988「の作が宇治十帖の世界、特に浮舟の物語に拠ったことは明かである」（久保田『研究』798頁）

【類歌】③130月清1460「いかだとよむせぜのいはまのなみのおとにいくよなれたるうきねなるらむ」（旅「旅…」）

989　しばのとのあと見ゆ許しほ《(を)》りせよ／わすれぬ人の《は④》かりにもぞとふ・1392

【語注】○しばのと　八代集初出は金葉568。⑤183三百六十番歌合422「ゆふぎりのたえまにみゆるしばのとのぬしはとと、へばうづらなくなり」（秋、覚盛）。**○しほりせよ**　八代集一例・新古今1643。あと「しをり」八代集二例、初出は千載458。**○わすれぬ人**　①3拾遺337「昔見しいきの松原事とはばわすれぬ人も有りとこたへよ」（別、橘倚平）。3′拾遺抄221）。**○かりにも**　②9後葉448「あやめ草かりにもくらんものゆゑにねやのつまとや人のみつらん」（雑一、和泉式部）。

【訳】　柴の戸への跡が見える程度に枝折りをせよ、忘れはしない人が仮りにも訪れることよ。

▽山家5の4。「人」。私が忘れられない（私のことを忘れないカ）人が仮初にやって来るかもしれないから、我が柴の戸の粗末な住まいへの道の跡が分かる程に枝折りをしておいてくれと頼んだもの。前歌に続いて、源氏物語の、明石上の（明石か大堰かでの）光源氏を待つ心を歌った、恋歌仕立ての詠か。②16夫木15475、第三句「しをりせよ」、雑十四、志折「正治二年百首」前中納言定家卿。

「…如何。※／※「シホリ」ハ、道ノシルベ也。」（不審56。311頁）。「跡のゝこるほどにしほりせよと下知したる也。もし我をわすれぬ人のかりそめにもとふやと也。」・「一　草稿、本文異なし、合点あり。特定できる典拠未詳。」（俟）

990　庭のおもはしかのふしど、あれはて、／世《よ》、は（④）ふりにけり竹あめるかき・1393

【語注】　**○初句**　字余（「お」）。③132壬二94「庭のおもはをしか妻よぶこ萩原まがきのおくの峰の松風」（初心百首、雑）。**○ふしど**　八代集二例・金葉（三）144＝詞花76。**○あれはて**　八代集四例、初出は後拾遺270。④31正治初度百首1654「野分せし小野の草ぶしあれはてて深山に深きさをしかの声」（秋、寂蓮）。⑤376宝物集335「あれはてて庭も籬も野べなれば浅ぢが下にうづら鳴くなり」（伊綱）。**○世、**　「竹」の縁語「節《よ》々」。**○あめ**　八代集一例・詞花244。

【訳】　庭の上は、鹿の伏す所になるまで荒れ果ててしまって、代代の日々古びてしまったことよ、竹で編んだ垣は。

▽山家5の5。「柴の戸」→「庭（の面）」「竹編める垣」、「人」→「鹿」。「五架三間新草堂　石階桂柱竹編牆（石の階《はし》松の柱竹編める墻）」（「参考」（全歌集）。白氏文集・巻十六、香鑪峯下、新卜山居、草堂初成、偶題東壁。『式子全歌注釈』287参照）をふまえた源氏物語「所のさま、絵にかきたらむやうなるに、竹編める垣しわたして、」（「須磨」、新大系二―41頁）をもとに、我家の庭は鹿の寝床として荒廃し、竹の垣は年々古びて行くと歌う。源氏物語「須磨」の面影で「山家」を終結する。四句切、下句倒置法。962参照。②16夫木15001　雑十三、牆「たけあめるかき」、「百首歌」前中納言定家卿。

「しかのふしどにて山家の心をこめたるたけのあみどにや。無殊事。」・「一　草稿、本文異なし、合点あり／二「竹のかき」については六二三頭注参照。」（俟）

「「竹あめる垣」一句のみを、あたかも窓口とするかのようにして、詩句の世界は凝縮して歌に取り入れられている。定家にごく近い話主の視点から歌われているものだから、あふれる感慨は定家自身のそれである、と読者には感じられる。」（佐藤『研究』432頁）

【類歌】④35宝治百首3325「あれまくにたれほりうゑてくれ竹のふしみの里は世世ふりにけん」（雑「里竹」為家）

鳥五首

991　やどになくやこゑのとりはしらじかし／をきて《（お）》かひなきあかつきのつゆ・1394

【語注】**○やこゑのとり**　八代集一例・千載948。③116林葉216「あかつきは鳴きもやすると時鳥八こゑの鳥のねをさへぞ待つ」（夏）。④26堀河百首1294「さしぐしの暁がたになりぬとや八こゑの鳥のおどろかすらん」（雑「暁」肥後）。④

32正治後度百首119「ほととぎすほのかになのる暁を八こゑの鳥とおもはましかば」（夏「郭公」範光）。○しらじかし③74和泉式部続461「しらじかしはなのはごとにおく露のいづれともなきなかにきえなば」。○を《（お）》き「起・置き」掛詞。○あかつきのつゆ　八代集二例、初出は①4後拾遺701「あか月のつゆはまくらにおきけるを…」（高内侍）。

【訳】我家に鳴く鶏の声は知るまいよ、置いて・（私は）起きてもむなしい暁の露であることをば。

▽鳥5の1。「庭（の面）」「竹編める垣」→「宿」、「鹿」→「（八声の）鳥」。暁の露は置き、私は起き出でても何ら甲斐がない、むなしい身なのだということを、家の鶏は知るまいと、鶏鳴を歌い、官を放たれた人の述懐（不遇・沈淪）の歌とする。三句切、倒置法、体言止。第一、二句やの頭韻。定家の鳥の歌については、山崎『正治』294～305頁に精密な考察がある。

「述懐の歌也鳥はしらしかしとは鶏鳴におくる人はかならす奉公につけ又なにことにも人々の所作ある物也我いたつらにめのみさむとはしらしと也つねの人なみに思論んと也暁の露は泪心もあるへし」（抄出聞書）。「如何。※／※無別儀候。」（不審57。311頁）。「此歌には述懐の心が有なり。鶏鳴[一]忠臣待晨、と云へり。忠臣こそ朝を待ておきて奉公をもすれ、何につけてもいたづらなる身なれば、「おきてかひなき」とは云へり。山谷[二]曲肱亭詩ニ晨鶏催不起擁被聴松風、ト作れり。是をとれりと也。「露」と云は「おきて」と云よりをけり。又は、すこしなみだ心もあるべし。」・「一「鶏既鳴兮忠臣待旦、鶯未出兮遺賢在谷（鳳為王賦・作者不詳・和漢朗詠集（私注―63）・上・鶯）」。二　曲肱亭詩は張待挙の作、詩句同。」（常縁口伝和歌22。100頁）。「次の歌「さらに沢べのねをやなくべき」、然らば、[三]地下の時歟。されば[四]「をきてかひなき」は、出仕もせざる心にや。それをもしらで八声の鳥は尋常のごとく天明をつぐるといへるにや。「露」は、「をきてかひなき」といはむため也。」・「一　鳥五首についても「旅」「山家」同様の草稿の存在が報告されている（橋本不美男氏「正治百首についての定家・俊成勘返状」和歌史研究会会報六五号、昭五二・一二）。それにより、必要事項を「草稿」として記す。／二　草稿、本文異なし、歌頭に合点。「朝綱…」と注記。また二首後の注記に

「文治の比禁裏御壺被飼鶏以近臣被結番供奉其事 長房 保家 信清 定家 範光 依之詠之」とあるが、これは当歌に関する注であろう。／三　九九三頭注参照。／四　五十八首注〔私注―常縁口伝和歌〕二二番の挙げる漢詩二種は定家自身の注記によって誤りとなるが、理解の趣意は誤っていない。なお同注は「此歌には述懐の心が有なり」ともする。」（俟）「鶏を詠み、述懐の心をこめる。」（全歌集）、「九九一から九九五までの「鳥五首」には、…、「俊成定家一紙両筆懐紙」が永青文庫に現存する。…この歌には定家の自注として左に、「朝綱卿詩云、家鶏不レ識官班冷、依レ旧猶催報暁声」と記されている。この詩句は出典未詳。」（全歌集）。「朝綱…／家鶏…依旧…」、「に拠って詠まれていることは明瞭である。「官班」とは官職の位次のこと。この官班冷やかなることを朝綱の詩句をそのままうつしとる形で詠作している。鶏は早くから暁の声を告げるのだが、早く起きても甲斐のないことだと不遇を歎く。／実際この時期に彼が如何に不遇であったかは、石田吉貞氏が、／凡そ、貧乏の病気と官位の渋滞と、…『和漢朗詠集』嵩に「鶏既に鳴いて忠臣旦を待つ」（六二）の詩句が見えるが、「旦を待つ」べくもない我が身の歎きが一首に盛られており、「あか月の露」はそのような身の上にある定家自身の涙の比喩とみてよかろう。」（山崎『正治』294、295頁）

992　手なれつゝすゐ野をたのむはしたかの／きみのみよにぞあはむとおもひし・1395

【語注】 **○手なれ**　「てなる」の用例は八代集一例・千載495。他「手馴らす」「手馴れの駒」などがある。 **○すゐ野**　八代集一例・金葉（三）296「み狩する末野にたてるひとつ松とがへる鷹の木居にかもせむ」（冬、長能）。「据ゐ」との掛詞。 **○はしたか**　①8新古今1432 1431「はし鷹の野もりのかがみえてしかなおもひおもはずよそながらみむ」（恋五、よみ人しらず）。③33能宣401「はしたかをてにひきすゑて山ざとのやどかりにこそけふはきにけれ」（「また」）。③130月清989「秋はいますゐのにならす家1390「はしたかのすずろがさでもふるさせてすゑたる人の有りがたのよや」。③125山

はしたかのこひしかるべきありあけの月」（院句題五十首「暮秋暁月」）。④30久安百首1267「やかたをのやがてそりぬるはしたかの手もおよばぬは恋にぞ有りける」（恋廿首、安芸）。**○あはむとおもひ**　④31正治初度百首1303「いまはわれをしからぬ身ぞをしまるる君が八千世にあはんとおもへば」（「祝」隆信）。「あは（合はす）」は「はし鷹」の縁語。

【訳】　手馴れながら据え、末野を頼みとする箸鷹は、君の御代に会いたいと思っていました。

▽鳥5の2。「八声の鳥」→「箸鷹」、「宿」→「末野」。手なれ捉える、末の野をあてにするはし鷹、つまり末・将来を頼りとする私は、君が御代に会いたいと思っていたと歌う。946参照。

「するゐ野をたのむと行末をたのむと云心にや鷹によせたる述懐也あはむと思ひしは必あはんのあらましもかひなき事よと云心をのこしたり」（抄出聞書）。「「末野」は、行末をたのむ也。「あはむ」とは、鷹はあはする物なれば也。君が御代にあはむと思ひしもいたづら事といへる心にや。」・「一　草稿では「君が代」「手なれつゝ」の順。本文異なし、合点あり。」（俟）

「はしたか（ハイタカ）を詠み、後鳥羽院政への期待を歌う。」（全歌集）。「文治の比（一一八五～一一八九）、禁裏の御壺で鶏（『明日記』によると闘鶏が行われていたようである）が飼われていて、当の定家を始め…ニワトリ当番をしていたという、〔私注─991参照〕…さて、「てなれつつするゐのをたのむはし鷹」は文治の頃近臣として養鶏に務めていた定家自身の比喩である。久保田氏が「鷹匠の手に馴れながら、狩場の陶野での活躍を期待しているはしたかは、わが君の御代に逢おうと思ったのでした。わたくしはわが君の御代での廷臣としての活躍を期待していたのでした」と解釈されている。末句「あはんとおもひし」の過去の助動詞に定家の失望が色濃く表われている。」（山崎『正治』297頁）

【類歌】　③131拾玉1690「はし鷹もあふをうれしと思ふらむたえにし野べのけふのみゆきに」（歌合百首、冬上「野行幸」）③133拾遺愚草342「秋きぬとてならしそめしはしたかも末野にすずの声ならすなり」（閑居百首、秋）

993　君が世に霞をわけしあしたづの／さらにさはべのねをやなくべき・1396

【語注】　○なく　「泣く」をほのめかす。

【訳】　我が君の御代に霞を分けた芦鶴は、さらに沢辺の音を鳴くのでしょうか。

▽鳥5の3。「君が《の御》世」。「箸鷹」→「芦鶴」、「末野」→「沢辺」。我君の御代に天の霞を分けた鶴は、地の沢辺に鳴・泣く、すなわち雲の上（宮中）にまじわった私が、新帝の代の今度は地下で嘆かなければならないのかと訴える。この時定家は従四位上行左近衛権少将。946参照。⑤399源家長日記6、第四句「…さはべに」中将定家朝臣。「…あし《如何》たづの…」（不審58。311頁）。「一旦《二》、雲上のまじはりをしたる身の、今、不昇殿所をいへるにや。」・「一　草稿、本文異なし、合点あり。／二　定家は後鳥羽天皇の文治元・一一・二二夜、五節の試に喧嘩して殿上を除籍され、翌年春俊成が後白河院に愁訴して「あしたづの…（千載・雑中・一一五五）」の歌を奉っている。（玉葉・千載・家長日記）。この百首を奉呈した翌日、内昇殿を定家は許されるが、家長日記の記述からも当歌が直接の契機であったと見られる。」（俟）

「鶴を詠み、述懐の心をこめる。」（全歌集）、「文治元年（一一八五）十一月、五節の試みの夜に少将源雅行と闘諍事件を起したため勅勘をこうむって除籍された定家の還昇を懇願した父俊成の文治二年三月六日付消息文の奥に添えられていた、「あしたづの雲路まよひし年暮れて霞をさへやへだてはつべき」と、それに対する藤原定長の「あしたづは霞を分けて帰るなりまよひし雲路けふや晴るらむ」（千載・雑中・一一五五、一一五六）を暗示させる形で詠む」（同）。この「歌は、単に忘れ得ぬ思い出をふまえて昇殿の希いを詠んだだけではなく、和歌を重んずる聖君であれかしと願う歌の家の一員として、この機会に是非とも詠まねばならぬ歌だったのではなかろうか。更に、…俊成の『正治和字奏状』の奥に書きつけられた歌、／和歌のうらのあしべをさしてなくたづもなどか雲井にかへらざるべき／とも関連づけて考えねばなるまい。…氏〔私注―藤平春男〕が「父子の歌にみられる共通の情は院の心をひいたであろう」と述べられている通りであろう。…「たづ」の歌は三度定家を救ったことになる。…和歌を重んずる聖君であり聖代であるということの、それが一つの要件であったのであり、一連の「たづ」歌に込められた父子の真情はその要件を十分に満たすものであったと言えよう。」（山崎『正治』295、296頁）

『詩経』（小雅「鶴鳴」）「鶴鳴二于九皐一、聲聞二于野一」天（546頁）（国訳漢文大成544頁。佐藤『研究』「漢詩文受容」455頁）

【参考】①6詞花350 349「むかしみし雲ゐをこひてあしたづのさはべになくやわが身なるらん」（雑下、公重。⑤165治承三十六人歌合305。⑤376宝物集341）

②1万葉459 456「キミニコヒ　イトモスベナミ　アシタヅノ　ネノミシナカル　アサヨヒニシテ
きみにこひ　いたもすべなみ　あしたづの　ねのみしなかゆ　あさよひにして」（第三、挽歌）

③19貫之711「うちまよふあしべにたてる蘆たづのよはひを君になみもよせなん」（「つる」）

③32兼盛82「沢水に老のかげみゆあしたづの鳴くね雲ゐにきこえざらめや」

③129長秋詠藻583「…ふるすにのこる　あしたづの　さはべにのみぞ　としへしを　はじめて君が　御代にこそ　…」

【類歌】④14金槐314「夕づくよさはべにたてるあしたづの鳴くねかなしき冬はきにけり」（冬「初冬の…」）

④38文保百首2489「あしたづのさはべにたえず鳴くこゑのなどか雲井にきこえざるらん」（雑、行房）

994　如何《いかに》せむつらみだれにしかりがねの／たちどもしらぬ秋の心を・1397

【語注】**○如何せむ**　④41御室五十首241「いかにせん秋の野かぜにかるかやのおもひみだれてすぐる我が身を」（雑「述懐」兼宗）。**○つら**　八代集二例。**つらみだれ**　③132壬二2088「はるをへてつらみだれゆく雁がねのわが身ひとつにくもる月かげ」（春「夜帰雁」）。**○たちど**　八代集四例。⑤57源大納言家歌合〈長暦二年九月〉20「…さよふけてたちどもしらぬしかのねなれば」（「鹿」のりしげ）。「鹿の立処」が多いが、ここは、「飛び立つ場所」か。**○秋の心**　八代集二例。②14新撰和歌六帖428「いかにせむ庭の草葉におくつゆのひまなくなげく秋のこころを」（「つゆ」）。④30久安百首448「ことごとにかなしかりけりむべしこそ秋の心をうれへといひけれ」（秋、季通。①7千載351 350）。④31正治初度百首119「かり金のかへる名ごりにおもふかなこしぢの人の秋のこころを」（春、三宮）。

【訳】　どうしようか、列が乱れ果ててしまった雁の、立っている場所も分からない秋の心を。

▽鳥5の4。「芦鶴（の）・（同位置）」→「雁《かりがね》（の）・（同位置）」。友に遅れた私はどうしてよいか分からず、抱く愁をどうしたらいいのか（、昇進を待っている）と、これもまた訴える。初句切、倒置法。946参照。

「つらみたれにしとは友にをくれたる心也たちとも知ぬとは友のわかれたる方をもしらす又わかしたはん方をも知らぬと也秋の心は愁の義也」（抄出聞書）。「「つらみだれにし」は、おなじ羽林の列なる人はつらみだれて昇進したれば、我はたちどもしらず愁る心にや。秋の心は愁の字の心なるべし。」・「一　草稿、本文異なし、合点あり、次歌頭注参照。」（俟）

「雁を詠み、述懐の心をこめる。」（全歌集）。「…我身を「つらみだれにし雁がね」に擬して昇進の遅れを訴えている。末句「秋のこころ」は、『和漢朗詠集』秋興に、／物の色は自ら客の意を傷ましむるに堪へたり　宜なり愁の字をもて秋の心に作れること（野　二二四）／また、右に拠る藤原季通の歌、／ことごとに…〔私注―【語注】の歌〕／によって「愁」である。「たちどもしらぬ」ほど愁に沈むこの心を一体如何したらよいのでしょう、と文字通り愁訴する内容である。／…「秋のこころ」という表現を含む定家の歌四首は、さながら不遇な彼の半生を辿らせてくれる。」（山崎『正治』297～299頁）

【参考】③123唯心房68「おく山のあきのこころをいかにしてあはれしれらん人にしらせん」（「秋…」）

【類歌】④35宝治百首1964「いかにせむ心をぬさとくだきても行へしらせぬ秋の別ぢ」（秋「九月尽」家良）…ことば

995　わがきみにあぶくま河のさよちどり／かきとゞめつるあとぞうれしき・1398

【語注】〇わがきみ　八代集三例。〇あぶくま　「会ふ」との掛詞。③133拾遺愚草1959「思ひかねつまどふ千鳥風さむみあぶくま川の名をやたづぬる」（最勝四天王院名所御障子歌「阿武隈河…」）。④30久安百首901「…これをおもへば　君が代に　あふ（ママ）くま川は　うれしきを　みわたにかかる　…」（短歌、顕広）。〇さよちどり　八代集三例、初出は千載536。④18後鳥羽院1450「風はやきあぶくま川のさ夜ちどり涙なそへそ袖の氷に」（承元二年十一月最勝四天王院御障子「阿武隈川」。②16夫木9267。⑤261最勝四天王院和歌411）。〇かきとゞめ　八代集にない。源氏物語「「などて返し給けむ。書きとゞめて、姫君にも見せたてまつり給べかりける物を。」（「玉鬘」、新大系二―371頁）。③15伊勢451「なき人のかきとどめけるみづぐきは…」。③80公任239「…ことのはを宿のあるじやかきとどめけむ」。〇あとぞうれしき　③15伊勢251「はるがすみたちながらみし花なればふみとどめけるあとぞうれしき」（「かへし」）…下句の調子が似る。

【訳】我が君（の代）に会う、阿武隈河の夜の千鳥が足跡を川辺に書くように、書きとどめた跡（＝歌）のあることがうれしいことよ。

▽鳥5の5。「雁《かりがね》（の）・（同位置）」↓「（小夜）千鳥・（同位置）」、「乱れ」↓「止《とど》め」。わが君の聖《ひじり》の御代に遭い、この百首歌を書きとどめたことが嬉しいともらす。946参照。

「「かきとゞめつる跡」は、此百首の人数に入、和歌をかきとゞめたるは、わが君にあふ故とよろこべるにや。」・「一草稿、本文異なし、合点あり。ただし「鴈・千鳥、已停止候云々、然而此二首殊大切思給候、此外凡可構出とも不覚候、制仰たゝそこ（「ら」とも）しらすしてや候へからむ」と注記することから、「停止」を承知の上で詠み、俊成も許容したものか。また、両首ともそれほどの秀歌とも見えぬから、「殊大切」は廷臣としての出身の意識であろう。さらに「凡ハ述懐題被止題ニ述懐之心詠之旁雖有其憚　此鳥題凡一切不可叶候之間如此詠候又偏以狭事為先者為道遺恨候之故也」と注記し「内府歌述懐シタリキ（「多カリキ」とも）」と記す。給題の中に「述懐」題がないことからすれば所与の題に述懐の心を籠めるは院の意に反するかもしれぬ、しかし、こうしか詠めぬ、内大臣の歌にも述懐の心がある、などの意か。とすれば、それを許容した俊成と共に父子は自ら信じる「為道」に危険な賭けをしたことになる。」（俟）

「千鳥を詠み、後鳥羽院政を讃美する。」（全歌集）、「参考「鴈千鳥…」（同）。「ブラワー氏は、この歌は道長の一首、／君がよにあぶくまがはのそこきよみちとせをへつつすまむとぞおもふ（詞花集・賀・一六二）／をほのめかしていると指摘されている。また久保田氏は家隆の、／君が代にあぶくま河のむもれ木も氷の下に春を待ちけり（壬二集一八八二）／に影響を及ぼしていると指摘されている。定家はこの歌で阿武隈川と千鳥を取り合わせているが、この取り合わせは橘為仲の、／君ゆゑ…（為仲集一四九）（私注―後述）／が先例となるのみである。…あらゆる手を尽くしてやっとのことで詠進者に加わった定家にとっては、文字通り「かきとどめつるあとぞうれしき」ことであった。」（山崎『正治』300頁）。鳥歌全体については、山崎『正治』301〜303頁参照

【参考】③95為仲149「君ゆゑによはにいくせか鳴渡るあぶくま川のかは千鳥かは（ママ）」

【類歌】⑤261最勝四天王院和歌412「きみが代にあぶくま川の友千鳥やちよとなけば末ぞ久しき」（「阿武隈川陸奥」慈円）

⑤261同414「さよ千鳥八千代をささふ君が代にあぶくま川のしき浪の声」（「同」俊成）

祝五首

996　よろづよ《代》と《に④》、きはかきはにたのむ哉／はこやの山のきみのみかげを・1399

【語注】○、《(と)》きはかきは　八代集三例。①3拾遺273「山しなの山のいはねに松をうゑてときはかきはにいのりつるかな」(「参考」(全歌集)。賀、かねもり)。祝詞「常磐《ときは》に堅磐《かきは》に」(旧大系437、445、447)。○たのむ哉　③100江帥523「しひしばのかはらぬいろをたのむかな君がよはひのながみねの山」(「…、長峰山」)。○はこやの山　八代集二例・千載625、626。○きみのみかげ　我が君のご庇護。①索引にない。が、「君がみかげ」八代集二例・古今845、1095。また上記も含めて「みかげ」八代集三例(あとは新古1877)。

【訳】いつまでもと永久不変に頼りとすることよ、はこやの山のわが君の御陰を。

▽祝5の1。「君」。「阿武隈河」→「はこやの山」。仙洞御所のわが君が存在し、ご恩顧・庇護を永久に頼りとすると歌う。三句切、倒置法。下句ののリズム。②16夫木16498、雑十七、院「同(＝正治二年百首)」前中納言定家卿。「「ときはかきは」は常住也。万代とたえずたのむよし也。「はこや」は仙洞也。此百首、洞中の義なればかくよめり。」(俟)

「仙洞(後鳥羽院)を寿ぐ。」(全歌集)

【参考】①7千載625 624「うごきなくなほ万代ぞたのむべきはこやの山のみねの松かげ」(賀、式子内親王)

③100江帥516「よろづよやそこにつむらむあしびきのおほくらやまのときはかきはに」(雑「辰日参入音声、大倉山」)

⑤121高陽院七番歌合65「よろづよを松のをやまの景《陰(康)》しげみいのりぞしつる《君をぞいのる(新、後、康)》ときはかきはに」(「参考」(全歌集、俟)。「祝」きのきみ。①8新古今726。②9後葉243。③99康資王母154)

⑤171歌合〈文治二年〉24「よろづよのきみがすみかはやすみしるはこやの山のみかげなりけり」(「祝」重保)

⑤354栄花物語94「万代は高御座山動きなきときはかきはに仰ぐべきかな」(「ひかげのかづら」輔親)

【類歌】④32正治後度百首994「万代もすずしかるべき心かなはこやの山のときは木のかげ」（ざふ「いはひ」越前）
⑤179院当座歌合〈正治二年九月〉4「かげそふる雲ゐの月ものどかにてはこやの山の万代のあき」（「月契多秋」雅経）

997　あまつそらけしきもしるし秋の月／のどかなるべきくものうへとは・1400

【語注】〇けしき　八代集初出は後拾遺10。〇くものうへ　掛詞（「雲上・宮中」）。①3拾遺175「ここにだにひかりさやけき秋の月雲のうへこそ思ひやらるれ」（秋、経臣。3′拾遺抄116）。
【訳】大空（の）景色にも明白だ、秋の月（よ）、のどかであるべき雲の上・宮中だとは。
▽祝5の2。「ときはかきは」→「のどか」。皇后宮（長秋宮）がのどかな宮中だと明々白々だと歌う。「天つ空」「秋の月」「雲の上」と並ぶ。二句切、倒置法。
「「雲の上」は、禁中の事をいへるにや。「雲の上」と云より、「天津そら」は出たる也。」（俟
「後宮を寿ぐ。」（全歌集）
【類歌】⑤247前摂政家歌合〈嘉吉三年〉220「あまつ空雲もおよばぬ月影にこよひなかばの秋風ぞ吹く」（成前宿祢）
①19新拾遺399「出づるより光ぞしるき秋の月くもらぬ御代の行末の空」（秋上、普光園入道前関白左大臣。⑤233歌合〈文永二年八月十五夜〉61）

998　わがきみのひかりぞゝはむはるの宮／てらすあさひのちよのゆくすゑ・1401

【語注】〇わがきみ　八代集三例。〇はるの宮　八代集二例。

【訳】　わが君の光が加わろう春宮を照らしている朝日の永遠の行末であるよ。

▽祝5の3。「秋の」→「春の」、「月」→「光」「照らす」「(朝)日」、「のどか」→「千代(の行末)」、「雲の上(宮中)」→「(春の)宮」。我が君の光も添って、朝日は春宮の千代の将来を照らすと寿ぐ。「「春のみや」とは、皇子《東宮を申奉也》の御事也。千秋万歳《御》威光のましゆかむと也。祝言の歌也。／峯《古今》高《一》み春日の山にいづる日はくもる時なくてらすべらなり。《(ママ)》／これも、延喜御門の御子文賢《彦賢》太子を祝し申てよめる歌也。《と申也(抄書)》」(抄出聞書214。177頁)。「仙洞御会なれば、先、仙洞を祝し、次に禁中を祝し、次に春宮の儀をよめる也。春宮のてらさる丶光に、君の光までそはむといへるにや。」(俟)

「春宮(守成親王、順徳院)を寿ぐ。」(全歌集)

【類歌】　①19新拾遺1438「我が君の千代のためとや宮ゐしてひと夜の松も年をへぬらん」(神祇「…、社頭祝」源直氏)

①21新続古今761「我が君の千世のかざしとみるからにけふこそ桜色もそひけれ」(賀、藤原懐国)

①21同768「我が君の光そふべき万代を月にまかせてすめる池水」(賀「…、池月添光と…」是心院入道前関白左大臣)

④32正治後度百首196「我が君の千代のはじめときくからにのどけくみゆる春の明ぼの」(雑、祝言、範光)

④37嘉元百首1694「吾が君の光をそへてあまづたひてる日くもらぬ御代にも有るかな」(雑、祝二首、重経)

999　お《(を)》とこ山さしそふまつの枝《(えだ)》ごとに／神もちとせをいはひそむらん・1402

【語注】　**○おとこ山**　八代集二例・古今227、889。**○さしそふ**　八代集四例、初出は後拾遺433。**○いはひそむ**　八代集四例。

【訳】　男山(の)、生え加わる松の枝ごとに、神も永遠を祝い初めるのであろうよ。

▽祝5の4。「千」。「（千）代」↓「（千）年」。御子達（「松の枝」）をそれぞれに、八幡神も千歳を祝うと歌う。「松」ゆえ「千歳」。

「男山は応神なれば、皇統、皇胤の末くごとに千とせを神もいはふらんといへり。」（俟）

【参考】④27永久百首532「枝ごとにいくそのちよをちぎるらんその神世よりいきの松原」（雑「原」常陸）

④28為忠家初度百首6「あくるよりねのびのまつをひきそへていはひぞそむるちよのはつはる」（春「正朔子日」為盛）

⑤80皇后宮春秋歌合20「すみのえにおひそふまつのえだごとに君がちとせのかずぞこもれる」（「祝」大輔。①8新古今725）…999のもとか

【類歌】②16夫木8279「神山のさか木のしるしさしそへよ平野の松に千代はまつかぜ」（「…、祝」清輔）

③131拾玉4163「はるばると君が千とせをまつ風に万代よばふをとこやまかな」（「社頭松」）

⑤197千五百番歌合2177「君がへんちよのためとぞこまつばらをしほの山もいはひそめけん」（祝、釈阿）

1000　秋津嶋よもの民の戸お《（を）》さまりて／いくよろづよもきみぞたもたむ・1403

【語注】〇**秋津嶋**　日本国の称。八代集一例・新古今1867。1720参照。④35宝治百首67「秋津しまくにの都の山たかみいく千代かけてかすみきぬらん」（春「山霞」経朝）。⑤399源家長日記11「我が君のちよをへんとや秋津洲にかよひそめけん海士の釣舟」（鴨長明）。万葉2「…蜻蛉島《あきづしま》大和の国は」。古今集・真名序「仁は秋津洲《あきづしま》の外に流れ、」（新大系349頁）。俊頼髄脳「わが秋津洲《あきつしま》の国のたはぶれ…」（41頁）。〇**民**　八代集初出は金葉319。〇**おさまり**　八代集三例、初出は後拾遺459。②16夫木7732「わが国は千五百秋風をさまりて君がひかりにすめる月影」（雑一、風、秋風「…、月前

秋風」雅有)。 **○いくよろづよ** 八代集一例・金葉323。②16夫木10417「君が代をいく万世とすむ鶴はいはひじまよりいはひ来つらし」(雑五、島「いはひじま、周防」、「…、島鶴」定嗣)。 **○たもた** 八代集三例。

【訳】(この)日本において、国中の人々の家が治まって、永久に我が君が保つことであろうよ。

▽祝5の5。「男山」→「秋津嶋」、「千年」→「万代」、「神」→「君」。この国のすべての家庭が安寧で永遠に我が君がお治めなさろうとの詠で、「祝」及び「百首歌」を締めくくる。

「秋津島四海万民平安万世をたもたれんと祝したる也。」(俟)

【類歌】③132壬二1942「秋田かる民のやどりもをさまりて君の御代にぞたのしみをつむ」(寛喜女御入内屏風和歌、九月「田家」)

守覚法親王家
仁和寺宮五十首　建久九年夏
詠五十首和歌
左近衛権少将藤原定家

春十二首

1629　いつしかと、山のかすみたちかへり／けふあらたまるはるのあけぼの・④御499

【語注】　**○いつしかと、山のかすみ**　「いつしか」＋「と」。いつの間にやら早くも人里近い山に立ち昇る霞。①2後撰498 499「いつしかと山の桜もわがごとく年のこなたにはるをまつらん」（冬、よみ人しらず）。　**○たちかへり**　「たち」が掛詞（「立ち」と接頭語）で、霞が立ち、また戻ってきて。　**○けふあらたまる**　立春の今日のこの時、新しい新たなものとなる。①～⑩の索引では他にない。　**○はるのあけぼの**　915前出。

【訳】　早くも外山の霞が立ち、年が立ち返って、今日改まった春の曙であるよ。

▽春12の1。立春詠。新年となり、霞が返ってきて立つ、新春の春曙を歌い出して、五十首詠を始発する。有名な①3拾遺1「はるたつといふばかりにや三吉野の山もかすみてけさは見ゆらん」（春、壬生忠岑。①3′拾遺抄1）、①5金葉二6「いつしかとはるのしるしにたつものはあしたのはらのかすみなりけり」（春「早春のこころをよめる」長実）二つの勅撰集歌をふまえる。【参考】、【類歌】が多い。①19新拾遺3、春上「（春のはじめの御歌）」前中納言定家。⑥31題林愚抄74、春一、初春「新拾」定家。

「そのような「奥行きのある現在性」は次のような平明な歌にも、より詠歌の〈現在〉に収斂したかたちで看取できるであろう。／…一六二九…一六五六…一六六二…一六七三…一六二九番歌の「いつしかと外山のかすみたちかへり」…は、詠歌の〈現在〉にやや先立つ〈持続〉を示している。」（加藤「御室」111頁上、下）、1629のような「前後関係をわずかに示すにとどまる歌の場合にも、話者の存在感は感じ取れるであろうし、その結果として、この歌が詠まれたことの必然性も確保されているのではないだろうか。」（同112頁下）

【参考】③76大斎院２「いつしかとかすみもさわぐ山べかなのびのけぶりのたつにやあるらむ」
③115清輔２「いつしかとかすまざりせば音羽山音ばかりにや春を聞かまし」（春「立春」。②11今撰１）
④26堀河百首10「いつしかと明行く空のかすめるは天の戸よりや春はたつらん」（春「立春」顕仲）
④28為忠家初度百首７「あらたまるとしをまつとやいつしかとけふにねのびのかへるなるらん」（春「正朔子日」盛忠）
⑤65六条斎院歌合〈永承四年〉19「いつしかと春をこそまてまきもくのひばらのかすみたちやわたると」（「春待」しげつね）
⑤73越中守頼家歌合２「いつしかとかすみたつしまなかりせば春のけしきをいかでしらまし」（春「立島」）
⑤159実国家歌合18「いつしかと霞みわたればわたつ海の浪のうへにも春立ちにけり」（「立春」政平）
⑤159同30「たちかへり春やうらみむいつしかとけさぬぎかふる花の袂を」（「更衣」俊恵）
⑤167別雷社歌合11「いつしかと春めく人もゆかしきに立ちこめてける朝霞かな」（「霞」雅頼）

【類歌】③131拾玉3672「いつしかと春の明行く山の端にたなびく雲は霞なりけり」（詠百首和歌「霞」。④32正治後度百首999）
④31正治初度百首1704「いつしかと春はこれより過ぎにけりあさまの山の今朝はかすめる」（春、生蓮）

④41御室五十首51「いつしかと四方の山辺のあさ霞そらにも春の立つをしりけり」（春、静空）
④41同401「山里は庭の雪だに消えあへぬにいつかすむらん春の明ぼの」（春、隆信）
⑤197千五百番歌合18「いつしかとはるのけしきをながむればかすみにくもるあけぼのの空」（春一、越前）
⑤197同57「いつしかとかすみのころもたつた山うらめづらしきはるのあけぼの」（春一、具親）…1629に近い

1630　わかなつむ宮このゝべにうちむれて／はなかとぞ見る峯のしらゆき・500

【語注】**○わかなつむ**　「若菜」は903前出。⑤262寛喜女御入内和歌8「はるにあひてみちあるみよに若なつむ野ばらの雪に跡は見えけり」（正月。1229年）。「わかなつむ宮このゝべにうちむれて」については、1658参照。**○宮このゝべ**　都郊外の野。北野、嵯峨野、紫野など京都周辺には野の付く地名が多い。**○うちむれて**　「うち」は接頭語。集まり、群がって。

【訳】若菜を摘む都の野辺に群れていて、（はるか彼方に）桜かと見る峯の白雪であるよ。

▽春12の2。「山」→「峯」、「霞」→「雪」。若菜摘みに、都の野に人々が群れて、峯にまだ残る白雪を早くももう桜かと幻視すると歌う。「花」は梅とも考えられるが、伝統的な歌い方によって桜とする。早くも春なのである。下句は雪を花・桜と歌う、素朴な表現による単純な見立てである。四句切。なお『全歌集』は、①1古今19「み山には松の雪だにきえなくに宮こはのべのわかなつみけり」（春上、よみ人しらず）を「本歌」とする。②16夫木9612、二二、雑四、野「喜多院入道二品親王家五十首」同（＝前中納言定家卿）。⑥17閑月集13、春上「喜多院二品親王家の五十首歌に」前中納言定家、第三句「うちむれお（ママ）」。「『軸物之和歌写』で、「花かとぞ見る」の句に左点を加え、「殊甘心」と評する。「春立ちて梢に消えぬ白雪はまだき

に咲ける花かとぞ見る」（金葉・春二　公実）「梅が枝に降り積む雪は鶯の羽風に散るも花かとぞ見る」（傍点筆者）（千載・春上・一七　顕輔）などの先行例がある。」（全歌集）。本歌を「み山には…」とし、「さらに「おもふどち春の山べにうちむれて…」（古今・春下126　素性）のことばを導入し、『古今集』世界を耽美的に再構成している。」（兼築「草稿」134頁）

【参考】①4後拾遺111「うらやましはるのみやびとうちむれておのがものとやはなをみるらん」（春上、良暹）

③119教長59「わかなつむそでとぞみゆるかすがののとぶひののべのゆきのむらぎえ」（春「…、わかなのこころを」。①8新古今13）

【類歌】③131拾玉3888「うちむれてわかなつみつる春ののののみどりを分けてきぎす鳴くなり」（春野）

③同131同4554「あさましやおほ宮人にうちむれて花見しことは夢かうつつか」

③132壬二1243「うちむれてわかな摘むのの花がたみ木のめも春の雪ぞ《は(続)》たまらぬ《ず(〃)》」（為家卿家百首、春。①11続古今22）…1630に近い

③133拾遺愚草2132「いつしかととぶひのわかなうちむれてつめどもいまだ雪もけなくに」（下、春「雪間若菜と…」）

④22草庵24「打ちむれてわかなつみにとこしものをまだ雪ふかし荻のやけ原」（春上「雪中若菜」）

1631　うぐひすはなけどもいまだふるさとの／雪のした草はるをやはしる・501

【語注】**○いまだふる**　「ふる」は掛詞（降る・「雪」の縁語、古）。まだ、今もなお雪の降る古（里）。**○雪のした草**　雪の下に存在する草。八代集二例・後拾遺10（後述）、千載13。述懐の心をかすめているか。

【訳】　鶯は（春だと）鳴くけれども、まだ（雪の）降る古里の雪の下草は春を知っているのか、イヤ知らない。

【本歌】①1古今5「梅がえにきゐるうぐひすはるかけてなけどもいまだ雪はふりつつ」（春上「題しらず」よみ人し

らず。②3新撰和歌19。②4古今六帖4401。⑤265和歌十体17）

▽春12の3。「雪」。「花」→「草」。梅が枝に来て宿っている鶯は、春を心にかけ鳴いても、まだ雪の降りつつある古里（奈良か吉野か）の雪の下草は春を知らないと歌う。つまり冬と春の季節の交錯を描く浅春詠。いうまでもなく院の有名な①8新古今18「鶯のなけどもいまだふる雪に杉の葉しろき逢坂の山《関(井)》」（春「…、関路鶯と…」太上天皇。建仁二・1202年二月十日、影供歌合。④18後鳥羽院1571。⑤335井蛙抄127）の上句は、1631の上句＋「雪」に重なる。そのことについて、久保田氏も定家歌からの影響を指摘される（久保田『研究』768頁）。そして『全歌集』は、①4後拾遺10「みよしのはははるのけしきにかすめどもむすぼほれたるゆきのしたくさ」（春上、むらさきしきぶ）を「参考」とする。⑤183三百六十番歌合35、春、十八番、左、定家朝臣。⑩57御室撰歌合正治二年三月五日当座／題／春　夏　秋　冬　雑／作者…左近衛権少将藤原定家…／判者　入道皇太后宮大夫俊成後日付進判詞」、「七番　左持」13、右、家隆14「しげき野とながめし秋の跡もなし霞める空の荻の焼原」・「故郷の雪のした草もうらめづらしく、しげきののかすめる空の荻の焼原もいとやさしく侍れば、持にこそと各申され侍りき」。御室撰歌合については、「解説」参照。

この歌は、「『いまだ』の世界、交錯した境界のイメージ化として成功している。本歌は、「梅が枝に…であるが、「いまだ」の世界を「ふるさとの雪のした草」で捉えたところが定家の特異なところであろう。」（『赤羽』377頁）。「鶯は4586〔私注―「鳥のこゑ草の色にはとゞまれどかつゆく水に花はちりつゝ」（軸物之和歌）〕を1631に詠み直したうえ、位置を1632朧月夜の前に出した。」（兼築「草稿」140頁）

【参考】③116林葉2「うぐひすは春となけどもなよ竹の枝にもはにも雪は降りつつ」（春）
⑤156清輔歌合3「鶯は春をしりてもなきぬなる我が身は春をしらでこそなけ」（「鶯」雅重）

【類歌】③131拾玉4477「鶯はまだ雪きえぬえだにゐてこれぞ花ともしらせがほなる」（百首題、鶯）
③132壬二2111「あらち山谷の鶯のべにいでてなけどもいまだ春のあは雪」（春「…、寒夜鶯」。②16夫木360）

④41御室五十首606「白妙の梅がえになく鶯は雪ふるすをやおもひいづらむ」（春、顕昭。①14玉葉43）

1632　おほぞらは梅《う》のにほいにかすみつゝ／新古くもりもはてぬはるのよの月・502

【語注】○かすみつゝ　霞んだ状態のままで。④18後鳥羽院1738「かた山のむらのかやり火かすみつゝ春みし色の夕づく夜かな」（「夏山夕」）。○くもりもはてぬ　「曇り果つ」は八代集二例・新古今40、55（この歌）。（かといって）曇りきってしまうというわけでもない。○はるのよの月　春夜に浮かぶ月。八代集七例、意外にも初出は千載20で、あとすべて新古今。この時代流行の、終り方の一つの型《パターン》。代表例①8新古今23「そらは猶かすみもやらず風さえて雪げにくもる春のよの月」（春上「…、余寒の心を」摂政太政大臣）。

【訳】大空は梅の芳香によって霞みながら、そうかといって、曇りきりもしない春の夜の月であるよ。

▽春12の4。「春」。「鶯」→「梅」、「雪」→「霞み」「曇り」「月」。大空は梅香によって霞が立ったような状態で、照りもせずまた曇りきってもしまわずに薄ぼんやりと二重に見える、最上の春夜の朧月を描く。漢詩「文集、嘉陵春夜詩、不明不暗（闇）朧朧月（非暖非寒慢慢風）」（「嘉陵夜有懐二首」白氏文集第十四、上、333頁。①8新古今55の詞書。②8新撰朗詠23）による句題和歌・③40千里（句題和歌）72「てりもせずくもりもはてぬ春の夜のおぼろ月夜にしく物ぞなき」（風月「不明不暗朧朧月」。①8新古今55。⑤291俊頼髄脳）をふまえて（「本歌」とするものも多い）、1632は嗅覚と視覚の融合の上句と、千里歌の詞の下句との構成。同じく新古今所収の新古今44「…袖のうへに軒もる月のかげぞあらそふ」（春上）、新古今420「…風ふけて月をかたしく…」（秋上）と同じく感覚の錯綜。数多の【類歌】がある。1664参照。①8新古今40、春上「守覚法親王家五十首歌に」藤原定家朝臣。⑤216定家卿百番自歌合3、二番、左勝、仁和寺宮五十首。⑤216定4「こころあてに…」・1682。⑤335井蛙抄161、第四句「おぼろにみゆる」。⑤336愚問賢注7。⑤339耕雲口伝4。

⑤344東野州聞書154。
375「本てりもせず…／本歌の《をを(中)》《ヒ》とる手本也。《の歌とぞ。(中)》たゞの霞ならば月のくもりはつべけれど、梅のにほひ《匂(中)》の霞なれば、薄ぐも《曇もはてず》り、おもしろ《うす曇て面白(中)》き月のさま也。」（抄出聞書、上、223頁。79同、中、58頁）
「九代抄○春の夜の月も梅の匂ひにうちかすみたる也。発句に、梅が香にくもらばかすめ夕月よ、是にてめされたる歟。右、照もせず曇もはてぬにてよめる也。」（六家抄）
「本歌で歌われた朧月夜の景情を梅の匂のためと趣向して、視覚的表象に嗅覚的なそれを加え、「しくもの」のなさを一層細やかに理由づける。」（新大系・新古今40）
「芳香にむせるような感覚的な世界。梅香を視覚化し、「霞み」と「くもりもはてぬ」という矛盾した現象の共存を捉えた点が新しい。…『松浦宮物語』にこの歌に共通する情景描写がある。」（古典集成・新古今40）・松浦宮物語「夕の空にながめわびて、…里の梅のにほひ、…月の光、くれはつるまゝに、うき雲のこらず空はれて、さえゆく夜のさまに、…」（翰林書房版74頁）
下句は、これ以前の建久二・1191年に、③134拾遺愚草員外2「さゆる夜はまだ冬ながら月かげのくもりもはてぬけしきなるかな」（一字百首、春）、上句も、これ以前に、③133拾遺愚草602「足引の山のはごとにさく花の匂にかすむ春の明ぼの」（花月百首、花五十首。建久元・1190年秋）と詠む（新古今ソフィア）
「感覚の冴えを強く見せている作品…唯美的で艶の美を多く湛えている作品」（安田『研究』78、129頁）、「本歌に比較して、感覚がするどく、複雑で優艶な情調を深く湛えている。…暗香浮動する春夜の気配を見事にとらえており、この二・三句によって一首はひきしまっている。」（同523頁）
「視覚や触覚ではなく嗅覚によって、一瞬、朧夜の醒未醒の間を感得したところが歌の新しみであり、作者は、句を朧そのものと感じたからこそ、月を「くもりもはてぬ」と見ているのである。」（安東『定家』153頁）

「同じく白楽天の詩句に触発されながら、千里の直訳的な歌いぶりとははっきり異なり、王朝的な美の世界として自立している。」（全歌集）

「詩は完全に歌に融合し、歌の背後を豊かでふくよかなものとしており、かくして歌は完全に自足している。」（佐藤『研究』431頁）

「評者は「おほぞらをむめのにほひにかすめども」、…重要な歌材である梅はここに定位される。草稿〔朧月夜・梅・鶯・柳〔私注―1632・4585・4586・1633〕〕と定稿〔鶯・朧月夜（梅）・柳・帰雁〔私注―1631・1632・1633・1634〕〕の排列構成を比較すると、定稿は、このかぎりで『堀河百首』組題の揚出順序にも叶っており、伝統的な穏当さへ帰着している。」（兼築「草稿」138、141頁）

【類歌】①8新古今56「あさみどり花もひとつにかすみつつおぼろにみゆる春のよの月」（春上、菅原孝標女）…リズム・型同じ

②16夫木1572「空も猶おぼろ月夜の比とてやくもりも果てぬ春雨ぞふる」（春四、春月、同〔＝為家〕）

③130月清1102「おほぞらはかすみもきりもたなびかでこかげばかりにくもる月かな」（夏）

③132壬二407「くもるとは雪げの空にみし程に霞みもはてず春のよの月」（院百首、春。④31正治初度百首1410。正治二・1200年）…1632に近い

④23続草庵107「月かげのくもりもはてずみし春を老の涙に忍ぶ夜半かな」（春「…、春月を」）

④35宝治百首417「はれくもる一かたならずかすみつつ空にぞしるき春の夜の月」（春「春月」師継）…1632に近い

④35同437「くもるとはみえぬものから久方の空にかすめる春の夜の月」（春「春月」少将内侍）

④44正徹千首47「天つ風光も色も吹きわけず梅の匂ひにかすむよの月」（春「月前梅」）

⑤184老若五十首歌合31「山のはもいづくと見えぬおほ空の霞にやどる春のよの月」（春、権大納言）

⑤203元久詩歌合76「志賀の浦のおぼろ月夜の名残とてくもりもはてぬ曙の空」（「水郷春望」御製）
⑤230百首歌合〈建長八年〉207「空はただそこはかとなく霞みつつ梅かをるなり春の夕暮」（権中納言）
⑤230同421「花さそふあらしや空にかよふらんにほひにくもる春の夜の月」（入道大納言）

1633　道《みち》の《野（④）》べにたれうへ《ゑ》を《お（③、④、⑤）》きてふりにけん／のこれる柳はるはわすれず・503

【語注】○**道のべ**　道のほとり、わき。八代集五例、初出千載1259、他すべて新古今。他「みちべ」八代集一例（新古今）。○**ふりにけん**　その後時がたって、すっかり古びてしまったのであろうか。○**のこれる柳**　歳月はたってしまったが、今猶残存している柳。①～⑩の索引では他になかった。○**はるはわすれず**　季節の春を忘れることなく芽ぶく。きっぱりとした力強い終り方である。

【訳】道の辺にいったい誰が植えておいて、それから歳月が経ってしまったのであろうか、（植えた人は亡くなったろうが、）残った柳は春を忘れず、季節になると芽ぶく。

▽春12の5。「春」。「梅」→「柳」。道の辺に誰が植えて時がたったのか、（その人は死んだであろうが、）残った柳は春が来ると芽ぶくと歌う。西行の①8新古今262「みちのべにしみづながるる柳かげしばしとてこそ立ちとまりつれ」（夏、西行。1190年没）が思われる。また人は変化するが、自然は不変だという、万葉以来我が国の詩歌に一般的底流として流れている詩想による。このことについては、新大系・古今28参照。三句切。『全歌集』は、②8新撰朗詠100「道の辺の朽木の柳春くればあはれ昔としのばれぞする菅」（春「柳」。①8新古今1449 1448）を「参考」とし、「『軸物之和歌写』に「是ハ神妙、カクテ候ナン」と評する。」とする。後に定家は、有名な③133拾遺愚草2747「みちのべの野原の柳したもえぬあはれ歎の煙くらべに」（下、雑、述懐「野外柳」）を詠む。⑤183三百六十番歌合64、卅二番、右。

1633、1634、1635、1672は、「事柄や状態が現在にいたるまで持続しているさまを示し、それを踏まえて現在の感慨を詠んでいるという共通点を指摘することができる。／一六三三番歌の話者は、柳の老木が芽ぶく様子を眺めながら、その柳を誰かが植えた昔を想っている。が、一首はその懐旧の思いに収束することはせず、その柳に春が忘れず訪れたことへの感慨に回帰している。いったん柳が植えられた過去に遡行し、改めてそこを起点として柳を「ふり」て「残れる柳」と捉える、〈現在→過去→現在〉という時のたどりかたに注意を払いたい。」（加藤「御室」108頁）

【類歌】　①8新古今96「いその神ふるのの桜たれうゑて春はわすれぬかたみなるらむ」（春上「千五百番歌合に」通具。⑤197千五百番歌合360。⑤273続歌仙落書4）

④35宝治百首319「我のみやむもれはてなむ道のべの朽木の柳春はわすれず」（春「行路柳」但馬）

1634　しもまよふ（と〔ママ〕④）そらにしほれ（を〔新古、③、④〕）しかりがねの（新古）／かへる翅にはるさめぞふる・504

【語注】　**○しもまよふ空**　「しもまよふ」は、①の勅撰集（索引）では他にない。③130月清657「しもまよふにはのくずはらいろかへて…」（西洞隠士百首、秋）。②8新撰朗詠299「寒鴻声急欲霜天白」（秋「雁」）「の趣」（新大系・新古今63）。「霜まよふ」は、「雁が迷うような霜の状態」（久保田淳）、「秋霜がきら〳〵と置き乱れる」（片山享）。以上両氏の説については、後述の佐藤茂樹氏の論文（17頁）参照。『新古今ソフィア』は、「冬空をいう。…空に雁の行き来する道、雲路を想定し、そこに霜が置くと考えたか。「霜置きまよふ」（→四八七）を縮めた言い方か。」とし、後の作として、③133拾遺愚草2305「霜まよふを田のかりほのさむしろに月ともわかずいねがての空」（秋「建仁二年三月六首、秋歌」）を挙げる。また佐藤茂樹氏は、『広島女学院大学国語国文学誌』27号（平成9・1997年12月）「定家「しもまよふ空にしをれし」歌の観念性の背景」において、「まよふ」の先行例をさぐっておられる。　**○翅**　八代集五例、すべて新古今。　**○はるさめぞふる**　これも末句の終り方の一つの型《パターン》。①8新古今149「…むなしき空に春雨ぞふる」（春下、式子内親王。④1式子219、末句「春風《雨》ぞ吹く《ふる》」。④31正治初度百首221）。

【訳】　霜が入り乱れる空にしおれはててしまっていた雁が、春に北の故郷へ帰って行く羽に（、やさしくやわらかに）春雨が降っているよ。

▽春12の6。「雨」「ふる《り》」。霜の乱れる空に萎れてやって来た雁が、北へ帰って行く翼に春雨が降る景を歌う。昨秋の厳しい天候・景と今春の温和な天候・景の対照。雁は秋に北からやって来て、春に北へ帰る。が、「霜」を冬のものとして、第一、二句を秋の渡来時ではなく、冬の北での滞在時とする説もある。第三、四句かの頭韻。1633参照。『全歌集』は、「参考」として、③35重之123「かりがねのかへるはかぜやかよふらんすぎゆくみねのはなものこらず」（①8新古今120、春下、第三句「さそふらむ」、末句「花も残らぬ」）を挙げ、「雁が飛来した時のきびしい秋の天候と、帰ってゆく際の温和な春の天候とを対照させて歌う。」と記す。①8新古今63、春上「守覚法親王の五十首歌に」藤原定家朝臣。⑤273続歌仙落書10「北院御室五十首歌の中に」。⑤319和歌口伝1。376「かり《雁(中)》の往来ともに辛労すると、哀をかけたる也《歌なるべし。(中)》。」（抄出聞書、上、223頁。80、同、中、58頁）

「自然をうたって絵画的であり、人事をうたって物語的な歌である。いずれも、知的で構成的であり、人間不在的な唯美の歌…艶ないし妖艶の美の歌」（安田『研究』76、81頁）。さらに1634より前に、③133拾遺愚草207「秋ぎりを分けし雁金たちかへり霞にきゆる明ぼのの空」（皇后宮大輔百首、春）――1634の「原型」（『赤羽』168頁）――という「素材もモチーフも同様の作品を詠んでいる。…帰雁のあわれを、絵画的な美の世界のものとして歌いあげている点に、この歌の境地がある。」（安田『研究』523、524頁）

また『新大系・新古今63』は、「同じ寂しさでも秋雁の厳しさと帰雁の静けさとの対照。」とし、「参考」として、和漢朗詠622「陶門跡絶えぬ春の朝の雨　燕寝に色衰へたり秋の夜の霜」（下「閑居」以言）を挙げる。

1634の成立に深く関わった先行例として、佐藤茂樹氏は、前述論文（17、18頁）において、①1古今277「心あてにをらばやをらむはつしものおきまどはせる白菊の花」（秋下「しらぎくの花をよめる」凡河内みつね）、④26堀河百首920「住よしのちぎのかたそぎゆきもあはで霜置きまよふ冬はきにけり」（冬「霜」俊頼。③106散木851）、古来風体抄「冬になりゆくままには、蘆の枯葉に霜置き迷ひ、」（下、373頁）、②4古今六帖3165「ありつつも君をばまたんうちなびき《く(万)》わがくろかみにしもはおきまよひ《ノオクマデニ(オキマヨヒ)》《のおくまでに》」（第五「かみ」。②1万葉87）をあげ、「霜まよふ」「霜おきまよふ」の用法の注目すべき例として、①8新古今487「ひとりぬる山鳥のをのしだりをに霜おきまよふ床の月かげ」（秋下、定家）を掲げる。加藤氏は、1634が、①1古今210「春霞かすみていにしかりがねは今ぞなくなる秋ぎりのうへに」（秋上、よみ人しらず）や前述の③133拾遺愚草207の「類想歌であるが、この二首が過去のある時点と現在とを対比しているのとは異なり、春が訪れて雁が北へ帰る以前に持続していた状態（「しもまよふそらにしをれし…」）を振り返り、それとの連続の相のもとに〈現在〉（「かへる翅にはるさめぞふる」）を提示しているところに差異を見出すことができる。」（加藤「御室」108頁下）という。

【類歌】④14金槐104「雁がねのかへる翅にかをるなり花をうらむる春の山かぜ」（春）

1635　おもかげにこひつゝまちし櫻花／さけばたちそふ峯の白雲・505

【語注】**○おもかげにこひつゝまちし**　「〈累積〉〈持続〉が、その中を生きる話者の心情や経験とともに示される」（加藤「御室」112頁下）。　**○さけばたちそふ**　咲いた時、刹那に付き添い立つ。①〜⑩の索引では他になかった。「たちそふ」は八代集三例。

【訳】面影として恋い慕いながら待った桜花よ、咲いた時には立ち添う峯の白雲であるよ。

▽春12の7。「霜」→「雲」。面影としてこがれながら待った桜が咲くと、峯の白雲に花雲が重なると歌う。勅撰所収歌に、

①2後撰118「山ざくらさきぬる時は常よりも峰の白雲たちまさりけり」（春下、よみ人しらず。⑤10亭子院歌合4）

①3拾遺38「さきさかずよそにても見む山ざくら峯の白雲たちなかくしそ」（春、よみ人しらず。①3′拾遺抄23。⑤24麗景殿女御歌合13）

①3同1036「さかざらむ物とはなしに《ならなくに(亭)》さくら花おもかげにのみ《しも(和)》まだき見ゆ《立つ(和、八)》らん」（雑春、みつね。②4古今六帖2068。⑤10亭子院歌合3。⑤302和歌色葉58。⑤311八雲御抄50）

①3同1275「おもかげに色のみのこる桜花いく世の春をこひむとすらん」（哀傷「（むすめにまかりおくれて…）」平兼盛。①3′拾遺抄549）

①5金葉二47 48「さくらばなさきぬるときはよしのやまたちものぼらぬみねのしら雲」（春「人人さくらのうた…」顕季。①5′金葉三47。③105六条修理大夫153）

があり、1635はこれをふまえて歌う。また父俊成の有名な詠に、③129長秋詠藻207「おもかげに花のすがたを先だてていくへこえきぬ嶺の白雲」（中「…、遠尋山花といふ心…」。①9新勅撰57。②10続詞花50。②13玄玉501。⑤165治承三十六人歌合11。⑤303無名抄38。⑤335井蛙抄544）がある。赤羽氏は、「俊成の姿勢が対境に対する思い入りの深さという点において積極的であるのに対して、定家の方は受動的である。また、俊成の方は行動的なことばを使用しているのに対し、定家の方は静的で、平面的な構成に特色がみられる。」（『赤羽』238頁）と言及される。さらにやや後の定家の歌にも、①8新古今91「しら雲の春はかさねて立田山をぐらのみねに花にほふらし」（春上。この913）がある。第三、四句「さく、さけ」の頭韻。1633参照。①19新拾遺84、春上「二品法親王守覚家五十首歌に」前中納言定家。

4587「み吉野の吉野の山のやまざくらいくよの春をにほひきぬらん」の第三、四句は、前述の①3拾遺1275「の古歌を思

わせるものがある。これは哀悼歌であるから、それを連想させることは好ましくないという配慮もあって、／おもかげに…（一六三五）／の作にさし替えられたのかもしれない。…そして、下句によって長高さを表現することができた。」（久保田『研究』770、771頁）

「桜歌4587・4588〈私注―「解説」末参照〉の除棄差替は、久保田淳が分析している如く、1635が咲き初め、1636が散り初め〈私注―1636参照〉、これに続く／1637さくら花…が散り果てる花という、「主題の展開を明確に」なすよう整えられたものである。その際には、4587の名所と4588の末句を活かして1636を案出したのであろう。」（兼築「草稿」141頁）

「「おもかげにこひつつまちし」という過去からの〈持続〉を示した上で、「さけばたちそふ…」という〈現在〉の景を提示しており、一六三四番歌と非常に似た構成を持っている」（加藤「御室」108頁下）。「〈時の累積〉〈持続〉とのつながりにおいて、詠歌の〈現在〉を位置づけ、「奥行きのある現在性」を現出させるとともに、その〈現在〉に身をおいて詠歌する話者の存在感や、和歌がその〈現在〉において詠まれたことの必然性を確保しようとする工夫を読み取れるものではないだろうか。／そのことは、特に、」（同112頁上）、1635「おも…ちし」、1643「山の…さね」、1657「露さ…らん」、1650「あは…する」・「の傍線部分のように、〈累積〉〈持続〉が、その中を生きる話者の心情や経験とともに示される歌において、より確かに見て取ることができるであろう」（同112頁下）

【参考】②3新撰和歌41「みよし野のやまべにたて《さけ(六)》るさくら花白雲とのみあやまたれつつ」（春。②4古今六帖4228・とものり）
③58好忠57「山ざくらはやもさかなんふくかぜにみねのしら雲たつかとも見ん」
③115清輔275「おもかげにたつたの山のさくら花あかでやみにし人ぞかかりし」（「寄花恋」）

【類歌】④39延文百首1513「いつよりかはなの梢にたちそはん面影いそぐみねのしら雲」（春「花」公清）…1635に近い

1636
春をへて雪とふりにし花なれど《ば》(④)／猶みよしの、あけぼの、そら・506

【語注】〇ふり　掛詞（降、旧る）。雪と降ると、古び古くさくなってしまった。〇みよし　掛詞（見、み吉野）。「見良し」の掛詞とも考えられるが、この語は八代集（索引）にない。〇あけぼの、そら　八代集初出は金葉118。また「曙」は915前出。④39延文百首603「春さむみたつは霞とみえながら雪げかはらぬあけぼののそら」（春「霞」尊胤）。⑤182石清水若宮歌合〈正治二年〉242「ふりつもる夜のまの雪とみる程も猶かきくらす明ぼのの空」（「雪」寂蓮）。

【訳】幾春をへて（花びらが）雪のように降り、古くなってしまった桜ではあるが、それでもやはり見る吉野の曙の空であるよ。

▽春12の8。「花」。「雲」→「雪」。春の時が過ぎて、桜は雪のように降り散り、花の旧い名所となってしまったが、やはり吉野の曙の空は見るだけの価値があり、美しいと歌う。1635参照。
なお吉野の曙の空を歌った歌に左記がある。
④18後鳥羽院1380「百ちどりなけども雪はふるさとのよし野の山の明ぼのの空」（春）
⑤176民部卿家歌合31「ことわりも過ぎてみゆるははな盛よしののやまのあけぼのの空」（「山花」宗隆）
131「…※猶みよしの、…／如何。／※曙ノ花ノ無類心歟。」（不審、上、327頁）
業平の①1古今63「けふこずはあすは雪とぞふりなましきえずはありとも花と見ましや」（春上「返し」なりひら）の「歌をかすめて、散り初めた桜を表現した。「雑春十」首の内の桜花の歌三首は、さし替えによって、一六三五が咲き初めた、一六三六が散り初めた桜」（久保田『研究』771頁）
「〈時の累積〉…「春をへて雪とふりにし花なれど」…のように過去を振り返った上で、あらためて（「猶」）眼前の吉野の情景を讃え、」（加藤「御室」107頁上、108頁下）

【参考】①7千載40「春はなほはなのにほひ《光(久)》もさもあらばあれただ身にしむは曙のそら」（春上「…、はるのうたとてよめる」季通。④30久安百首409）

【類歌】①10続後撰96「はるをへて花をし見ればとばかりをうきなぐさめの身ぞふりにける」（春中「花歌の中に」知家）

①14玉葉173「年をへてかはらずにほふ花なれどみる春ごとにめづらしきかな」（春下「花歌とて」院中務内侍）

③131拾玉4176「山ふかみうつろふ花をみねにみて春のあはれは明ぼのの空」

③133拾遺愚草2169「春をへてみゆきになるる花の陰ふりゆく身をもあはれとや思ふ」（春。①8新古今1455 1454）

1637　さくら花うつりにけりなと許を《に(④)》／なげきもあへずつもるはるかな・507

【語注】○と許　978前出。○なげきもあへず　完全に嘆ききらないうちに。「なげきあふ」は八代集にない。源氏物語一例「…たどりありき給ふらん」と嘆きあへり。」（「夕顔」、新大系一―135頁）。○なげきもあへず　下の「つもるはるかな」と共に、①～⑩の索引では他になかった。○つもる　「〈時の累積〉を示している」（加藤「御室」107頁上）・1643参照。

【訳】桜花は色あせ衰えてしまったよ、ということだけを、嘆き尽くさないうちに（花が散り、庭に花びらと共に）日々が積っていく春であるよ。

▽春12の9。「花」「春」。「ふり」→「うつり」「つもる」。桜が色あせ散ったとだけでも嘆ききらないうちに、（花びらが積るように）毎年の春の日数が積み重なってゆくと、1637は「散り果てる花」を歌う。末句、毎年の春が積もるとも考えられるが、上記でよかろう。⑤216定家卿百番自歌合20、十番、右、仁和寺宮五十首。⑤216定19「桜花うつろふ

春をあまたへて身さへふりぬる浅茅生のやど」（左持、同上〔＝千五百番歌合〕）。
「九六古新註〇うつろひやすきと云うちに、取あへずちりたる心。つもる春哉と云も落花の積る心也。」（六家抄）
「本歌」（全歌集、新大系・百番20、兼築「草稿」134頁）である百人一首の名歌・①1古今113「花の色はうつりにけりないたづらにわが身世にふるながめしまに」（春下、小町）の「歌を匂わせて（この歌への評「殊甘心」は、この本歌の扱い方を言ったものか）、すっかり散り、落ち積っている桜という風に、主題の展開を明確にすることができたのである。」（久保田『研究』771頁）。「『軸物之和歌写』で、「なげきもあへず」の句に左点を加えて、「殊甘心」と評する。」（全歌集）
「「桜花は色あせ散ってしまったことばかり嘆いてもいられず、また一つ春が過ぎ去り、嘆かわしいことに我が身も齢を重ねて衰えていくことだ。」と解する。」（加藤「御室」113頁下）。「そのような〈持続〉の相を考慮しながら、／さくら花…〔私注―1637、1674、1672〕を振り返る時、そこに見られた〈累積〉〈持続〉も、実際は〈現在に収斂して終るのではなく、将来にわたる〈反復〉〈持続〉を内包していることに気づくのである。」（同110頁下、111頁上）
【類歌】①12続拾遺77「折る袖もうつりにけりなさくら花こぼれてにほふ春のあさ露」（春下「…、寄露花」公守）

1638　春の夜の夢のうきはしとだえして新古／峯にわかる、よこぐものそら・508

【語注】〇春の夜の夢　春の夜に見る夢。短くはかないことのたとえにも用いられる。甘美な恋の夢。①8新古今1160「…見しままに君かたるなよはるのよのゆめ」（恋三、和泉式部）にも分かるように、恋歌に例が多い。以下にも述べている。〇夢のうきはし　988前出。「夢のわたりの浮橋か」（「薄雲」、古典集成三―162頁）とある。「橋」と「とだえ」は縁語。⑤424狭衣物語152「はかなしや夢のわたりの浮橋を頼む心の絶えも果てぬよ」（狭衣）。⑤197千五百番歌合2375

「おもひねのゆめのうきはしとだえしてさむる枕にきゆるおもかげ」（恋一、俊成卿女。①19新拾遺993。④19俊成女17)。「世中は夢のわたりの浮橋かうちわたりつゝ物をこそ思へ」（『源氏物語奥入』群書類従492頁に引く古歌。『河海抄』所収。出典未詳)。「この夢のわたりに目とどめたまふ。」（「若菜上」、古典集成五―116頁)。「あやうい夢の中の逢瀬、源氏物語の幻想とその結末を暗示する。」（新大系・百番10)。源語の「最後の巻名でもあり、あたかも「とだえ」たかのように余情を残したその結末にまで連想の及ぶ艶麗な辞句。」（新大系・新古今38)。**○とだえし**　とぎれ。八代集四例、初出は金葉207。他「とだえ」（名詞）八代集三例、「とだえそむ」八代集一例。**○よこぐものそら**　横に長くたなびく雲の浮く空。多く、明け方の東の空にたなびく雲の空をいう。八代集二例・新古今37、38（この歌)。他「横雲」のみは八代集二例・新古今501、1193。「文選・高唐賦、朝雲暮雨の別れを惜しむ神女の妖艶な姿をよそえる。」（新大系・百番10)。

【訳】　春の夜の夢のはかない恋の夢がと切れ、目覚めて見ると、（暁方の）峯に別れて行く横雲の空（が目にうつる）よ。

▽春12の10。「春」。上句は、源氏物語を思わせる恋の甘美な、はかない夢が醒め、戸外に目を移すと、峯を離れていく明方の横雲の空が見えると、下句は文選・高唐賦（272、273頁)「巫山の陽…旦には朝雲となり」の漢詩をふまえる定家の代表歌。川田順は人麻呂にも拮抗する定家の最高傑作（の一つ）と喧伝するが、定家自身も周囲も、①8新古今1336「しろたへの袖のわかれに露おちて身にしむ色の秋風ぞふく」（恋五「水無瀬恋…」）を自負の作と見ていたらしい。また新古今のこの歌の直前歌が、ライバル家隆の①8新古今37「霞たつすゑの松山ほのぼのと波にはなるる横雲の空」（春上「…、春はあけぼのと…」藤原家隆朝臣。⑤175六百番歌合116）である。そして①1古今601「風ふけば峰にわかるる白雲のたえてつれなき君が《人の(六、貫)》心か」（恋二、ただみね。②4古今六帖515。③13忠岑50。③19貫之559）を、『新大系・新古今38』「依田」『新古今ソフィア』は「本歌」、『全歌集』は「参考」とする。①8新古今38、春上「守覚法親王、五

十首歌よませ侍りけるに」藤原定家朝臣。⑤216定家卿百番自歌合10、五番、右、仁和寺宮五十首。⑤216定9「外山とてよそにも見えじ春のきる衣かたしきねてのあさけは」（左持、内裏詩歌合）。⑤278自讃歌91。⑤320竹園抄7。⑤339耕雲口伝14。⑤343正徹物語4。⑤345心敬私語39。⑤346兼載雑談65。新続三十六人撰（別六―264頁）。

377「おもては、夢もとだえ、春の夜の明わたるさま也。秘歌也。」（抄出聞書、上、223頁）。「九代抄　○夢もほどなくさむるみじか夜の心をかくよめり。下句は明方の景気也。」（六家抄）

「自然をうたって絵画的であり、人事をうたって物語的な歌である。いずれも、知的て構成的であり、人間不在的な唯美の歌である。」（安田『研究』75、76頁）、「艶ないし妖艶の美の歌」（同81頁）、「唯美的で艶の美を多く湛えている作品」（同128、129頁）

1638、1644「和歌の伝統から離れて、虚の世界や詩的想像力の世界に漂う技を獲得し、詩的センスを洗練した。しかし、和歌的現在に再び戻ってくるところに歌人としての強い自覚がみられるのである。」（『赤羽』240頁）

「定家はとだえがちな春の夜の夢を夢の浮橋に現象化し、その絶えることをもって、下句の曙の峰に別るる横雲を表現したのである。」（赤羽学『宝治百首』実氏の「峰のよこ雲たちわかれ」と定家の「峰にわかるる横雲の空」に共通する解釈」（『解釈』6、平成元・1989年）28頁）

「上句の夢の名残が下句の現実であるかのような構成の巧緻。」（新大系・新古今38）

「過去からの〈持続〉とのつながりによって〈現在〉を示し、「奥行きのある現在性」を現出させているという点においても、覚めてしまった夢を想いながら春の曙の情景を眺めつづける話者の存在感を確かに感じさせることから見ても、「春の夜の夢のうきはし…」の歌は、確かに定家の「御室五十首」を代表する一首であったのである。」（加藤「御室」113頁上、下）

田仲洋己氏は、『中世前期の歌書と歌人』（和泉書院）、第三部「藤原定家」、第四章「『御室五十首』夢の浮橋詠をめぐって」（もとは、『夢そして欲望（叢書　想像する平安文学　第5巻）』（勉誠出版）「夢の浮橋の系譜学——藤原定家の御室五十首詠をめぐって——」）において、1638は、「薄雲巻における藤壺の死とそれを痛惜する光源氏の心をも踏まえる形で構想されているのではないのかということ」（595頁）について、多方面から追究されている。

詳しくは赤羽『一首』239～247頁、安田『研究』524～526頁、564～571頁、久保田『研究』776、777頁参照

【類歌】①15続千載1779 1781「あけぬとて嶺にわかるるよこ雲を空にのこしてふる時雨かな」（雑上「…朝時雨」高階成朝）
③132壬二1210「春のよの夢のうき草ゐぞたゆる浮世をさそふみづの涙に」（「草」）
④18後鳥羽院1303「松かぜに夢のうき橋とだえして旅ね夜ぶかき秋のよの月」（秋）
④35宝治百首459「返る雁あけ行くそらはかすみつつみねにわかるる春の白雲」（春「帰雁」成美）
④44正徹千首79「花ぞなきさめたる松は嶺にあけてまがひし雲も春のよの夢」（春「花」）
⑤401東関紀行30「踏み通ふ峰のかけはしとだえして雲にあととふ小夜の中山」（作者）。②16夫木8790）
⑤428住吉物語（真銅本）27「ふみつたふ雲のかけはしとだえしてみねにただよふやまのはの月」（少将（大将））

1639　年ふともわすれむ《(ん)》物かかみかぜや／みもすそがはのはるのゆふぐれ・509

【語注】**〇かみかぜや**　枕詞。伊勢神宮に関係の深い「御裳濯川」にかかる。八代集八例、初出は後拾遺450（後述）、あとすべてが新古今。「神風」自体は八代集にないが、万葉に多い。万葉199「…斎きの宮ゆ　神風に　い吹き惑はし…」（人麻呂）。③133拾遺愚草1949「…みがかれて神風清き夏の夜の月」（「二見浦」）。**〇みもすそがは**　三重県伊勢市を流れて、伊勢湾に注ぐ川。「五十鈴川」の別名。歌枕。八代集三例、初出は後拾遺450、あと二例は新古今。有名な⑤172御裳濯河歌合（西行自撰、俊成判、文治三・1187年の成立か）がある。**〇はるのゆふぐれ**　秋夕ならぬ春暮。八代集一

例・①8新古今116「山ざとのはるの夕暮きて見れば…」（春下、能因）。

【訳】　年がたっても決して忘れはしない、御裳濯川の春の夕暮（の景色）をば。

▽春12の11。「春」。「夜」→「夕暮」。年を経ても御裳濯川の春の夕暮の美しさは印象深く忘れられないと歌う。第一、二句は源氏物語「年経ともかはらむものか橘の…」（「浮舟」、古典集成八—53頁）、第三、四句は①4後拾遺450「きみがよはつきじとぞおもふかみ風やみもすそがはのすまむかぎりは」（賀、経信）に拠り、末句は「秋の夕暮」ならぬ春のそれでの新しい美の追求——後鳥羽院の①8新古今36「見わたせば山もとかすむ水無瀬河夕は秋となに思ひけむ」（春上、太上天皇）の詠が想起される——と、一読実感詠のように読みとれるが、やはり伝統がふまえられている。

二句切、倒置法。

「大将殿勅使に立給し時御供ありし時分の歌也心の別の儀なし風情をおもふへし」（抄出聞書38頁）

132「神風、[※1]伊勢ニよみならはし候心[※2]如何。／※1合点　※2古来此分候。」（不審、上、327頁）

1195年「建久六年二月、勅使良経に従って伊勢に下向した時のことを思いやっての詠に違いない。当然、時を得ない九条家の将来を案ずる気持が、その背後には働いていた筈である。」（久保田『研究』778頁）

「『軸物之和歌写』に「是も神妙に候。愚意ニハ自本最末字上声ナルガニク、候、少々如何」と評する。」（全歌集）

「これから到来する事柄を想う歌も少なからず詠まれている。…右の五首の歌〔私注—1639、1654、1669、1670、1671〕は、将来への〈持続〉を念頭に置きながら、「現在のこの瞬間の」感動なり慨嘆なりを表出するという構造を、共通にもっている。／一六三九番歌、一六五四番歌は、ともに将来にわたって持続する記憶や「契り」を想いながら、現在見ている情景を讃えている。」（加藤「御室」110頁上、下）

【類歌】　②16夫木1203「桜色に水も染めけり神風やみもすそ川の春の夕暮」（春四、花「河上落花」荒木田延季）…第三句以下同一

③130月清1579「あらたまのとしやかみよにかへるらむみもすそがはのはるのはつかぜ」（神祇。⑤178後京極殿御自歌合1）④33建保名所百首280「神風やみもすそ河の夕すずみ君が千とせの秋やきぬらん」（夏「御裳濯河伊勢国」）⑤210内裏歌合〈建保二年〉109「かみ風やみもすそ河の夕浪に千とせの秋のこゑはつきせじ」（「秋祝」雅経。④15明日香井1219）

1640 ゆくはるよわ《に④》かる〻方もしらくもの／いづれのそらをそれとだに見む《（ん）》・510

【語注】 **○しら** 掛詞（知ら（ず）、白）。別れゆく方も知らずに、白雲の…と続く。

【訳】 去り行く春よ、別れて行く方角も知らず、（それは）白雲のどのあたりの空をそれとでも見たらよいのであろうか。

▽春12の12。「春」。行く春がどこへ別れて行くのか知らないが、白雲の浮ぶどの空のあたりをそれとだけでも思って見たらいいのかとの詠。新古今169「くれてゆく春のみなとはしらねども霞におつる宇治の柴舟」（春下、寂蓮）が想起される。暮春の詠で「春」12首を閉じる。⑩57御室撰歌合15、左持、右、家隆、16「花ちりてはては物うきうぐひすもうらみかねたる春のあけぼの」・「此番、勝劣いかが、中中よそよりさたの侍りしと申し侍りしかば、左右の暮春、何も雌雄難決して、勝劣みえずと侍りしかば、為持」。

1640「の歌にさし替えたものと思われる。温雅な、旧派からも難ぜられることの少かったであろう作品で、凡作とは思われないが、「ゆくゑなく…」（私注—「解説」末参照）の歌の斬新な面白味はない。この入れ替えは、当時の和歌が、しばしば場に制約されて、一歌人の奔放な表現を抑制することも、時にはあり得たということの一つの例であろう。」（久保田『研究』772頁）

「「暮春」歌の／12 4589ゆくゑなく…から／1640ゆく…への差替は、同一素材歌題を同位置に詠みかえたもの。」（兼築「草稿」139頁）

【参考】③30斎宮女御231「おほぞらのはるとみえぬはしらくものゆきもわかれぬほどにざりける」

③100江師261「しらくものゆくへもしらぬなげきかないづれのかたにやどをからまし」（恋）

夏七首

1641　へだてつるけふたちかふる夏衣／ころもまだへぬ花[春（③）]のなごりを・511

【語注】○**へだて**　「衣」の縁語。○**たちかふる**　布などを裁って衣服を作りかえる。八代集三例、初出は後拾遺581。立夏の「立ち」と、「衣」の縁語「裁ち」とを掛ける。⑤258文治六年女御入内和歌80「白妙にけふたちかふるなつごろも千代にかはらぬ色にぞありける」（夏、四月「更衣」入）。○**ころもまだへぬ**　時節もまださほど過ぎていない。①〜⑩の索引で他になかった。○**花のなごり**　桜の形見。「春の名残」と共に八代集にない（①索引）。②4古今六帖3632「…なでしこの花の名残はめぐしやはあらぬ」。

【訳】へだててしまった、今日立夏となり、更えた夏衣であるよ、時もまださほど経っていない花の名残を。

▽夏7の1。「春」→「夏」。立夏で、今日夏衣に替えたので、まださほど時期も経っていないのに、桜の名残（春の花のそれか）を隔ててしまった、それはつまり春と夏とを隔ててしまったのだと歌う。更衣の詠で「夏」を開始する。初句切、倒置法。第二、三句は「ころも」を引き出す有心の序（「夏衣」ゆえに「ころも…」）である。『全歌集』は、①1古今697「しきしまややまとにはあらぬ唐衣ころもへずしてあふよしもがな」（恋四、つらゆき）を「参考」（「本

歌」（依田））とする。【類歌】が多い。

「技巧上の洗練さは、言い掛けの巧みさによく現れている。」（久保田『研究』777頁）、他、1645、1649、1656

「『軸物之和歌写』で、歌頭の合点なく、「是ハカクテ候なん。残六ニハ若劣テヤトテ不付墨」と評する。」（全歌集）

【参考】④26堀河百首324「夏衣たちきるけふに成りぬれど心にしみし花はわすれず」（夏「更衣」師頼）

⑤421源氏物語571「夏衣たちかへてける今日ばかり古き思ひもすすみやはせぬ」（「幻」夏の御方（花散里））

【類歌】①9新勅撰138「夏衣たちかへてけるけふよりは山ほととぎすひとへにぞまつ」（夏、二条太皇太后宮大弐）

①18新千載192「なれきつる花のかをしき衣手をけふたちかへて夏はきにけり」（夏、宣子）

①19新拾遺196「夏衣立ちかへてしもわすれぬはわかれし春の花ぞめの袖」（夏、進子内親王）

①21新続古223「夏衣けふたちかふる袖もなほきつつなれにし花の香ぞする」（夏、宗重）

③130月清620「はなのいろのおもかげにたつなつごろもころもおぼえずはるぞこひしき」（西洞隠士百首、夏）

④39延文百首2421「はなのかもきのふとおもふに夏衣ころもへずして立ちぞかへぬる」（夏「更衣」空静）…1641に近い

⑤244南朝五百番歌合205「けふよりのならひならずは夏衣花のたもとにかへんものかは」（弁内侍）

⑤230百首歌合〈建長八年〉775「夏衣たちかへてけり今朝まではかたみときつる花の袂に」（三百八十八番、左、帥）

1642　たがためのな《に（④、⑤216定）》くやさ月のゆふべとて／山郭公猶またるらん・512

【語注】○る　自発。自然と待たれるのである。

【訳】いったい誰のために鳴くことよ、五月の夕べだというので、山郭公がやはり待たれるのであろうか。

▽夏7の2。①1古今469「郭公なくやさ月のあやめぐさあやめもしらぬこひもするかな」（恋一、読人しらず。②3新

撰和歌212。「参考」（全歌集、新大系・百番31）、「本歌」（依田））の、恋歌をふまえて、菖蒲草よ、「あやめ」も分からない恋をしている、男を待つ女であるかのように、誰のために鳴（泣）く、五月の夕暮だと思って、山時鳥がやはりどうして待たれるのかと、恋歌仕立てで歌う。①1古今469と第一、二句が同一の、②4古今六帖2699「ほととぎすなくやさつきのみじかよもひとりしぬればあかしかねつも」（雑思「ひとりね」。②6和漢朗詠154・夏「夏夜」人丸）があり、また良経に、①1古今469を本歌とした、有名な①8新古今220「うちしめりあやめぞかをる時鳥鳴くやさ月の雨のゆふぐれ」（夏、摂政太政大臣）がある。【類歌】が多い、①18新千載254、夏「守覚法親王家五十首歌に」前中納言定家、初句「たがために」。⑤183三百六十番歌合189、夏、廿三番、左、定家朝臣。⑤216定家卿百番自歌合31、夏、十六番、左持。⑤216定32「五月雨の…」・1693。

【参考】　⑤248和歌一字抄536「朝夕のかぜをもまたずいかにしてなきわたるらん山時鳥」（顕輔《季イ》）

【類歌】　①11続古今1544 1552「いづくよりなきていづればほととぎす山のおくにもなほまたるらん」（雑上、良覚）

①15続千載228 229「たのめおくときとはなしに郭公ゆふべはわきて猶またるらん」（夏、伏見院）

②16夫木2781「郭公なくや五月をいつとてかなほもしのびのをかの一こゑ」（夏二、郭公、同（=…、岡時鳥）俊禅法師）

③132壬二587「あひにあひて物おもふ比の夕暮に鳴くやさ月の山ほととぎす」（院百首、恋。⑤197千五百番歌合2581）

④21兼好91「ききてしも猶こそあかねほととぎすなくやさ月の日かずふる声」（「…、郭公声旧、…」）

④33建保名所百首275「夜をかさねゐなのの小ざさふしのまもなくや五月の山時鳥」（夏「猪名野摂津国」。②16夫木2895・行能）

④34洞院摂政家百首335「神なびの山ほととぎす妻恋に鳴くや五月のさ夜や更けぬる」（夏、郭公、為家）

④36弘長百首154「ほととぎす鳴くや五月としりながら猶あらましに待たぬ日ぞなき」（夏「郭公」家良）

④37嘉元百首620「なきそめし後さへなどか郭公きかぬ日おほく猶またるらん」（夏「郭公」内実）

④39延文百首3124「あかなくに猶ゆきやらでくらせとやなくゆふかげの山ほととぎす」（夏「郭公」為遠）⑤197千五百番歌合614「神まつるうづきの花もさきにけり山郭公ゆふかけてなけ」（夏一、讃岐。①15続千載214 215。②15万代521）⑤197同653「しのびねをいづくになきてほととぎす卯花かげになほまたるらむ」（夏一、忠良）

1643 山のはに月もまちいでぬよをかさね／猶くものぼるさみだれのそら・513

【語注】**○山のはに…よをかさね** 「〈累積〉〈持続〉が、その中を生きる話者の心情や経験とともに示される」（加藤「御室」112頁下）。**○まちいで** 出るまで待ち。八代集四例。**○かさね** 「〈時の累積〉を示している…月を見ることのない夜を「かさね」てきたことを顧ている。」（加藤「御室」107頁上）。**○くものぼる** 五月雨の雲が立ち昇って行く。八代集にない（①索引）。下句が同一の①14玉葉集1934 1926「おのづからはるるかとみるほどだにも猶雲のぼる五月雨の空」（雑一「五月雨」藤原頼清）や、④18後鳥羽院1542「雲のぼるおのが五月のむら雨に…」（「雨中郭公」）がある。

【訳】山の端に月は待っても出て来ない、毎夜、やはり（山の端に）雲が立ち昇ってくる五月雨の空であるよ。

▽夏7の3。「山」「月」「猶」「待《たち》」。「夕べ」→「夜」。夜を重ねて雲が立ち昇る五月雨の空は、山の端に月を待つことができないと歌う。二句切。第二句字余（「い」）。1635参照。【類歌】が多い。『全歌集』は、「参考」として、①1古今691「今こむといひしばかりに長月のありあけの月をまちいでつるかな」（恋四、そせいほうし）を挙げ、「『軸物之和歌写』では第二句に「まちいでぬ月の」と傍書あり、「尤甘心。まちいでぬ月のと候はん如何」と評する。」と記す。

②16夫木3021、夏二、五月雨「喜多院入道二品親王家五十首」前中納言定家卿、第二句「月もまちいで」。「月も待出ぬと云うちに、ほのみえたる心もあるべし。なを雲のぼるは、月は立ものぼらでの心あり。」（抄出）

「ここには、虚無の目が捉えた新しい世界があり、ネガティブに貫かれたダイナミズムが認められる。月も出ない闇夜をいうに、「月もまち出ぬ」と表現し、…否定することによって、暗黒な五月雨の空に立ち昇る雲のすさまじい美しさが生きてくる。」（『赤羽』237、238頁）、「否定的に詠む。「月もまちいでぬ」…という表現は、暗闇の印象を強めるだけでなく、待つ心があるのに、裏返した言い方をするために、つれなさや孤独の感じが逆に出てくるのである。」

（同249頁）

「〈時の累積〉が、過去への追想にではなく、話者（詠作主体）が詠歌する〈現在〉に向かって収斂していることである。一六四三番の「猶」や、一六五七番歌の「けさ」は、その〈現在〉を明瞭にさし示すことばである。」（加藤「御室」107頁下）、「このように、赤羽氏も久保田氏も、一六四三番歌の〈現在〉を夜ととらえておられるが、この歌の〈現在〉は夜が来る以前ととるのが適当だろう。五月雨のために月をみない夜を重ねてきたことを想いながら、雲の昇る日中の空をながめ、今宵もまた「月を待ち出づる」ことがないのかと慨嘆している、そういう〈現在〉を想定したい。」（同113頁下、114頁上）

【参考】⑤139新中将家歌合16「さみだれのはれまなければ山のはにいでいるつきをみるよはぞなき」（「五月雨」新中将）

【類歌】①8新古今414「山のはに雲のよこぎるよひのまは出でても月ぞ猶またれける」（秋上、道因。②13玄玉166）…

1643に近い

①9新勅撰955 957「さもあらばあれ雲ゐながらも山のはにいでいるよひの月とだに見ば」（恋五、和泉式部）

①10続後撰975 971「山のはにまつよひとこそ契りしか月さへあらぬありあけの空」（恋五、信実）

①12続拾遺181「晴れやらぬ日かずをそへて山のはに雲もかさなる五月雨の空」（夏、実兼）…1643に近い

①13新後撰323「山のはにまたるる月は出でやらでまづすみのぼるさをしかのこゑ」（秋上、氏久）

①14玉葉311「月だにも心つくさぬ山のはにまつよひ過ぐるほととぎすかな」（夏「…郭公」為久）
③130月清685「けさみつるくものあなたのやまのはに月をまちいでてひとりかもねむ」（西洞隠士百首、雑廿首）
③133拾遺愚草2661「山のはにまたれていづる月影のはつかにみえし夜はの恋しさ」（下、恋。①11続古今1249 1257）
④9長方78「山の端に月待出づるよひのまはおぼろけならずうれしかりけり」（秋「月」）
④32正治後度百首168「かねてよりうらめしきかな山のはに月まつほどの村雲の空」（雑「暮」範光）

1644　ゆふぐれはいづれのくものなごりとて新古／花たちばなに風のふくらん・514

【語注】　○くものなごり　雲の名残・忘れ形見・余情・余韻。①索引にない。④18後鳥羽院737「夕だちの雲のなごりを吹く風に…」（夏）。○下句　下句がほぼ同一の①4後拾遺214「さみだれのそらなつかしくにほふかな花たち花に風やふくらん」（夏、相撲。②8新撰朗詠164）があり、『新大系・新古今247』は、これを「（本歌）(二)」とする。嗅覚的に風をとらえたもの。

【訳】　夕暮には、いったいどの雲を吹いた名残として、花橘に風が吹くのであろうか。

▽夏7の4。「雲」。「夜」↓「夕暮」、「雨」↓「風」。夕べは、どの雲の名残として、花橘に風の吹くのかと歌う。雲は火葬の煙が立ち昇ってできたもので、亡き人の形見であり、橘もまた懐旧のよすがであるので、死んだ昔の人、恋人を思い慕っている。上句は、⑤421源氏物語36「見し人の煙を雲とながむれば夕べの空もむつましきかな」（「夕顔」（光源氏）。「（参考）」（全歌集）、「本歌(一)」（新大系・新古今247））、下句は、古今139「さつきまつ花たちばなの香をかげば昔の人の袖の香ぞする」（夏、よみ人しらず。伊勢物語60段。「参考」（全歌集））と、有名な両歌が想起される。1638参照。『古典集成・新古今247』は、「さつき待つ…」の古歌に、⑤421源氏物語122「雨となりしぐるる空の浮雲をいづれの方

とわきてながめむ」（「葵」中将（頭中将））、「見し人の…などを取り合せた、「物語情趣の横溢した歌」とする。さらに『新大系・新古今247』は、「本歌㈠の「空もむつまし」〔私注—前述の⑤421源氏物語36〕と㈡「空なつかしく」〔私注—前述の①4後拾遺214〕とを重ねて、両歌の趣向を結び合わせたもの。」とし、「参考」として、後述の③132壬二29=1041（同一歌「廬橋」）を挙げる。また『新古今ソフィア』は、家隆の、③132壬二29「橘のかをる夕のうき雲やむかしながめし煙なるらん」（初心百首、夏）を挙げるが、「先後関係は未詳。」とする。①8新古今247、夏「守覚法親王、五十首歌よませ侍りける時」藤原定家朝臣。⑤247前摂政家歌合498判。

378「両説の歌也。風は雲を吹ちらすもの《はらふ物》なれば、いづれのくも《雲》と思《おも》ひて風《橘を風》のふく《吹》と也。一説、人は死すれば雲《くも》となるほどに、いかなる人の執心の名残かと《なごりぞ(中)》也。／五《本》月まつ…」（上、抄出聞書224頁。161、中、81頁）、「いつれの雲とはかの神女の詞〔私注—高唐賦、1638参照〕の面影也惣而のむかしを思ひ出る夕暮いかなる人の名残の雲に風の吹そと也たか袖の香にてあるなとおもふ心にや」（抄出）

「是は巫山の神女の、朝には行雲となり、暮には行雨とならんと云心をとれり。橘に風ふけば、むかしを思ひ出られてかなしきは、いかやうの人の名残にてあるぞ、さだめて神女のおもかげなるべしと落着すると也。又の説、神女の名残ならば、朝の雲をこそ風の吹てかなしかるべきに、夕暮にはいづれの名残ぞと也。是もおもしろき説也。さりながら初の儀ゆうなるにや。」（上「常縁口伝和歌」103頁）。「内註　○橘は白き花なれば、雲の名残とやよめる。しら雲のやうなる心也。此哥宗祇のかくおほせられしと也。吹らんと云に匂ひも有べし。」（六家抄）

「艶ないし妖艶の美の歌」（安田『研究』81頁）。「哀傷無常がかった夏の歌である。美濃の家づとで、後撰集・一四一六番の歌〔私注—①2後撰1416 1417〕「君がいにし方やいづれぞ白雲のぬしなきやどと見るがかなしさ」（哀傷「敦忠朝臣身まかりて…」清正）や源氏物語の夕顔・葵での哀傷歌を引いて注した態度が、以後の諸注でも継承されてきている。…この作の本歌である「さつきまつ…の歌が、伊勢物語・六〇段の説話によって、それ自体物語的なものと考えられていたことも注意されるのである。…その「いづれの人」は、本歌の「昔の人」――昔の恋人に恥しめられて尼となり山に入ったという人――と重なるのではないかという、軽い想像を起こさせるように、この作は仕組まれているのではないであろうか。」（久保田『研究』777頁）

1644「には、明らかに「奥行きのある現在性」が現出しているが、それをもたらしているのは、「いづれのくものなごりとて」ということばの組み立てであろう。この纖細なことば続きが、〈故人の葬送の煙↓その煙が姿を変えた雲↓その雲の名残りとしての風〉という、過去から現在への〈持続〉を示し、〈現在〉の感慨を深々と表現することを可能にしていると考えられるのである。」（加藤「御室」110頁上）。詳しくは、久保田『定家』115、116頁、赤羽『一首』248～255頁、安東『定家』160～163頁参照。

【参考】③105六条修理大夫329「ゆふづくよはなたちばなにふくかぜをたが袖ふる《ふる袖(和)》とおもひけるかな」（⑤248和歌一字抄466）

【類歌】③134拾遺愚草員外699「夕まぐれ花たちばなに吹く風よあくればあきとおもひけるかな」（堀河題、夏）

④34洞院摂政家百首510「天つ風空吹きはらふ夕暮は雲のけしきに秋はきにけり」（秋「早秋」実氏）

⑤184老若五十首歌合150「さらでだにむかしをしのぶ夕暮に花たち花に風ぞ吹くなる」（夏、越前）

⑤197千五百番歌合836「おもひいでてたれわがやどをしのべとて花たちばなに風のふくらむ」（夏二、具親）…下句同一

⑤197同880「わきておもふにほひなくてもゆふまぐれはなたちばなに風はふかじを」（夏二、季能）

⑤197同1459「ゆふぐれはいづれをいかにながめまし野にも山にも秋風ぞ吹く」（秋三、雅経。④15明日香井242）

1645　ゆふだちのすぎのしたかげ《みち④》風《風うち⑩》そよぎ／夏をばよそにみわの山もと・515

【語注】〇ゆふだち　「夕立」の新しさについては、「夕立の歌――中世和歌における歌材の拡大――」（『国語国文』昭和57・1982年6月、稲田利徳）参照。「夕立、夕立つ」は八代集に多いが、初出は「夕立す」の金葉150。夏の午後から夕方にかけ、雲が急に立って、短時間に激しく降る大粒の雨。夕立そのものより、その前後の爽涼感が詠み出されることが多い。〇すぎのしたかげ　「すぎ」掛詞（過ぎ・杉）。夕立の通り過ぎた杉の下の蔭の所。「したかげ」は919前出。「杉は三輪明神のしるしであることから「三輪の山もと」と縁ある表現。」（全歌集）。〇みわの山もと　八代集五例。「み」掛詞（見・三）。夏をば余所の存在として見る、三輪山の麓。

【訳】夕立の過ぎた杉の下蔭には風がそよぎ、（涼しくて）夏をよそに見る、三輪の山もとであるよ。

▽夏7の5。「夕」「風」。「風」→「夕立」、「花橘」→「杉」。夕立が過ぎた杉の下蔭に風がそよぎ、夏とは思われない三輪の山本と、舞台を①1古今982「わがいほはみわの山もとこひしくはとぶらひきませすぎたてるかど」（雑下、よみ人しらず。②3新撰和歌316。②4古今六帖1364、4276。「参考」（全歌集））で有名な「三輪の山本」にもっていって涼を歌う。1641参照。⑩57御室撰歌合37、十九番、左、右勝、家隆、38「夏ごろも春におくれて咲く花のかをだににほへ同じかたみに」、「夏ごろも春におくれてとつづけつかうまつれるほど、めづらしく、かをだににほへおなじかたみとくだれるまで、やさしく侍れば、左、とかくのさたにおよび侍らず、以右為勝」。

「『軸物之和歌写』にはこの歌なく、代りに「たちとまる…」の歌（私注―「解説」末の4590）があり、合点と除棄符号と見られる〇印が歌頭に付されている。評語に「夕立ふるとは申候か。雨なれば理り不レ連。立字病也」という。」（全歌集）。変更につき詳しくは、久保田『研究』773頁参照。

「同字重畳の歌病によって除かれる夏部の／17 4590たちどまる…／から／1645ゆふだちの…同一素材歌題を同位置に詠みかえたもの。…1645は全く同想による改作というべく、名所を「布留川辺」から同じく杉の道地である「三輪山」へ移し、「夕立ふるとハ申候か」の評にこたえている。」（兼築「草稿」139頁）

【類歌】④39延文百首2133「ふきおくる風ばかりにて夕立のよそにすぐるも涼しかりけり」（夏「夕立」忠季）
④41御室五十首17「夕立のすぎぬる雲は跡消えてしづくをのこす深山木のかげ」（夏、御詠）
⑤197千五百番歌合980「きのふけふなつをばよそにみやまべのならのこかげのひぐらしのこゑ」（夏三、有家）
⑤230百首歌合〈建長八年〉1165「晩立の山の端過ぐるうき雲におひ風はやき雨の音かな」（三位中将）
⑤247前摂政家歌合164「風そよぎほたるみだるる夕ぐれに夏と秋とをみな月の空」（後夏、秦兼任）

1646　うちなびくしげみがしたのさゆりばの《ひ（三）》《葉（④續古）》／しられぬほどにかよふ秋風・516

【語注】○しげみ　八代集五例。○さゆりば　百合の葉。八代集一例・千載1045「潮満てば野島が崎のさ百合葉に波越す風の吹かぬ日ぞなき」（雑上「夏草をよめる」俊頼）。②15万代671「なつのなるしげみがなかのさゆりばのはなをばよきてみまくさにかれ」（夏、源師光）。式子232「すゞしやと風のたよりを尋ぬればしげみになるゝ野べのさゆりば」（正治百首、夏）。「定家が好みよむモチーフに、「さゆりば」と「しられぬ」とが結合したイメージがあり、このモチーフは、たびたび繰り返している。」（『赤羽』393頁）、他、1117、1330、3427。

【訳】（打ち）なびいている茂みの下の小百合葉のごとく、知られない程に通ってくる秋風であるよ。

▽夏7の6。「下」「風」。「夏」→「秋」。靡いている茂みの下の小百合葉の如く、知られぬ程度に通っている、それはあたかも知られぬ我が恋の如くと、上句が有心の序詞である②4古今六帖3925「なつの野《草（抄）》のしげみにさけ《ま》る《し（抄）》ひめゆ《さゆり》り《は（抄）》のしられぬ《え（万）》こひはくるしか《き》り《も》け《の》り《ぞ（万）》《る（抄）》」（「ゆり」）。万葉1504 1500、巻八、夏相聞「大伴坂上郎女が歌一首。「本歌」（全歌集、新大系・百番40、依田）をふまえて恋歌仕立てとし、季節の交錯を歌う。①11続古今277 278、夏「二品守覚法親王家の五十首歌の中に」前中納言定家。⑤183三百六十番歌合263、夏、六十番、左。⑤216定家卿百番自歌合40、夏、右、仁和

寺宮五十首。⑤216定39「あしのやのかりねの床のふしのまにみじかく明くる夏のよなよな」（廿番、左勝、最勝四天王院障子）。⑤225定家家隆両卿撰歌合17、九番、左。

379「本夏草の…ゆりのしげみの底に、人にもしられぬごとく風《あき風》もやう〳〵かよふさま也。」（抄出聞書、上、224頁。162、中、81、82頁）

「定家の古風への探求がかなり深いものであったことを想像させる。」（久保田『研究』775、776頁）

「この歌も、古典的な技法と新しいイメージを一つにしたものであって、」（『赤羽』324頁）、「季節の歌に変えている。ここには秋風とひとつになって茂みの下にくぐってゆく視線があって、この視線が微妙な秋の気配をキャッチする。」（同347頁）

【類歌】②14新撰和歌六帖2157「草ふかのしげみが下のさゆりばな世に人しれぬ身とやなりなん」（「ゆり」）
③134拾遺愚草員外636「さゆり葉のしられぬしたにさく花の草のしげみになどまじりけん」（夏）
④10寂蓮200「風ふかでなびくにしるしさ百合葉のしたよりかよふ庭の遣水」（「夏草蔵水」）
⑤194水無瀬恋十五首歌合142「うちなびく草ばにもろき露のまも涙ほしあへぬ袖の秋風」（「寄風恋」有家）

1647　松かげやきしによるなみよる許／しばしぞすゞ《す③》むすみよしのはま・517

【語注】**○松かげ**　松の木蔭。八代集三例。「松の蔭」八代集三例。**○しばしぞすゞむ**　①〜⑩の索引では、他は⑨11霊元法皇134のみ。**○すゞむ**　涼を取る。八代集三例・「涼み」後拾遺220、「涼む」後拾遺511、新古今250。また「勧む」も八代集三例、初出は千載605。**○すみよしのはま**　「住吉」は、現在の大阪市住吉区のあたり。海に面した松原の続く景勝の地であった。住吉大社があり、古くは松の名所で知られた。歌枕。その浜。①索引ナシ。が、「すみよしの／はま」は、①8新古今1913にある。

【訳】　松の蔭よ、岸に寄る波と同音の夜だけは、暫し涼んでいる住吉の浜であるよ。

▽夏7の7。「小百合葉」→「松」、「下」→「陰」、「風」→「涼む」、「茂み」→「浜」。松陰で、岸に寄る波の夜だけは、しばし住吉の浜では涼を取ると歌う。百人一首の敏行歌・①1古今559「住の江《住吉(六、寛)》の岸による浪よるさへやゆめのかよひぢ人めよくらむ」（恋二、藤原としゆき。②4古今六帖2033。⑤4寛平御時后宮歌合186。「本歌（古今559）」（全歌集、依田、兼築「草稿」134頁））が本歌なら、恋歌めかしていることとなる。第二、三句よる、下句「しばしぞすゞむすみよしのはま」のリズム。

「音韻効果を意識した本歌取である。定家が何度も秀歌撰に撰んだ歌を創作の場においても繰返し取り入れている。一般的抒情と化してしまったような親しみやすいメロディーが、新しい歌にもなつかしい調子を響かせる。」（『赤羽』276頁）、他、1661。

【類歌】　④20隆祐179「すみよしのきしによる浪よるよるはなくやちどりの人めよくらむ」（百番歌合、冬「岸千鳥」）④39延文百首3119「すみよしの岸による浪色にいでて松にぞかくる春のうら藤」（春「藤」為遠）

秋十二首

1648　しきたへの枕にのみぞしられける／まだしの、めの秋のはつかぜ・518

【語注】　**〇しきたへの**　「敷き栲」が寝具として用いられることから、「枕」に掛る枕詞。　**〇枕**　恋の秘密を知るものとされた。　**〇れ**　可能（か）。知ることができる。　**〇まだ**　「停滞する時間を「まだ」という副詞で捉える。」

（『赤羽』377頁）。

【訳】　枕にだけ知ることができたよ、まだ東雲の時分の秋の初風をば。

▽秋12の1。「涼む」→「（初）風」。まだほのかな夜明け方の秋の初風は、人の知らないわが恋の如く、枕にだけ知ることができると、①1古今504「わがこひを人しるらめや敷妙の枕のみこそしらばしるらめ」（恋一、読人しらず。「参考」（全歌集）、「本歌」（依田））の恋歌をふまえた恋歌仕立ての詠。全体ののリズム。三句切、倒置法、体言止。

①13新後撰250、秋上「守覚法親王家の五十首歌に」前中納言定家。

「秋の初風を、こっそり通ってくる恋人に見立てた。」（全歌集）

「本歌よりも定家の方が整然とした韻律をもっていることがこれらの例は示している。意図された押韻（私注―三つのし」だからである。」（『赤羽』278頁）、他、1662。

【類歌】　①8新古今295「しきたへの枕のうへにすぎぬなり露をたづぬる秋の初かぜ」（秋上、源具親。⑤197千五百番歌合1076）

1649　秋きぬとたがことのはかつげそめし／おもひたつたの山のしたつゆ・519

【語注】　○秋き　悲しい、物思いの心尽しの秋が到来すること。秋「飽き」をほのめかせる。き「木」で、下の「ことのは（葉）」と対応か。　○つげそめ　告げ知らせ初めること。八代集にない。が、③42元良128「つげそめしおもひをそらにかすめても…」などにある。　○おもひたつ　910前出。「たつ」は掛詞（立つ・立田）。　○したつゆ　草木からしたたり落ちる露。「木の――」八代集三例、「下つゆ」八代集九例、が、初出は千載194。

【訳】　秋がやって来たのだと誰の言葉で告げ初めたのか、（染めようと）思い立っている立田山の下露であるよ。

▽秋12の2。「秋」。「風」↓「露」。来秋といったい誰が知らせたのか、立田山の下露は早くももう木葉を染めようとしていると、葉を染める露を歌う。また飽きがやって来たと、誰が告げたのか、思いが湧き起って陰で泣いていると、恋の世界も裏に潜ませている。1641参照。

「思ひ立田とは露殿の事也。いかなる人か秋きぬとつげ初て、木々の色をも染さうに露の思ひたつとみる心にや。」（抄出）

「「秋」に「飽き」を響かせ、露を涙に見立てて恋愛情緒を漂わせる。」（全歌集）

【類歌】①19新拾遺328「秋きぬと思ひもあへぬ衣手のたがならはしに露けかるらむ」（秋上「…、初秋」円光院入道前関白太政大臣。④37嘉元百首229）
④35宝治百首1207「あききぬと誰かはつぐるおく山のまつふく風のこゑの外には」（秋「早秋」隆親）
⑤244南朝五百番歌合317「いとふべき袖の露かは秋きぬとおもふこころに結びそめつつ」（秋一、実興）

1650　あはれ又けふもくれぬとながめする／くものはたてに秋風ぞふく・520

【語注】**○あはれ又けふもくれぬとながめする**　「〈累積〉〈持続〉が、その中を生きる話者の心情や経験とともに示される」（加藤「御室」112頁下）。**○くものはたて**　あの雲の限り、果て。八代集五例。恋の詞である。**○末句**　「春風ぞ吹く」などと共に、終り方の一つの型《パターン》。が、当然ながら、「夏風ぞ吹く」「冬風ぞ吹く」は、共に言わない（①索引用例ナシ）。また「夏風」「冬風」共に、八代集に用例がない。

【訳】ああ又今日も暮れたとしみじみと思い見る雲の彼方に秋風が吹いているよ。

▽秋12の3。「秋」。「露」↓「風」。①1古今484「夕ぐれは雲のはたてに物ぞ思ふあまつそらなる人をこふとて」（恋

一、読人しらず。「本歌」（全歌集）の恋歌をふまえ、「天つ空なる人」は今日もやって来ず、日が暮れたと、思い沈んでしみじみと見る「雲のはたて」に、（あの人の）飽きを思わせる秋風が吹いていると、女の立場で歌う恋歌仕立ての詠。1635参照。

「○毎夕秋をかんずる心。日の移り行をもおしむ観念の心も有べし。」（六家抄）

「雲の果てるところを眺める視点である。第一首は『古今集』の「夕暮は…が、人間的な慕情がモチーフであったのに対し、これは人生無常、時の流れの迅速を眺めようとする観照態度である。」（『赤羽』353頁）

「第四首目の秋風歌／23 1650あはれ又…／を定稿では一首繰り上げて第三首目とし、」（兼築「草稿」140頁）

「〈時の累積〉…「あはれ又けふも暮ぬ」…というように、「日」…の新たな〈累積〉自体が嘆きの対象となっているのである。」（加藤「御室」107頁下、108頁上）

【類歌】③132壬二226「浅茅原あきかぜ吹きぬあはれまたいかに心のならむとすらん」（殷富門院大輔百首、秋十五首）

②15万代924

④18後鳥羽院1216「鐘のおとにけふもくれぬとながむればあらぬ露ちる袖の秋かぜ」（秋）

④39延文百首1336「風の音も雲のはたてにふきかへてあまつ空より秋ぞしらする」（秋「早秋」道嗣）

1651　さとはあれて時ぞともなき庭のおも《もに⑩》《面に④》、／もとあらのこはぎ秋は見え《花咲きに⑩》《きに④》けり・521

【語注】**○さとはあれて**　人里はすっかり荒れ果てて。『新古今集と漢文学』「廃園の風景」川村晃生、参照。「さとはあれて時ぞともなき庭のおも」については、1658参照。**○時ぞともなき**　いつという定まった時もない。八代集三例。**○もとあらのこはぎ**　根元の葉がまばらな萩。「小」は愛称。八代集三例、有名な①1古今694「宮木ののもとあらのこはぎつゆをおもみ風をまつごときみをこそまて」（恋四、よみ人しらず。②4古今六帖2819、3650。「参考」（玉葉510・『玉葉和歌集全注釈上巻』））があり、それをうけた、これも著名な①8新古今393「故郷のもとあらの小萩さきしより夜な夜な庭の月ぞうつろふ」（秋上「…、月前草花」摂政太政大臣）がある。

【訳】 古里は荒れ果ててしまって、今が何時《いつ》だとも分からない庭の面も、もとあらの小萩が咲いて、秋だと分かるよ。

▽秋12の4。「秋」。待つ君はやって来ず、待ちくたびれて、すっかり里は荒廃し、「人は古」び、年老いてしまった家、今は秋であるが、一体今がいつだと知れない、野らのような庭や垣根・籬ではあるが、宮城野のもとあらの小萩に（今）秋だと知られると歌う。周知の①1古今248「さとはあれて人はふりにしやどなれや庭もまがきも秋ののらなる」（秋上、遍昭。②4古今六帖1317。「参考」（全歌集、玉葉510・『同』））と前述の①1古今694をふまえて、恋歌仕立てとしている。源氏物語「蓬生」の、秋の、源氏を待つ末摘花の邸（「かたもなく荒れたる家の木立しげく森のやうなるを過ぎ給ふ。」（新大系二―146））をこの歌は思わせる。初句（「あ」）、第三句（「お」）、第四句（「あ」）字余。①14玉葉510、秋上「守覚法親王家五十首歌中に」前中納言定家。⑤183三百六十番歌合375、秋、四十四番、左、定家朝臣。⑩57御室撰歌合65、卅三番、左、右勝、家隆、66「あり明の月まつ宿の袖のうへに人だのめなるよひのいなづま」・「左、とがなくつかうまつりいでて侍るを、右、あり明の月待つやどの袖のうへに人だのめなるとおきて、よひのいなづまといひはてたるまで、ことにやさしくをかしき姿詞にて侍れば、さたに及ばず、以右為勝」。

「かすかに源氏物語の桐壺の巻で、更衣の死後帝の使として靫負命婦の来訪を受けた、更衣の里の面影に通うものがある。」（久保田『研究』773、774頁）

「第四首目には新たに／1651さとは…の萩歌を詠んで配している。…1651による改定には、作品内主体の荒廃した在処《ありど》を描写し、その具体的なイマージュをここに付加しておこうとする定家の意図が充填されているようにも思われる。」（兼築「草稿」140頁）

1652　秋風にわびてたまちる袖のうへを／われとひがほにやどる月哉・522

【語注】○秋風にわびてたまちる袖のうへ　思いうち萎れて…。①〜⑩の索引で、他になかった。**○たまちる**　玉が散り飛ぶ、ここは涙の玉。八代集初出は後拾遺1163。**○われとひがほに**　①〜⑩の索引では、他に⑩2耕雲千首515のみ。**○下句**　あたかも私を問い尋ねるかのような顔付きで、涙の玉に宿っている月の光であるよ。①17風雅920 910「ゆきとまる草のまくらの露にしも我まちがほにやどる月かな」（旅、平維貞）…下句似。**○とひがほ**　976前出。

【訳】　秋風に思い萎れて涙の玉が散る袖の上を、さも私を訪れるかのように宿る月であるよ。

▽秋12の5。「秋」。秋風にこらえきれずに涙が飛び散る袖の上を、私に訪れたかのような月の姿が写ると、これも例の如く、恋歌仕立てで、男の飽きに泣く私の袖の上の涙に、あたかもあの人がやってきたふうで月が訪れ宿っていると歌う。第三句字余（「う」）。この歌の傍書、裏書・朱の評語については、久保田『研究』760、761頁、兼築「草稿」136〜138頁参照。

【類歌】　③130月清844「秋なればとてこそぬらすそでのうへをものやおもふと月はとひけり」（院第二度百首、秋。②16夫木5310。⑤197千五百番歌合1322）

③133拾遺愚草2753「いまはとて思ひはてつる袖の上をありしよりけにやどる月かな」（下、雑）

⑤197千五百番歌合2585「ものおもへば月だにやどる袖のうへをとはでや人のありあけの空」（恋三、寂蓮）

1653　年ふれば涙のいたく、もりつゝ／月さへすつる心地こそすれ・523

【語注】 **○年ふれば涙のいたく、もりつ、** 1658参照。**○涙のいたく** 涙はたいそう、とても。①〜⑩の索引では、他に⑦95柳葉和歌集706のみ。**○月さへすつる** 恋人のみでなく、月までもが私を見捨てた。①〜⑩の索引では、他になかった。

【訳】 年がたつと、涙がたいそう曇りつつあるので、月までもが私を捨てたような心地がすることだよ。

▽秋12の6。「月」。「玉」→「涙」。前歌・1652をうけて、あの人がもう来なくなって、年がたつと、涙のためにたいそう曇って見えなくなってしまい、月までもがあの人のみならず、私を捨てた心地がすると歌う。これも1651同様、源氏物語の末摘花の面影か。

『軸物之和歌写』で「月さへすつる」の句につき、「此七字殊甘心」と評する。」（全歌集）

1653の「第五句に対する評語「此七字自本不甘心空納之物候」は、類成句の排除を主張しており、明確な自覚の表出した記述例として、厖大な用例整理の結果到達された稲田説を補強する好材料といえるだろう。」（兼築「草稿」141頁）

【参考】 ⑤354栄花物語427「さやかなる月も涙に曇りつつ昔見し夜の心地やはする」（五節の君。①17風雅2021 2011。②15万代3465）

1654 今よりはわが月かげとちぎりを《お③、④》かむ／のはらのいほ《庭③》のゆくすゑの秋・524

【訳】 今からは、私の月の光だと約束しておこう、野原の庵の将来の秋をば（見据えて）。

▽秋12の7。「月」。これから、野原の庵の未来の秋は、私の月光だと約束しておこうと歌って、一転、恋を断念し、例えば宇治十帖の浮舟の如く、出家し、草庵に閑居、隠棲する女を思い浮ばせる。イヤそれは作者か。つまり救済の

月の面影である。第三句字余（「を（お）」）。下句ののリズム。三句切、倒置法、体言止。1639参照。

【類歌】③131拾玉5557「もろともに秋の月にを契りおかむ世にふるみちの末の有明」

③133拾遺愚草1192「石清水月には今も契りおかむ三たび影みし秋の半を」（内大臣家百首、雑、神祇）

⑤344東野州聞書75「今よりは猶末とほく契おかむ四本の桜千代にあまりて」（御詠（後花園天皇））

1655　たれもきく《聞け④》さぞな《や⑩》、らひの秋のよと／いひてもかなしさをしかのこゑ・525

【語注】○さぞな　「さぞ」＋「な」（感動）。いかにもその通りだよ。八代集四例、初出は千載841、他「さぞ」一例。○ならひ　慣れていること。「ならふ」は多いが、「ならひ」（名）は八代集五例、すべて新古今。他、「こころならひ」八代集六例、初出は金葉381。○いひてもかなし　言ったとしても、やはり悲しい。①〜⑩の索引では、他になかった。○さをしかのこゑ　末句の終り方の一つの型《パターン》。

【訳】誰もすべて聞く、いかにもその通りの習わしの秋の夜だといっても、（やはり）悲しい、さ牡鹿の声は。

▽秋12の8。「秋」。みんなが聞いている、おなじみの秋の夜だとしても、さ牡鹿の声はやはり悲しいと、これも男に飽きられて、来ないのが習わしとなってしまった秋の夜だとしても…を潜ませるか。初句、四句切、倒置法、下句「いひても／さ牡鹿の声（ハ）／かなし」が普通。⑩57御室撰歌合67、卅四番、左、右勝、家隆、68「秋はいまいくかもあらじ夕暮のながめはのこせみねの木がらし」・「左の三句、ききにくきさまなりとこそ人もみたまふらめ、右、いとやさしく侍り、仍為勝」。

「『軸物之和歌写』に「殊甘心」と評する。」（全歌集）

兼築氏は、「谷鼎が、「牡鹿の声をきいて山里の寂しさをしみじみと感じたり、妻恋ふよすがとしたりすることは古くからの例が多い。それを上句にすつかりとり含めてしまつて、それでもやはり悲しいと一転した所に趣向がある。彼が屢々行つてゐる古歌の作意の統轄的手法の一例である」と評しているところに尽きている」とし、①1古今215「おく山に紅葉ふみわけなく鹿のこゑきく時ぞ秋は悲しき」（秋上、よみ人しらず）「あたりをひとつの参考歌としてあげておくことができよう。」（「草稿」134頁）と言う。

【類歌】⑤188和歌所影供歌合80「秋の空なほいひしらぬ旅ねかなよわたる月にさをしかの声」（「旅月聞鹿」有家）
⑤234亀山殿五首歌合34「さびしともたれか聞くらんたかまどの秋野のうへの棹鹿のこゑ」（「野鹿」長雅）

1656　秋風にそよぐ田のも《面④》のいねがてに／まづ《③、④》あけがたのはつかりのこゑ・526

【語注】○そよぐ　寄り来るものの気配。○そよぐ田のも（の）　風にゆれてそよそよと音をたてる田の表面の。①～⑩の索引では、他になかった。○田のも　八代集初出は千載36。○いねがてに　稲と同音の寝かねるように。掛詞（稲、寝ね（がてに））。八代集では「いねがてにす」のみ二例。「「いねがてにまつ」は、詠歌の〈現在〉にやや先立つ〈持続〉を示している。」（加藤「御室」111頁下）。○まづ　「待つ」（全歌集、新大系・百番65）か。○まづあけがた（の）　まず初めに、夜が明けようとする頃の。①～⑩の索引では、他になかった。

【訳】　秋風にそよいでいる田の面の稲と同音の寝られぬままにいると、先ず初めに明方の初雁の声（がする）よ。

▽秋12の9。「声」「秋」。「夜」→「いね」「明方」、末句の「小牡鹿（の声）」→「初雁（の声）」。秋風にそよいでいる（門）田の稲の音によって眠れぬままに、さらに秋の長夜、秋のもの思いも加わってますます寝られないうちに、先ず最初に明方の初雁の声が聞こえると歌う。これも女の立場で、男に飽きられ、もの思いのために夜も眠れず、悶悶としているうちに…を潜ませるか。いうまでもなく、もとに①1古今207「秋風にはつかりがねぞきこゆ《ひびく(六)》なるたがた

まづさをかけてきつらむ」（秋上、とものり。②4古今六帖167。②6和漢朗詠324。③11友則22。⑤4寛平御時后宮歌合78）があり、あるいは愛しい人の便りを運んできたかを秘めるか（その場合は「待つ」が相応しいか）。1629、1641参照。【類歌】が多い。⑤216定家卿百番自歌合65、三十三番、左、仁和寺宮五十首。⑤216定66「伊駒山あらしも秋の色に吹く手染のいとのよるぞかなしき」（右勝、内裏百首名所題）。⑥17閑月集229、秋上。

「『軸物之和歌写』に「殊甘心」と評する。が、「ねぬ夜」は秋思のせいで寝られないのであろう。」（全歌集）

【参考】①7千載325 324「をのへより門田にかよふ秋かぜにいなばをわたるさをしかのこゑ」（秋下、寂蓮。④10寂蓮24。⑤309先達物語1）

【類歌】②15万代899「かりいほにてひさへへにけりあきかぜにはつたかりがねはやもなかなん」（秋上、貫之）

②16夫木3934「ややさむき初秋風のいねがてにかよひ過ぎぬる夢のふる路」（秋一、初秋「…、初秋風」雅有）

②16同14634「いまこんと秋をたのむのさと人もまつかひあれや初かりの声」（雑十三、たのむのさと、武蔵、源俊平）

④15明日香井654「いねがてにすそわのたゐの秋のいほもるやま風やおどろかすらん」（百日歌合「田家」）

④33建保名所百首369「泊瀬山木のは色づく秋風に先いねがてのさを鹿のこゑ」（秋「泊瀬山大和国」）。①15続千載400 402・知家。②16夫木4725）

④38文保百首42「しら鳥のとば山松の秋かぜにたのも寒けき初雁の声」（秋、忠房）

⑤197千五百番歌合1424「あはれなる山田のいほのねざめかないなばの風にはつかりのこゑ」（秋三、讃岐。①14玉葉598。⑤323歌苑連署事書16）

1657　露さえてねぬ夜の月やつもるらん／あらぬあさぢのけさの色哉・527

【語注】〇露さえてねぬ夜の月やつもるらん　「〈累積〉〈持続〉が、その中を生きる話者の心情や経験とともに示される」（加藤「御室」112頁下）。〇さえ　冷え氷る。「露」と「ねぬ」共に掛かる。〇あらぬ　今までとは異なった。「今まで見ていたのとは似ていないの意」（全歌集）。〇あらぬあさぢの　①〜⑩の索引では、他になかった。〇あさぢ　958前出。

【訳】露は冷たくて寝られない夜の、冴えた月（の光）が積ったのであろうか、今までとは異なる浅茅の今朝の色であるよ。

▽秋12の10。「寝《ね》」。「風」→「露」、「明方」→「夜」「今朝」、「稲」→「浅茅」、「声」→「色」。露が冷たく、その冷たさで眠れぬ夜の月光が積み重なったのか、浅茅の今朝の色は、今までのものとは思われないと歌う。これも恋歌仕立てで、（あの人が来ず、待ち続けて）流す涙が冷え、苦しみで寝られぬ夜毎の月光が積もったのか（上句）、…か。1635、1643（加藤「御室」107頁下）参照。②16夫木5465、秋四、露「喜多院入道二品親王家五十首」前中納言定家卿。⑤216定家卿百番自歌合58、右勝、仁和寺宮五十首。⑤216定57「たかさごの尾上の鹿の声たてしかぜよりかはる月の影かな」（廿九番、左、千五百番）。

「〇さむき心。月のよるつもる心。あらぬあさぢとはいつきてもあらぬやうにおもしろき心也。大かたの色にてはなし。一段なる心也。」（六家抄）。133「如何。」（不審、上、328頁）

「『軸物之和歌写』に「神妙候。ねぬよ何料にか候らん」と評する。」（全歌集）

「構文上は「月（影）」が「つもる」のであるが、あわせて夜通し月を眺めてきた日々の累積が示されている。」（加藤「御室」107頁上、下）

1658　ひとりきくむなしきはしに雨おちて／わがこしみちをうづむこがらし・528

【語注】　**○むなしきはし**　誰一人いない階段。「空階」。数多ある「橋」とは異なる。「階《はし》」は八代集にない。枕草子「そなたにいきて、階《はし》よりたかき屋にのぼりたるを、」（新大系、154段、204頁）、源氏物語「文など作らせ給。階の底の薔薇、けしきばかり咲きて、」（「賢木」、新大系一―384頁）。**○わがこしみち**　私の今までやってきた道。①～⑩の索引では、他になかった。**○うづむ**　八代集四例。**○うづむこがらし**　埋め果てる（ものは）凩だ。①～⑩の索引では、他に⑦83寂身254（（秋）「落葉」）がある。

【訳】　たった一人で聞いている、誰もいない階段に雨が落ちて来て、私の今までやって来た道を埋める凩（の音）であるよ。

▽秋12の11。「露」→「雨」「凩」。和漢朗詠集307「三秋にして宮漏正に長し　空階《こうかい》に雨滴る　万里にして郷園いづくんか在る　落葉〔落〕窓深し」（秋「落葉」愁賦。「参考」（全歌集）。「漢詩文受容」（佐藤、445頁）。「本説」（兼築「草稿」135頁）。閨怨の悲愁をうたう）をふまえて、妻が一人聞く、誰もいない階段に秋雨が落ち、私がやって来た道を落葉の木枯が埋めるという歌意が一般であろう。が、ここは、長恨歌「…（秋の雨に梧桐の葉の落つる時）／西宮の南内〔苑〕に秋の草多し／落〔宮〕葉階《はし》に満ちて紅掃はず…」（古典集成『源氏物語一』328頁。「漢詩文受容」（佐藤、445頁））の玄宗の立場で、楊貴妃も亡くなり、淋しく一人きく人けのない階段に秋雨が落ち、梧桐の葉も落ち満ちて、貴妃を偲んでやってきた西宮の南苑も秋草の多く、道を埋める落葉、掃除もされない紅葉が木枯によってもたらされたと歌ったのではないか。源氏物語の「桐壺」は長恨歌をふまえてかかれ、定家の③133拾遺愚草1635「旅人の袖ふきかへす秋風に…」（新古今953。長恨歌「参考」新大系・新古今953）は長恨歌の面影があるとされている。また末句「埋む凩」は、凩の音か、（凩による）木葉か。②16夫木6288、秋六、暮秋「建久九年仁和寺宮五十首」同〔＝前中納言定家卿〕。⑥27六華和歌集991、冬。⑩206歌林良材195。

「むなしき橋は空階也。荒居などの哀にもよほされて、尋きたる跡を木枯のうづむぞと也。落葉賤のこと葉をさながらよめる也。」（抄出）
380「三秋…窓深、この《此(中)》詩の心也。「むなしきはし」、家《家イ》のはし《はし居の端也(中)》なり。我帰《かへ(中)》りきたるよりほか《外(中)》はだれにも《誰も(中)》とはれず、道も木葉にうづもれはて《絶(中)》たるさま《様(中)》也。閑居の体也。」（抄出聞書、上、224頁、405、同、中、150頁）
178「朗詠に、三秋…窓深云。是を取てよめり。古宮へきて秋の末つかたみれば、御階などもふり終て物あはれなるに、落葉の雨のごとくさつ〳〵とふりつもりて、わがきたりし道をもうづむと也。五文字に、あはれにさびしく物がなしきことこもれり。「我こし道をうづむこがらし」といひすてられたり。道をうづむといふにて落葉の雨と聞えたり。一首のうちにあり。あくまで心こもりたる歌也。いひさすとは、心あまりて詞たらぬをいふ也。」（摘抄、中、333頁）
『軸物之和歌写』に「此新賦ハ吉候」と評する。」（全歌集）
「「わたし」は旅人なのであろう。その「わたし」が旅してきた道は、こがらしが吹き散らした落葉で埋まってしまっている。さびしい異郷での秋のおわりの風景である。…三秋…窓深シ…定家が愛唱してやまない詩句であった。…そこには同じ詩句を口ずさんでいる『狭衣物語』の主人公を気取るポーズもあるかもしれないが、この悲しい情感を深く愛していたからであろう。その夜、ともに語った公衡はもはや故人である。「ひとり聞く」と詠じた定家は、きっとこのなき親友を、そしてまた彼とほとんど時を同じくして死んだ母を思いおこしていたのであろう。」（久保田『定家』116〜118頁）
1658、1677「今いる地点からそこに至る経路を振り返る視線を共有する、この二首の歌においては、過去から現在へと持続する時が、空間的なイメージに変換されて示されている。一六五八番歌では、「わがこしみち」が、過去からの〈持続〉を示し、上の句ならびに「うづむこがらし」が、進行しつつある〈現在〉を、それぞれ示している。」（加藤「御室」109頁上、下）・1658では、「わがこし…こがらし」に傍線、1677では、「かへり…ふるさとに」に傍線が付してある。

／1658「ひとり…おちて」、1630「わかなつむ…むれて」、1651「さとは…おも」、1653「年ふれ…つゝ」、1652「秋風…の上」（同111頁下））・「右の傍線を施した部分は、それぞれその後の部分で示される出来事・発見・認識等に先立って、話者が今どこにいるのか、あるいはどういう状態にあるのかを、やや説明的に提示している。／定家が、これら詞書の機能を代行するような要素を律儀に歌に詠み込んでいるのはなぜだろうか。…今、その理由を、ある詠歌が行われた状況を和歌の内部に組み込み、それとは別に、ある出来事・発見・認識等をも示すことによって、話者の実在感を確保するとともに、その和歌が詠まれるにいたった必然性をも保証するためではなかったかと、推定してみたい。」（加藤「御室」111頁下、112頁上）

【類歌】②16夫木6424「人はこずむなしきはしに時雨おちてはらはぬ窓をうづむもみぢ葉」（冬一、落葉、同（＝為家））

1659　年ごとのつらさとおもへどうとまれず《ぬ③》／たゞけふあすの秋のゆふぐれ《暮がた④》・529

【語注】**○つらさとおもへど**　辛いことだとは思うのだが。①～⑩の索引に、他はなかった。**○うとま**　嫌いやだと思う。八代集四例。**○秋の夕暮**　939前出。

【訳】毎年の辛さと思うのだけれども、疎むことができない、ただ今日明日となってしまった秋の夕暮は。

▽秋12の12。ついに今日明日となってしまった秋暮は、毎年の決まりきった辛さだと思うのだが嫌い厭いきれないと歌って、秋歌を閉じる。これも、恋歌めかして、飽きられて、男の来ない夕べ、年毎の辛さと思うのだが、うとみきれないと、待つ女の立場で歌ったものか。三句切、倒置法、体言止。第二句字余（「お」）。

「〈時の累積〉…「年ごとのつらさとおもへど」のように過去を振り返った上で、…残り少なくなった秋（「けふあす」）を惜しんでいる。」（加藤「御室」107頁下、108頁上）

【類歌】④11隆信241「今日のみとおもはぬをぎのかぜにだにただなるものか秋の夕ぐれ」（秋下）

冬七首

1660　けふそへに冬の風とはおもへども／たへ《え(③、④)》ずこきおろすよものこのはか・530

【語注】**○たへずこきおろす**　いつも絶えることなく、こするようにして葉をしごいて落とす。①～⑩の索引に、他はなかった。また「こきおろす」は八代集にない。③106散木124「…いはのうへに花こきおろす春の山かぜ」（春、二月「落花随風」）。④26堀河百首851「露のみとおもひけるかなもる山は紅葉こきおろす名にこそ有りけれ」（秋「紅葉」国信）。

【訳】今日の故に（立）冬の風とは思うのだが、絶えることなくこき下ろしてくるまわりの木葉（であろう）か。

▽冬7の1。「今日」「思へど」。「秋」→「冬」。①2後撰882 883「けふそへに《そへにけふ(俊)》くれざらめやはとおもへどもたへ《え(大)》ぬは人の心なりけり」（恋四、あつただ。③18敦忠12。⑤291俊頼髄脳120。⑤416大和物語139。「本歌」（全歌集、依田）。「そへに」は「そゆゑに」の略）をふまえ、恋の世界を潜ませて、立冬の今日の故に冬風だと思い、また日が暮れる（、そうしたらあの人に会える）とは思うものの、堪えられない私の心の如く、絶えず激しく周辺の木葉を風は吹き下すと歌う。第四句字余（「お」）。

「『軸物之和歌写』で第二・三句に「神な月とはいひながら」と傍書、第五句「このはか」の「か」を丸で囲み、「こがらし」と傍書し、「物ハ尤甘心。最末か字ハ敵候。こがらしにても候へかし。例上声在二最末一殊結二意趣一」と評する。」（全歌集）。久保田『研究』759、761頁参照。

1661 霜うづむをの、しのはらしのぶとて／しばしもを《お（③、④）》かぬ秋のかたみを・ 531

【語注】○うづむ 1658前出。○をの、しのはら 「小」は接頭語。篠、薄、萱などの自生する野原。地名か。○をか 「霜」の縁語で、「霜は置く」のに、「置かぬ」と歌う。

【訳】 霜が埋めはてている小野の篠原（の以前の様子）を偲ぼうとしても、暫くの間も置いてはくれない、秋の形見を。

▽冬7の2。「冬」→「秋」、「風」→「霜」。霜が埋めてしまって、（浅茅生の）小野の篠原の昔をしのぼうとしても、秋の名残を少しの間も残さないと歌う。百人一首の有名な①2後撰577 578「あさぢふのをののしの原忍ぶれどあまりてなどか人のこひしき」（恋一、源ひとし。「本歌」（全歌集））をふまえて、恋歌めかし、「忍ぶ」ではなく「偲ぶ」であり、恋い慕おうとしても、あなたは飽きた形見を少しの間も残して置かなかった、か。またこの後撰歌にも似た①1古今505「あさぢふのをののしの原しのぶとも人しるらめやいふ人なしに」（恋一、読人しらず。「本歌」（兼築「草稿」135頁、依田））の恋歌がある。「しも…をののしのはらしのぶとてしばし」のしとののリズム。四句切。下句倒置法。1647参照。

「『軸物之和歌写』に「殊甘心」と評する。」（全歌集）

【類歌】⑤197千五百番歌合1701「あさぢふのをののしのはらしもがれていづくを秋のかたみとか見ん」（冬一、俊成卿女）

1662 神な月うちぬるゆめもうつ、にも／このはしぐれとみちはたえつ、・ 532

【語注】○うつゝにも　現実にもまた。③59千穎78「うつゝにもゆめにもあらぬよのなかをねてもさめてもうちぞながむる」（無常）。○このはしぐれ　木葉が時雨の如く散り落ちるさま。八代集にない。③129長秋詠藻265「…かはらぬを木の葉時雨と誰か分きけん」（冬「…、落葉」）。

【訳】十月には、ちょっと寝て見る夢も、また現実でも、木葉時雨が降って、（あの人の来る）道は絶えつつあるよ。

▽冬7の3。「霜」→「時雨」、「原」→「道」。神無月に、夢も現も木葉時雨が降り、道はとざされがちだと歌う。有名な、伊勢物語、東下りの恋の世界「つたかえでは茂り、…11駿河なる宇津の山べのうつゝにも夢にも人にあはぬなりけり」（新大系、（九段）88頁。「本歌」（『赤羽』278頁））があり、夢にもあの人・男は私を思っていず、現実にもあの人は来ないと、男を待つ女の立場で歌ったものか。また『全歌集』、「依田」は、作者・男（敏行）が女の立場に立った①1古今558「恋ひわびて打ちぬる中に行きかよふ夢のただぢはうつつならなむ」（恋二、としゆき）を「本歌」とする。第二、三句うの頭韻。1629、1648参照。「…う…う…本歌よりも定家の方が整然とした韻律をもっていることがこれらの例は示している。意図された押韻だからである。」（『赤羽』278頁）。

「『軸物之和歌写』に「殊甘心」と評する。」（全歌集）

1662は、「一首全体が、〈現在〉のやや前からやや後への〈累積（反復）〉を主題としているし、」（加藤「御室」111頁下）

【類歌】①20新後拾776「今朝はまた空もくもらで神無月木の葉ばかりぞまづ時雨れける」（雑秋、藤原懐通）

①21新続古618「神無月木のはしぐれぬ比ならばさのみねぬ夜の数はつもらじ」（冬、土御門院小宰相。⑤224遠島御歌合84）

1663　あしが《か（全歌集）》ものよるべのみぎはつら、ゐて／うきねをうつすおき《奥（④）》の月かげ・533

【語注】○あしがも　葦のある水辺にいるところから鴨の異名。「あしかも」か。金葉454・「が」（新国①）、「が」（新大系）。○よるべ　身を寄せ頼りとする所。八代集四例。○つらゝゐ　氷が張りつめ。八代集六例、初出は金葉4。また「つらら」の八代集初出は後拾遺622。○うきねをうつす　水に浮いたまま寝るのを、沖へ移動させる。①～⑩の索引では他になかった。○末句　同じ定家に③133拾遺愚草1064「…うらならんかはらぬ色をおきの月かげ」（千五百番歌合、冬二）がある。

【訳】鴨の寄る辺となっている水際には、氷が張って、浮寝を移している沖の、そこに差している月光であるよ。

▽冬7の4。「月」。「時雨」→「つらら」、「夢」→「寝《ね》」、「絶え」→「移す」、「道」→「沖」。鴨の寄る汀に氷が張っているので、沖へ浮寝を移したのを月光が照らしていると歌う。下句は「鴨の浮寝を氷に映している沖の月光」ともとれる。また例の如く、恋歌めかして、男が来ずに、女・私の涙が氷となり、憂寝のままで、幾夜を重ねた姿を、沖の月光は氷に映している様を揺曳させているのかもしれない。②16夫木7004、冬二、水鳥「喜多院入道二品親王家五十首」同（＝前中納言定家卿）。

久保田『研究』774頁参照。「評語に第二句の由緒不審を指摘された冬部の／35 3789くもさえて…（私注―「解説」末）／を／1663あしがもの…に改めた例も、霰から水鳥へ歌材を変更してはいるが、同位置の処理にとどまる。」（兼築「草稿」140頁）

【参考】①2後撰490 491「冬の池の水にながるるあしがものうきねながらにいくよへぬらん」（冬、よみ人しらず。「参考」（全歌集））

【類歌】⑤244南朝五百番歌合「あしがものうきねもたえてこほる夜は月だにすまぬ庭の池水」（冬三、無品法親王）

1664　たまぼこのみちしろたへにふる雪を／みがきていづるあさ日かげ哉・534

【語注】○みちしろたへに　道を純白《まっ》にして。①～⑩の索引では他になかった。○みがきていづる　磨いたように光って出て来る。①～⑩の索引で、他には⑥29菊葉和歌集673（読人不知）、⑧26閑塵集40にある。○あさ日かげ　朝日の光。八代集一例・新古今98。

【訳】道をまっ白にして降り積もっている雪を、磨いたようにして出てくる朝日の光であるよ。

▽冬7の5。「かげ」。「沖」→「道」、「つらら」→「雪」、「寝《ね》」→「朝」、「月（かげ）」→「日（かげ）」。路を純白にして降る雪を朝日は磨き光らせて出ると、一見叙景歌のようだが、『全歌集』は、「源氏物語・浮舟の巻で、二月雪の日宇治に匂宮が浮舟の女君を訪れた場面の自然描写などが連想される。」と、背後に恋物語をみる。また第四句「磨きて出る」は、「詠歌一体（甲本）」（『歌論集一』363頁）の「冬」にはないが、制禁の詞（禁制詞）「氷《り》て出づる」（家隆歌）的秀句か。

同じ御室五十首の歌として詠まれた俊成の、①8新古今677「雪ふれば峰のまさかきうづもれて月にみがけるあまのかぐ山」（冬、俊成）と比較して、「定家の方は、明るく華やかではあっても、非情であって沁みとおる潤いに欠けている。どこか人間性を拒否するところがある。…直観で捉えたものを感覚的なことばで組み立てる。そのことは、さきにあげた「おほそら（ママ）は…〔私注―1632〕の歌における匂と光の表現を、俊成の」①7千載24「はるの夜は…「と比較すればいっそうはっきりするであろう。定家は…感情の移入をおこなったり、心で納得するということをしないで、感覚の印象をそのままに投げ出すのである。」（以上『赤羽』238頁）

1665　そなれ松こずゑくだくる雪をれに／いは《嶺（④）》うちやまぬ浪のさびしさ・535

【語注】　**○そなれ松**　潮風のために、地面に低く傾いて生えている松。八代集にない。④26堀河百首1302「あら磯やいはねにたてるそなれ松浪にしをれぬ時のまぞなき」（雑「松」顕仲）。**○こずゑくだくる**　木末をこわす。①～⑩の索引に、他はなかった。**○雪をれ**　雪の重みによって折れること。八代集一例・新古今1582。他「雪の下折れ」八代集二例・新古今667、673。③129長秋詠藻161「杣山や梢におもる雪折にたへぬ歎の身をくだくらん」（冬「雪」）。**○いはうちやまぬ**　岩を打って果てることのない。①～⑩の索引に、他はなかった。**○うちやま**　八代集にない。古事記歌謡2「この鳥も　打ち止めこせね」（旧大系35頁）。かげろふ日記「雨うちやみたる暮れにて、」（旧大系304頁）。**○浪のさびしさ**　その波の寂寞さよ。①～⑩の索引に、他はなかった。

【訳】　磯馴れ松の梢を砕いている雪折の音の中（時）で、岩を決して打ち止むことのない浪の淋しさよ。

▽冬7の6。「雪」。雪折の音は松の梢を砕いて終了するが（「に」は、「（に）さらに」、「…に対して」か）、浪は岩を打って止むということがない音の寂寥さを歌ったもの。有名な百人一首の、①6詞花211 210「かぜをいたみいはうつなみのおのれのみくだけてものをおもふころかな」（恋上、重之）。「参考」（全歌集）とは詞の類似のみであろう。②16夫木7332、冬三、雪「百首歌中」同〔＝前中納言定家卿〕。

「内註　○磯なれたる也。雪おれの音を聞て、まつの雪おれの音はさびしけれどもすこしのほどなるが、猶たえぬ浪の音のさびしきと云心也。右、三吉野のきさ山陰に立る松いく秋風にそなれきぬらん（詞花・巻三・秋・曾祢好忠）此哥はたゞなれたる心也。」（六家抄）

381「「そなれ松」、うつくしき松也。「梢《木ずゑ(中)》くだくる」とは、雪にくだけ折たる事也《こと(中)》。雪折《ゆきおれ(中)》のこゑに岩波さへうち《打(中)》そひ、さびしき体也《也(中)》。／本風《ナシ(中)》吹ば《吹ば　をいたみイ(中)》岩うつ…」（抄出聞書、上、224、225頁。406、同、中、151頁）

「冬の海辺の風景である。…が、このような風景をとらえる定家の目は、西行のそれにかようものがあるようにも思われるのである。…という、さびしい風景を詠じた作〔私注―③125山家1001「うらちかみかれたる松のこずゑにはなみのおとをや風はかるらん」（③126西行法師家集592）〕がある。定家の作はそれに一脈かよいながら、しかも自然を支配する時間の永劫性を歌いえていると考えられる。」（久保田『定家』118、119頁）

1665の「第五句に対して「只音哉と候ハん如何」、」（兼築「草稿」138頁）

【類歌】④44正徹千首571「雪折れし滝の上なるそなれ松しづく岩ほのたつる力に」（冬「雪」）

1666　あらたまの年のいくとせくれぬらん／おもふおもひのおもがはりせで・536

【語注】**○いくとせ**　何年、幾歳。八代集四例、初出は金葉519。**○おもふおもひ**　「「畳句体」とされたもので、一種の連鎖法とみられる。同じことばを繰返しながら、一首の内部で意味の方向を変えたり進めたりするものを音調の上からもひびかせている。」（『赤羽』314頁）。**○おもがはりせ**　年をとるなどして顔つきが変わること。八代集初出は後拾遺315。

【訳】年は何回暮れはててしまったのだろうか、思い思っている（私の）思いは少しも変わることなく。

▽冬7の7。熱望のわが思いは少しも変わることなく、歳は何年暮れたのかと歌って、四季（冬）歌を閉幕する。歳暮の詠。三句切、倒置法。下句、三つのおものリズム。『全歌集』は、①5金葉二585 622「むかしにもあらぬすがたになりゆけどなげきのみこそおもがはりせね」（雑上「上陽人…」源雅光）を「参考」とする。⑩57御室撰歌合89、四十五番、左持、右、家隆、90「みし秋の月より後もなぐさまず雪の朝のをばすての山」・「左、あら玉のとしの幾とせとつづけかさねて、おもふおもひのおもがはりせぬ、かさね句さしもとがあるべきにては侍らず、一の姿にて侍れども、かしかましくやと申出し侍りしを、なにのとがかあるべからん、やさしくこそ侍れと、くちぐちに申され侍りき、右

もをかしくみえ侍れば、又准為持」。

「『軸物之和歌写』に「無二指難一無二指事一候」と評する。」（全歌集）

「下積みの嘆きや焦燥が内輪に籠められているのであろう。」（久保田『研究』778頁）

「俊成は…極端なゆきすぎに対しては警告している。／…おもふおもひのおも…などは、／あらたまの…（御室撰歌合四十五番）／という記録をみると、賛否両論に分れて、相当に論議をたたかわせたようである。「年のいくとせ」という意味と、「おもふおもひのおも」というくり返しが音韻の上でも一致するという、これも定家の好み用いた手法であるが、それに対して「かしがまし」という意見と、「やさしくこそ」という意見と、同時に出ているところが注目される。それを俊成は客観的に記しているだけである。…同音繰返しを本歌から学んでいるが、本歌〔私注―①2後撰601 602「人を見て思ふおもひもあるものをそらにこふるぞはかなかりける」（恋二「女のもとに…」忠房）〕以上に強調している。…10では「おも」がさらに重ねられている。…たしかにうるさいほど同音を反復している。定家の意図は、小刻みに同音を畳みかけることによって、年年執拗に心から去らない思いを強調することにあり、意味表象に音表象をからみ合わせる方が訴える力があることを計算の上でそのような感情内容を語音によって構成してゆくのである。」（『赤羽』264、265、279頁）

「〈時の累積〉…「年のいくとせくれぬ覧」というように、…「年」の新たな〈累積〉自体が嘆きの対象となっているのである。」（加藤「御室」107頁下、108頁上）

【類歌】③132壬二1411「あら玉の年のいくとせけふ暮れてそこらの人の身につもるらん」（家百首、冬「歳暮」）

雑十二首／祝二首

1667　君がよはたかの、山にすむ月の／まつらんそらにひかりそふまで・537

【語注】○たかの、山　高野山。紀伊。金剛峯寺のある所。真言宗の本山。霊地。八代集一例・①7千載1236 1233「暁をたかのの山にまつほどやこけのしたにもあり明の月」（釈教「高野にまゐりてよみ侍りける」寂蓮）。これは「大師入定信仰と弥勒下生信仰とが結合した…一首である。」（歌ことば大辞典）。「高野の山にすむ月」は、「高野山奥院で入定している真言宗の開祖空海（弘法大師）を暗示する。」（全歌集）。○まつらんそらに　暁の弥勒の出現を待望している空に。①〜⑩の索引に、他はなかった。

【訳】わが君の御代は、高野山に澄んでいる月が、（弥勒の出現を）期待する空に光を加えるまで（も続くように）。

▽祝2の1。わが君の代は、高野山に澄み渡っている月が、弥勒菩薩の出現を待たれている空に光が加わるまで永久に続くと寿ぐ。「君」は「守覚」（全歌集）とするが、帝か。また千載1107「跡たえて…」（雑中「高野にまうで侍ける時、…」仁和寺法親王守覚）の歌があり、詳しくは『守覚全歌注釈』126参照。⑩57御室撰歌合100、右、五十番、左持、有家、99「照すらんみちかはるともよろづ世に法のあるじとみもすその月」・「左右共に、やさしく優美にみえ侍るを、右、高野また可被賞翫之旨、左方之作者申し侍りしを、今愚詠につかうまつり出でて侍りつるに、人ませし侍らず、さのみ高野勝ならんもけしからずと、あらそひ申しいでて侍りしかば、不便なりとこそ仰せ侍りしかども、なぞらへてなほ持に申定め侍りぬ、老耄の是非をわきまへぬにや、相似侍らんも覚えてこそ侍りしか」。

「○弥勒を月によせて、暁の弥勒の世にならむまで君が代もあらんと也。祝言也。たかきとうけたる也。高野は弥勒の世をまつ在所也。仁和寺（私注—真言宗御室派の総本山）は御室と云なり。そこにての哥也。」（六家抄）

【類歌】②16夫木13722「君が代はたかのの山の峰の松まつも久しき月やみるべき」（松「…、寄松悦」家衡）

③130月清1389「ひかりそふくもゐの月をみかさやまちよのはじめはこよひのみかは」（冬）

③131拾玉5699「思ひいる君がこころにすむ月の光をみがくわしのやまかぜ」
④39延文百首2300「君が代は空に月日をみるがごとあふげばたかき影ぞくもらぬ」（雑「祝言」釈空）
④41御室五十首289「君が代はたか野の山の岩の室あけんあしたの法にあふまで」（雑「祝」釈阿。①14玉葉1083 1084）…第一、二句ほぼ同じ

1668　うごきなき君がみむろの山水に／いくちよのりのすゑをむすばむ《(ん)》・538

【語注】**○君がみむろ**　あなた様のお住まい、庵室。①索引ナシ。③66為頼10「くもりなき君がみむろのそらはれて…」。④41御室五十首794「をののえは君が三室の内にしていくちたびかはくちんとすらん」（雑「祝」生蓮）。**○山水**　山の中を流れ行く水。八代集二例、後撰590、861。**○いくちよのりの**　どれくらいの千代、永遠に法の。①～⑩の索引に、他はなかった。**○む**　意志としたが、推量か。

【訳】不動の我が君の御室・住まいの山水に、幾千代の仏法の仁和寺の末を結縁しよう。

▽祝2の2。「君が」「山」「代」。不動の君（守覚法親王）のお住まいの山水に、永遠の法の末を結縁しようと歌う。134「…み[※1]む[※2]ろの山…／如何。／※1合点　※2仁和寺宮ノ五十首也。」（不審、上、328頁）

【参考】①3拾遺600「うごきなきいはくら山にきみがよをはこびおきつつちよをこそつめ」（神楽歌「いはくら山」よみ人しらず）
⑤354栄花物語107「動きなき千歳の山にいとどしく万代そふる声のするかな」（「ひかげのかづら」兼澄）

【類歌】②15万代3817「うごきなき君がみよかなまかねふくきびのなかやまときはかきはに」（賀、善滋為政）
⑤228院御歌合〈宝治元年〉253「うごきなき山まつがねのいはしみづすむべきちよのかげぞ久しき」（「社頭祝」沙弥蓮

性）

述懐三首

1669　あすしらぬけふのいのちのくる、まに／この世をのみもまづなげく哉・539

【語注】〇くる、ま　日が暮れるまでのほんの短い間。八代集三例、初出は後拾遺667。〇この世をのみ（も）　この世だけでの運命の不幸・我が宿世の接なさ（も）。①～⑩の索引に、他はなかった。

【訳】明日の分からない今日の命が暮れる間に、この世をばかり、まず初めに嘆くことよ。

▽述懐3の1。「世」。①3′拾遺抄314「あすしらぬいのち《わが身なりとも(拾)》なれど《なりとも(俊)》もうらみ《ちかひ(能)》おかんこのよに《てのみ(拾)》のみ《と(能)てしも(俊)おもはぬなかを(能)》はやまじと思へば」（恋下、能宣。①3拾遺755。③33能宣211。⑤291俊頼髄脳126）の恋歌をふまえて、明日をも知れない今日の命であるが、暮れ果てるまでの間に、あなたとの仲はこの世だけでは終らないとは思うものの、この世のことばかりもまずは恨み嘆くと歌う。1639参照。②15万代3679、雑六「仁和寺入道二品親王守覚家五十首に、述懐を」〔前中納言定家〕。⑩57御室撰歌合108、右、五十四番、左持、有家、107「おほかたはよをもうらみじあまのかるもにすむ虫の名こそつらけれ」・「左右ともにやさしくよろしきさまにつかうまつれり、さりながら、さのみ勝負なきも、よしあししらぬに似たり、しひて人人申されよやと申し侍りしかども、いづれもやさしく侍り、有興にこそと申されて、感両方之什、無一決之難」。「おたがいに「あす知らぬけふの命」、無常な存在なのであると自覚しつつ、その無常であること自体よりも、一日の「暮るるま」にも似た短い「この世」での不幸不運がまず嘆きの種なのである。目先のことにとらわれている人間の愚かしさ、そしてそれに気づいていながら依然としてそのとらわれた心から自由になれないあわれさがしみじみと歌

われている。おそらくこのころの作者の偽らざる心境であろう。」（久保田『定家』119頁）1669、1670は、「来世での拙い生を予見しながら、現世（「此世」）での不幸（「うき身」）を嘆くというモチーフを共有する。」（加藤「御室」110頁下）

【参考】①1古今838「あすしらぬわが身と《命なれども（六、貫）》おもへど《なれども（新）》くれぬまのけふは《も（新）》人こそかなし《哀な（貫）》《こひ（新、六）》かりけれ」（哀傷「きのとものりが身まかりにける時よめる」つらゆき。①3拾遺1317。②3新撰和歌170。②4古今六帖2461。③19貫之768。「本歌」（全歌集、兼築「草稿」135頁））

1670　かばかりとうらみすてつるうき身ほど／うまれんのちの猶かたき哉・540

【語注】**○うらみすて**　恨んで捨て果て。八代集にない。④44正徹千首698「心から恨すててはいくたびか…」。**○うき身ほど**　我が憂き身ほど。①～⑩の索引に、他はなかった。**○うまれ**　輪廻転生思想で、来世生まれ変わること。八代集名詞一例、動詞四例、初出は後拾遺566。

【訳】これぐらいかと恨んで捨ててしまった憂き身ほど、来世に生まれた後は、人間に生まれることはやはり難しいことよ。

▽述懐3の2。「哉（歌末）」。「歎く」→「恨み」、「命」→「生まれ」。この程度かと恨み捨てた我が憂き身ほど、来世人間に生まれるのは困難だとの詠。来世が「幸せであること」ではなかろう。第二、三、四句うの頭韻。1639、1669参照。②15万代3721、雑六「仁和寺入道二品親王守覚家五十首に」前中納言定家、第四句「むまれんことの」。〔厭世〕（明治・万代3721）。

「『軸物之和歌写』で「うき身ほど」の句につき、「此五字ヤヤ若顕宗ノ御耳ニ立候はんずらん」と評する。」（全歌集）

…1670及び「顕宗」という語については、久保田『研究』763～765頁参照。

【類歌】⑤250風葉和歌集267「かばかりと身のうき程をしらざりし秋の夕べも涙なりしを」（をぐるまの麗景殿女御）

1671　たちかへり思ふこそ猶かなしけれ／名はのこるなるこけのゆくゑ《へ(③、④)》よ・541

【語注】○こけのゆくゑ《(へ)》　死後の運命がどうなってゆくかということ。①～⑩の索引では、他に⑦67長秋草200「…かひぞなきながくてはてぬこけのゆくへに」、⑧40惺窩168にある。守覚138「苔のしたに…ただ名ばかりぞ世にとまりける」（雑）。

【訳】　振り返って思うことは、やはり悲しいことだ、名は残るという墓の行方であるよ。

▽述懐3の3。「猶」。「うき」→「かなしけれ」。死後も名は残るというが、つらつら振り返って考えてみると、やはり悲しいと歌う。『全歌集』は「参考」として、②6和漢朗詠471「遺文三十軸…埋骨不埋名（＝骨を埋んで名を埋まず）」（下「文詞付遺文」題故元少尹後集、白。『白氏長慶集』上、第二十一、534、535頁）を挙げる。同じ定家にも、有名な③133拾遺愚草1683「苔の下にうづまぬ名をば残すともはかなの道やしきしまの歌」（韻歌百廿八首和歌「述懐」）があり、徒然草（第三十段）にも「…いづれの世の人と、名をだに知らず、…なくなりぬるぞ悲しき。」（新大系109頁）とある。1639参照。

「○苔の行ゑとは苔の下也。能事も悪事も名は残る物也。我名の残るをたちかへりておもへばかなしきとなり。」（六家抄）

「おのれの歌道における限界を知り、その時々の自分に対する不満足にもかかわらず、名前の方がどんどん有名になってゆくことに、ある危惧のようなものを抱いていたのではなかろうか。／これらの歌では、死んでも名が残るこ

とを悲しみ、名前も朽ちてしまえと望むのである。」（『赤羽』81頁）

1671「の第五句にも「すゑとや可候キ」の如き添削を示した」（兼築「草稿」138頁）

「この歌の下句が示している事柄、話者がそれを先取りして嘆いている事柄とは、自分の拙い名がいつまでも後代に伝えられてしまうことであろう。「たちかへり」「猶」は、自らの不遇を嘆く〈現在〉を示している。ここでも話者は、将来への〈持続〉との関連のもとに〈現在〉を意味づけ、その〈現在〉に身をおいて慨嘆し詠歌しているのである。」（加藤「御室」110頁下）

【参考】①7千載1030 1027「ゆくすゑをおもへばかなしつの国のながらのはしも名はのこりけり」（雑上、俊頼。③106散木1360）

【類歌】①19新拾遺1862「立帰り猶ぞかなしき世の中のうきは夢ぞと思ひなせども」（雑中「…、述懐」経尹）

閑居二首

1672　わくらばにとはれし人も昔にて新古／それより庭のあとはたえにき・542

【語注】○わくらばに　975前出。○それより庭の　その時以来、わが庭の。①〜⑩の索引で、他はなかった。「○それより「とはれし人」との間に何か忘れ難い事情の生じたことを示唆し、物語的雰囲気を醸成している。」（新大系・新古今1686）。○庭のあと　庭に残る足跡。他、③130月清1328、⑤197千五百番歌合1912（保季）にある。

【訳】まれに訪問された人も昔であって、それ以来庭の人跡はすっかりとだえてしまった。

▽閑居2の1。「残る」→「絶え」。①1古今962「わくらばにとふ人あらばすまの浦にもしほたれつつわぶとこたへ

よ」（雑下、在原行平。②3新撰和歌315。②4古今六帖1793。「本歌」（古典集成・新古今1684。兼築「草稿」135頁））の第一、二句をもとにするか、①2後撰1024 1025「菅原や伏見の里のあれしよりかよひし人の跡もたえにき」（恋六、よみ人しらず。「本歌」（新大系・新古今1686））の下句をもとにするかで、歌の舞台が摂津の須磨（行平、流謫された光源氏の面影）か、奈良大和の菅原・伏見の里か異なるが、これは後者であり、まれに訪《と》われたのも昔であって、それ以来菅原の伏見の里は荒廃し、通ってきた人・男の庭の跡も絶えたと恋歌めかしている。「郷園に在って来ぬ人を思う。」（新大系・百番166）。1633、1637参照。①8新古今1686 1684、雑中「守覚法親王、五十首歌よませ侍りけるに、閑居の心を」定家朝臣。⑤216定家卿百番自歌合166、八十三番、右、仁和寺宮五十首。⑤216定165「いでてこし道のささ原しげりあひて誰ながむらん故郷の月」（八十三番、左持、同上（＝十題百首））。⑥31題林愚抄8777（雑「閑居」）。⑩206歌林良材258。

「『軸物之和歌写』に「殊甘心」と評する。」（全歌集）

「自然をうたって絵画的であり、人事をうたって物語的な歌である。いずれも、知的で構成的であり、人間不在的な唯美の歌である。…艶ないし妖艶の美の歌」（安田『研究』76、81頁）、さらに安田『研究』526、527頁参照。

「世間から忘れさらされた閑人のさびしいわび住まいの趣を歌ったもの。…行平のこの歌は「田村の…という詞書をもつものである。それを意識してわび人の閑居を歌う定家の心情は、おそらく行平のそれに近かったであろう。添削者はこの歌を「殊ニ甘心」と評している。彼には作者のそのような心情がわかりすぎるほどわかっていたにちがいない。」（久保田『定家』120頁）

1672、1673「などは、対境への沈潜や表現の巧緻などが加わるが、題の心を外から詠んだことに変りはない。」（『赤羽』32頁）。「「昔にて」という物語的な視点は、主観的感情を一般化し、特殊な体験を普遍的な感情に転化しており、「それより庭のあとはたえにき」という物語的な語り口には、一切を無化する眼つきさえ感じとられる。」（同231、232頁）。「この、物語は終ったけれどもあとには何もはじまらないような時間を定家はこのんで取りあげる。このような時間を「過去的現在」または「現在的過去」といってみたらどうであろうか。定家はその中ぶらりんの境地におのれの詩的空間を構築しようとしたのではなかったろうか。」（同359頁）「寂しさの持続の中で経過する時間を見出すほうが妥当だろう。過去から現在に至り、将来にわたって持続する孤独な境遇に、話者は身を置いているのである。」（加藤「御室」109頁上）

【類歌】④31正治初度百首1270「それをだにうづみなはてそわくらばにとはれし跡も雪のした道」（冬、隆信。④11隆信281）

1673　のこる松かはる木《き》くさ（草木④）のいろならで／すぐる月日もしらぬやど哉・543

【語注】○のこる松かはる木くさ　「〈現在〉のやや前からやや後にいたる〈持続〉的推移を示していると見ることができる。」（加藤「御室」111頁下）。○かはる木くさ（の）　変化する色の木や草。①〜⑩の索引に、他はなかった。○木くさ　八代集にない。③60賀茂保憲女96「…あさりしてきくさに袖をひかれぬるかな」（ふゆ）。⑤419宇津保物語116「秋くとも木草の色もかはらずは…」。源氏物語「同じ木草をも植へ《（ゑ）》なし給へり。」（「若紫」、新大系一―161頁）。○いろなら　色であら。八代集六例、初出は後拾遺311。

【訳】（我家に）残っている松は、季節と共に色の変化する木草の色ではないから、過ぎて行く歳月も分からない我宿であるよ。

▽閑居2の2。「絶え」↓「残る」、「庭」↓「宿」。残存している松は、色の変わる木や草とは異なるので、そのために過ぎ行く月日も知らない我が家であり、時の流れからぽつねんと取り残されていると歌う。『玉葉和歌集全注釈下巻』2247は、①8新古今565「冬のきて山もあらはに木のはふり残るまつさへ峰にさびしき」（冬「…、落葉と…」祝部成

茂）を「参考」とする。1629、1672参照。①14玉葉2247 2239、雑三「閑居の心を」前中納言定家。②16夫木14309、雑、閑居「同〔＝家五十首、閑居〕」前中納言定家卿。「45 4592世中は…〔私注—「解説」末参照〕／から／1673のこる松…への差替は、同一素材歌題を同位置に詠みかえたもの。」（兼築「草稿」139頁）

旅三首

1674　たび衣きなれの山の峯のくも／かさなるよはをしたふ夢哉・544

【語注】○たび衣　八代集七例、初出は詞花179（他「旅の衣」二例）。⑤259三体和歌6「旅衣きつつなれゆく月やあらぬ春や都と霞む夜の空」（「旅」親定）。○きなれの山　八代集にない。『歌枕、歌ことば大辞典』ともなかった。「きなれ」掛詞。③132壬二1504「…恋衣きなれの山の帰るさの空」（洞院摂政家百首「後朝恋」）。「きならの山」『奥義抄』上（『歌学大系第一巻』256頁）、『八雲御抄』（『歌学大系別巻三』397頁）「同〔＝大和〕」。③1人丸22「わがせこをきませ《（なれ）》の山と人はいへど…」。「『万葉集』の「着ならの山」は「着ならし」から「奈良の山」へと続けたものだが、それと同じく「着なれ」から「きなれ山」というような山があるとして歌う。」（全歌集）。『歌枕索引』には、「きなれのさと《里》」歌三例、「きなれの山」歌三例・人丸、壬二、⑦75光経427「こひごろもきなれの山のゆふつゆに…」（「暮山恋」）が挙がっている。○峯のくも　峯にかかる雲。「峯の白峯」の用例は多いが、これは以外にも八代集四例。○かさなる（雲が）幾重にも重なり、続く（夜半）。掛詞。「〈時の累積〉を示している…通り過ぎてきた山々にかかる雲が「かさな」り、また旅寝の夜が「かさなる」のである。」（加藤「御室」107頁上下）・「かさね」1643参照。○したふ夢（哉）

①〜⑩の索引で、他に⑥17閑月和歌集383（法親王覚）がある。

【訳】　旅衣を着馴れる、きなれの山の峯の雲が重なり、旅での重なる夜半を恋い慕う夢であるよ。

▽旅3の1。「哉（歌末）」。旅衣を着馴れ、幾日も旅をしてきて、きなれの山に到着した、そしてその山の峯の雲が重なる如く、慕うと夢に出るという、その夢にあの人が現れ、それが重なる夜半をいとしく思うと歌う。伊勢物語「10唐衣きつゝなれにしつましあればはるぐ\きぬる旅をしぞ思…11駿河なる宇津の山べのうつゝにも夢にも人にあはぬなりけり」（（九段）、新大系88頁）の恋物語の世界をふまえる。『全歌集』は、「参考」として、②1万葉3102 3088「こひごろも　きならのやまに　なくとりの　まなくときなし　あが《ワレ》こふらくは」（巻第十二）を挙げる。さらに久保田『研究』763頁、1637、1675参照。【類歌】が多い。⑥17閑月和歌集380（羈旅）。

「旅に馴々たる也かさなる夜半をとは夢もやうく\みゆるはこなたをしたふ心にや」（抄出135「名所[※1]歟[※2]。如何。／※1合点　※2大和国、万十二、恋衣キナレノ山ニ…ハ。」・「一　きなれの山、「大和添上郡、奈良山云説有之（抄出）」。」（頭注）」（不審、上、328頁）

【類歌】　①15続千載2147 1722「ぬれぬれもいくかきぬらん旅ごろもかさなる山の五月雨の空」（異本歌「羈中五月雨を」藤原秀茂）

④34洞院摂政家百首1517「旅衣かさなる雲のはるばるとのぼればくだる山のかけみち」（雑、旅、為家）

④39延文百首697「こえきつる山路やいづこたび衣かさなるみねの跡のしら雲」（雑「羈旅」尊胤）…1674に近い

④39同1497「ふるさとをへだてきにけり旅衣かさなる山の八重のしら雲」（雑「羈旅」源通相。①19新拾遺815）

⑤188和歌所影供歌合73「夜をかさね月に朝たつ旅衣きつつなれゆく小男鹿の声」（「旅月聞鹿」女房）

⑤228院御歌合〈宝治元年〉214「いくよわれかたしきわびぬ旅ごろもかさなる山の峰のあらしに」（「旅宿嵐」実雄。①13新後撰584）

⑤409十六夜日記108「心のみへだてずとてもたび衣山路かさなるをちのしら雲」（侍従の為相の君）

1675　こと丶へよ《ば(④)》おもひおきつのはまちどり／《新古》なく〳〵いでしあとの月かげ・545

【語注】○**おもひおき**　思いを置き、すなわち心をとどめておき。「おき」掛詞。「「思い《(ママ)》置き」（露・涙を連想させる表現。→四六五）」（新大系・新古今934）。○**おきつのはまちどり**　興津の浜の浜千鳥。八代集一例・新古今934（この歌）。「おきつのはま」八代集一例・古今914。興津の浜は、駿河国（十六夜日記）、摂津国という説もあるが、和泉（古今914）。泉大津市、大津川の河口あたりか。『歌枕、歌ことば大辞典』には、共に記述がなかった。○**なく〳〵いでし**　泣きながら出てきた。「泣く」「跡」は縁語。また「千鳥」の縁語「鳴く」をほのめかす。①〜⑩の索引では、他に⑥27六華集1653（これ）、⑦96中書王231、97竹風和歌抄230、⑧35雪玉集7046、⑧36称名院集1105、⑩181歌枕名寄3491（これ）がある。○**末句**　「後」の意だが、「跡」は「千鳥」の縁語。④18後鳥羽院1018「すまの関たれしのべとかはま千どり行へもしらぬ跡の月かげ」（詠五百首和歌、雑）。

【訳】問うてくれ、思いを残す興津の浜千鳥よ、私が泣きながら出てしまった後の月影をば。

▽旅3の2。思いを残したまま出た興津の浜千鳥に、泣きながら出たその後の月の光を尋ねてくれと、つまりあの人に思いを置いたままで故郷・都を泣いて出た後、（あの人が）どうなっているのか、浜千鳥よ尋ねてくれと、これも恋歌仕立てとしている。また「月影」に対して、「言問へよ」と呼びかけたと見る説もある。『全歌集』、『古典集成・新古今934』、『新大系・新古今934』、『新古今ソフィア』は、①1古今914「君を思ひおきつのはまになくたづの尋ねくればぞありとだにきく」（雑上「貫之がいづみのくにに侍りける時に、やまと…」藤原ただふさ）を「本歌」とする。「月を取り合せた旅の歌。」（古典集成・新古今934）。①8新古今934、羈旅「（守覚法親王家に、五十首歌よませ侍りける旅歌）」

藤原定家朝臣。⑤216定家卿百番自歌合173、八十七番、左《持》、仁和寺宮五十首。⑤216定174「せきの戸をさそひし人はいでやらで有明の月のさやの中山」（右、内裏名所百首）。⑤335井蛙抄409。

382「君を思ひ《おも(中)》…／「千鳥」《「ちどり」は、「　」》、なく〳〵といはん枕言《詞》也。我《わが》なく〳〵たち《立》出る《たる》旅行をば《も》、せめて月にても事と《こと、》へとなり《也(中)》。」（抄出聞書、上、225頁。407、同、中、151頁）

「九代抄　○おもひをくとうけたる也。我なく〳〵いでたるふる里を、月に事とへばといひかくる也。おきつの浜にて月を見て、千鳥のこゑを聞て、古里のことを思心《(思ひやる・松)》、尤かなしき也。」（六家抄）

「『軸物之和歌写』に、「此二首〔私注―1674、1675〕ハ結番一所ニテハ吉候。顕宗申ニハ、イタク達摩《(ママ)》ニ霞ミテヤ候らん」と評する。」（全歌集）。

「艶ないし妖艶の美の歌」（安田『研究』81頁）。「「からびやせすごき」という風体を有しているものといえる。」（同114頁）。「唯美的で艶の美を多く湛えている作品」（同129頁）

安東『定家』163～165頁、久保田『研究』763頁参照。

【参考】　②9後葉531「これを見ておもひも出でよ浜千鳥あとなき跡を尋ねけりとは」（雑二、関白前太政大臣）

②9同532「はま千鳥あとなき跡をおもひいでて尋ねけりともけふこそはみれ」（雑二「返事」公行）

④30久安百首100「…つたなき事は　はま千どり　あとを末まで　とどめじと　おもひながらも　…」（短歌、御製）

【類歌】　④10寂蓮81「をりをりの友と見しだにはま千鳥とひをくならばさこそなかるれ」（「返し」）

④38文保百首3259「ふみなるる跡にもしらずはまちどりなくなくまよふ和歌のうら浪」（昭訓門院春日）

⑤229影供歌合381「海士のすむ里はととはば浜千鳥月に鳴く夜の袖としらせよ」（「寄月恨恋」前太政大臣）

⑤409十六夜日記28「浜千鳥なきてぞさそふ世の中にあととめんとは思はざりしを」（（作者））

1676　おもかげの身にそふやどに我《われ（夫、③・④索引）》《（が）》まつと／をしまぬくさやしもがれぬらん・546

【語注】　**○身にそふやど（に）**　我身により添う宿（で）。①～⑩の索引で、他になかった。**○をしまぬくさ（や）**　踏まれても惜しむことなどない草（が）。「私以外は惜しみもしない草」か。①～⑩の索引で、他になかった。**○や**　疑問（…か）か、詠嘆（よ、きっと）か。**○しもがれ**　霜にうたれて草木が枯れ果てること。動詞、八代集六例、初出は後拾遺395、名詞は数多。

【訳】　あの人・女の面影が我身に添う、家では私を待っていると、惜しみはしない草はもう霜枯れてしまっただろうか。

▽旅3の3。いとしい女《ひと》の面影が離れない、その人は家で私の帰宅を待っているが、長い歳月がたって、どうでもい い草も、さぞ霜枯れていようと、これも恋歌仕立てである。古歌に②4古今六帖2067「しろたへのころもでかへてわれまつとあるらむきみはおもかげにみゆ」（恋「おもかげ」）の恋歌がある。『全歌集』は、②4古今六帖2823「みちのべのくさをふゆのにふみからしわれたちまつといもにつげたへ《こそ（万）》」（雑思「人をまつ」。②1万葉2786 2776）を「本歌」とする。②16夫木16885、雑十八、旅「喜多院入道二品親王家五十首、旅」前中納言定家卿。

「おもかげの身にそふとは古郷人の面影也。宿ほ《（ママ）》古郷也。面影に立やうはわれをも待らんとおしまぬ草は帰京を待ゆへに、月日をもおしまぬ也。しからば草も霜枯の時分なるべきと云心にや。」（抄出383「道《本》のべの…ふみからし…／ふる《古》郷のつまをおもひやりたる歌也。草などを人にふまするは、おしき物《もの》也。わが行《帰り》てふまん事はおしむまじきと也《也》。おしまぬ草も、年の暮《くれ》まで帰《かへ》らねば、かれはつ《侍》らんと也。「面《おも》かげの身にそふ」とは、わが《我》おもかげをつまの身にそへ《え（中）》んよし也。」（抄出聞書、上、225頁。408、同、中、151頁）136「如何。」（不審、上、328頁）

179「此歌、たとへば旅に出て田舎へさすらひきたるに、わが〔古さとに植置てめでたりし草のはなの日《（ママ）》のまへに俤〕にたちてみゆると也。其寵愛したる草花どものわれを待らんと、心なきものに心をつけていへり。「おしまぬ草」とは、〔我ならで誰がおしむべきと也。「身にそふ宿」とは〕我すみたる宿の事なり。」・「C類注は「道のべの…（新千載・一三七一・恋三・不知）」（万葉・二七七六は末尾「つけこそ」）を本歌とし、「ふる郷のつまを…はつらんと也」と注する。公経の千五百《（ママ）》番歌〔私注―①9新勅撰779 781「あふまでと草をふゆのにふみからしゆききのみちのはてをしらばや」（恋二、入道前太政大臣）〕からも万葉歌が意識されていたのは確かであろう。」（摘抄、中、334頁）「万葉の古風の影響は、…定家の古風への探求がかなり深いものであったことを想像させる。」（久保田『研究』775、776頁）

眺望二首

1677　かへり見るくもよりしたのふるさとに／かすむこずゑは春のわかくさ・547

【語注】**○かへり見る**　後ろを振り返って見る。八代集三例。

【訳】返り見る雲より下の故里に、霞んでいる梢は、春の若草のように見える。

▽眺望2の1。「草」。振り返って望見する雲より遙か下の故郷（長安城＝京都）に、遊糸が乱れ飛び煙り霞んでいる、森かげの遠樹の無数の木末は、春の緑の若草（薺）のように見えると、和漢朗詠626「天台山の…長安城〔私注―京都の町〕の遠樹を望めば　百千万茎の薺青し」（下「眺望」順）。「参考」（全歌集）、「漢詩文受容」（佐藤、442頁）をふまえて隠喩で歌う。比叡山など峯の頂の高所より下を見るのである。1658参照。②16夫木17008、雑十八、眺望「建久七年百

廿八首韻歌〔私注―これは誤り〕」前中納言定家卿。
384「木末《ナシ》も遠望なればわか《、春の梢も》草のごとくみえ《ほのかに見》たるさま《様》也《なり(中)》。」（抄出聞書、上、225頁。81、同、中、58頁）
137「如何。※／※戴嵩詩去《(ママ)》、長安樹如薺。」（不審、上、328、329頁）。・『和漢朗詠集考證』巻下、雑「戴嵩、度㆓関山㆒篇云、今上㆓関山㆒望、長安樹如㆑薺。顔氏家訓、勉学云、羅浮山記云、望㆓平地㆒樹如㆑薺、故戴嵩詩云、長安樹如㆑薺、又鄴下有㆓一人㆒詠㆑樹云、遙望長安薺、」（206頁。『顔氏家訓』巻三、73頁「故戴嵩詩云．長安樹如薺．」）。
「○雲より下とは遠く見ゆる心也。木ずゑもとをきほどに、若草のやうにみゆると也。」（六家抄）
「眺望」とか「遠望」という題は一定の視座から遠くまで眺めわたして奥行きのある深い空間を捉える新しい視点であり、…このように題として視点を構えることによって、視覚の方向や消失点を一首の空間内に描くことが可能となり、一種の遠近法が表現される。」（『赤羽』338、339頁）。「重層的な空間の配置である視点を雲から下に下降させていって、かすむ梢は春の若草であることをたしかめて、そこに視点を止める。」（同348頁）
【類歌】①21新続古932「かへりみる雲のいづこかそれならんしらず月日を故郷の空」（羇旅、平氏数）
①22新葉1023 1020「かへるべき時きぬとてや古郷に雲井の雁も春は行くらん」（雑上「帰雁知春と…」実清）
③133拾遺愚草557「かへりみる梢に雲のかかるかないでつる里やいましぐるらん」（重早率百首、冬）
④34洞院摂政家百首1500「かへり見る雲間の木末たえだえにあるかなきかのふるさとの山」（雑、旅、大納言四条坊門。
②16夫木16880）
④39延文百首611「ふるさとにかへる雲井の春の雁秋よりなれし都わするな」（春「帰雁」尊胤）
⑤224遠島御歌合139「かへりみる故郷とほくへだつなり過ぎこしかたにかかる白雲」（羇旅、少輔）

1678　わたのはら浪とそらとはひとつにて／いる《り(④索、風)》日をうくる山のはもなし・548

【語注】 ○ひとつにて ①21新続古1807「かぎりなき波路の末はひとつにて空にうきたるあまの釣舟」（雑中、公雄）。
○いる日 海に没し入る日。八代集二例・新古今35、1694。一方「いり日」は八代集十例。
【訳】 大海原の、浪と空とは一つであって、入る日を受ける山の端もない。
▽眺望2の2。土佐湾（大湊・地名）の海原は浪と空とは一つであって、都で月を入れる代りの、入日を受ける山の端もないと、伊勢物語（八十二段）「149あかなくにまだきも月のかくるゝか山の端にげて入れずもあらなん…150を《（お）》しなべて峰もたひらになりななむ山の端なくは月も入らじを」（新大系159、160頁）、土佐日記「今宵、月は海にぞ入る。山の端もなくて、海の中よりぞ出で来る。」（新大系17頁）をふまえる。【類歌】が多い。「外山」で始まった御室五十首は、「わたの原」で終える。①17風雅1711 1701、雑中「眺望の心を」前中納言定家。
「『軸物之和歌写』では、初句を「うなばらや」とし、「わたのはら」と傍書する。「尼一生ならばわたのはらにて候はん。兵部少輔有雅毎歌必うなばらを詠ズ。不レ然候時ハ事闕如定事也。其後ナトヤテノ　他人ハヨモ」と評する。この有雅は村上源氏、式部丞雅仲の男。兵部少輔正五位下有雅か。その子兵部少輔正四位下信定は『新勅撰』作者で能書であった。」（全歌集）
「渺茫と広がる大海原の落日を歌った。…ここでは虚無的なまでの広漠たる空間を歌う。…みてきたように、この五十首には全体的に王朝物語とともに、漢詩文によってもたらされた浪漫性が顕著なのである。」（久保田『定家』120、121頁）。「初案では「うなばらや」とあったが、「尼…はん」という評語に従って改訂されたと思われる作である。この評語はまことに難解であるが、或いは和漢朗詠集の、／（私注―720「翠帳紅閨　万事の礼法異なりといへども　舟の中浪の上　一生の歓会これ同じ」（下「遊女」以言））／の詩句を暗示し、「舟中浪上ならば…」と言おうとしているのでもあろうか。それはともあれ、定家の作品に即して言えば、果しない大海原の眺望を歌ったこの作の世界は、新楽府五十首の内、「海漫漫」の世界（私注―白氏文集、巻第三、新楽府、「海漫漫」、「…烟水茫茫無覓処海漫漫風浩浩眼穿不見蓬萊島…」（上、76頁））、／…と歌われているような世界に通うものがある。評語は「や」という詠嘆を避けて、「わたのはら」という蒼古な歌語をどっしりと捉えることによって、安定感を出すことを提言しようとしたのかもしれない。この改訂案を容れた結果、この歌のスケールが大きくなったことは認めてよいであろう。」（久保田『研究』769、770頁）

「虚無の目が捉えた新しい世界があり、ネガティブに貫かれたダイナミズムが認められる。…浪と空とが一つになった茫洋たる眺望を「いる日をうくる山のはもなし」というように捉えるのである。否定することによって、…また、果しなく広がる海洋に入ろうとする夕陽のつれない輝きが生きてくる。」（『赤羽』237、238頁）。『土佐日記』の／はつかのよの…なかよりいでくる。／からことばを取り、…しかし、定家の歌の「いる日をうくる山のはもなし」は、『土佐日記』の「山のはもなくてうみの中より」月が出てくる趣きとはまったく質のちがう孤立した虚無感があらわされている。」（同248頁）。「海上の水平線上に、あるはずもない山の端を想定して、「いる日をうくる山のはもなし」と表現している。このような視点はそのまま…非在を描きながら、しかもありありと目に見える幻視性へもつながってゆく。それは虚像であっても〈いま、ここに〉という抒情主体の視点が原点となるということで、物語的な場面をもちながら、過去の時称、作者の分身を視点の起点とする物語の虚構とは異なるのである。」（同343、344頁）

【参考】⑤248和歌一字抄984「山のはにいで入る月はひとつにてあまたの水にすめる影かな」（毎「月毎水宿」肥後）

【類歌】①9新勅撰1331 1333「わたのはら浪とひとつに見くまののはまのみなみは山のはもなし」（雑四、入道前太政大臣）…1678に近い

①13新後撰397「わたのはら山のはしらでゆく月はあくる空こそかぎりなりけれ」（秋下「海辺月と…」雅成親王）

①19新拾遺553「入日さす方をながめてわたの原波路に秋をおくるけふかな」（秋下、平経正）
①22新葉1179 1176「わたの原入日もみえず暮れはててとよはた雲にかかる白波」（雑中「眺望の…」坂上頼澄）
④15明日香井1512「わたのはらそらもひとつのあさなぎになみまにみゆるほしざきのうら」（雑）
⑤197千五百番歌合2816「わたのはらながめのはてはひとつにてむら雲わくるおきつしらなみ」（雑一、良平）
⑤228院御歌合〈宝治元年〉111「わたの原空もひとつにみわたせばうつらぬ月に波ぞかかれる」（「海辺月」定雅）

院五十首　建仁元年春

春日應　太上皇　製和歌五十首

正四位下行左近衞權少將兼安藝權介臣藤原朝臣定家　上

春

1679　にほのうみやけふよりはるにあふさかの山もかすみてうらかぜぞふく・⑤老5

【語注】**○にほのうみ**　琵琶湖の異称。歌枕。八代集二例・千載855、新古今389。**○あふさかの山**　八代集二例・新古今18、1163、が、「逢坂山」は多い。春は東より来る。「逢ふ」掛詞（逢う、逢坂の山）。歌枕。大津市西部。京都府との境にある山。東国への出入口で、古く「逢坂の関」が設けられ、関山と呼ばれた。**○山もかすみて**　山も霞んで来春を告げ。④18後鳥羽院1149「雪きえてけふより春をみよしのの山もかすみて花をまちける」（「初春待花」。④42仙洞句題五十首1）。**○うらかぜぞふく**　八代集にない（①索引）。

【訳】　鳰の海よ、今日から春に会う、その逢坂の山も霞んでいて、浦風が吹いていることだ。

▽春10の1。琵琶湖は、立春の今日から春に逢う逢坂の山も霞んで浦風が吹くと、有名な①3拾遺1「はるたつといふばかりにや三吉野の山もかすみてけさ《ふ(和漢)》は見ゆらん」（春、忠岑。①3′拾遺抄1。②4古今六帖4。②5金玉2。②6和漢朗詠8。③13忠岑164。⑤8定文歌合1。⑤52前十五番歌合7。「参考」（全歌集））の吉野の山を逢坂の山にもってきて、湖に浦風が吹く景を加える。初句字余（「う」）。①20新後拾5、春上「建仁元年五十首歌たてまつりける時」前中納言定家。⑤184老若五十首歌合5、三番、左、左近権少将定家、右勝、宮内卿、6「かきくらしなほふるさとの雪のう

ちにあとこそみえぬ春はきにけり」。

「何らかの意味で遠近が設定され、その結果として広い空間を感じさせるものとなっている。」（加藤「院」5頁）…他、1681、1697、1706、1712。「鳰海に浦風（春風）が吹くという近景と逢坂山が霞むという遠景とをともに詠んでいる。この遠近の構図により、春風と霞という立春の属性を両立させることが可能となっている。」（同5頁）

【類歌】③131拾玉3572「今朝見れば君が千とせにあふ坂の山もかすみて春は来にけり」（詠百首和歌、春）

③132壬二2130「にほの海や奥つはる風ふかぬ日は霞をいでぬ海士のつり舟」（春「…、湖上霞」）

④22草庵5「あづまぢや春のこえくる相坂の山はかすみの関とこそみれ」（春上「山霞」）

④23続草庵220「にほの海や浦風吹けばすむ月の氷をこゆる水しらなみ」（秋「…、湖上月」）

④32正治後度百首900「逢坂の山立ちこえし春霞都の空ぞとまりなりける」（春「かすみ」女房越前）

④39延文百首902「春といへばよそにへだてて今坂の山も霞のせきかとぞみる」（春「霞」賢俊）

⑤188和歌所影供歌合62「あふ坂の山吹きこゆる秋風も声をとどむる関のすぎむら」（「関路秋風」具親）

1680　白妙のそでかとぞ思わかなつむ／みかきがはらのむ《(う)》めのはつ花・15

【語注】〇**みかきがはら**　「みかきのはら」とも。奈良県吉野郡にあったといわれる野原。歌枕。吉野離宮外垣の中の原。八代集四例、初出は金葉（三）24。「ここでは白梅を詠むが、「芹を摘む」と詠まれることが多い。」（続後拾遺48）。「みかきがはらに芹を摘む」ことによそえて、叶わぬ思いを詠むこともあった。1680は芹ならぬ若菜である。③134拾遺愚草員外105「いくとせをつめどもさらにかはらぬはみかきが原のわかななりけり」（春）。④30久安百首802「霞たち雪もきえぬや御芳野のみかきが原に若菜摘みてむ」（春、顕広）。④38文保百首6「雪消えぬみかきが原の里人やふりにしあとにわかな摘むらむ」（春、忠房）。**○むめのはつ花**　その年、その季節にはじめて咲く梅の花。八代集二例・後撰23、26。

【訳】　白妙の袖かと思うよ、若菜を摘む御垣が原の梅の初花をば。

▽春10の2。「鳰の海」「逢坂の山」（歌枕）→「御垣が原」（同）。これも有名な①1古今22「かすがののわかなつみにや白妙の袖ふりはへて人のゆくらむ」（春上、つらゆき。「参考」（全歌集）、「本歌」（続後拾遺48））の、第一、二句「春日野の若菜摘み」を、大和・吉野の御垣が原へもってきて、古今22の「白妙の袖」を「（白）梅の初花」に見立てる。二句切、倒置法。第二句字余（「お」）。『全歌集』は、①7千載1160 1157「みかきがはらに　せりつみし　むかしをよそに　ききしかど…」（雑下、雑体、短歌、俊頼）を「参考」とする。①16続後拾遺48、春上「建仁元年後鳥羽院に五十首歌奉りける時」前中納言定家。②16夫木731、春三、梅「五十首歌」前中納言定家卿。⑤184老15、八番、左、定家――以下同じなので省く――、右勝、越前、16「春たてばきしうつ浪はのどかにて霞ぞかかるすみよしの松」。

【参考】　④30久安百首907「しろたへの袖ふりはへて春の野の若菜は雪も摘むにぞ有りける」（春二十首、清輔）

【類歌】　②15万代54「しろたへのそでにぞまがふみやこ人わかなつむ野のはるのあはゆき」（春上、後鳥羽院）

④31正治初度百首408「宮こ人野原にいでて白妙の袖もみどりに若菜をぞつむ」（春、良経）

④33建保名所百首47「ふる里の春日の原にわかなつむ袖白妙にさゆる霜かな」（春「春日野大和国」）

⑤197千五百番歌合2279「君をけふみかきがはらにでぬらしせりつむばかりものやおもはむ」（恋一、家長）

1681　かすむよりうぐひすさそひふく風に／と山もにほふはるのあけぼの・25

【語注】　**○と山もにほふ**　人里近い山も梅香がする。①〜⑩の索引に、他はなかった。**○下句**　④40永享百首82

「花なれや立ちもわかれぬよこ雲の外山に匂ふ春のあけぼの」（春「春曙」貞成）。○はるのあけぼの　915前出。

【訳】霞んでから鶯を誘って吹く風に、外山も梅香で匂う春の曙であるよ。
▽春10の3。「梅」→「鶯」「匂ふ」。これも①1古今13「花のかを風のたよりにたぐ《マジ（新11）》へてぞ鶯さそふしるべにはやる《す（六30、六4394）》」（春上、紀とものり。②2新撰万葉11。②3新撰和歌15。②4古今六帖30、385、4394。②8新撰朗詠64。⑤4寛平御時后宮歌合1。「本歌」（全歌集））をふまえ、空が霞んでから、鶯を誘う便りの案内役として吹く、梅香を含む風によって、外山も梅香で匂う春曙（の景）を歌う。またほぼ同一の②16夫木345「今はとてうぐひすさそひ吹く風のかすみににほふ春の明ぼの」（春二、鶯、同（＝千五百番歌合。…誤り、上記の歌合にこの歌はない）、同（＝定家））・1681の前の歌がある。【類歌】が多い。1679参照。②16夫木346、春二、鶯「建仁元年老若五十首歌合」同（＝前中納言定家卿）。⑤184老25、十三番、左、初句「いまはとて」、第四句「霞もにほふ」、右勝、雅経、26「鶯の声やはかすむ春とても月ぞおぼろのあり明の空」。
「都から外山に向って梅花の香りを運ぶ春風を詠んでいる。「外山も匂ふ」というのは、春霞がかかりさらに梅の香りにつつまれるさまを表わしているものと思われる。」（加藤「院」5頁）
【類歌】①8新古今17「谷河のうちいづる浪もこゑたてつ鶯さそへ春の山かぜ」（春上、家隆、④31正治初度百首1405。⑤217家隆卿百番自歌合5）
③130月清410「かすむよりみやまにきゆるまつのゆきのさくらにうつる春のあけぼの」（治承題百首「花」）
③131拾玉2600「花と竹とつづく梢の山里に鶯さそふ春のやまかぜ」（春）
③131同4761「風のおともすみよしのまつに神さびて吹くからかすむ春の曙」
③133拾遺愚草602「足引の山のはごとにさく花の匂にかすむ春の明ぼの」（花月百首、花五十首。⑤183三百六十番歌合88）
④18後鳥羽院204「みよしののこぞの山かぜなほさえて霞ばかりの春のあけぼの」（春）

④18同302「谷かぜのうぐひすさそふたよりをや山ざと人も春をしるらむ」（外宮御百首、春）
④33建保名所百首240「春の行くすゑのまつ山吹く風にかすまぬ波の花やちるらん」（春「末松山陸奥国」）
④37嘉元百首2216「山のはの雲もかすみも吹くかぜに春めづらしき月の影かな」（春「春月」覚助）
④38文保百首701「朝附日にほひは空にほのめきて山のはかすむはるの明ぼの」（春、公顕）
⑤213内裏百番歌合〈建保四年〉18「はる風に鶯さそふ花のかのにほへる山をかへる雁がね」（春、右、行能）

1682　心あてにわくともわかじむ《(う)》めの花 續後 ／ちりかふさとのはるのあはゆき・35

【語注】**○心あてに**　あて推量で。八代集三例。**○わくともわかじ**　見分けようとしても見分けられない。①〜⑩の索引では、他に⑧10草根集1281、⑩154亀山殿七百首422がある。**○ちりかふ**　八代集三例。**○ちりかふさと（の）**　散り乱れる人里（の）。①〜⑩の索引に、他はなかった。**○はるのあはゆき**　春先に降る消えやすい雪。八代集一例・新古今10「…草の上につれなくみゆる春のあは雪」（春上、国信）。③の用例五例中四例が壬二集、残り一つがこの詠。

【訳】　当て推量で区別しようとしても区別できまいよ、白梅の花をば、梅花が散り交う里の沫雪とは。

▽春10の4。「春の」（同位置）。「鶯」「匂ふ」→「梅」、「風」→「雪」。諸注指摘の、著名な百人一首の①1古今277「心あてにをらばやをらむはつしものおきまどはせる白菊の花」（秋下「しらぎくの花をよめる」凡河内みつね。「本歌」（全歌集、新大系・百番4））を本歌とするなら、梅花が散り乱れ舞う里の春の淡雪は、初霜が置き人を困惑させて折りかねている白菊の花同様、当て推量で見分けようとしても見分けられまいとなるが、それよりも①2後撰487 488「心あてに見ばこそわかめ白雪のいづれか花のちるにたがへる」（冬、よみ人しらず）をふまえて、心あてに見たら区別で

きようといってはいるが、「心あてにわくとも…となるのではないか。二句切、倒置法。①10続後撰26、春上「建仁元年五十首の歌たてまつりける時」前中納言定家。⑤184老35、十八番、左、右勝、女房、36「むさし野のきぎすよいかに子やおもふけぶりのやみに声まよふなり」。⑤216定家卿百番自歌合4、春、二番、右、院五十首。⑤216定3「おほぞらは…」・1632。

385「本心あてにおら…／梅の花…〔私注―①1古今334「梅花それとも見えず久方のあまぎる雪のなべてふれれば」（冬、よみ人しらず）〕二首の本歌の心也。いか《如何》に心あてを《に》したりとも《共》、沫《淡》雪のちりかふ時分は、梅とも分別しがたき由《よし(中)》也。」（抄出聞書、上、226頁。82、同、中、58頁）

「○白梅の散ぬるをみてかく雪をけうじてよめる。右、心あてにおらばやおらんの心にてよめる也。」（六家抄）

「雪中梅の趣、そしてその雪は歌でいう残雪、すなわち春の雪である。…心あてに…の秋・菊・初霜を春・梅・淡雪へと変えた技巧はさえている。」（久保田『定家』141頁）

「梅の花の散り様を見て淡雪に興を覚えた歌」（安東『定家』154頁）

「対象に対する大らかな肯定への志向」（加藤「院」3頁）・「梅花…あわ雪」横に傍線。「単なる〈梅花―雪〉の見立てにとどまらず、散りかう梅花と淡雪とを混在させた、豪奢な景を提示する。」（同4頁）

【参考】①7千載30「むかしよりちらさぬやどのむめの花わくる心は色にみゆらん」（春上、定房）

③15伊勢63「たけのはにちりかからなむむめのはな雪のなかのもはるとみゆべく」

③116林葉71「むめの花ちりかふ時はめに見えぬ風にも春は色かやはなき」（春）

【類歌】①21新続古68「まだきよりかつちる花とみゆるかな梅さく宿の春のあは雪」（春上、後西園寺入道前太政大臣。④38文保百首505・空性）

1683　あづさゆみいそべのこまつはるといへば／かはらぬ色も色まさりけり・45

【語注】○あづさゆみ　「い（射る）」に懸る枕詞。○いそべ　磯近く。八代集四例。①1古今907「梓弓いそべのこ松たが世にかよろづ世かねてたねをまきけむ」（雑上、よみ人しらず。②4古今六帖3415。「本歌」（全歌集））。○色まさりけり　①1古今24「ときはなる松のみどりも春くれば今ひとしほの色まさりけり」（春上、源むねゆき。②3新撰和歌11。②4古今六帖3511。②6和漢朗詠427）。

【訳】　磯辺の小松も春だというと、松の常緑の変らぬ色も色がまさることよ。

▽春10の5。「春」。「梅」→「松」。磯辺の小松も春がくると、常緑で不変の色もさらに一層色がまさると歌う。第一、二句は、前述の①1古今907と同一であり、全体としては、前述の①1古今24に基づいている。第三句字余（「い」）。⑤184老45、二十三番、左勝、右、左大臣、46「かづらきやたかまの山の雲間より空にぞかすむ鶯の声」。

「色も色…「かはらぬ色」は松は色を変えないといわれるその色であり、「色まさりけり」は、春の松のいっそう濃やかな色であって、これも感覚で捉えた印象である。観念から具体へ、一般的な意味から特定の意味へと厳密にしてゆく手法である。」（『赤羽』317、318頁）

「対象に対する大らかな肯定への志向」（加藤「院」3頁）・「かはらぬ…まさりけり」に傍線

【類歌】②16夫木13779「あづさ弓はるといふよりもののふのやの松原時をしるらし」（松、為家）

③132壬二2057「あづさ弓磯辺におふるまつのはは春もいくしほ色まさるらん」（下、春）

1684　もゝちどりこゑものどかにかすむ日に／はなとはしるしよもの白雲・55

【語注】〇も、ちどり　908前出。こゑものどかに　いかにも春らしく声もうららかに。①17風雅197 187「花のうへにさすや朝日のかげはれてさへづるとりの声ものどけき」（春中、後伏見院）。〇はなとはしるし　桜だとはっきりしている。①～⑩の索引では、他に⑥37霞関集121にある。〇よもの白雲　都の周辺の山にかかる白雲。③100江帥26「さくらさくよものしらくもひとがたに…」。

【訳】　百千鳥の声ものどかに霞んでいる日に、桜の花だとはっきりしている、周りの白雲は。

▽春10の6。「色」→「声」「白」、「松」→「花」。①1古今28「ももちどりさへづる春は物ごとにあらたまれども我ぞふり行く」（春上、よみ人しらず。「参考」（全歌集））をひそませ、百千鳥の囀る声ものどやかに霞んでいる春の日に、桜だと実に周りの白雲ははっきりしていると歌う。第二、三句「声」聴覚、「霞む」視覚との融合。四句切、下句倒置法。⑤184老55、二十八番、左持、右、宮内卿、56「風わたる柳の原に春かけてむすぼほれたる鶯のこゑ」。

386「雲は花にまがふ物なれど《なり。》、初春ならば雲《白雪》と《ケシ》もうたがはんと也。《ずれども、》も、ちどりさへづり、《て》春の十分したる心也。《比なれば、》いづ《華のく》れも花の雲ならんと也。《もらんと見えたる心なり。(中)》」（抄出聞書、上、226頁。83、同、中、59頁）

「〇しら雲をみても鳥の声もしげきは花とおもふ心也。」（六家抄）

「この歌を特徴づけるのは、「花とはしるしよもの白雲」という下の句の表現である。花を雲に見紛う伝統的発想とは異なり、「白雲」と見えることは見えるのだが、それが「花」だとはっきりわかるというのである。ここでは、「よもの白雲」により、周囲の山々に一面に咲く桜のイメージを大きく提示し、「花とはしるし」によって「桜」という対象を明示し肯定することが行われている。」（加藤「院」3頁）

【類歌】①14玉葉25「ももちどり声のどかにて遠近の山のはかすめる春の日ぐらし」（春上「春夕の心を」為子）

1685　千世までの大宮人のかざしとや／くも井《ゐ》のさくらにほひそめけん・65

1686　はるがすみかさなる山をたづぬとも／みやこにしかじ花のにしきは・75

【語注】**○大宮人**　宮廷に仕える人。八代集三例。④40永享百首131「ももしきや大みや人のかざしぞとはやみえそむる庭のはつ花」（春「初花」御製）。⑤213内裏百番歌合〈建保四年〉35「花の色はつきじとぞ思ふ百敷や大宮人の千代のかざしに」（春、兵衛内侍）。①21新続古757。⑤273続歌仙落書114）。⑤216定家卿百番自歌合200「散りもせじ衣にすれるささたけの大宮人のかざすさくらは」（右　入内屏風臨時祭」）。**○くも井のさくら**　「「内裏の桜」と解するが、都をとりまく山々に一面に咲く桜ととってよいだろう。」（加藤「院」8頁）。**○にほひそめ**　（桜が）美しく咲き初める。八代集にない。万葉2183 2179「朝露ににほひそめたる秋山に…」。④30久安百首117「くちなしににほひそめける山吹に…」。⑤15京極御息所歌合40「ことしよりにほひそむめりかすがのの…」。

【訳】　千代までの大宮人のかざしとしてか、宮中の桜は美しく咲き初めたのであろうか。

▽春10の7。「雲」。「花」→「桜」。②6和漢朗詠25「ももしきのおほみやびとはいとまあれやさくらかざしてけふもくらしつ」（春「春興」赤人。①8新古今104）をふまえて、永久の宮廷において、時間があって、一日中すごす大宮人のかざしとして、宮中の桜は美しく咲き初めたのかと歌う。この賀歌的内容の歌・1685から、次歌・1686は都讃《ぼ》めの詠となる。①15続千載2107 2123、賀「建久元年五十首歌たてまつりける時」前中納言定家。⑤184老65、三十三番、左勝、右、越前、66「春の色まだあさしとや野べみればつのぐみやらぬ荻の焼原」。

「○むかしよりと云心有。雲井は禁中也。」（六家抄）

【類歌】④35宝治百首579「いつよりか雲井の桜さきそめて千代のかざしと定めおきけん」（春「翫花」成実）

【語注】 ○かさなる　掛詞（霞が重なりゆく、重なった山）。 ○みやこにしかじ　都に匹敵しまい、お話になるまい。①〜⑩の索引では、他になかった。「しか」は949前出。 ○花のにしき　916前出。

【訳】 春霞が立ち重なる、幾重もの山を尋ねても、都にはとうてい及ぶまいよ、花の錦は。

▽春10の8。「大宮」「雲井」→「都」、「桜」→「花」、「雲」→「霞」。①1古今56「みわたせば柳桜をこきまぜて宮こぞ春の錦なりける」（春上、そせい法し。「本歌」（全歌集））をふまえ、春霞の重なる、幾重の山を尋ね求め行ったとしても、眺め見渡した時の、柳と混じり合った春の都の花の錦模様に及ぶものはあるまいと、花の都を讃美する。下句倒置法、四句切。⑤184老75、三十八番、左、右勝、雅経、76「いろは雲匂ひは風になりはてておのれともなき山桜かな」。

【類歌】 ①18新千載2151 2150「たちぬはぬ霞の衣春きては花のにしきをおりかさねつつ」（雑下、知家）

1687　春やいかに月もありあけにかすみつゝ／こずゑの花は《か（③）》庭のしらゆき・85

【語注】 ○春やいかに　春はどこに行ってしまったのか、行方は何処。①〜⑩の索引では、他に⑨28三草集（定信）329がある。 ○あり　掛詞（月は有って、有明月）。 ○庭のしらゆき　庭には白雪が降り敷いたように、桜はなっていること。八代集（①索引）では、①8新古今682「…いくへもつもれ庭の白雪」（冬、寂然）のみ。

【訳】 春はどこに（いったのか）、月も有って、有明月に霞みながら、梢に咲いていた花は庭の白雪となってしまった。

▽春10の9。「春（冒頭）」「花」「霞」。「花」→「月」、「霞」→「雪」。月も有るが、有明月として霞んでおり、梢にあった花は庭の白雪となってしまって、春そのものの（朧）月夜や満開の桜ではないので、いったい春はどこへ行ってしまったのかと歌う。初、第二句字余（「い」「あ」）。⑤184老85、四十三番、左、右勝、女房、86「わきてこのよし

野の花のをしきかはなべてぞつらき春の山風」。

「此五文字は春をとゞ（ママ）めたる詞也。月花の心づくしなる時分、感情に堪佗ていかなる春ぞと思ふ心にや。」（抄出33「五文字、春をとがめたる詞なり。月花のかゝる佳興感情にたへわびて、いかなる春ぞと也。」（上「常縁口伝和歌」103頁）

「○春殿がかくかなしきめをみすると思ふ心也。花もちり月もかたぶく暮春をおしむ心也。」（六家抄）

「これらの歌は情緒性という点においては古歌より優れているが、何れも伝統的な手法を墨守しており常套的な見立てに従っている。」（『奥田』23頁）、他、1703、1707、1723

「高低の構図が見られる。…有明の月と庭の落花とを等分に眺めながら、行く春を惜しんでいる。」（加藤「院」5、6頁）

【参考】⑤394更級日記63「あさ緑花もひとつにかすみつつおぼろに見ゆる春の夜の月」（作者）。①8新古今56）

【類歌】③132壬二1751「今朝みればこずゑの花は散りにけり風の下なる庭の白雪」（道助法親王家五十首、春「庭花」。⑤225定家家隆両卿撰歌合8）

④18後鳥羽院1322「よし野山春ぞしらくもかすみつつ花さきげなる嶺の色かな」（春）

⑤244南朝五百番歌合167「風さそふ梢の花は跡なくて庭に又ふる花の白雪」（春九、前関白）

1688　年の内のきさらぎやよひほどもなく／なれてもなれぬ花のおもかげ・95

【語注】**○きさらぎ**　旧暦二月、仲春。八代集一例・新古今1993。**○やよひ**　旧暦三月、季春。「やよひのつき」八代集一例・後拾遺149。**○花のおもかげ**　勅撰集の最初（①索引）は、①9新勅撰129「…まつの戸にあけくれなれし花のおもかげ」（春下「暮春の心を」入道二品親王道助）。

【訳】　年内の二月三月はあっという間に過ぎ去り、慣れたようでも慣れない花の面影であるよ。

▽春10の10。「花」。一年の内で、二月三月はすぐ過ぎ、花は慣れ親しんだのだけれども、結局はそうでなく、暮春の今、面影がちらつくと漏らす。春末歌ゆえに、（その花の）面影が「慣れても慣れぬ」か。初句字余（「う」）。⑤184老95、四十八番、左、右勝、左大臣、96「花の色はやよひの空にうつろひて月ぞつれなき有明の山」。

「「春十首」のおしまいの歌であるから、暮春の心で、惜春の情を詠嘆する。…「きさらぎやよひ」という言葉続きは軽快で、「なれてもなれぬ」という一読矛盾した語の連鎖とともに、一種のリズムを感じさせる。」（久保田『定家』141頁）

「自然と同化できず、そこから隔てられてしまう話者の位置どりが示されているのではないだろうか。」（加藤「院」7頁）

夏

1689　さくら色のそでもひとへにかはるまで／うつりにけりなすぐる月日は・105

【語注】　**○さくら色**　八代集五例、あと「桜の色」三例。　**○うつりにけりな**　移り変りはててしまったことだよ。「小町のため息の声を倒置して挿入。」（新大系・百番29）。

【訳】　桜色の袖も一重に変わるまで、移ってしまったよ、過ぎて行く月日というものは。

▽夏10の1。「花」→「桜」、「年」→「月日」。百人一首の有名な小町歌・①1古今113「花の色はうつりにけりないた

づらにわが身世にふるながめせしまに」（春下、小町。「本歌」全歌集、新大系・百番29、明治・続後拾遺155））をふまえて、桜色の袖も一重となるまで、過ぎてゆく月日は、むなしく私自身がもの思いをしながら時を過ごしている間に、長雨が続いて、花の色同様、移りかわってしまったことだと歌う。初句字余（「い」）。四句切、下句倒置法。明治・『続後拾遺155』は、「更衣」詠であり、①4後拾遺165「さくらいろにそめしころもをぬぎかへて山ほととぎす今日よりぞまつ」（夏、和泉式部）を「参考」とする。①16続後拾遺155、夏「建仁元年五十首歌奉りける時」前中納言定家。⑤184老105、五十三番、左勝、右、宮内卿、106「花ゆゑはいとふにはへて夏衣たつかとすれば風すさむなり」。⑤216定家卿百番自歌合29、十五番、夏、左、院五十首。⑤216定30「ふみしだくあさかのぬまの夏草にかつみだれそふしのぶもぢずり」（右勝、最勝四天王院障子）。

「此けりなと云詞肝心也。月日を驚たる心也。本歌のあつかひも妙也。」（抄出）

「内容的には、「いたずら（ママ）に…（＝古今351「いたづらに過ぐる月日は思ほえで花みて暮らす春ぞすくなき」（賀「…、桜の花の散る下に、人の花見たる形書けるを、よめる」興風））と変らず、朗詠集暮春に「人更ねて…（＝和漢47「人更ねて少きことなし時すべからく惜しむべし」（春「暮春」野））と言う、老者的立場の表現ともみられるのであるが、慈円の見地に立てば次のような連想を誘うであろう。／「夏の御方より御衣がへの御装束たてまつり給とて、／夏衣たちかへてけるけふばかり古き思ひもすゝみやはせぬ／御返、／羽衣のうすきにかはるけふよりは空蟬の世ぞいとゞかなしき」（私注―以上、源氏物語「幻」、新大系四―197、198頁）…定家は過去の現しみの世界をのみ追憶している。それは「ひとへにかはる」（うすきにかはる）という主題を縁として、「うつりにけりな」に小町歌、「過る月日」は「物思ふと過ぐる月日も知らぬまに」（幻の巻の源氏の歌、後撰冬敦忠歌による）の情緒を重層させている。すなわちそれは主として「幻」の巻の連想を通じた哀感として点滅するのである。ここでは、人間五十にしての内観した自己表白と何ら変りはない。」（『奥田』28頁）

【類歌】②16夫木15537「秋はぎはうつりにけりなみや人の袖つきごろもいろかはるまで」（雑十五、衣、袖つき衣、為氏）

1690　春くれていくかもあらぬを山かぜに／はずゑかたよりなびくした草・115

【語注】○はずゑ　葉の先のほう。八代集三例、初出は金葉416。○かたより　一方に集中する。動詞、八代集一例・拾遺213、あと名詞（「片寄（す）」）。○なびくした草　（風に）靡いている、木の下に生えている草。①～⑩の索引で、他になかった。

【訳】　春が暮れて、まだ日もそうたっていないのに、山風に葉末が片寄って（夏に）靡いている下草であるよ。

▽夏10の2。「月日」→「幾日《か》」。春が終って、さして日が経っていないのに、山風に葉末がかたより下草は靡いていると歌う。第二句字余（「あ」）。『全歌集』は、①3拾遺141「秋立ちていくかもあらねどこのねぬるあさけの風はたもとすずしも」（秋、安貴王）を「参考」とする。⑤184老115、五十八番、左持、右、越前、116「ひきつれて花の盛はこしものを春より後にとふ人もがな」。

「風…それを一層動的に、具体的に把握しようとする方向へ向っているのである。…下草…などを通して、風を可視的に捉えている」（久保田『研究』839、840頁）

1690「（拾遺集『秋立ちて…』）／に万象の変化してやまない諸行無常の響きを観ずる。かくて自然の理法として間接的に生滅に滅已のあることを知るのである。」（『奥田』29頁）

「時間の経過を可視的なものとして形象化しようとする傾向がみられる。…葉末かたよりなびく下草に夏の日数を見、…目に見えない時間の経過を可視的なものの中に見ている。」（『赤羽』368頁）

「これらの、主情性の希薄でそれなりに清新な和歌は、後鳥羽院歌壇始発後の定家の苦しい試行錯誤と引きかえに詠

まれたものであったと考えてみたいのである。」（加藤「院」7頁）…他、1695、1698、1700、1711

1691　神まつるう月まちいで、さく花の／えだもとをゝにかくるしらゆふ・125

【語注】○神まつる　神を祭る。葵祭を初めとして、四月には神事が多い。八代集四例。○う月　旧暦四月。孟夏。八代集四例。○う月まちいでゝ　四月になるまで待って。①～⑩の索引では、他になかった。「まちいで」は1643前出。○えだもとをゝに　卯の花の木もしなうほどに。①1古今223「をりて見ばおちぞしぬべき秋はぎの枝もたわわにけるしらつゆ」（秋上、よみ人しらず）。○とをゝに　これのみ八代集二例。○しらゆふ　白色の「木綿《ゆふ》」。卯花の白さにたとえる。「木綿」は幣帛として榊などに掛ける。八代集四例、初出は詞花157。

【訳】神を祭る卯月を待ち出でて咲く花の、枝もたわわに掛けている白木綿の卯の花であるよ。

▽夏10の3。「草」→「花」。①3拾遺91「神まつる卯月にさける卯の花はしろ《を(古)》くもきぬが《のが(抄)》しらげたるかな」（夏、みつね。①3′拾遺抄59。②4古今六帖83・そせい法師。⑤291俊頼髄脳346。「本歌」（全歌集、明治・万代519））をふまえて、卯月を待って咲く卯花は枝もたわわに、精白した饌米同様、白木綿を懸けていると歌う。第二句字余（「い」）。【参考】歌が多い。②15万代519、夏「建仁元年五十首に」前中納言定家、第四句「えだもたわわに」。⑤184老125、六十三番、左勝、右、雅経、126「初瀬山いりあひのかねのおとまでもうちしめりたる五月雨の比」。⑥17閑月115、夏「建仁百首歌に」前中納言定家、第二句「うづきまちえ（ママ）へて」、下句「えだもたわわにかかるしらゆふ」。

387「卯《の》花の事也。神まつる時分に咲《さく花》はななれば、白木綿《ゆふ》にまがふよし也。「とをゝ」は、たはみなびきたる事也。／本おり《折(中)》てみば…」（抄出聞書、上、226頁。163、同、中、82頁）

「〔卯花〕…▽枝が撓むほど花をつけた卯の花を、神に捧げる白木綿がいっぱい垂らされたさまに見立てている。…卯

花を木綿に見立てた歌」（明治・万代519）
「対象に対する大らかな肯定への志向」（加藤「院」3頁）・「えだも…白ゆふ」に傍線
【参考】①3拾遺92「かみまつるやどの卯の花白妙のみてぐらかとぞあやまたれける」（夏、つらゆき。「参考（歌）」（全歌集、明治・万代519））
②4古今六帖4137「いづれをかわきてをらましむめのはなえだもとををにふれる白雪」（木、むめ、おなじ〔＝みつね〕）
④29為忠家後度百首475「かみまつるここちこそすれしら雪のゆふしでかくるかしはぎのもり」（冬、雪「杜間雪」）
④30久安百首223「しら雪のしきしきふれる心地して枝もとををにさける卯の花」（夏、教長。③119教長207）
⑤48花山院歌合4「神まつるさかりにさける卯花はゆふかけてこそみえまさりけれ」（卯花、まさみつ）
⑤165治承三十六人歌合220「神まつるう月になれば卯花のかきねもをみの衣きてけり」（「垣根卯花」経家。⑤197千五百番歌合623）
【類歌】②16夫木14850「神まつる花の時にやなりぬらんありまのむらにかくるしらゆふ」（村「花祭を、明玉」光俊）
④15明日香井931「神まつるうづきのはなやさきぬらんした草かへるもりのゆふしで」（仁和寺宮五十首、夏七首「社卯花」）
④31正治初度百首2025「日影さす卯花山のをみ衣誰ぬぎかけて神まつるらん」（夏、小侍従）
⑤197千五百番歌合614「神まつるうづきの花もさきにけり山郭公ゆふかけてなけ」（夏一、讃岐）
⑤197同661「ゆふだすきかけてぞまちし神まつる卯月は夏のはじめとおもへば」（夏一、丹後）

1692　はるかなるはつねはゆめかほと丶ぎす／くものた丶ちはうつ丶なれども・135

【語注】 **○はつねはゆめか**　時鳥の初音は聞いたかと思ったが、あれは夢だったのであろうか。①〜⑩の索引に、他はなかった。 **○くものたゞち**　雲の中のまっすぐな道。「たゞぢ」八代集二例、古今558「ゆめのただち」。①〜⑤(索引)では、③133拾遺愚草1122「みねつづき雲のただぢにさととぢて…」(内大臣家百首、夏「山五月雨」)のみ、①〜⑩では、他に、⑥35鳥の迹678、⑩24為家一夜百首51「…ゆきかよふ雲のただぢに冬は来にけり」(冬「初冬時雨」)がある。 **○うつゝなれども**　現実そのものであるけれども。①〜⑩の索引に、他はなかった。

【訳】 遥かな初音は(あれは)夢だったのか郭公よ、雲のまっすぐな路は現実なのだが。

▽夏10の4。①1古今641「ほととぎす夢かうつつかあさつゆのおきて別れし暁のこゑ」(恋三、よみ人しらず)の恋歌をふまえて、雲の中の郭公の通り路は現実のものなのだが、朝露が置いて、起きて別れたあの人の声同様、彼方の郭公の初音は夢だったのかと歌う。第一、二句はの頭韻。二句切、倒置法。『全歌集』は、古今558「恋ひわびてうち寝るなかに行かよふ夢の直路はうつゝならなむ」(恋二、敏行)を「参考」とする。⑤184老135、六十八番、左勝、右、女房、136「あやめ草いはかきぬまにねは絶えずけふはたもとの匂ひとぞなる」。

388「「たゞち」、たんてき也。ほとゝぎすをきく端的は現在なれど、も、(中)ゆめのごとくなると也。本恋侘て…」(抄出聞書、上、226、227頁。164、同、中、82頁)

「夢うつつとも分かぬほととぎすの初音へのあこがれを詠じたもの」(久保田『定家』142頁)

「視点は上方に固定され、広い空が眺められている。」(加藤「院」6頁)、他、1703、1715。「郭公の声に目覚めた話者の感慨「初音は夢か」に収斂せず、〈「はつね―夢」↔「雲の直路―うつゝ」〉という対立の構図に帰着し、そのことで話者は空を眺める視点の位置に退いている。」(同、同頁)

【参考】 ②10続詞花112「郭公初音ききつるうれしさは夢もうつつにかはらざりけり」(夏「夢聞郭公と…」太政大臣)

【類歌】 ⑤176民部卿家歌合81「思ひねの夢にはなれき時鳥うつつはこれぞはつ音なりける」(初郭公、保季)

1693　さみ《深(③)》山より／《新古》ひとりもいづる郭公哉・145

【語注】　**○さみだれの月**　五月雨の雲の彼方の月。①14玉葉370「五月雨の月のほのかにみゆる夜は時鳥だにさやかになけ」（夏、躬恒）。②15万代701「さみだれのつきかさなれりほととぎすめづらしからでことしだになけ」（夏、能因）。**○月はつれなき**　後述の「「晨明の…によっていう。」（新古今ソフィア）。①3拾遺101「み山いでて夜はにやきつる郭公暁かけてこゑのきこゆる」（夏、平兼盛。①3′拾遺抄65。『新古今ソフィア』）。**○ひとりもいづる**　何とまあ一人で出て来た。①〜⑩の索引で、他になかった。

【訳】　五月雨の中、月は冷淡で出ようともしない深山から、一人も出てきた郭公であるよ。

▽夏10の5。「郭公」。五月雨時、月は薄情で深山から出ようともしないが、郭公は一人で出てきたと、郭公を「一人」と擬人化したもの。『全歌集』は、古今625「晨明のつれなく見えし別より暁許うき物はなし」（恋三、忠岑）を「参考」とする。①8新古今235、夏「五十首歌たてまつりし時」藤原定家朝臣。⑤216定家卿百番自歌合32、夏、右、左大臣、146「なほざりに袖のあやめをかたしきて枕も夢も結ぶともなし」。⑤184老145、七十三番、左、右勝、院五十首。⑤216定31「たがために…」・1642。

389「月はさみだれにさへられ《て》いでやらぬに、郭公はなきいでゝ《啼て出て》、人の心をなぐさむると也。時鳥をほめたる歌也《ナシ(中)》。」（抄出聞書、上、227頁。165、同、中、82頁）

「五月雨に郭公を取り合せた歌。…二〇九とともに「有明の…」を本歌とする…「月はつれなき」の句は源通光など、後続歌人に模倣された。」（古典集成・新古今235）。「月も郭公も人を待たせるものであるが、郭公は五月雨を喜び、月には仇という、その逆対応の興趣。」（新大系・新古今235）。後の詠、新古今209「有明のつれなく見えし月は出でぬ山ほととぎす待つ夜ながらに」（夏「千五百番歌合に」摂政太政大臣）「とは逆の趣向。」（新古今ソフィア）。「八代抄（私注―この歌は⑩177定家八代抄に見当らず）。山郭公の対。郭公を待つ心と、時を待つ郭公の心。」（新大系・百番32）「四季の歌の本意を的確に射抜いて、透徹した直観力によって感覚的に構成してみせるのである。この一種独特な輝きは、自然の光線というよりネガティブな契機によって開かれた詩的想像力の世界のものなのである。そしてこのネガティブな世界の切り取り方がまさに定家的なのである。」（『赤羽』235頁）、「否定的に詠む。…「月はつれなき」という表現は、暗闇の印象を強めるだけでなく、待つ心があるのに、裏返した言い方をするために、つれなさや孤独の感じが逆に出てくるのである。」（同249頁）

「対象に対する大らかな肯定への志向」（加藤「院」3頁）・「ひとり…郭公」に傍線、「深山から出てきた郭公を賞美したもの。／奥野陽子氏は、…当該歌の「ひとりもいづる」という表現について、「月とともに出ない時鳥が詠まれているのである。」という意味合いを強調された（私注―『光華女子短期大学研究紀要』第29号、平3・1991年12月、「ひとりもいづる時鳥かな――定家の歌」）。氏はさらに、この肯定的な「ひとりもいづる」の先蹤として、／③106散木490「山のはに雲の衣をぬぎすてひとりも月のたちのぼるかな」（秋「…月を」）／③106同497「吹く風にあたりの空をはらはせてひとりもあゆぶ秋の月かな」（秋「翫明月」）／の二首を見出された。…当該歌も一緒に出るものである月を消去することで、対象としての郭公をよりあざやかに提示し肯定する歌であると解したい。」（加藤「院」4頁）

【類歌】①20新後拾179「いでなばとたのめもおかぬ山のはの月にまたるるほととぎすかな」（夏、瑒子内親王）

①22新葉171「み山より出づるをぞまつ郭公ゆふべの月の光ならねど」（夏、為忠）

③131拾玉4300「五月雨の雲に色ある梢かなやま郭公ひとこゑの空」（短冊「郭公」）

④18後鳥羽院1266「山のはの月はおぼろの夏の雨にひとりさやけきほととぎすかな」（夏）

⑤192仙洞影供歌合9「月にゆく関のたび人いでぬらし山にともなふほととぎすかな」（暁聞郭公、左大臣）

1694
ことわりやうちふすほどもなつのよは／ゆふつけどりのあか月のこゑ・155

【語注】○うちふす　「うち」は接頭語。横になり伏せる。八代集二例・後拾遺755、新古今1390。○なつ　ない夏（掛詞「無・夏」）。○ゆふつけどり　木綿付け鳥。鶏の異称。「「夜」「暁」の縁語「夕」を掛ける。」（全歌集）。

【訳】道理だよ、横になる間もない夏の夜は、夕方と思っていたのに、鶏の暁の声がするよ。

▽夏10の6。「郭公」→「ゆふつけどり」、「月」→「夜」。②3新撰和歌137「なつの夜は《の(古)》ふすかとすれば郭公なく一こゑにあくるしののめ」（夏。古今156・きのつらゆき。⑤4寛平御時后宮歌合46。⑤298柿本人麻呂勘文37。「参考」（全歌集））を基本に、「郭公」を「ゆふつけ鳥」に変え、①1古今634「こひこひてまれにこよひぞ相坂のゆふつけ鳥はなかずもあらなむ」（恋三、よみ人しらず）、①1古今641「ほととぎす夢かうつつかあさつゆのおきて別れし暁のこゑ」（恋三、よみ人しらず）の恋歌を取り込んでいる。つまり恋いこがれてようやく会えた夏の夜は横となる間もなく、ついさっき夕方だと思っていたのに、鳴かないで欲しいと願った鶏の暁の声、さらに夢か現か、朝露の置く頃に、起きて別れた二人の声が、郭公と共に聞こえ、しみじみと夏夜は短いと言われているのが分かると歌う。⑤184老155、夏、七十八番、左持、右、宮内卿、156「さみだれによもぎがすゑもみがくれて軒をあらそふにはたづみかな」。

「理やとは、明日とも思ひわかぬに、鳥の鳴くを聞て、おぼめくに、おもへかへして、夏の夜なれば、鳥は時分をたがへぬぞと云心にや。」（抄出）

「○みじか夜のぬるほどもなきとつゞけたる也。」（六家抄）

【類歌】③131拾玉2151「夏のよはまだよひながら明けぬとやゆふつけ鳥の暁のこゑ」（詠百首倭歌「暁」）…1694に近い

④31正治初度百首1896「あふさかの関もる神にあけぬとやゆふつけ鳥のあかつきのこゑ」（「鳥」静空）

④35宝治百首3213「夜をかさね老のねざめに待つものをゆふつけ鳥の暁の声」（雑「暁鶏」有教）
④38文保百首2829「夏のよは八声の鳥の一こゑも鳴きあへぬまに明くるそらかな」（夏、雲雅）
④38同3326「夏の夜はゆふつけどりの徒に猶なきあへずあくるしののめ」（少将内侍）
⑤197千五百番歌合680「郭公まつ夜むなしくあけぬなりゆふつけ鳥のこゑばかりして」（夏一、有家）
⑤197同2819「神がきに夜やあけがたになりぬらんゆふつけどりのこゑのきこゆる」（雑一、内大臣）

1695　夏の日をみちゆきつかれいなむしろ／なびく柳にすゞむ河風・165

【語注】 **〇夏の日**　夏の暑い盛りの日。八代集二例。 **〇ゆきつかれ**　（道を）行くのに疲れ果てて。「行き疲れ」「疲れ」共に八代集にない。今昔物語集「流浪スル間、行キ疲レテ途中ニ息ミ居タルニ、」（巻第三―第十一、新大系一―224頁）。万葉164「…あらなくに何しか来けむ馬疲るるに」。万葉1285 1281「君がため手力疲れ織りたる衣ぞ…」。蜻蛉日記「おさなき人ひとり、つかれたる顔にて寄りゐたれば、」（中、新大系113頁）。 **〇いなむしろ**　枕詞。「川」「敷く」にかかる。「ここでは顕宗紀の歌から、「なびく柳」を起こす序のごとく用いているか。」（全歌集）。・⑤348日本書紀83「いなむしろ　かはそひやなぎ　みづゆけば　なびきおきたち　そのねはうせず」（巻第十五、天皇（顕宗天皇））。八代集三例、初出は金葉353。 **〇すゞむ河風**　川に吹く風によって暑さを避け涼んでいる。①～⑩の索引では、他になかった。

【訳】　夏の日に道を行き疲れ、（風に）靡いている柳に、（柳蔭で）涼んでいる河風よ。

▽夏10の7。「夏の」。「夜」→「日」。これも②4古今六帖1391「たまぼ《ほホ（万）》このみちゆきつかれいなむしろしきても君が《をヲ（万）》こ《人を見る》ひらるるかな《ミムヨシモガモ　みむよしもがも（万）　よしもがな（新・人麿、人）》」（宅「むしろ」。①9新勅撰880 882。②1万葉2651 2643。③1人丸13。「本歌（万葉）」（全歌集））の恋の世界をふま

え、夏の灼熱の太陽の下、しきりに君が恋いられ、道を行き疲れて、風に靡く柳の蔭で休んでいると、涼しい河風が吹いてくると歌う。納涼詠。1690参照。②16夫木3646、夏三、納涼「五十首歌」前中納言定家卿。⑤184老165、夏、八十三番、左、右勝、越前、166「ふすほどもなく一こゑにあくるよの名残ぞふかきしののめの空」。

390「嵐吹…〔私注—①8新古今71「あらし吹くきしの柳のいなむしろおりしく浪にまかせてぞみる」（春上、崇徳院）〕／「いな《稲》むしろ《莚》」とは、稲《いね》のほのそろひて莚のやう《様》なるをい《云》へり。又、柳も木末《こずゑ》のそろひたるを、柳の「いなむしろ《莚》」とい《云》へり。「つら《かか》《ヒ》れいなばや」とい《云》ひかけたり。夏の日に、つ《ゆき》かれて《(中)》すゞみてやすむ体也。」（抄出聞書、上、227頁。166、同、中、82、83頁）

「風を可視的に捉えている」（久保田『研究』840頁）

「対象を比較的に凝視して、その印象を叙景として再現しようと意図したものがある。伝統的な概念を脱して新しい歌境を求めており、比較的清澄な情趣が感じられる。」（『奥田』24頁）

【参考】②4古今六帖4155「いなむしろかはぞひやなぎみづゆけばおきふし《なびきおきふし(俊、奥)》すれどそのねたえ《はう(俊)　はたえ(奥)》せず」（木「やなぎ」）。⑤291俊頼髄脳235。⑤294奥儀抄402）…前述の⑤348日83

【類歌】③132壬二865「いなむしろ冬は氷に敷きかへて河ぞひ柳ゆく水もなし」（院百首、冬）

④40永享百首333「川風になびくやなぎのいなむしろしく物なしとすずむ暮かな」（夏「納涼」兼良）…1695に近い

1696　かげやどす水のしらなみたちかへり／むすべどあかぬ夏のよの月・175

【語注】**○たちかへり**　波が立ち、繰り返し。「たち」掛詞（「立ち」、接頭語）。上の「波」の縁語「立ち」「返り」。⑤178後京極殿御自歌合6「氷りゐし水の白なみたち帰り清滝川に春風ぞ吹く」（春）。**○むすべどあかぬ**　掬って飲むのだが、決して飽きることがない。①～⑩の索引では、他になかった。**〇夏のよの月**　夏の夜にかかる月。終り方の一つの型《パターン》。

【訳】　姿・光をうつす水の白波が立ち、立ち戻って何回も手ですくうが、飽きることがない夏の夜の月であるよ。

▽夏10の8。「夏の」。「河」→「水」「波」、「日」→「夜の月」。①1古今682「いしま行く水の白浪立帰りかくこそは見めあかずもあるかな」（恋四、よみ人しらず。②4古今六帖2713。「本歌」（全歌集））をふまえ、月の光を宿している、石間を行く水の白浪が返って行くように、何度も繰り返し掬って飲んでも、あなたに会う如く飽きない、そのように飽きない夏の夜の月だと歌う。いうまでもなく貫之の名歌、古今404「むすぶ手の滴ににごる山の井のあかでも人にわかれぬる哉」（離別、貫之。「参考」（全歌集））も潜ませる。【類歌】が多い。⑤184老175、夏、八十八番、左持、右、雅経、176「おほえ山こかげもとほく成りにけりきく野のすゑの夕立の空」。

【参考】　③116林葉289「影やどす水にて夏は忘られぬ何かは月の秋とあざむく」（夏「水上夏月」）

【類歌】　①11続古今262「手にむすぶいは井のし水そこ見えてかげもにごらぬ夏のよの月」（夏「夏月を」入道前太政大臣）

①12続拾遺190「すずしさにあかずも有るかな石まゆく水に影みる夏の夜の月」（夏、高定）

③132壬二1147「せきかぬる岩井の水はおほけれどあかずぞ結ぶ夏のよの月」（大僧正四季百首「月」）

③132同2030「氷ゐし水のしら浪立ちかへりはるのやどとふ池のをしどり」（下、春。②16夫木591）

③133拾遺愚草803「氷ゐし水のしら浪たちかへり春風しるき池のおもかな」（歌合百首、春「春水」。⑤175六百番歌合27）

④22草庵36「山川の水のしら波よるよるはまたたちかへりこほるころかな」（春上「…、早春氷」）

④31正治初度百首736「水の面におのが影をやうつすらんむすぶすずしき夏の夜の月」（夏、忠良）

④35宝治百首1076「影やどすうつせみのはの衣手にくもるくまなき夏のよの月」（夏「夏月」俊成女）

④38文保百首1428「影やどす泉の水をむすぶ手のあかでもあくる夜はの月かな」（夏、定房）…1696に近い
④39延文百首1529「底きよきかげをやどして山の井の水の秋しる夏のよの月」（夏「夏月」公清）
⑤198影供歌合66「いかだおろす水のしら浪影すずしそま山川の夏のよの月」（「水路夏月」秀能）…1696に近い

1697　山めぐりそれかとぞ思したもみぢ／うちゝるくれのゆふだちのくも・185

【語注】○山めぐり　957前出。○うちゝるくれの　「うち」接頭語。散って行く夕暮の。①～⑩の索引では、他になかった。また「うちゝる」は、八代集にない。源氏物語「雪うち散り、風はげしうて、」（「賢木」、新大系一―353、354頁）。枕草子「空いみじうくろきに、雪すこし打ちりたる程、」（新大系（一〇二段）146頁）。③125山家373「いとへどもさすがにくものうちちりて…」（秋）。○ゆふだちのくも　夕立を降らせた雲。八代集二例、初出は新古今265。なお「夕立」は1645前出。

【訳】山をめぐって、それ（時雨）かと思うことよ、下紅葉が散る夕方の夕立の雲（が見える）よ。

▽夏10の9。「夜」→「暮」「夕」。晩夏、山を巡って、下紅葉が散って行く夕暮の夕立の雲を、それ・時雨の雲かと思うと歌う。二句切、倒置法。和漢朗詠301「堪へず紅葉青苔の地　またこれ涼風暮雨の天」（秋「紅葉」白。「参考」（全歌集）。「漢詩文受容」（佐藤、447頁）。白氏文集巻第十三「秋雨中贈元九」上、298頁））の漢詩的な世界でもある。第二句字余（「お」）。1679参照。『全歌集』は、①6詞花80 78「したもみぢひと葉づつちるこのしたにあきとおぼゆるせみのこゑかな」（夏、相模）をも「参考」とする。②16夫木3558、夏三、夕立「建仁元年老若五十首歌合」前中納言定家卿、第四句「打時雨れぬる」。⑤184老185、夏、九十三番、左、右勝、女房、186「秋やちかきしづがかきねの草むらに何ともしらぬむしの声かな」。⑥27六華和歌集526、夏、初句「山めぐる」、末句「夕立の空」。

138「如何。※／※以夕立為時雨。」（不審、上、329頁）「夕立の雲を時雨の雲と錯乱したもの。ただし夕立の雲は天を覆っているのではなく、遠くの山々にかかりそこを移動しているのだと考える。話者からみた近景としての「下紅葉うち散る」と遠景としての「山めぐり」「夕立の雲」によって広い空間を構えた歌と解したい。」（加藤「院」5頁）

【類歌】①8新古今437「したもみぢかつ散る山の夕しぐれぬれてやひとり鹿のなくらむ」（秋下、家隆。⑤217家隆卿百番自歌合74）

③130月清857「ゆふぐれのひとむらくものやまめぐりしぐれはつればのきばもる月」（院第二度百首、冬。②16夫木6415。⑤197千五百番歌合1712。⑤247前摂政家歌合138判）

⑤179院当座歌合27「もみぢゆゑ心の色の山めぐりながむる峰の秋の夕暮」（「暮見紅葉」公経）

1698　夏はつる扇につゆも《を（⑤）》を《お（③）》きそめて／みそぎすゞしきかもの河風・195

【語注】**○扇につゆも**　夏の扇に秋の露も。①〜⑩の索引では、他になかった。**○を《（お）》きそめ**　置き始め。八代集一例・古今589。「「露を置く」に「扇を措く」を掛ける。」（全歌集）。**○下句**　①8新古今284「みそぎする河のせ見ればから衣日もゆふぐれに浪ぞ立ちける」（夏、貫之）。**○かもの河風**　京の鴨川を吹き抜ける風。八代集にない。③58好忠174「みそぎするかもの河風ふくらしも…」（六月中）。④38文保百首734「夏はつるけふみな月のゆふはらへしらゆふなびくかもの河風」（夏、公顕）。

【訳】夏が終った扇に、（早くも秋の）露も置き始めて、禊が涼しい賀茂の川風であるよ。

▽夏10の10。「山」→「河」。上句は、②6和漢朗詠集169「なつはつるあふぎとあきのしらつゆといづれかまづはお

かむとす《きまさる(忠)》らん」（夏「晩夏」。①8新古今283。③13忠岑172）をふまえて、（扇を措くのと、露が置くのと）どちらが先かと言われた、夏が終って役目の果てた扇に、秋を思わせる白露も置き始めて、禊（六月祓）の今日は賀茂の川風が涼しいと、夏の終焉歌で、夏を閉じる。1690参照。【類歌】が多い。⑤184老195、夏、九十八番、左、右勝、左大臣、196「とこなつの花にたま居る夕暮をしらでやしかの秋を待つらん」。

【類歌】②14新撰和歌六帖110「夏はつる夜半ふくかぜのすずしきにねやのあふぎぞまづおかれぬる」（「なつのはて」）…1698に近い

②16夫木11270「夏はつるけふやなごしの御祓河川辺の風は涼しかりけり」（雑六、河、みそぎ川、近江、同（＝読人不知））…1698に近い

③133拾遺愚草2232「夏はつるみそぎに《も(続)》ちかき川かぜに《の(内)》いは浪たかくかく《か(内)》るしらゆふ」（下、夏「…、夏」。①12続拾遺213。⑤213内裏百番歌合〈建保四年〉62）

④15明日香井1065「なつはつるけふみなづきのみそぎがはかは風かくるなみのしらゆふ」（「六月祓」）

④39延文百首135「おほぬさやあさのゆふしでうちなびきみそぎすずしき賀茂の河風」（(夏)、進子内親王。①19新拾遺307）

④39同636「しら露も草葉にはやく置きそめてあふぎにかはる秋の夕風」（「早秋」尊胤）

④39同2235「夏はつるみそぎもさこそきよからしみなそこすめる賀茂の川波」（夏「夏祓」釈空）

④40永享百首742「夏はつるあふぎの風にみを秋の涙の露やさきにおくらん」（恋「寄露恋」義教）

⑤197千五百番歌合1039「夏はつるかものかはらのみそぎこそ神やうくらん秋風のこゑ」（夏三、寂蓮）

秋

1699　あきかぜよそゝやおぎ《を(③)》のはこたふとも／わすれねこゝろわが身やすめて《で(⑤)》・205

【語注】**○そゝやをぎのは**　そうだそうだの意に、荻の葉の風にそよぐ音の形容「そそ」を響かす。①〜⑩の索引に、他はなかった。なお「そゝや」は、八代集一例・①6詞花108 106「をぎの葉にそそやあきかぜ吹きぬなりこぼれやしぬるつゆのしらたま」（秋、大江嘉言。「参考」（全歌集））。**○わが身やすめて**　この我が身を休め安らかにして。①〜⑩の索引に、他はなかった。なお「やすめ」は八代集三例。

【訳】秋風よ、そそうよと荻の葉が答えても、心よ、忘れてしまえ、悲秋が来たことを、（せめて）我が身を休めて。

▽秋10の1。「風」。「夏」→「秋」。秋風がやって来たと荻の葉が答えても、わが身を休ませて、心よ、心尽しの物思いの秋がやって来たことを忘れよと歌う。下句倒置法、「我身休めて　心（よ）忘れね」が正しい順序で、身と心を描く。摘抄の言う如く、①1古今555「秋風の身にさむければつれもなき人をぞたのむくるる夜ごとに」（恋二、素性）の恋の本歌なら、恋の物思いとなるが、そうではなかろう。第四、五句わの頭韻。⑤184老205、秋、百三番、左、右勝、宮内卿、206「をぎの葉にややあき風は吹きすぎぬ野中のいほをとふ人はなし」。59「是は荻のそよぐをと、人の音信のかたにおほく読ならはし侍り。秋風はかなしき物なれば、何となくたのめぬ人もまたれ侍り。秋立日より荻のをとのうちそよげば、誰やらんと心さはぎ心づかひせられ侍り。しかれば、今はやおどろきなれて、そよ〳〵と音のするをも前々のごとく荻のをとにてこそあらめとおもふ心にて、人のまたるゝ心すこしひまありといふ心を「わすれぬ

心わが身やすめて」といへり。「忘れぬ」と〔は〕、荻の音ぞと思ふ心を忘れぬといふ事也。本歌に、へ秋風の…〔私注—①1古今555〕。」（摘抄、中、262頁）

【参考】③91下野10「かはかぜにそよとばかりはこたふともをぎのうはばはつゆもなびかじ」

【類歌】③131拾玉4507「秋風よ今はもみぢにこころあれ荻のゆふべのなさけわするな」（百首題「紅葉」）

1700　ゆふづくよいるのゝお《を(③)》ばなほのぐ\と/風にぞつたふさをしかのこゑ・215

【語注】○いるの　掛詞（入る・入野）。（夕月の）入る、入野。京都市の大原野辺か。「入野」は八代集二例・千載110、新古346。○ほのぐ\と　「穂」をほのめかす。曙の感じ。「尾花の「穂」から言い続ける。このため、一・二句は有意の序のごとき働きとなる。」（全歌集）。○風にぞつたふ　風に伝わってやって来る。①〜⑩の索引に、他はなかった。

【訳】夕月の入る、入野の尾花がほのぼのとして（見え）、風に伝わって来る牡鹿の声であるよ。

▽秋10の2。「風」。「荻の葉」→「尾花・穂」。②4古今六帖3691「さをしかの入の《イルノ いりの》のすすき初尾花いつしか《イツシカトモガ いづれのときか》君に《いもが(新古、人)》たまくら《タマクラニ いもがてま》《セム かむ(万)》をせん《に(新古、人)》」（第六「すすき」。①8新古今346。②1万葉2281 2271。②4古今六帖3691。③1人丸154。「本歌（万葉）」（全歌集））の恋歌（また②4同2734「月影にみえしを花のほのぼのとあけつるばかりわびしきはなし」（雑思（「あかつきにおく」）もある）をふまえ、夕月の入る、入野の（薄の初）尾花がほのぼのとして見え、ほのぼのと（早く妻と共寝したいという）牡鹿の声が風に伝わってくると、恋歌めかしている。「小牡鹿」と「尾花」は付物であり、また、この1700の大もとに、①1古今312「ゆふづく夜をぐらの山になくしかのこゑの内にや秋はくるらむ」（秋下、つらゆき）がある。1690参照。⑤184老

215、秋、百八番、左勝、右、越前、216「はかなくも雲のよそにぞおもひけるなみだは袖に初雁のこゑ」。「月のいる心也。ほのかに鹿の声の風にたぐひて面白心。風に声がつたひもてきたる心。お花とよめるはほのぐと云ため也。右、入野のすゝきはつお花にてよめり。」（六家抄）

「感覚の冴えを強く見せている作品」（安田『研究』78頁）

「風…又、聴覚的に捉える場合でも、…動物の鳴声などを伴って吹き来る風の歌われることが少くない。」（久保田『研究』841頁）

【類歌】①12続拾遺580 581「ゆふされば涙やあまるさをしかの入野のを花袖ぞ露けき」（雑秋、源親行）

③130月清135「秋のよはをののしのはら風さびて月かげわたるさをしかのこゑ」（二夜百首「鹿」）

④15明日香井1126「さをしかのいるののをばなほにいでてつまどふくれに秋かぜぞふく」（「秋野」）

④43為尹千首377「月はまだ夕の山を出でやらで野辺にさきだつさをしかの声」（秋二百首「夕鹿」）

⑤405嵯峨の通ひ路13「棹鹿の入野のをばなてる月の旅ねの床や露の手枕」（愚詠）

1701　玉匣ふたみのうらの秋の月／あけまくつらきあたら夜のそら・225

【語注】〇**玉匣**　「玉」は接頭語。櫛を入れる箱の美称。「ふた」にかかる枕詞。また「あけ」は「玉匣」「ふた（蓋）」「み（身）」の縁語。④29為忠家後度百首312「たまくしげよやあけがたになりぬらん月のひかりもみにすぎにけり」（秋月「亭午月」）。〇**ふたみのうら**　三重県度会郡二見町の海岸。歌枕。「蓋」から「二見の浦」を導き出す。八代集三例。〇**あたら夜のそら**　ながめのすばらしい、明けるのが惜しい夜の空。「〜の月」はあるが、「〜の空」は、①〜⑩の索引で、他は⑥20拾遺風体和歌集55（西円）、⑧8沙玉Ⅰ112のみ。なお「あたら夜」（「もったいない良夜。」（全歌集））は、八代集四例。

【訳】二見の浦の秋の月（は）、明けるのが辛い、すばらしい秋夜の空であるよ。

▽秋10の3。「月」「夜」。「夕」→「夜」「明け」。①1古今417「ゆふづくよおぼつかなきを《に(三)》玉匣ふたみの浦は曙てこそ見め」（羈旅、ふぢはらのかねすけ。②3新撰和歌184。②4古今六帖1891。⑤266三十人撰54。「本歌」（全歌集））の羈旅歌と、②4古今六帖2703「たまくしげあけまくをしきあたらよをころもでかれてひとりかもねん《いもにもあはであかしつるかな(猿)》」（雑思「ひとりね」人まろ。①8新古今1429 1428。②1万葉1697 1693。③4猿丸12「女のもとに」）の恋歌をふまえて、「おぼつかない」夕方から、二見が浦の秋の月は、こんなにすばらしい最高の夜の空で、あの人と袖を交わさず一人寝をしてはいるが、明けるのが惜しく辛いと歌う。第二、三句ののリズム。第三、四、五句あの頭韻。秋10首の3首目であるので、七月十五夜、孟秋の満月か。多くの【類歌】がある。⑤184老225、秋、百十三番、左持、右、雅経、226「秋ぞかしかへらばこそはとおもへども雲路の雁のとほざかる声」。

「対象に対する大らかな肯定への志向」（加藤「院」3頁）・「あけ…そら」横に傍線

【参考】③122林下333「たまくしげふたみのうらの月みても我は宮このそらぞこひしき」（哀傷「返事」空仁）

④28為忠家初度百首558「たまくしげふたみのうらにふねよせてこよひあけなばはるとこそきけ」（冬「舟中歳暮」）

④30久安百首135「玉くしげ二見の浦の月影は明がたにこそすみわたりけれ」（秋、公能）

【類歌】②16夫木4887「いつしかと雁は来にけりたまくしげふたみのうらのあけがたの空」（秋三、雁、俊成）

④15明日香井1000「たまくしげあけゆくそらやふたみがたうらみもあへぬなみのうへの月」（最勝四天王院名所御障子「二見浦」。⑤261最勝四天王院和歌318）

④18後鳥羽院162「秋の月ひかりぞまさる玉くしげふたみのうらのあけがたの空」（「暁」。④32正治後度百首62）…1701によく似る

④33建保名所百首937「玉くしげふたみのうらの夕月夜あけてもみぬは夢路なりけり」（恋「二見浦伊勢国」）。②16夫木11590）
④33同942「あかぬ夜の明くるわかれは玉くしげ二見の浦に又もあひみん」（恋「二見浦伊勢国」）
④34洞院摂政家百首509「あけて見る蘆まの露の玉くしげ二見の浦に秋はきにけり」（秋「早秋五首」関白。②16夫木13416）
④34同1218「玉くしげ二見の浦のよるの波しばしはとまれ明けはなるとも」（恋「後朝恋五首」為家）
⑤228院御歌合〈宝治元年〉113「秋のよは月にぞみがく玉くしげふたみのうらによする白波」（「海辺月」公基）
⑤246内裏九十番歌合74「あけてみばなほやつもらむ玉くしげふたみのうらの夜半のしら雪」（「浦雪」内大臣）
⑤261最勝四天王院和歌312「玉くしげふたみのうらの名なりけりあくるならひは夏のよの月」（「二見浦伊勢」慈円）
⑤261同314「浪の上の秋にまたれぬ月影は二見のうらのあけがたの空」（「同」俊成卿女）
⑤261同315「玉くしげふたみの浦の浪枕打ちふすほどに有明のつき」（「同」有家）
⑤261同317「夏の夜は玉ゆらもなく玉くしげふたみのうらのあくる月かげ」（「同」家隆）
⑤261同319「ほどもなく恨はふかし玉くしげ二見のうらのあけがたの月」（「同」具親）

1702　秋のよは月の桂も山のはも／あらしにはれてくも、まがはず・235

【訳】　秋夜は月の桂（の木）も山の端も嵐に晴れ渡って雲にも紛れることはない。
▽秋10の4。「秋の」「夜」「月」。「浦」↓「山（の端）」、「空」↓「雲」。口語訳の必要もないほどの平明な詠。が、『全歌集』は「秋の夜は、月の光も山の端も…」とする。【類歌】も多い、地歌か。⑤184老235、百十八番、左、右勝、女房、236「すみよしのまつに秋風さ夜更けて空よりをちに月ぞさやけき」。
「対象に対する大らかな肯定への志向」（加藤「院」3頁）・「あらし…まがはず」横に傍線

【参考】③126西行法師293「ひとりすむ片山陰の友なれや嵐にはるる冬のよの月」（冬「冬月」）
⑤33内裏前栽合〈康保三年〉30「秋の夜の花の色色みゆるかな月のかつらもくものうへにて」（介の命婦）

【類歌】②14新撰和歌六帖296「こよひこそ月もみちける《れ(夫)》しほの山さしでのいそに雲もかから《まがは》《まがは(夫)》ず」（「もち月」）。②16夫木5190）
②14同301「名にしるき秋のそらかな月かげのいざよふやまは雲もまがはず」（「いざよひの月」）
③130月清96「むらくものしぐれてすぐるこずゑよりあらしにはるるやまのはの月」（花月百首、月。⑤178後京極殿御自歌合81。⑤183三百六十番歌合338）
③132壬二2377「天河雲のみをなき秋のよは月のかつらぞしるしなりける」（下、秋「河月」）
③132同2492「秋のよの月のかつらも山のはに紅葉しぬとや鹿は鳴くらん」（下、秋「…、月下鹿」）
③134拾遺愚草員外346「いかならん外山の原に秋くれて嵐にはるる峰の月影」（②16夫木9852）
④15明日香井1211「おほかたはわが身ひとつの秋としもあらしにはるる山のはのつき」（秋十五首歌合「秋月」。⑤210内裏歌合21）
④39延文百首1161「しぐれつる雲は跡なくふくる夜の嵐にはるる月ぞさむけき」（冬「冬月」公賢）
⑤218内裏百番歌合〈承久元年〉168「山のはに雲もまがはぬ秋よりも時雨をいづるいざよひの月」（「冬夜月」忠定）
⑤230百首歌合〈建長八年〉110「秋の夜は雲ゐにはるる月草のうつろひやすくおける露かな」（入道大納言）
⑤246内裏九十番歌合19「おのづからただよふ雲もさゆる夜のあらしにはれてすめる月かな」（「寒月」常空）

1703　秋をへて昔はとを《ほ⑤》きおほぞらに／わが身ひとつのもとの月かげ・245

【語注】○秋をへて　秋が経過して。「秋終へて」ではなかろう。○わが身ひとつのもとの　「もと」は上下にかかり、自分だけが昔の。○もとの月かげ　昔通りの月の光（だ）。①～⑩の索引で、他は⑧20下葉（堯恵）443のみ。

【訳】　幾秋を経て、昔は遙か彼方となってしまった大空に、自分だけが昔のままの身で、昔と同じ月光に照らされている。

▽秋10の5。「秋（冒頭）」―「月」。「雲」↓「（大）空」。①1古今747「月やあらぬ春や昔の春ならぬわが身ひとつはもとの身にして」（恋五、業平。⑤415伊勢物語5。「本歌」（全歌集））の有名な本歌をふまえ、恋（伊勢物語）、春を秋にして、秋が経って、恋人との昔は遠くなってしまった大空に、悲恋の果てあの人は変わり果てたのに、我が身だけが昔と同じで、また昔のままの自然な月の光が差していると歌う。1687、1692参照。⑤184老245、百廿三番、左、右勝、左大臣、246「露のうへに雁のなみだをおきてみんしばしな吹きそをぎの夕風」。⑤216定家卿百番自歌合50、秋、右、院五十首。⑤216定49「しのべとやしらぬ昔の秋をへておなじかたみに残る月影」（廿五番、左勝、賀茂社歌合元暦元年）。

「懐旧の念にいつまでたっても出世しないことへの述懐の思いがこめられており、心としては雑歌に近いともいえる。…「秋をへて」という句はその人の人生の年輪を思わせる句ではある。」（久保田『定家』142、143頁）

「そして月の同一性は自己の孤独と同一性を自覚させる。…一人取り残されたような孤独感の中において、時間の中で人は変り、時は移るが、月は変らず永遠であることを感じたのであろう。」（『赤羽』384頁）

「この本歌の「わが身」（話者）に比べ、当該歌の話者の存在感は格段に希薄である。『訳注』は、当該歌の「わが身」を「月に照らされている私」と解するが、そうではなく「もとのまま変らずに照る月」を指すととるのが妥当だろう。ここでの話者は確かに懐旧の思いにひたってはいるが、作品の空間の中では、大空ならびにそこに照る月を眺める視点として専ら位置しているのである。」（加藤「院」6頁）

【参考】①1古今193「月見ればちぢに物こそかなしけれわが身ひとつの秋にはあらねど」（秋上、大江千里）

【類歌】①12続拾遺317「秋をへて遠ざかりゆくいにしへをおなじ影なる月に恋ひつつ」（秋下、為家）
④15明日香井1211「おほかたはわが身ひとつの秋としもあらしにはるる山のはのつき」（秋「秋月」。⑤210内裏歌合21）

1704　つゆおつるならの葉あらく吹風に／なみだあらそふ秋のゆふぐれ・255

【語注】**○ならの葉あらく**　楢の葉を荒々しく。①〜⑩の索引では、他になかった。**○秋のゆふぐれ**　939前出。

【訳】露が落ちる楢の葉に荒く吹く風に、（露と）涙を争っている秋の夕暮であるよ。

▽秋10の6。「秋」。夜↓「夕暮」。楢の葉を荒く吹く風に露が落ち、その露と争うかのように涙が落ちる秋の夕暮を歌う。定家の①8新古今44「むめの花にほひをうつす袖の上に檐もる月の影ぞあらそふ」（春上）・これ906（正治百首）と同じ方法である。【類歌】が多い。⑤184老255、百廿八番、左勝、右、宮内卿、256「ききもあへずぬるるね覚のたもとかなかねて思ひし虫の音にしも」。

60「此歌、うちきこへたる事なれども、切なる所侍べし。上手は案ぜずして唇より出たる歌に秀逸おほきものなり。ならの葉の露のさゝとおつるは風のふく故也。我秋の夕におつる涙は何のゆへもなしと不審したる歌なり。〽おぼつかな…〔私注—①8新古今367、秋上、西行〕といふ歌のごとく、四時を行るゝ天道〔私注—頭注に「天何言哉、四時行焉、百物生焉」（「論語」陽貨246頁）を記す。また「四時」は、和漢223「大底四時心惣苦…」（秋「秋興」白）とある。〕、思慮しがたき事也。」（摘抄、中、262、263頁）

「○ならのはの露が風におつるに、我涙をあらそふ心也。秋の夕のかん涙也。」（六家抄）

「などの作では、風の消長や強弱の度合、その蕭条たる感じなどを表現し得ており、」（久保田『研究』842頁）

【参考】③46安法法師7「をぎの葉にそよときこえて吹く風におつるなみだやつゆとおくらむ」（「白露」。①11続古今

300
301）

【類歌】①18新千載354「とにかくに袖やすからぬ夕かな涙あらそふ秋のしらつゆ」（秋上、為道）
②13玄玉637「雨の後花橘をふく風に露さへにほふゆふぐれの空」（草樹歌上、俊成）
②16夫木3890「蘆簾夕暮かけてふく風に秋の心ぞうごきそめぬる」（秋一、初秋、後嵯峨院）
②16同3896「露おつるわさ田ののきば打ちなびきけさよりまほに秋風ぞふく」（秋一、初秋「…、早秋」同（＝家長））
②16同4499「露おつるあしたのはらの荻の葉も夕の風ぞ身にはしみける」（秋二、荻、教定）
④7広言41「さらぬだにつゆのこぼるるをぎの葉に風わたるなりあきのゆふぐれ」（秋「夕荻」）
④32正治後度百首153「みかも山ならのうはばにおとづれて風わたるなり秋の夕暮」（雑「神祇」範光）
④34洞院摂政家百首572「露落つる川ぞひ小田のいなむしろ秋たつけふの風ぞふきしく」（秋「早秋」家長）
④38文保百首2932「露おつる草葉にしるしあらはれて吹くとはみえぬ秋のはつかぜ」（秋、道順）
⑤278自讃歌174「風ふけばあら田のおもにたつ鴫の羽おと寒けき秋の夕暮」（通光）

1705　はつかりのたよりもすぐる秋かぜに／こと、とひかねて衣うつこゑ・265

【語注】**○はつかりのたより**　「初雁」は漢語「早雁」に当り、「雁の便り」は、漢の蘇武の雁信（雁書）の故事（漢書・蘇武伝）に基づく。**○たよりもすぐる**　手紙を運んでくるはずが、とうに過ぎてしまった。①～⑩の索引では、他になかった。**○こと、ひかねて**　事情を尋ねることもしかねて。①～⑩の索引では、他は、⑧32春夢草（肖柏）84、⑧39通勝364のみ。

【訳】初雁の便りも通り過ぎ行ってしまった秋風に尋ねることもしかねて、擣衣の音が聞こえるよ。

▽秋10の7。「秋」「風に（同位置）」。「夕暮」→夜。①1古今207「秋風にはつかりがねぞきこゆ《ひびく（六、寛）》なるたがたまづさをかけてきつらむ」（秋上、とものり）。②4古今六帖167。②6和漢朗詠324。⑤4寛平御時后宮歌合78。「参考」（全歌集））と、和漢朗詠346「北斗の星の前に旅雁を横たふ　南楼の月の下に寒衣を擣つ」（秋「擣衣」）。秋になるとひとしお遠征の夫を思う悲しみがまさる、閨怨の女は冬のために衣をうっているのだ。その前が和漢朗詠345「八月九月正に長き夜千声万声了む時なし」（秋「擣衣」白）をもとに、北斗の星の前に、遠征の夫の声を耳にした初雁の、身に付けた文《ふみ》も通り過ぎてしまった秋風の中で、夫のことを尋ねることもできず、（閨怨の人妻が）南楼の月の下に衣を擣つ音がすると歌う。李白の詩「長安一片月／万戸擣衣声／秋風吹不尽／…」（子夜呉歌」。唐詩選、上、31頁）も想起される。佐藤氏は、②8新撰朗詠326「賓雁繋書飛上林之霜　忠臣何在　寡妾擣衣泣南楼之月　良人未帰」（秋「擣衣」江都督）を、「漢詩文受容」（445頁）とする。第四、五句この頭韻。⑤184老265、百卅三番、左、右勝、越前、266「よさの海のうきねにかよふしかの音は浪よりもけに袖ぞぬれける」。

391「蘇武が古事を早《畢》竟してよめり。そぶ《蘇武》といふ《云》もの、異国のいくさ《軍》の大将におもむき《しに、軍にまけて候はゞわれ》、一足をきられ、広野にはなたれ《しかば、かり》、雁に文をことづて《たづさへ》、故郷へ送《おく》りし也《と云々》。そぶ《彼》がつま《妻、蘇武を》、まちわびて衣をうちし《侍ると》事也。それより、人を待が《まつか》たに、きぬた《は》、寄合《有イ合なり（中）》也。」（抄出聞書、上、227、228頁。285、同、中、116頁）

139「…過る※…／如何。／※寡婦ノサマニヤ。」（不審、上、329頁）

「○初雁の鳴時分、文の便りもあらんと待けれども、それも打過たる心也。人のかたへことゝひかねて、秋風の時分、衣をうつ心也。かなしき心。衣打は恋にえんしたる物なればかくよめる也。右、秋風にはつ鴈金ぞきこゆなるの哥ノ心也。」（六家抄）

「聴覚的に捉える場合でも、…擣衣の音や…などを伴って吹き来る風の歌われることが少くない。」（久保田『研究』841頁）

【参考】②4古今六帖4366「ことづけてとふべきものをはつかりの聞ゆる声ははるかなりけり」（鳥「かり」つらゆき）
③82故侍中左金吾42「あきかぜにこゑうちそふるからころもたがさと人としらずもあるかな」（秋「聞擣衣」）
【類歌】④38文保百首2639「よをさむみ峰とびこゆる初かりのこゑよりおろす秋の山かぜ」（秋、国冬）
④39延文百首1051「はしたかのとやまのさとの秋風にはつかりごろもいまやうつらん」（秋「擣衣」良基。①18新千載518）

1706　たをやめの袖かもみぢかあすか風／いたづらにふくきりのをちかた・275

【語注】**○たをやめ**　しとやかでやさしい女性。八代集にないが、「あすか風」と共に以下の歌参照。⑤421源氏物語443「たをやめの袖にまがへる藤の花…」（「藤裏葉」頭中将（柏木））。⑤230百首歌合〈建長八年〉652「あすかには衣うつなりたをやめの袖の秋風夜さむなるらし」（左京大夫。①20新後拾430。②16夫木5754）。**○袖かもみぢか**　あれは袖であろうか、それとも紅葉であろうか。①～⑩の索引では、他になかった。**○あすか風**　明日香の地を吹く風。八代集にない。①11続古今79「あすかかぜかはおとふけてたをやめのそでにかすめるはるのよの月」（春上「（春夜月を…）」中務卿親王）。④38文保百首2504「あすか風吹きにけらしなたをやめの柳のかづら今なびくなり」（春、為定）。④38同2603「あすか風年たちかへるたをやめの袖もいつしかにほふ梅がえ」（春、国冬）。

【訳】たおやめの袖か紅葉か（、霧で分からないが）、明日香風が空しく吹いている霧の彼方であるよ。

▽秋10の8。「風」。「風」→「霧」、「衣」→「袖」。いうまでもなく②1万葉51「タヲヤメノ　ソデフキカヘス　アスカカゼ　ミヤコヲトホミ　イタヅラニフク」
うねめの　そでふきかへす　あすかかぜ　みやこをとほみ　いたづらにふく」（雑、志貴皇子。①11続古今938 946初句「たをやめの」—以下同じ—・羇旅・田原天皇。②16夫木7734。⑤292綺語抄84。⑤292同327。⑤293和歌童蒙抄308。⑤335井蛙抄122。「本歌」（全歌集））をふまえて、万葉歌の世界に舞台を設定し、たおやめの吹き返す袖か紅葉か、霧でしかとは分からないが、平城京へと都が遠く

なったので、明日香風が霧の彼方にむなしくも吹いていると歌う。1679参照。②16夫木5366、秋四、霧「建仁元年老若五十番（ママ）歌合」前中納言定家卿。⑤184老275、百卅八番、左、右《勝》、雅経、276「はらひかねさこそは露のしげからめやどるか月の袖のせばきに」。

392「万たをやめの…／「あすか」、《は》旧都《跡》也。「たをやめ」、うつくしき女の事《也》也。／むかし《昔》の名残にもみぢをも《ナシ》ながめんとするに《れば》、きり《霧》のたちかくす《して見せぬ》事《を》、いたづら《」(中)》なると也。」（抄出聞書、上、228頁。286、同、中、117頁）

「伝統的な詩情の空間化…万葉の昔を霧の遠方に垣間見るというのである。時間的距離を空間的遠近法に構成し直したものである。」（『赤羽』352頁）

「霧の立ちこめる近景と、霧のかなたで霧を吹き払うことなく紅葉を散らす「あすか風」とを詠んでおり、霧と秋風・落葉とが両立させられている。」（加藤「院」5頁）

【類歌】①9新勅撰1272 1274「あすか河かはせのきりもはれやらでいたづらにふく秋のゆふかぜ」（雑四、真昭）

①13新後撰51「たをやめの袖もほしあへずあすかかぜただいたづらに春雨ぞふる」（春上「…、春雨」為家。⑤247前摂政家歌合114判。⑤335井蛙抄121）…1706に近い

①19新拾遺317「あすか風音ふきかへてたをやめの袖にもけさや秋をしるらむ」（秋上「初秋の心を」弾正尹邦省親王）

①21新続古430「あすか風いたづらにふくよひよひに秋ぞことふたをやめの袖」（秋上、亀山院御製）…1706に近い

③132壬二2743「あすかとも契りもおかぬたをやめの袖ふく風のこゑぞ恨む」（下、恋）

④34洞院摂政家百首解76「いかにせむ都を遠みあすかかぜつゆふきむすぶたをやめの袖」（「旅」兼高）

⑤214右大臣家歌合16「たをやめの袖はをしまず飛鳥風もみぢをよそにふきてふかなん」（「故郷紅葉」家長）…1706に近い

1707　山ひめのぬさのおひ風ふきかさね／ちひろのうみに秋のもみぢば・285

【語注】　○山ひめ　山を守り支配する女神。八代集三例。○ふきかさね　風が吹いて、重ねる。八代集にない。③132壬二2953「玉ぼこのみちの山かぜ吹きかさねはらへばおもる袖のしら露」（旅「…行路風」）。○さひろのうみ　この上なく広い大海原。八代集一例・千載1216、あと「ちひろのはま」八代集三例。○もみぢば　「は」か、「ば」（全歌集、③）。

【訳】　山姫（竜田姫）への幣の追風が吹き重ねて、千尋の海に秋の紅葉が浮んでいる。

▽秋10の9。「風」「紅葉」。「たをやめ」→「山姫」。『全歌集』は、「参考」として、古今の二つの歌、①1古今298「竜田ひめたむくる神のあればこそ秋のこのはのぬさとちるらめ」（秋下「秋のうた」かねみの王）、①1古今313「道しらばたづねもゆかむもみぢばをぬさとたむけて秋はいにけり」（秋下、みつね）を挙げるが、②4古今六帖2390「わたつうみのちひろの神にたむけするぬさのおひかぜやまずふかなん」（別「ぬさ」つらゆき。①18新千載762。②16夫木15468。⑤299袖中抄985。⑤389土左日記31（廿六日）。同じ土佐日記（廿一日）にも、「船出づ。…春の海に秋の木の葉しも散れるやうにぞありける。」（新大系18頁）とある。）を、よりもとにしているのではないか。さらに①2後撰419「わたつみの神にたむくる山姫のぬさをぞ人はもみぢといひける」（秋下、よみ人しらず）、⑤31春秋歌合37「いかでかはちひろのうみのふかさにはあきのもみぢのいろもならばむ」（「はる」）もある。つまり山姫への手向けの幣の紅葉を追風が、やまず吹き重ねて、千尋のわたつ海の神に秋の紅葉葉が手向けされて浮いていると歌う。秋も終末に近づきつつあり、1707には「山」と「海」とが対照化されている。1687参照。②16夫木6167、秋六、紅葉「老若五十首歌合」同（＝前中納言定家卿）」。⑤184老285、百四十三番、左、秋、右勝、女房、286「なが月や秋のすゑ葉に霜おけば野原の小萩かれまくもをし」。393「紅葉《もみぢ》を海《うみ》へ吹いるゝは、竜神へ山ひめのぬさをたむくる《手向》やう《様》な《也》ると也《なり》。「山ひめ」、山神也。／本わたつうみの神

にたむくる…」(抄出聞書、上、228頁。287、同、中、117頁)140「「[※1]ぬさ[※2]のをひ風」とは、如何。[※3]千尋[※4]歟。／※1合点　※2秋ヲヲクル心也。※3合点　※4深キ心。」(不審、上、329頁)「○ぬさは幣白《(ママ)》也。海辺の落葉の海に浮たるをみて、山姫の海に手向るかと心をつけてみる心也。吹かさねは吹が上に吹心也。」(六家抄)「対象に対する大らかな肯定への志向」(加藤「院」3頁)・「ちひろ…もみぢ葉」横に傍線。「広い空間を設定しているもの」(同、同5頁)

【類歌】③133拾遺愚草2373「山姫の形見にそむる紅葉ばを袖にこきいるるよもの秋かぜ」(下、秋、内裏秋十首)

1708　ものごとにわすれがたみのわかれにて／そをだにのちとくるゝ秋哉・295

【語注】**○ものごと**　ものそれぞれ。八代集三例。①9新勅撰1255 1257「ものごとにわすれがたみをとどめ《とめ(三)》おきてなみだのたゆむ時のまぞなき」(雑三、基良。⑤231三十六人大歌合105)。②14新撰和歌六帖167「物ごとによもの草木はもみぢついまはかぎりとくるるあきかな」(「あきのはて」)。**○わすれがたみの**　忘れ難い、形見としての。「がた」掛詞(「難、形見」)。**○そ**　それ。「そ」のみ八代集四例。

【訳】　ものごとに忘れ難く、忘れ形見の別れであって、その忘れ難い思い出だけを後に残して暮れゆく秋であるよ。▽秋10の10。「秋」。①1古今717「あかでこそおもはむなかははな《わか(六)》れなめそをだにのちのわすれがたみに」(恋四、よみ人しらず。②4古今六帖3468。⑤291俊頼髄脳142。「本歌」(全歌集))の恋歌を本歌に、飽きのこないうちに愛し合っている二人は別れたほうがいい、そのように、二人の、(秋の)様々なものごとに忘れ難い別れであって、その思い出・

思いだけを後の形見として別れ暮れて行く秋だといって、秋歌群を終える。第二、三句わの頭韻。①13新後撰440、秋下「建仁元年、五十首歌たてまつりける時」前中納言定家。⑤184老295、秋、百四十八番、左、右勝、左大臣、296「草も木もおのが色色あらためて霜に成行く長月の末」。
「此五もじは、秋は残る草木もなく忘かたみになれる儀なり。あかでこそわかれし本歌の面影たぐひなき物也。」（抄出）
141「如何。」（不審、上、329頁）

冬

1709　月日のみすぎの葉しぐれふく嵐／冬にもなりぬ色はかはらで・305

【語注】**○月日のみ**　歳月だけが。①21新続古1147「月日のみうつりにけりなつれもなき心の花は色もかはらで」（恋二、三善元秀）。**○すぎの葉しぐれ**　ただ過ぎて行き、杉の葉に時雨が降り。「すぎ」掛詞（「過ぎ、杉」）。①〜⑩の索引では、他になかった。なお「杉の葉」は八代集二例・金葉527、新古今18。**○冬にもなりぬ**　すっかり冬ともなってしまった（ことよ）。①〜⑩の索引では、他は⑥27六華和歌集1013（内大臣）のみ。**○色はかはらで**　「衣の色が変化しないことをいう。緑衣は本来六位または七位の衣だが、ここは単に下位のまま昇進しないことをいうか。」（全歌集）

【訳】月日ばかりが過ぎ、杉の葉に時雨が降り、嵐が吹き、冬にもなってしまった、杉の葉は変らぬままに。

▽冬10の1。「秋」→「冬」。年月ばかりが過ぎて行き、杉の葉に時雨が降り嵐が吹く、そして時雨が降るにもかかわ

らず、葉の色は変らないで冬になったと歌って冬を開始する。末句、昇進しないことまでいうのは言いすぎか。下句倒置法、四句切。第三、四句ふの頭韻。⑤184老305、冬、百五十三番、左、右勝、宮内卿、306「からにしきあきのかたみや竜田山ちりあへぬ枝に嵐ふくなり」。
「○時節の過たるをおどろく心也。時雨あらしの音は冬にて、杉は常盤なる也。」（六家抄）
「冬十首…時を追って連作風に気象と風物のかかわりを展開させている。／第一首では月日が過ぎると杉との掛詞から時雨のイメージを引き出し、」（赤羽『一首』92、93頁）、「冷たく、暗く孤独に閉ざされた冬の日のイメージを描くことを定家は得意とした」（『赤羽』334頁）

1710　神な月しぐれてきたるかさ、ぎの／はねにしもを《お(③)》きさゆるよのそで・315

【語注】 **○しぐれてきたる** 時雨れるようになってきた。①〜⑩の索引では、他になかった。 **○きたるかさ、ぎ**（時雨れて）くると、人は笠を着、ここにやって来た鳥の鵲。掛詞「き」（来、着）、「かさ」（鵲、笠）。 **○さゆるよのそで**（一句） 冷え凍《こご》える夜の袖。①〜⑩の索引では、他になかったが、句またがりとして、③132壬二3039「さゆる夜の袖の涙の…」がある。

【訳】 十月、時雨れて来て、笠を着、さらに鵲の羽に霜が置いて冷え冷えとする夜の袖であるよ。

▽冬10の2。「月」「時雨」。「嵐」「時雨」→「霜」、「嵐」→「時雨」。有名な百人一首（家持）の③3家持268「かささぎのわたせるはしにおくしものしろきをみればよは《ぞ》ふけにけり《る(新)》」（①8新古今620。「参考」（新古今）」（全歌集））よりも、②4古今六帖2698「かささぎのはねにしもふりさむきよをひとりや《かねなん(玉)かねぬる(万)》わがねん君まち《をまちかね(万、玉)》かね《わび(夫)》て」（雑思「ひとりね」人まろ。①14玉葉1376 1377。②15万代2129。②16夫木12702。⑤299袖中抄878）と①4後拾遺816「神な月よはのしぐれにことよせてかたしくそ

でをほしぞわづらふ」（恋四、相摸）の二つの恋歌をもとに、笠（第三句）と袖（末句）を歌い込む。つまり神無月になって、夜半時雨れてきて、笠を着たが、上空では鵲の羽に霰が降り置き、寒く冷えとする、君を待ちかねて一人寝ている夜の、涙を時雨のせいにして、乾《ほ》しかねている片敷の袖だと歌って、（定家の）例の、恋の物語化としている。1709参照。⑤184老315、冬、百五十八番、左勝、右、越前、316「露をだにいとひし野べのきりぎりすこよひの霜にいかでたゆらん」。

「第二首では時雨を受けて「霜おきさゆる」夜を出してくる。」（赤羽『一首』93頁）

【参考】②4古今六帖4489「よやさむきころもやうすきかささぎのゆきあひのはしに霜やおくらん」（鳥「かささぎ」）

【類歌】①8新古今522「かささぎの雲のかけはし秋くれて夜はには霜やさえわたるらん」（秋下、寂蓮）

①12続拾遺696 697「時雨するこよひばかりぞ神無月袖にもかかるなみだなりける」（羈旅、道信）

①19新拾遺422「深けゆけば月影さむしかささぎのよわたる橋に霜やさゆらん」（秋下、宗尊親王）

③134拾遺愚草員外514「天河夜わたる月もこほるらん霜にしもおくかささぎのはし」（「四季月」）

④18後鳥羽院1371「かささぎのはねに霜おき寒き夜の有明の月は影ぞ氷れる」（冬）…1710に近い

1711　ふゆがれてあおば《を(③)》も見えぬむらすすき／風のならひはうちなびきつゝ・325

【語注】○**ふゆがれ**　冬によってもの皆枯れること。名詞・八代集三例。○**むらすすき**　群がり生えている薄。八代集二例・後拾609、新古618。○**風のならひ**　風と共に従って。①～⑩の索引では、他は⑩161北野社百首和歌36のみ。名詞「ならひ」は八代集五例、初出は新古今401、名詞「心ならひ」の八代集初出は金葉381。

【訳】冬枯れて青葉も見えない村薄だが、風のならいとして靡きつつあるよ。

▽冬10の3。「時雨」「霜」↓「風」。冬枯の状態で、村薄は青葉も見えないが、秋からの習いで風が吹くと靡くと歌う。これも地歌か。1690、1709参照。⑤184老325、冬、百六十三番、左、右勝、雅経、326「秋の色をはらひはててや久方の月のかつらに木がらしの風」。
「春より風になびきたる薄なれば、枯葉迄もなびくならひにてあるぞと也。」（抄出）
「第三首では風に薄がなびく様子、…などは、「姿、詞のそそめきたるが、何となく心はなけれども歌ざまの宜しく聞ゆる」景気の歌ではないかと思われる。」（赤羽『一首』93、94頁）
「そこにすでにない季節のイメージを再現させる場合にも否定表現が使われている。…「あおばも見えぬ」といいながら、言葉の不思議さは、冬枯れのむら薄の中に夏の野原のイメージを重ねてみせる。」（『赤羽』254頁）、「目に見えない時間の経過を可視的なものの中に見ている。」（同368頁）
【類歌】②16夫木6602「野べみれば尾花も見えぬむらすすきかれはがすゑに霜ぞ置きける」冬一、寒草、法性寺入道前関白。②15万代1374

1712　と山よりむらくもなびきふく風に／あられよこぎる冬のゆふぐれ・335

【語注】**○むらくもなびき**　群がりを為す、一群の雲が靡き寄り。①～⑩の索引では、他は同じ定家の③134拾遺愚草員外550のみ。なお「村雲」の八代集初出は金葉206。**○よこぎる**　横なぐりに通過する。八代集二例・詞花88、新古414。**○冬のゆふぐれ**　①索引にない。③130月清141「…さしながらしぐるともなきふゆのゆふぐれ」（二夜百首、時雨五首）。
【訳】外山から村雲が靡いて吹く風に、霰が横切る冬の夕暮であるよ。

▽冬10の4。「風」「冬」「群」「靡き」。「風」→「雲」「霰」。外山より村雲が靡いて吹く風によって、霰が横切るように吹く冬の夕暮の様を描く叙景歌。1679、1709参照。⑤183三百六十番歌合493、冬、卅一番、左、定家朝臣。⑤184老335、冬、百六十八番、左、右勝、女房、336「ときはなる松のみどりをふきかねてむなしき枝にかへる木がらし」。

「雲…などを通して、風を可視的に捉えている」（久保田『研究』840頁）

「荒あらしい冬の天象を詠じた。…やゝのちの『玉葉和歌集』や『風雅和歌集』など、いわゆる京極派の和歌にかよう趣があって、よい作であると思う。」（久保田『定家』143頁）

「第四首ではなびくというイメージから、むら雲がなびき霰が横切る冬の夕ぐれの寒々とした景色が描かれ、…「姿…ゆる」〔私注―1711参照〕景気の歌ではないかと思われる。」（赤羽『一首』93、94頁）、「位置を指し示す視点／…「と山より」…というように視点が自然現象の起点にそっておこされる。」（『赤羽』349頁）

1681「外山も匂ふ」とは逆に、「外山から都にむかって吹く風が詠まれている。」（加藤「院」5頁）

【類歌】③132壬二1400「冬がれのしばかる民の手を寒み霰よこぎる四方の山風」（家百首、冬「柴霰」）

③133拾遺愚草709「この日ごろさえつる風に雲こりて霰こぼるる冬の夕ぐれ」（十題百首、天。②16夫木7820）

⑤215冬題歌合24「あだし野のをばなおしなみ吹く風に霰もなびく空の浮雲」（「冬野霰」高倉）

⑤237仙洞五十番歌合80「かぜふかぬ雪気の空はさえとぢて雲しづかなる冬の夕暮」（「冬雲」九条左大臣女）

1713　さえとおる《ほ(③)》風のうへなるゆふづく夜／あたるひかりにしもぞちりくる・345

【語注】**○さえとおる**　八代集にない。【類歌】参照。「とおる《(ほ)》」は八代集一例・千載885。**○ゆふづく夜**　1700前出。

○あたるひかりに　当っている月の光に（の中に）。①～⑩の索引では、他になかった。**○しもぞちりくる**　霜が散り落ちて来る。①～⑩の索引では、他になかった。

【訳】　冴え・徹った風の上に存在する夕月夜、その夕月の当る光に霜が散ってくるようだ。

▽冬10の5。「風」「夕」。「夕」→「夜」、「風」「霰」→「霜」。冴え透・徹った風の上の夕月、その光に霜が散って来るようだとの詠。1709参照。⑤184老345、冬、百七十三番、左、右勝、左大臣、346「月ぞすむたれかはここにきの国や吹上の千鳥ひとり鳴くなり」。

「感覚の冴えを強く見せている作品」（安田『研究』78頁）

赤羽『一首』91～101頁参照。「月光の中に散乱する霜…などの現象を絢爛たる幻妖美として描き出しながら、そこにはたしかな感覚の手ごたえがある。これらはもはや天然現象ではあっても、自然な時間の流れを超え出たところにくりひろげられる現象である。そしてまたこれらの歌の境位は伝統的なものからも隔絶している。…定家のこれらの歌は、漢詩の教養から得た想像力やイメージを現実感覚に引戻して表現しようとするのである。」（『赤羽』239頁）、「宇宙的な方向性をもつ視点。…この三首〔私注―2341、1713、3243〕は、定家独特の視点である。…これらは冬の夜の月光や星の光の中に霜や霰が散ってくる情景である。」（同348、349頁）

「高低の構図が見られる。…冷たく吹く風の上からさす月光を詠み、」（加藤「院」5、6頁）

【類歌】　①17風雅1599 1589「さえとほる霜夜のそらのふくるままにこほりしづまる月の色かな」（雑上「冬月を…」尊什）

④35宝治百首2301「さらでだにさえとほりたる月にまたはげしや今夜山おろしの風」（冬「冬月」真観）

⑤240院六首歌合51「さえとほる霜夜の風は身にしみてはれたる空に星ぞきよけき」（「冬風」新中納言）

1714　おほよどの松に夜ふくる浪風を（に（③、夫））／うらみてかへる友ちどり哉・355

【語注】 ○おほよど 八代集二例。伊勢、斎宮の祓の場所。あと「おほよどの浦」八代集二例。 ○浪風 波に吹く風。八代集にない。③12躬恒472「…みなそこにさへなみかぜやふく」。土佐日記「しかれども、ひねもすに波風立たず。」(新大系24頁)。源氏物語「海づらの波風よりほかに立ちまじる人もなからんに、」(「須磨」、新大系二—5頁)。 ○うらみてかへる 浦を見ながら、恨みに思って帰る。「うらみ」掛詞(浦見、怨み)。⑤197千五百番歌合1271「まくずはふまののはまぢのゆふかぜにうらみてかへるおきつしらなみ」(秋二、忠良)。 ○友ちどり 数多く群れている千鳥。八代集にない。源氏物語「友千鳥もろ声に鳴くあか月は…」(「須磨」、新大系二—38頁)。④26堀河百首979「友千鳥むれてなぎさにわたるなり…」(冬「千鳥」国信)。⑤142内大臣家歌合7「ともちどりあしのはずゑにさわぐなり…」(「千鳥」師俊)。

【訳】 大淀の松に夜更ける波風(の音)を友かと恨みながら、浦を見て帰って行く千鳥であるよ。

▽冬10の6。「夜」「風」。③15伊勢382「おほよどのまつはつらくもあらなくにうらみてのみもかへるなみかな」(①8新古今1433 1432)。⑤415伊勢物語132「本歌(伊勢物語)」(全歌集)の恋歌をもとに、大淀の松、つまり女・私は別に男に対してそれほど薄情でもないのに、(松に)夜更けて吹く浪風を恨みに思って、浦を見て、波・男同様帰る友千鳥がいると歌う。②16夫木6851、冬二、千鳥「建仁元年老若五十首歌合」同〔=前中納言定家卿〕、⑤184老355、冬、百七十八番、左、右勝、宮内卿、356「庵ちかきふもとの松の梢よりあはれをわくる山おろしの風」。

142「如何。」(不審、上、329頁)

「何となく物語によって構想された艶麗な情趣美を具備している。感傷的情緒を物語的構想のもとに具象化し象徴的表現手法を採っている。」(『奥田』25、26頁)

【参考】 ③30斎宮女御264「おほよどのうらたつなみ《に立っ波(新)》のかへらずはかはらぬ松の《松のかはらぬ(新)》いろをみましや」(①8新古今1606 1604)

【類歌】 ①18新千載678「おほよどのうらみてかへる波にしも声たててそへて行く千鳥かな」(冬、為定。④39延文百首2262)

…1714に近い
③132壬二1873「霞みゆく松さへつらし大淀のうらたつ浪に《の（夫、最）》かへるかりがね」（最勝四天王院御障子和歌「大淀浦」。②16夫木1621。⑤261最勝四天王院和歌327）
④33建保名所百首209「あまのかるみるめをよそに大よどの松はかすみてかへる浦波」（春「大淀浦伊勢国」）
④33同210「月影をまつはつらくて大淀の浦たつ波にかすむよの空」（同、同）
⑤261最勝四天王院和歌324「おほよどの霞吹結ぶ松風に恨みてのみやかりかへるらん」（「大淀浦伊勢」俊成卿女）

1715 ながめつゝ夜わたる月にを《お（③）》くしもの／すぎてあとなきひとゝせのそら・365

【語注】 **○すぎてあとなき** 通り過ぎ去って跡を何らとどめない。①~⑩の索引では、他は⑥37霞関集623（正範）のみ。 **○すぎて…のそら** 「季節の推移や対象の変化に応じて自在に動く視線をもちはじめたことを感じさる《（ママ）》。」（赤羽『一首』111頁）。

【訳】 ながめながら、夜を渡って行く月に置く霜のごとく、過ぎ去って何も跡を残さない一年の空であるよ。

▽冬10の7。「夜」。「風」→「霜」。ながめながら、夜空を渡って行く月の光の中に置きゆく霜の如く、過ぎ去ってしまって後に何も跡が残らない一年の空だと歌う。同じ定家に④31正治初度百首1361「うらがれしあさぢはくちぬ一とせのすゑばの霜も冬のよなよな」（冬）・958がある。1692参照。⑤184老365、百八十三番、左、右勝、越前、366「おしなべて松にも花ぞ咲きにけるかすがの山の雪の明ぼの」。143「如何。」（不審、上、330頁）
「そのような構想力の否定的契機は七と一〇の／ながめつゝ…／日もくれぬ…などにあらわされている。一年中おり

おりの景物に心をとめてあくまで眺めつくすが、それも過ぎてしまえばあとかたもなく、霜や雪の白一色の中に消えてしまう。時間の経過もこの中に封じ込められる。」（赤羽『一首』95頁）、『赤羽』242頁参照、「かれにとって、現在とは過去からも未来からも切り離された孤島のようなものとして意識される。…ここに捉えられたイメージは、過去も未来も無に帰してしまう、無限の中に浮かび漂う現在であり、それを捉えるものは、いっさいのものを無化してしまう詩人の目である。この〈ながめ〉は、王朝的な持続の相からの〈ながめ〉とは別の次元の視座に立つものである。」（『赤羽』248頁）、「視点は月の内部にあって、月とともに空を渡るかのような印象がある。しかし、もろもろのイメージを奥に凍結させながら、月日が過ぎ去り、霜や雪の中に一年は暮れてゆく。そこには空間的な奥行きの中に時間の深さを交える視点がみられる。」（『赤羽』341頁）

「遠くを眺める視線としてしか作品内に位置を占めることができない話者の無力感が感じられる」（加藤「院」7頁）

【類歌】④31正治初度百首749「ながめつつあかでこのよを過しては月の宮こにすむ身とならん」（秋、忠良）

④31同2249「ながめつつみはおほ空にあくがれぬねやもる月よ枕ゆづらむ」（秋、信広）

1716　神さびていはふみむろの年ふりて／猶ゆふかくる松の白雪・375

【語注】　**○ふり**　「雪」の縁語「降る」。　**○松の白雪**　松に降り積っている白雪であるよ。③119教長65「…みゆるかなきぬがさをかのまつのしらゆき」（春）。

【訳】　神々しく斎う神の社は年が経って、さらに木綿を掛けるように、松の白雪が積っていることよ。

▽冬10の8。「年」。「霜」→「雪」。②4古今六帖1064「ゆふかけていのるみむろの神さびてたたるにしあればねぎぞかねつる」（山「やしろ」）もあるが、ここは、万葉1381 1377「木綿懸けて祭るみもろの神さびて斎むにはあらず人目多みこ

そ」（巻第七「神に寄する」）を取り入れて、神々しく斎《い》み祀る御室（三諸）は年を経ているけれど、さらに木綿を懸けたかのごとく松の白雪が積っていると歌う。『全歌集』は、万葉2993 2981「祝らがいつくみもろのまそ鏡懸けて偲ひつ逢ふ人ごとに」（巻第十二「寄物陳思」）を「参考」とする。⑤184老375、百八十八番、左、右勝、雅経、376「おほかたはあはれもしらぬもののふもやそ宇治川の冬の明ぼの」。⑤216定家卿百番自歌合97、四十九番、左持、院五十首。⑤216定98「ながめやる…」・966。

144「御室山歟。／※合点」（不審、上、330頁）

【参考】 ⑤171歌合〈文治二年〉169「ゆふだすきかくるこころは神さびてあはでのもりにとしぞへにける」（恋、季経）

【類歌】 ①10続後撰557 549「すみよしの松のしづえは神さびてゆふしでかくるおきつしらなみ」（神祇、光頼）

①17風雅1416 1406「おのづからなほゆふかけて神山の玉ぐしの葉にのこるしら雪」（雑上「…、残雪を」為家）

①21新続古1796「朽ちはつる名をだにのこせ神山にとしもふるえの松の白雪」（雑上、脩久）

1717 春しらぬたぐひをとへばみかさ山／このごろふかきゆきのむもれ木・385

【語注】 **○たぐひをとへば** 同類、仲間を問い求めるのなら。①〜⑩の索引では、他になかった。 **○みかさ山** 奈良市東方の春日にある三笠山。近衛府の大将・中将・少将の異名。①8新古今1011「…かよふらんおなじ三笠の山のふもとを」（恋一、義孝）。

【訳】 春というものを知らない仲間をきくと、三笠山のこの頃の深い雪の埋木であるよ。

▽冬10の9。「雪」。「松」→「木」。春を知らない同類をさぐると、三笠山のこの比の雪深い中の埋木がそれに当ると歌う。この時定家は沈淪の「左近衛権少将」であった。②16夫木7299、冬三、雪「同（=建仁元年老若五十首歌合）」、

前中納言定家卿。⑤184老385、百九十三番、左勝、右、女房、386「冬ふかみ外山のあらしさえさえてすそののまさき霰ふるなり」。

394「むもれ《埋》木の雪にうづもれたる、《は、》よき我《わが》身のたぐひ《類》なると也。人にもしられぬよしの述懐也《なり》。定家、藤原氏なれば三笠山と《を》よ《読(中)》めり。藤氏は春日明神の末孫也。」(抄出聞書、上、228頁。409、同、中、152頁)

101「是は下心述懐也。「春しらぬ」とは、春は千草万木鳥獣にいたるまでも皆出来する時也。然に「春しらぬ」とは、いたづらに我身老おとろへて出頭せざる也。たとへば、埋木とは春になれども花もさかぬ朽木をいふ也。今此埋木の深雪にうづもれたるをみて、我黒髪もしら雪のごとくに成て二度花のさくまじき事を哀み給へと明神に歎申たる歌也。是によりて三の句に「春日山《(マヽ)》」とをけり。氏神なればなり。」(摘抄、中、288、289頁)

「内註　○述懐也。春は年のはじまりのよろこびの心も我はしらぬをもつて也。雪の埋木のたぐひに我身とうけてよめる也。三笠山をとり出せるは藤原氏の心也。官もならぬをおもひ佗る心也。」(六家抄)

【類歌】④34洞院摂政家百首899「ふり埋む遠山もとの谷ふかみ見えてすくなき雪の埋木」(冬「雪」関白)

1718　日もくれぬことしもけふになりにけり/かすみを雪にながめなしつゝ・395

【語注】**○かすみを雪に**　春に立つ霞を雪だと。①〜⑩の索引では、他にない。**○ながめなしつゝ**　眺めをそれと見なしつつ。なお「ながめなす」は八代集にない。④37嘉元百首1432「…夕ぐれを秋のうれへにながめなしぬる」(秋「秋夕」俊光)。「「ながめなす」などという表現は、主体の能動的なポーズだけでなく、対象に応じて変化し、対象の動きと一つになって流動する目、自由自在に動く目を感じさせる。」(『赤羽』340頁)。

【訳】日も暮れた、今年も今日(だけ)となってしまったことよ、春の霞を冬の雪だとながめをなしているうちに。

▽冬10の10。「此《こ》」「雪」。「頃」→「年」、「雪」→「霞」。初、三句切。第二、三句と下句との倒置法。②4古今六帖248「物思ふと過ぐる月日も《月日のゆく(大)》しらぬまにことしはけふにはてぬとかきく」（歳時「としのくれ」。①2後撰506 507。⑤416大和物語137。「参考（後撰）」（全歌集））、①5金葉二304 325「なに事を《も(古)》まつとはなしにあけくれてことしもけふになりにけるかな」（冬、国信。④26堀河百首1107。⑤301古来風体抄516。「（参考）」（全歌集））をふまえ、日も暮れ、霞を雪だと眺めなしながら、あなたへの恋の物思いに、過ぎて行く月日も知らない間に、さらに何事を待つともなしに明け暮れ、ついに今年も終り、今日一日となったと歌う。1715参照。⑤184老395、百九十八番、左、右勝、左大臣、396「よし野山花より雪に詠めきてゆきより花もちかづきにけり」。395「一年中をな《詠》がめつくして、今日斗に成《けふばかりになり》たる也。《を、おしくおもふ心にや。》光陰のはやき体也。《くうつりゆく様也。(中)》」（抄出聞書、上、229頁、410、同、中、152頁）「遠くを眺める視線としてしか作品内に位置を占めることができない話者の無力感が感じられる」（加藤「院」7頁）

【参考】③115清輔225「はかなくてことしもけふになりにけりあはれにつもるわが齢かな」（冬「除夜」。①21新続古1804。②15万代2968。④30久安百首962）

【類歌】③132壬二420「心さへかたもさだめず成りにけりけふ暮れはつる春のながめに」（院百首、春。④31正治初度百首1423）

④41御室五十首437「いたづらに今年もけふに成りにけり何をまつとか六十へぬらん」（冬、隆信）

雑

1719 久方のあまてる月日のどかなる／きみのみかげをたのむばかりぞ・405

【語注】　○久方の　971前出。　○久方のあまてる月日　「広い空間の設定や想定」（加藤「院」3頁）。　○あまてる　大空に照る。八代集五例、うち「あまてる」三例（二例、後述）、他は「―神」。　○のどかなる　「治世を寿ぐ表現」（加藤「院」3頁）。　○きみのみかげ　996前出

【訳】　大空に照る月日ののどかな我が君の御蔭をひたすら頼みとするばかりだ。

▽雑10の1。「日」。「霞」「雪」→「天」、「今年」「今日」→「月日」。天照る月日がのどやかな我が君の御恩恵をひたすら頼むばかりだと歌う。もとの恋歌の①3拾遺789「久方のあまてる月も《ツキノ》《つきの》かくれ行く《レナバ》《りなば》何によ《ナ》《な》そへてきみ《イモ》《いも》をしのば《ハ（万）》《は》む」（恋三、人まろ。②1万葉2467）。②4古今六帖2883「ひさかたのあまてる月のくもまにもきみをわすれてわがおもはなくに」（雑思「わすれず」）があるが、さらに多くの詞が通う③106散木480「君が代を空にしりてや久かたのあまてる月もかげをそふらん」（秋、八月「四条の宮の扇合に」。①21新続古451）もある。また同じ定家に、③133拾遺愚草181「さやかなる月日の影にあたりてもあまてる神をたのむばかりぞ」（二見浦百首、雑「神祇」）の詠がある。⑤184老405、二百三番、左、右勝、宮内卿、406「いかでかく代代のねのびにもれすぎて野中の松の年ふりにけん」。「上方の「あまてる月日」…を仰ぐという構図を読み取ることができる。」（加藤「院」7頁）

【参考】　②1万葉1084 1080「ヒサカタノ　アマテルツキハ　カミヨニカ　イデカヘルラム　トシハヘニツツ
ひさかたの　あまてるつきは　かむよにか　いでかへるらむ　としはへにつつ」（巻第七、雑「詠レ月」）

②1同3672 3650「ヒサカタノ　アマテルツキハ　ミツレドモ　アガモフイモニ　アハヌコロカモ
ひさかたの　あまてるつきは　みつれども　あがもふいもに　あはぬころかも」（巻第十五）

②4古今六帖338「久かたのあまてる月を鏡にて恋しき人のかげをだにみん」（天「ざふのつき」）

②4同3454「ひさかたのあまてる月をあみにしてわが大君はかさにつくれり」（服飾「かさ」）

③118重家138「きみがよをそらにしりにきひさかたの月日とともにすまむものとは」（内裏百首、祝）

⑤3是貞親王家歌合9「ひさかたのあまてる月のにごりなくきみがみよをばともにとぞ思ふ」

【類歌】①14玉葉1072 1073「もろともに君ぞすむべき久かたのあまてる月のよろづよの秋」（賀「…、月契多秋と…」後花山院入道前右大臣）

①18新千載498「久方のあまてる月のかつら河秋の今夜の名にながれつつ」（秋下「…、河月を」山階入道前左大臣。⑤234亀山殿五首歌合15）

④34洞院摂政家百首解33「久かたのあまてる月の御空はれ跡こそなけれしろたへの雲」（「月」兼高）

④39延文百首3000「わが君のあきらけき世は久堅のあまてる神もさぞてらすらん」（雑「祝言」行輔）

⑤197千五百番歌合2138「きみがよのかずをおもへばひさかたのあまてるかみのかげをならべて」（祝、公経）

1720　秋つしまほかまで浪はしづかにて／昔にかへるやまとことのは・415

【語注】○秋つしま　1000前出。①14玉葉2448 2435「秋つしま人の心をたねとしてとほくつたへし《ほかにはきかぬ(夫)》やまと言のは」（雑五「…、ことのは」為家。②16夫木14125）。和漢朗詠集658「仁秋津洲《す》の外に流れ…」（下「帝王」和歌序、淑望）。「秋津島の月しづかにすみて、和歌の浦の跡をたづね、敷島の道をもてあそびつゝ」（新古今、仮名序、新大系17頁）。「秋つ島ほかまで…」―「広い空間の設定や想定」（加藤「院」3頁）。○ほかまで浪は　我が国の外までも波は。①〜⑩の索引では、他になかった。○しづかに　穏やかで荒々しくなく。八代集一例・新古今1969「しづかなるあか月ごとに…」（式子）。「こころしづかに」八代集一例・後撰1377。「しづかにて」―「治世を寿ぐ表現」（加藤「院」3頁）。「四海波静」は中国の慣用句。本朝文粋「尽感㆓四海之静謐㆒」（巻第十三―402、新大系353頁）。小侍従401「よつのうみのなみしづかなる君が代に…」（祝）。『守覚全歌注釈』220（「たれもみなうれしきしほにあひにけり／なみもをとせぬよものうみかな」）参照。**○やまとことのは**　大和言葉、日本語から、和歌をさす。八代集にない。源氏物語「大和言の葉をも唐土の歌をも、」（「桐壺」、新大系一―15頁）、同「大和言の葉には、秋のあはれをとりたてて思へる、」（「薄雲」、新大系二―243頁）。④30久安百首600「やまとこと葉は」。⑤162広田社歌合27「よみまつるやまとことのはたへなれば…」（「社頭雪」顕広王）。⑤197千五百番歌合2998「いそのかみふるのなかみちたちかへりむかしにかよふやまとことのは」（雑二、具親。①11続古今1777 1787。②16夫木9335）。

【訳】　この日本の外までも浪は静かで、昔に帰って（盛んな）大和言葉・歌であるよ。

▽雑10の2。日本の国外まで波は静かで、昔に帰って行く和歌と、「宮廷和歌の隆盛を慶賀する。」（全歌集）。⑤184老415、雑、二百八番、左、右勝、越前、416「おもふ事いつかなるべきいすず川たのみをかけてとしはふりにき」。「延喜・天暦の聖代への復古の機運は、歌人達のいち早く察知する処であった。」（久保田『研究』845頁）「老若」の歌人が上皇の意志を体得して歌を奉献したことは、次の各歌に照らしても了解され得るものと思う。」

（『奥田』37頁）…【語注】欄の新古今・仮名序参照

【類歌】　④37嘉元百首2101「としあくるあかしの門浪しづかにてやまと島根に春は来にけり」（春「立春」国冬）

1721　あふげどもこたへぬそらのあお《を（③）》みどり／むなしくはてぬゆくすゑも哉《がな（③、⑤）》・425

【語注】　**○あお《（を）》みどり**　青みを帯びた緑色。八代集にない。③126西行法師747「浪たてる川原の柳あをみどり…」。「空」は帝・院のことか。**○むなしくはてぬ**　かいもなくいたずらに、このままで終わることのない。①～⑩の索引では、他になかった。「むなしく」は「空」の縁語。

【訳】　仰ぎ見ても何も答えてはくれない空の青緑（色）よ、空しく終わることのない将来であってほしいものよ。

▽雑10の3。道具になり代って、家を離れて三、四カ月、太宰府にいて仰ぎ見るけれども答えはしない空の蒼碧、このままここに埋もれはてないで、都へ帰れる日の来る将来であってほしいと歌ったものか。菅家後集476「離家三四月／落涙百千行／万事皆如夢／時々仰彼蒼」（旧大系477頁）。②16夫木7663、雑一、天象「同〔＝老若五十首〕」前中納言定家卿、末句「…もがな」。⑤184老425、雑、二百十三番、左、右勝、雅経、426「すみなるるおなじ木の間に影おちて軒ばにちかき山のはの月」。

145「…空※…／※時々仰彼蒼。」（不審、上、330頁）

「○天道をあふぐ心也。天物いはずといふ事有。我下官なるを祈る心也。空はあをき物也。下官なるを（ナシ・松）祈る心也。空はあをき（ナシ・松）物なり。下官の衣裳は青き物也。此まゝむなしくはてもせで、官をもすゝむ行末も哉と也。述懐也。」（六家抄）

【参考】①7千載1160「…浪のたちゐに　あふげども　むなしき空は　みどりにて　いふこともなき　かなしさに…」

「「空のあをみどり」…を仰ぐという構図」（加藤「院」7頁）

（雑下、俊頼。③106散木1518。④26堀河百首1576）

1722　わが友とみかきの《がきし⑤》竹もあはれしれ／よゝまでなれぬ《り⑤》色もかはらで・435

【語注】○わが友　自分の友人。八代集一例・千載607（後述）。和漢朗詠集432「…唐の太子賓客白楽天　愛して吾が友となす」（下「竹」篤茂。「漢詩文受容」（佐藤、441頁））。④35宝治百首3317「我が友と君が千年をみねの松まつなりけりな色もかはらで」（雑「嶺松」下野）。○よゝ　「竹」の縁語「節々《よよ》」。「節々《よよ》」は八代集三例。が、「四世《よ》」は八代集にない。「高倉・安徳・後鳥羽・土御門の四代」（全歌集）。○よゝまでなれぬ　四代の世々まで慣れ親しんできた（のだ)。①～⑩の索引では、他になかった。**○色**「袍の色は黒ずんだ深緋。」(抄出聞書、上、229頁頭注)。

【訳】我が友だと思って宮中の竹も同情してくれよ、四代にわたって慣れたよ、色も変らないで。

▽雑10の4。「行末」→「(四)世」、「緑」→「色」。第三、四句切、下句倒置法で、袖の色も変ることなく、四代まで馴れ、沈淪し続け、昇進もせずにいる「自らを地上の「竹」…に類比し、」(加藤「院」6頁)、わが友だと思ってあはれ知れと歌ったもの。⑤184老435、二百十八番、左、雑、右勝、女房、436「とひもこぬ人のこころもみわの山しるしの杉の名こそ惜しけれ」。

「よゝまては代々宮仕へにや」(抄出

396「「なれぬ」、なれたる也《と也》。定家は《卿は》帝王四代に奉公《つかへ》申せし人也。六位のうへのきぬ、みどり《縁(ママ)》也、位にものぼらず、し《せ(抄書)》やうぞくの色をかへぬ事を、竹もあはれとおもへと也。竹を我友と云本語よりよめり。」(抄出聞書、上、229頁。抄書136頁)

146「四代歟、如何。故事候哉。※／※事四朝心也。」(不審、上、330頁)

「述懐調が著しい。」(久保田『定家』143頁)

【参考】①7千載608 607「わが友と君がみかきのくれ竹は千代にいく世のかげをそふらん」(賀、俊成。③129長秋詠藻279)

④26堀河百首1313「くれ竹の色もかはらでみづがきの久しき世よりみどりなるかな」(「雑「竹」公実)

【類歌】①14玉葉2262 2254「そのよこそ猶恋しけれもしきやわがともとみし庭の呉竹」(雑三、新院)

①18新千載1869「九重のみかきの竹になれし代はうきふししらぬ昔なりけり」(雑中、円光院入道前関白太政大臣)

④40永享百首915「世世ふともかはらぬ色を我が友となれてぞみまし庭の川竹」(雑「竹」公保)…1722に近い

1723　なげかずもあらざりし身のそのかみを／うらやむばかりしづみぬる哉・445

【語注】〇そのかみ　その昔。八代集初出は後拾136。
【訳】歎かないでもなかった我が身のその昔を、自《み》ら羨むばかりに沈み果ててしまったことよ。
▽雑10の5。「(四)世」→「その上」。嘆かないでもなかった我が身の昔をうらやむほどに、今「沈淪」(明治・万代3614)していると歌う。1687参照。『全歌集』『明治・万代3614』は、①4後拾遺628「くもゐにてちぎりしなかはたなばたをうらやむばかりなりにけるかな」(恋一、公任)を「参考(歌)」とする。②15万代3614、雑六「建仁元年五十首に」前中納言定家。⑤184老445、雑、二百廿三番、左持、右、左大臣、446「かかる世にちぎりありてぞ逢坂のを川の末は君にまかせん」。
「述懐調が著しい。」(久保田『定家』143頁)
【類歌】④34洞院摂政家百首1180「おのづからあらばあふよの程ばかり身をいたづらになげかずもがな」(恋、少将)
1724　身をしれば人をもよ《み⑤》をもうらみねど／くちにしそでのかは《わ③》く日《ま⑤》ぞなき・455

【語注】〇人をもよをも　他人や世の中をも。③106散木1520「…身のほどに…思ひつつ　人をもよをもうらめしと…」(雑下「…、向泉述懐と…」)。②16夫木17358「身をば雲こころは水になしつれば人をもよをもうらみざりけり」(雑十八、述懐、後光明峰寺入道摂政)。
【訳】我が身の程を知っているので、人をも世をも恨みはしないが、(涙で)朽ち果ててしまった袖が乾く日とてもない。
▽雑10の6。「身」。「身」→「人」、「その上」→「世」、「あら」→「なき」。1724は、いかにも恋歌的で、百人一首の①

3拾遺678「あふ事のたえてしなくは中中に人をも身をも怨みざらまし」（恋一、朝忠。「本歌」（全歌集））、西行の③126西行法師324「みをしれば人のとがとは《に（山、西・文）》おもはぬにうらみがほにもぬるる袖かな」（恋。①8新古今1231。③125山家680。⑤173宮河歌合67。⑤386西行物語（文）129。「参考」（全歌集・山家））の恋歌をふまえるが、前後の歌から恋歌としない。1724は述懐歌であり、身の程を知っているので、逢うということが全くなかったら、かえってあの人の咎とは思わず、また人をも世をも恨みはしないが、その恋の思いのように、朽ちてしまった袖が涙で乾く日がないと歌う。⑤184老455、二百廿八番、左勝、雑、右、宮内卿、456「暮れかかるのぢの旅人わけすぎて露のみやどるすずのしの原」。

「○ふりにし袖とは官をもすゝまぬもとの袖也。涙なり。角あるは人のわざにてもなし。世のわざにてもなきとおもへども、かなしきと云心也。」（六家抄）

「逢ふことの…を本歌とし、二条院讃岐の、／わが袖は…〔私注―後述〕を連想させるものがある。しかし、その涙は悲恋の涙ではなくて、出世しないことを嘆く愚痴っぽい涙なのである。」（久保田『定家』144頁）

「伝統に反省を加えた歌…しかしかゝる歌の本歌は凡て著名であり、題材の把え方の定型化があってこそ始めて内容的に意義をもつものである。」（『奥田』24頁）

【参考】①7千載760 759「わが袖はしほひにみえぬおきの石の人こそしらねかわくまぞなき」（恋二「寄石恋と…」二条院讃岐）

【類歌】④37嘉元百首991「いかばかり人をも世をもうらみましうき身をわれとおもひしらずは」（雑「述懐」為世）

1725　とゝせあまりみとせはふりぬよるの霜／を《お（③）》きまよふ袖にはるをへだてゝ・465

【語注】**○とゝせ**　十年。八代集にない。源氏物語「その人もかしこにて亡せ侍にし後、十年《とゝせ》あまりにてなん、」

（「橋姫」、新大系四―331頁）。③132壬二3192「十とせあまり三とせの夢の面かげや遥にききし行末の月」（釈教「定家卿一品経勧進之時、授記品」）。他、③132同1610も。文治五・1189年、左近衛権少将に任ぜられてから、建仁元・1201年は、13年目に当る。**○みとせはふりぬ**　三年は過ぎ去り、（霜は）降ってしまった。①～⑩の索引では、他になかった。同じ定家の③133拾遺愚草2901に、「みとせはすぎぬ」とある。「ふり」掛詞・「古・降る（「霜」の縁語）」。**○をきまよふ**　952前出。

【訳】十三年はたってしまった、（霜の）降った夜の（涙の後の、その）霜が置き乱れる袖には、春を隔てたままで。

▽雑10の7。「袖」。「世」「日」→「（十）年」「（三）年」。夜（、不遇をかこって泣く泪が氷った）霜が置く袖は春から遠く、十三年もいつしかたってしまったと、二句切、倒置法で歌う。初、第四句字余（「あ」、母音ナシ（「ふ」））。⑤184老465、二百卅三番、左、雑、右勝、越前、466「あはれなる草の枕のかりねかな夜半のけしきもみねの嵐も」。「十とせあまり三とせは前の歌にもあり。心は述懐也。夜の霜は十三年の星霜也。春を隔てとは、天子の恵を隔たる心也。」（抄出）147「…霜※…如何。／※文治五任少将、至建仁元、十三年。」（不審、上、330、331頁）

【類歌】⑤197千五百番歌合181「池水のみくさにおけるよるのしもきえあへぬうへにはるさめぞふる」（春二、女房）…

ことば

1726　わがたのむ心のそこをてらし見よ／みもすそがはにやどる月かげ・475

【語注】**○心のそこ**　わが心の奥底。八代集三例、初出は千載1149。「底」は「（御裳濯）川」の縁語。**○てらし見よ**　照覧せよ。八代集にない。⑤197千五百番歌合2123「てらしみんやほよろづ代ぞくもりなき…」（祝、俊成卿女）。「明るさ・鮮明さへの志向」（加藤「院」３頁）。　**○みもすそがは**　1639前出。　**○月かげ**　「伊勢大神宮の神意の象徴。」（全歌集）。

【訳】　我が頼みとする心の底を照らし見よ、御裳濯川に宿る月の光は。

▽雑10の８。御裳濯川に宿る月光よ、わが頼みとする心の底をご照覧あれと歌う。三句切、倒置法、体言止。⑤184老475、雑、二百卅八番、左、右勝、雅経、476「波のうへもながめはかぎりあるものをこころのはてぞ行へしられぬ」。397「「みもすそ川」、天照大《太（ママ）》神のましますあたり《所》の河也。河のそこをてらす月ならば、我心の底をもてらせ《し給へ（中）》と也。」（抄出聞書、上、229頁。288、同、中、117頁）

「○伊勢の天照大神に、我頼む心をてらしみよと、月にいひかくる心也。」（六家抄

「当時の院と各歌人との関係」（『奥田』30頁）

「（川にうつる）月かげ」…を仰ぐという構図」（加藤「院」７頁）

【参考】　③118重家117「神かぜやみもすそがはにすむ月にのどけきみよのかげぞみえける」（内裏百首、月

【類歌】　①22新葉579 578「てらしみよみもすそ川にすむ月もにごらぬ波の底の心を」（神祇「河月を…」後醍醐天皇御製）

③131拾玉1401「万代の秋のためしと見ゆるかなみもすそ川にすめる月影」（花月百首、月五十首

…1726に近い

④34洞院摂政家百首1790「我がたのむ御裳濯川の流をば末の代かけて神ぞくむらん」（雑、述懐、関白）

④40永享百首964「我がたのむ三の社もてらしみよ御代を祈るに二心なし」（雑「神祇」兼良）

⑤184老若五十首歌合401「たのもしなみもすそ川にやどりきてあまてる影のそこにすむなる」（権大納言、雑

⑤197千五百番歌合2113「君が代はみもすそ河にすむ月のそこの心は神ぞしるらん」（祝、内大臣）

1727　かすがのやしたもえわぶる《た（③、⑤、夫）》おもひぐさ／きみのめぐみをそらにまつ哉・485

【語注】**○したもえわぶる**　下の方で萌え出かねている。八代集にない。①〜⑩の索引では、他になかった。「したもえ」は八代集に六例あるが、「もえわぶ」は八代集にない。「もえわぶ」は⑥33麓のちり541（とものぶ）、⑩3宗良親王千首278に用例がある。**○おもひぐさ**　草の名。なんばんぎせるの異名など、諸説がある。万葉語。もの思いにふけるという名をもつ草。八代集四例、初出は金葉416（恋）。**○きみのめぐみ**　我が君の恩恵。「恵み」（名）は八代集にない。古今集仮名序「広き御恵みの陰、筑波山の麓よりも」（新大系15頁）。土佐日記「神仏の恵み蒙れるに似たり。」（新大系22頁）。「めぐむ（萌）」は八代集二例、初出は新古今734。

【訳】春日野よ、下萌えで出ようとして、し侘びている思い草（の如き私は）、君の恩恵を（慈雨の如く）空に待っていることよ。

▽雑10の9。「御裳濯川」（歌枕）→「春日野」（同）、「底」→「下」、「月」→「空」。春日野の下で萌え煩っている思い草のような、思いを抱いた私は、我が君の恵みを、万物を育む雨を待つように、空に待っていると歌う。「春日野」は藤原氏を指すか。『全歌集』は、①8新古今10「春日野のしたもえわたる草の上につれなくみゆる春のあは雪」（春上、国信）を「参考」とする。②16夫木13500、雑十、思草「建仁元年老若五十首歌合」前中納言定家卿。⑤184老485、雑、二百四十三番、左、右勝、女房、486「都人さびしきやどのまつ風に月をばみるかとだにとへかし」。

「下もえわたるとはやう〳〵恵にあひさうなる心也」（抄出）

「自らを地上の…「おもひ草」に類比し、…「そら」を仰ぐという構図」（加藤「院」6、7頁）

【類歌】④33建保名所百首44「春日野の霞がくれの思ひ草下のおもひの晴るるまぞ《よ（夫）》なき」（春「春日野大和国」）。②16夫木13497・忠定）

1728　くもりなき日よしの宮のゆふだすき／かくるおもひのいつかはるべき・495

【語注】　○くもりなき　青天白日の。「くもりなき…」は、「明るさ・鮮明さへの志向」（加藤「院」3頁）。①13新後撰747「くもりなき世をてらさんとちかひてや日よしの宮の跡を垂れけん」（神祇、天台座主道玄）。○日よしの宮　近江国の歌枕、大津市坂本の日吉大社。平安末期貴顕の参詣が相次いだ。八代集に項目はない（①～⑤でも、前述の①13新後撰747のみ）が、「日吉」は八代集四例、初出は後拾1169。「日」掛詞か。○かくるおもひ　そこに懸けた我が祈願。①～⑩の索引では、他は⑨21六帖詠草（蘆庵）1301のみ。「掛く」は「木綿襷」の縁語。○はる　「日吉」の「日」の縁語。

【訳】　曇りなく照らす日吉の宮に木綿襷を掛ける、その日吉の宮に掛けた思いが、いつ叶えられるのであろうか。

▽雑10の10。「思ひ」。「空」→「曇り」「日」「晴る」、「春日野」→「日吉」。曇りなき日に、日吉の宮に懸けた思いがいつ晴れるのかと歌って、「雑」及び五十首を閉じる。春の一首目、共に近江の歌枕である「鳰の海」「逢坂の山」で始まり、同じく「日吉の宮」で終える。『全歌集』は、①1古今487「ちはやぶるかもの社のゆふだすきひと日も君をかけぬ日はなし」（恋一、読人しらず）を、「参考」とする。⑤184老495、二百四十八番、左持、右、左大臣、496「和歌の浦のあしべのたづのさしながら千とせをかけてあそぶ比かな」。

解　説

正治百首、御室、院五十首全般については、久保田『研究』の「第三篇　新風歌人の研究」の「第二章　新古今への道」の「第三節　新儀非拠達磨歌の時代――建久期――」の「七　御室五十首」（744～792頁）、「第四節　新古今前後――正治・建仁期――」の「二　正治初度百首」（793～834頁）、「三　老若五十首と句題五十首」（834～863頁）に記述があり、うち定家は、御室757～778頁、正治794～804頁、院（老若）835～843頁である。さらに御室撰歌合については、同748～752頁参照。また定家の「軸物之和歌（写）」については、同757～775頁を参照されたい。

正治百首

いわゆる正治二年院初度百首和歌のこと。正治二年（1200）、後鳥羽院が侍臣に詠進させた百首歌。源通親らの意見によって、作者の顔ぶれから除外されていた定家、家隆らの詠進が、俊成の正治仮名奏状によって実現した。時に定家三十九歳。

本百首について、久保田『研究』は、「作風が多様であること」（801頁）、「新奇な表現への興味から脱却し」（801頁）、「後に中世和歌の主流を占めるに至る、為家風の平淡な歌の萌芽を、このあたりに見出すことができるのかも知れない。」（804頁）とされ、「粒揃い」（804頁）の作品であると評されている。本百首について詳しくは、山崎『正治』（「定家」は222頁）によられたい。さらに久保田『定家』の「正治初度百首の詠進まで」（121～137頁）にも、詳しい記述がある。

御室五十首

建久九年（1198）頃、守覚法親王主宰の五十首歌。作者は俊成、定家の他、寂蓮、家隆、有家、顕昭ら17名。後年、本五十首を母胎として御室撰歌合が生まれた。定家三十七歳の時の詠。

御室五十首全体「としての成立はおおよそ建久九年の末より正治元年の初めにかけて、と推定するに止めておく他ないであろう。」（久保田『研究』748頁）とされ、「九条家の失脚にともなって定家が無用者のような意識をいだいていた建久年間の末、俊成、定家父子に久しぶりに詠歌の機会があたえられた。仁和寺御室守覚法親王が五十首歌会を思いたち、彼ら親子の参加を求めたのであった。…俊成も家集『長秋詠藻』を献上するなど、以前から知遇を得ていた。法親王の父後白河法皇や同母妹《（ママ）》式子内親王と俊成との密接な関係を考えれば当然のことであろう。」（久保田『定家』111頁）と言われる。

五十首の構成は、春12、夏7（計19）、秋12、冬7（計19。四季38首）、雑12（祝2、述懐3、閑居2、旅3、眺望2）であり、珍しく恋がないが、「僧坊での催しにふさわしくないとして避けたのかもしれない。」（久保田『研究』747頁）とされる。次の院・老若五十首は、春10、夏10、秋10、冬10（四季計40首）、雑10で、すべて十首であり、雑の中にも恋はない。初めの正治初度百首は、春20、夏15、秋20、冬15（四季計70首）、恋10、旅5、山家5、鳥5、祝5である。参考までに同定家の韻歌百二十八首は、春16、夏16、秋16、冬16（四季計64首）、恋16、述懐16、山家16、旅16と、各16首の八つ。式子のA、B百首は、共に春20、夏15、秋20、冬15（四季計70首）、恋15、雑15首である。

御室五十首（の歌）について、赤羽淑氏は、その中の新古今所収の六首をとりあげ、「新古今歌風を形成した代表的な歌である。」（赤羽『研究』234頁）とし、これらには1～6のような傾向が認められるとされ、詳述する。

さらにこの御室五十首には、草稿（「軸物之和歌（写）」）が残存しており、その中の「朱注の筆者は寂蓮である可能性がやや大きいのではないであろうか。しかし、俊成である可能性も十分存するので、結論は保留せざるを得ない。…添削者は作者自身、即ち定家ということになる。」（久保田『研究』761、762頁。また佐藤恒雄氏にも、『藤原定家研究』、「第七章　定家の草稿・書状・懐紙」、「第一節　御室五十首の草稿「春之歌十二首」」の論稿がある）とされる。この資料についての名称は、「〈定家詠・寂蓮加評・俊成（?）加点『御室五十首』草稿〉」（兼築「草稿」136頁）がよいと兼築氏は言われる。同氏はさらに御室五十首詠作の過程を、「①　守覚法親王の詠進要請を寂蓮が伝達しこれを承諾（建久八年一二月五日　明月記）②　草稿詠作　③　寂蓮と推断される評者による「裏書」加評　④　右点・波状鉤点・傍書の自記　⑤　俊成かと推定される人物による左点加点　⑥　採否の最終決定・差替歌詠作・推敲等　⑦　定稿詠進（建久九年夏　拾遺愚草）」（同138頁）と整理される。その歌については、この解説末参照。

そして、後日の御室撰歌合については、「（守覚）法親王の意を体して、六条家の顕昭や季経あたりが選んだのではなかったか、そして結番の段階で釈阿にも目を通す機会を与え、最終的に長老釈阿を判者に戴くことによって、形を整えたのではなかったかと推定するに止めておきたい。」（久保田『研究』752頁）と述べられる。その撰歌合に定家は八首とられ、⑩57御室撰歌合でいうと、13（1631持、家隆）、15（1640持、家隆）、37（1645負、家隆）、65（1651負、家隆）、67（1655負、家隆）、89（1666持、家隆）、100（1667持、有家）、108（1669持、有家）と、負3、持5の成績であり、相手は3／4が家隆（負はすべて）であった。

院（老若）五十首

定家四十歳の時の詠。加藤氏は、先程の御室五十首と、この院五十首の違いについて、御室五十首における定家の和歌には、「話者の存在感を確かに感じさせる歌が多く詠まれており、その作品世界には話者によって生きられる時間が流れていた。そうした作品世界の中心的位置から、本五十首における話者は、多くの場合景を眺める視点の位置まで退いているのである。／『御室五十首』での定家の作品を、彼の歌風の一応の完成と見るならば、後鳥羽院歌壇が始発し、そこで応製和歌を詠むことは、定家にとっていったん完成した詠歌法を捨てて、新たに和歌を組み立て直さなければならないほどの試練となったのではなかっただろうか。」（加藤「院」7首）と述べられる。

その点について、奥田氏も「当歌合は上皇自身とその選定にかゝる歌人によって構成され、各詠進者はまた、上皇の歌風好尚に一致を見出そうと志向したのであった。それはまた院歌壇を構成する最も根本的な要素であり、権力構造に根ざした共同社会というべきものであった。／「応製和歌」がこのような歌壇的環境と密接に結び付いていたのは言う迄もなかろう。その歌が院の御感を触発し、歌人として、院の信望を得ることが翹望の的となっていたのである。定数和歌の詠進者も、その詠進の対象をつねに意識の中に入れて詠出しなければならない。…老若五十首の歌風としての本質的な性格も「治国の道」にその中心があるものと考える。」（『奥田』「定数歌と物語的発想――老若五十首歌合とその周辺――」36頁）と言及される。

その老若五十首歌合は、計250番、500首であり、作者は左方が老（老人グループ）で、忠良、慈円、定家、家隆、寂蓮の5人、右方が若（若者グループ）で、女房（後鳥羽院）、左大臣（良経）、宮内卿、越前、雅経の5人であった。④18後鳥羽院1100（の前）によれば、「建仁元年（私注―1201年）二月老若五十首御歌合十六十八両日有評定、被付勝負」とあるから、二日にわたって披講されたことになる。「おそらく、院の発言力の強い衆議判（合議のうえの加判）だったのであろう。」（久保田『定家』140頁）とされる。

歌合に定家（左）の勝負をみると、勝10、持7、負33と極めて不成績であり、全体としても、「1鳥羽院　2良経…9忠良　10定家　の順」（「有吉」4頁）で最下位となる。右は、対宮内卿、越前、雅経、女房、左大臣の順であるが、定家の勝は、1683左大臣、1685越前、1689宮内卿、1691雅経、1692女房、1700越前、1704宮内卿、1710越前、1717女房、1724宮内卿、持は、1684宮内卿、1690越前、1694宮内卿、1696雅経、1701雅経、1723左大臣、1728左大臣で、あとすべて負なのである。付け加えて言うと、久保田氏は、「大体において、玉葉・風雅時代には、荒く烈しい天象の支配下にある蕭条たる自然への好尚が顕著であるが、そのような傾向は、既に新古今時代に胚胎していたものではなかったであろうか。…玉葉・風雅に代表される京極派の詠風も、その淵源はやはり定家にあると言って差支えないのである。／この時の定家の五十首二篇〔私注―③133拾遺愚草「院五十首」と「院句題五十首」〕には、以上述べたような自然の把握のし方が特に顕著である点を、改めて見直してよいであろう。」（久保田『研究』843頁）と述べられ、その例歌として、1690、1695、1700、1704、1705、1712を挙げる。

最後に、定家晩年（建保四・1216年、55歳）の、自詠200首の自讃歌撰である⑤216定家百番自歌合と、この三つの定数歌群とのかかわりをみよう。まず所収歌であるが、正治（百首）14、御室（五十首）9、院（五十首）5首と、やはり御室の比重が大きく、院は小さい。それは勝ち負けの成績が、御室の勝2（1632、1657）、持5（1637、1638、1642、1672、1675）、負2（1646、1656）、正治の勝1（972）、持6（905、915、935、966、967、971）、負7（907、932、952、953、962、968、977）、院の勝0、持2（1693、1716）、負3（1682、1689、1703）となっていることや、新古今所収歌が、御室6（うちこの撰4首、1632勝、1638持、1672持、1675持）、正治3（うちこの撰1首、967持）、院1（この撰1693持）と通うものがあるといえよう。

軸物之和歌（『藤原定家全歌集　下』）

新古今之時代　和歌五十二首

4585 あしがきの松にはづるゝ梅の花ゆくての春をみでやすぎなん
4586 鳥のこゑ草の色にはとゞまれどかつゆく水に花はちりつゝ
4587 み吉野の吉野の山のやまざくらいくよの春をにほひきぬらん
4588 みてもなほあかずもあるかな花ざかりを初瀬山のあけぼのの空

4589 ゆくへなくちりしく花をうらみても猶雲ふかき鳥のかへるさ

4590 たちとまるしたかげすゞしゆふだちの布留川のべのふたもとの杉

4591 ひとりのみ思ひくらしの聲たえてあかずわかれし秋はきにけり

4592 世中はこの假庵にまさるとてきくもはげしき山おろしの風

他

3789 雲さえてかすみをつゝむ（此七字未レ得二由緒一ト裏ニアリ）おほぞらのかはる雪げにあられおつなり

所収歌一覧

正治百首

905 ①11続古今63。⑤216定家卿百番自歌合―以下「百番」と略―5
906 ①8新古今44
907 ①16続後拾遺130。⑤216百番7
912 ①17風雅158 148。②16夫木13719。⑤319和歌口伝199
913 ①8新古今91。⑤319和歌口伝264。⑤335井蛙抄228。⑤344東野州聞書81。⑤388沙石集194。
915 ①21新続古今115（作者不審）。②15万代221。②16夫木8642。⑤216百番15
916 ②16夫木1234
921 ①20新後拾遺163
924 ①18新千載203。②15万代530
927 ①15続千載265 266。②15万代604。②16夫木2887
932 ①11続古今254。②15万代663。⑤216百番37。⑥11雲葉340
934 ⑤303無名抄65
935 ⑤216百番41
936 ②16夫木3873
939 ①15続千載359 361。②15万代886
952 ②16夫木5750。⑤216百番61
953 ⑤216百番68
958 ②16夫木6592
959 ②16夫木6568
962 ①14玉葉908 909。⑤216百番88
965 ②16夫木6893
966 ①12続拾遺460 461。⑤216百番97
967 ①8新古今671。⑤216百番93。⑤273続歌仙落書13。⑤278自讃歌92。⑤319和歌口伝266。⑤335井蛙抄163。⑤341了俊一子伝6。⑤342落書露顕32。⑥12別本和漢兼作

202。⑩177定家八代抄564
968 ⑤216百番100。⑤225定家家隆両卿撰歌合55
971 ①10続後撰773 768。②15万代1939。⑤216百番105
972 ①9新勅撰675 677。⑤216百番103。⑤278自讃歌94。⑤335
井蛙抄66。⑤388沙石集199
973 ②16夫木9622
975 ②16夫木15248
977 ⑤216百番136
981 ①21新続古今973
984 ①21新続古今986。②15万代3404。②16夫木11832
986 ①11続古今1697 1705
987 ②16夫木14679
988 ②16夫木14475。②16夫木14669
989 ②16夫木15475
990 ②16夫木15001
992 ⑤399源家長日記6
996 ②16夫木16498

御室五十首

1629 ①19新拾遺3。⑥31題林愚抄74
1630 ②16夫木9612。⑥17閑月13
1631 ⑤183三百六十番歌合35。⑩57御室撰歌合13
1632 ①8新古今40。⑤216百番3。⑤335井蛙抄161。⑤336愚
問賢注7。⑤339耕雲口伝4。⑤344東野州聞書154
1633 ⑤183三百六十番64
1634 ①8新古今63。⑤273続歌仙落書10。⑤319和歌口伝1
1635 ①19新拾遺84
1637 ⑤216百番20
1638 ①8新古今38。⑤216百番10。⑤278自讃歌91。⑤320竹
園抄7。⑤339耕雲口伝14。⑤343正徹物語4。⑤345心
敬私語39。⑤346兼載雑談65。新続三十六人撰・別六
―264頁
1640 ⑩57御室撰15
1642 ①18新千載254。⑤183三百六十番189。⑤216百番31
1643 ②16夫木3021
1644 ①8新古今247。⑤247前摂政家歌合498判
1645 ⑩57御室撰37

1646 ①11続古今278。⑤183三百六十番263。⑤216百番40。⑤225定家家隆両卿撰歌合17
1648 ①13新後撰250
1651 ①14玉葉510。⑤183三百六十番375。⑩57御室撰65
1655 ⑩57御室撰67
1656 ⑤216百番65。⑥17閑月229
1657 ②16夫木5465。⑤216百番58
1658 ②16夫木6288。⑥27六華和歌集991。⑩206歌林良材195
1663 ②16夫木7004
1665 ②16夫木7332
1666 ⑩57御室撰89
1667 ⑩57御室撰100
1669 ⑩57御室撰108
1670 ②15万代3721
1672 ①8新古今1686 1684。⑤216百番166。⑥31題林愚抄8777。⑩206歌林良材258
1673 ①14玉葉2247 2239。②16夫木14309
1674 ⑥17閑月380
1675 ①8新古今934。⑤216百番173。⑤335井蛙抄409

1676 ②16夫木16885
1677 ②16夫木17008
1678 ①17風雅1711 1701

院五十首

1679 ①20新後拾遺5
1680 ①16続後拾遺48。②16夫木731
1681 ②16夫木346
1682 ①10続後撰26。⑤216百番4
1685 ①15続千載2107 2123
1689 ①16続後拾遺155。⑤216百番29
1691 ②15万代519。⑥17閑月115
1693 ①8新古今235。⑤216百番32
1695 ②16夫木3646
1697 ②16夫木3558。⑥27六華和歌集526
1703 ⑤216百番50
1706 ②16夫木5366
1707 ②16夫木6167
1708 ①10新後撰440

1712 ⑤ 183 三百六十番 493
1714 ② 16 夫木 6851
1716 ⑤ 216 百番 97
1717 ② 16 夫木 7299
1721 ② 16 夫木 7663
1723 ② 15 万代 3614
1727 ② 16 夫木 13500

索　引

全歌自立語総索引　凡例

1、語の処置については、利用の便を第一として項目を立てた。複合語、連語については、意味をもつまとまりとして尊重する立場から、そのままで扱った（例、「秋萩」「我が宿」「物思ふ」「脱ぎ替ふ」など）。ただし、複合語、連語を構成する各単語からも検索できるように、（　）を付し、参考項目として示した（例「（秋萩）」、「（我が宿）」、「（吹き払ふ）」など）。

2、語の配列と表記は、次の通りである。

(1)、見出し語は、原則として歴史的仮名遣いによって表記し（底本の本文の表記がそうでない場合は正して）、五十音順に並べた。「を」は「お」の、「ゐ」は「い」の語群にそれぞれ入れたが、「ゑ」同様、それらの、「あ」や「し」、「と」などの各語内での順序は、原則として五十音順とした。

(2)、活用語は、終止形（基本形）で立項し、活用語尾の五十音順とした。

(3)、見出し語の次に、（　）を以て記した漢字は、便宜的なものである。

(4)、縁語の指摘は省いたが、掛詞は、歌番号の後に「☆」を記した。

五句索引　凡例

「自立語総索引」に基づき、五十音順に配列した。初句には○を付し、初句の語句が同じ場合は、第二句の初めを掲げた。

両索引とも逆引きをして確認した。

全歌自立語総索引

あ

あかしのせと（明石の瀬戸） 982
あかす（明かす） あかす 949
あかつき（暁） 976 991 1694
あき（秋） 934 936〜939 945 946 949
953〜955 957 985 1648 1649 1651 1654 1659 1661 1703 1704 1707 1708
あきかぜ（秋風） 1646 1650 1652 1656 1699 1705
あきつしま（秋津嶋） 1000 1720
あきのこころ（秋の心） 994
あきのつき（秋の月） 997 1701
あきのの（秋の野） 943
あきのひ（秋の日） 987
あきのもみぢ（秋の紅葉） 973
あきのよ（秋の夜） 940 947 950 1655 1702
あきはぎ（秋萩） 942
あく（明く） あくる 902 931、あけ 1701
あく（飽く） あか 1696
あくがる（憧る） あくがれ 907
（朝明《け》）（有明）（有明の影）
あけがた（明方） 950 1656
あけぼの（曙） 915 1629 1636 1681
あさけ（朝明） 962
あさし（浅し） あさ 959☆
あさぢ（浅茅） 958 1657
あさつゆ（朝露） 942
あさは（浅羽） 959☆
あさひ（朝日） 998
あさひかげ（朝日影） 1664
あさぼらけ（朝朗け） 901
あし（芦） 930
あしがも（芦鴨） 1663
あしたづ（芦鶴） 993
あす（明日） 955 1659 1669
あすかかぜ（明日香風） 1706
あそぶ（遊ぶ） あそぶ 916
あたらよ（惜ら夜） 1701
あたる（当る） あたる 1713
あづさゆみ（梓弓） 1683
（心当てに）
あと（跡） 954 989 995
（庭の跡）
あと（後） 1675
あとなし（跡なし） あとなき 1715
あはゆき（沫雪） 1682
あはれ（哀） 973 979 1650 1722
あふ（会ふ） あは 932 992、あふ 974 995☆、1679☆
あふさかのやま（逢坂の山） 1679☆
（思ひ敢《あ》ふ）（消え敢ふ）（嘆き敢ふ）（干し敢ふ）
あふぎ（扇） 1698
あふぐ（仰ぐ） あふげ 1721
あぶくまがは（阿武隈川） 995☆
あまぎる（天霧る） あまぎる 968
あまつそら（天つ空） 997
あまてる（天照る） あまてる 1719
あまてるかみ（天照神） 971
あまのと（天の戸） 950
あまり（余り） 1725
あむ（編む） あめ 990
あめ（雨） 920 1658
（五月雨）（春雨）（村雨）
あやふし（危ふし） あやふき 988
あやめ（菖蒲） 925
（本荒）
あらし（荒し） あらく 1704
あらし（嵐） 955☆、964 1702 1709
あらそひかぬ（争ひ兼ぬ） あらそひかね 957

あらそふ(争ふ)　あらそふ 906 1704
あらたま(新玉) 902 1666
あらたまる(改まる)　あらたまる 1629
あらぬ(有らぬ) 1657
あらはる(現はる)　あらはれ 972
あられ(霰) 961 1712
あり(有り)　あら 923 924 955(あらじ)☆、969 1690 1723、あり 1687☆、あれ 918
ありあけ(有明) 909 983 1687 ☆
ありあけのかげ(有明の影) 935
ある(荒る)　あれ 1651
あれはつ(荒れ果つ)　あれはて 990
あをば(青葉) 1711
あをみどり(青緑) 1721

い・ゐ

(家居《ゐ》す)(雲居)
いかに(如何に) 1687
いかにす(如何にす)
　いかにせ 994、いかにせよ 940
いかばかり(如何許) 926
いくか(幾日) 1690
いくかへり(幾返り) 939 970
いくちよ(幾千代) 1668
いくとせ(幾歳) 1666

いくへ(幾重) 910
いくよ(幾世) 929 971
いくよ(幾夜) 981
いくよろづよ(幾万代) 1000
いそぐ(急ぐ)　いそぎ 953、いそぐ 987
いそべ(磯辺) 972 1683
いたく(甚く) 1653
いたづらに(徒らに) 1706
いづ(出づ)　いづる 902 977 982 1664 1693、いで 1675
(色に出づ)(待ち出づ)
いつか(何時か) 1728
いつしか(何時しか) 1629
いつも(何時も) 912
いづれ(何れ) 1640 1644
(片糸)
いとゆふ(糸遊) 916
いなむしろ(稲莚) 1695
いね(稲) 1656 ☆
いねがて(寝ねがて) 1656 ☆
いのち(命) 1669
いは(岩) 1665
いはき(岩木) 984 ☆
いはきのやま(磐城の山) 984 ☆
いはた(石田) 973 ☆
いはね(岩根) 934

いはひそむ(祝ひ初む)　いはひそむ 999
いはふ(斎ふ)　いはふ 1716
いひかぬ(言ひ兼ぬ)　いひかね 979
いふ(言ふ)
　いは 973☆、いひ 1655、いへ 938 1683
いへゐす(家居す)　いへゐし 986
いほ(庵) 1654
(仮庵)
いま(今) 914 935 951 961 1654
いまだ(未だ) 1631
いも(妹) 983
いりあひ(入相) 975
(氷居る)(つらら居る)
いる(入る)　いる 983☆、1700 ☆
いるさのやま(入佐の山) 983 ☆
いるの(入野) 1700 ☆
いるひ(入日) 1678
いろ(色) 942 1657 1673 1683 1709 1722
(色色)(桜色)(空の色)(花色衣)(花の色)(春の色)(松の色)(縁《ゆかり》の色)
いろいろ(色色) 951
いろにいづ(色に出づ)　いろにいづ 952
いろまさる(色増る)　いろまさり 1683

う

うきね(浮寝)　1663
うきはし(浮橋)　988 1638
うきみ(憂身)　1670
うく(受く)　うくる 1678
うぐひす(鶯)　902 1631 1681
うごきなし(動き無し)　うごきなき 1668
うし(憂し)　うき 978、うく 978
うたがふ(疑ふ)　うたがは 946
(年の内)
うぢ(宇治)　988
うちかはす(打ち交す)　うちかはし 910
うちちる(打ち散る)　うちちる 1697
うちなびく(打ち靡く)
　うちなびき 1711、うちなびく 1646
うちぬ(打ち寝)　うちぬる 1662
うちはらふ(打ち払ふ)　うちはらふ 967
うちふす(打ち臥す)　うちふす 1694
うちむる(打ち群る)　うちむれ 1630
うちやむ(打ち止む)　うちやま 1665
うちわたす(打ち渡す)　うちわたす 905
うつ(打つ)　うつ 972 ☆
(しで打つ)
うづき(卯月)　1691
うつす(移す)　うつす 906 1663
うつたへに(副)　972 ☆
うつつ(現)　1662 1692
うづむ(埋む)　うづむ 1658 1661
うつる(移る)　うつり 1637 1689
うつろふ(移ろふ)　うつろふ 942
うとむ(疎む)　うとま 1659
うのはな(卯花)　923
うはげ(上毛)　964
(尾上)(風の上)(雲の上)(袖の上)(波
　の上)
うまる(生まる)　うまれ 1670
うみ(海)　1707
(鳰の海)
うめ(梅)　1632 1680
う《む》めがえ(梅が枝)　905
う《む》めのはな(梅の花)　906 1682
(二見の浦)
うらかぜ(浦風)　1679
うらがる(末枯る)　うらがれ 958
うらみすつ(恨み捨つ)　うらみすて 1670
うらみる(浦見る)　うらみ 1714 ☆
うらむ(恨む)
　うらみ 918 1714☆、1724、うらむ 926 965
うらめし(恨めし)　うらめし 977
うらやむ(羨む)　うらやむ 1723
うれし(嬉し)　うれしき 995
うゑおく(植ゑ置く)　うゑおき 1633

え・ゑ

(玉江)
(梅が枝)
えだ(枝)　999 1691

お・を

(さ男鹿)
をがは(小川)　963
をがや(小萱)　943
おき(沖)　1663
おきつ(興津)　1675 ☆
をぎのは(荻の葉)　933 1699
をぎはら(荻原)　939
おきそふ(置き添ふ)　おきそふ 950
おきそむ(置き初む)　おきそめ 1698
おきまよふ(置き迷ふ)おきまよふ 952 1725
おく(置く)　おか 1661、おき 991☆、1710、
　おく 959 964☆、986☆、1715、おけ 923
(植え置く)(思ひ置く)(契り置く)
おく(起く)　おき 991☆、おく 964 ☆
をぐら(小倉・桜)　913 986 ☆

おくる(送る)　おくる 970
をさまる(治まる)　をさまり 1000
(さ男鹿)
をし(鴛) 964
をし(惜し)　をし 919、をしき 935
をしむ(惜しむ)　をしま 1676、をしむ 951
をじま(雄島) 965
おそし(遅し)　おそき 979
をだ(小田) 953
をちかた(遠方) 1706
をちかたびと(遠方人) 905
おつ(落つ)　おち 1658、おつる 934 1704
おと(音) 955☆、975
(鐘の音)(波の音)
をとこやま(男山) 999
おとづる(訪る)　おとづれ 961
おとづれ(訪れ・名) 929
おとはやま(音羽山) 955☆
をとめご(少女子) 915
おどろく(驚く)　おどろく 945
をの(小野) 942 973☆、1661
おのづから(自ら) 917
をのへ(尾上) 914
おのれ(己れ) 973☆
をばな(尾花) 1700

おひかぜ(追風) 1707
おほぞら(大空) 1632 1703
おほはら(大原・歌枕) 987
おほみやびと(大宮人) 1685
おぼゆ(覚ゆ)　おぼえ 978
おほよど(大淀) 1714
(田の面《も》)(庭の面)
おもかげ(面影) 921 1635 1676 1688
おもがはりす(面変りす)　おもがはりせ 1666
おもなる(面馴る)　おもなれ 977
おもひ(思ひ) 1666 1728
おもひあふ(思ひ敢ふ)　おもひあへ 953
おもひおく(思ひ置く)　おもひおき 1675☆
おもひぐさ(思ひ草) 1727
おもひたつ(思ひ立つ)　おもひたつ 910 1649☆
おもふ(思ふ)　おもひ 992、おもふ 915 985 1666 1671 1680 1697、おもへ 1659 1660
(物思ふ)
おもふこと(思ふ事) 947
おもふひと(思ふ人) 944
おる(織る)　おる 916
(雪折)
(山おろし)
(こきおろす)

か

(幾日)
(袖の香)(花の香)
(真《ま》澄《す》鏡)
かかる(懸る)　かかる 911
かかる(かくある)　かかる 940
かき(垣) 990
(御《み》垣)
かきね(垣根) 923
かきとどむ(掻き留む)かきとどめ 995☆
かきとどむ(書き留む)かきとどめ 995☆
(常磐堅磐《かきは》)
かく(掛く)かくる 1691 1716 1728、かけ 924 971☆
かげ(影) 906 977 1696
(朝日影)(有明の影)(面影)(月影)(日影)
かげ(陰) 967
(下陰)(松陰)(御《み》陰)
かけて(副) 971☆
かこつ(動)　かこつ 948
かさ(笠) 1710☆
かささぎ(鵲) 1710☆
かざし(挿頭) 1685

かさなる（重なる）かさなる 1674☆、1686☆
かさぬ（重ぬ）　かさね 913 941 1643
（裁ち重ぬ）（吹き重ぬ）
かすがの（春日野） 1727
かすみ（霞） 909 993 1629 1718
（春霞）
かすむ（霞む）　かすみ 1632
1679 1687、かすむ 901 1677 1681 1684、かすめ 907
かぜ（風） 925 939 940 944 965 1644 1645 1660 1681 1700 1704 1712
（秋風）（明日香風）（浦風）（追風）（川風）
（神風）（潮風）（波風）（初風）（松風）
（山風）（山下風）
かぜのうへ（風の上） 1713
かぜのならひ（風の習ひ） 1711
かた（方） 1640
（明方）（遠方）（遠方《をち》人）（久方）
（鳴海潟）
かたいと（片糸） 932
かたし（難し）
がた 1708☆、かたき 1670
かたみ（形見） 921 955 1661
（忘れ形見）
かたよる（片寄る）　かたより 1690
（山賤《がつ》）
（月の桂）
かづら（葛） 961

（諸《もろ》葛）
（木綿《ゆふ》鬘）
（寝《い》ねがて）
かなし（哀・悲し）
かなし 939 1655、かなしけれ 1671
（争ひ兼ぬ）（言ひ兼ぬ）
かね（鐘） 975
かねて（兼ねて） 945
かねのおと（鐘の音） 936
（阿武隈川）（滝川）（御裳濯川）
かはかぜ（川風） 1695 1698
かばかり（か許） 1670
（打ち交《かは》す）
（面変りす）
かはる（変る）
かはら 975 1683 1709 1722、かはる 1673 1689
かひ（甲斐） 956 991
かふ（替・代・変ふ）　かへ（身をも〜） 932 974（身を〜）
（立ち替ふ）（脱ぎ替ふ）（引き替ふ）
（散り交ふ）
かへす（返す）　かへす 918
（幾返り）
かへりみる（返り見る）　かへりみる 1677
かへる（帰る）　かへる 910 987 1634 1714 1720
（立ち返る）

（問ひ顔）
（その上《かみ》）
かみ（神） 999
（天照神）
かみかぜ（神風） 1639
かみさぶ（神さぶ）　かみさび 1716
かみなづき（神無月） 956 1662 1710
かみまつる（神祭る）　かみまつる 1691
かも（賀茂） 1698
（芦鴨）
（小萱）
かよふ（通ふ）　かよふ 1646
からころも（唐衣） 941
（木枯らし）
（初雁）
かり（仮） 989
かりいほ（仮庵） 941
かりがね（雁） 910 994 1634
かりね（仮寝） 931
かる（刈る）　から 930
かる（借る）　から 943、かる 973
（宿借る）
（末《うら》枯る）（霜枯る）（冬枯る）
かわく（乾く）　かわく 1724

（岩木）（真木）（真木の戸）（柾《まさ》木）（埋《む》木）

き

きえあふ（消え敢ふ）　きえあへ 903
きく（聞く）　きく 961 1655 1658
きくさ（木草） 1673
きさらぎ（如月） 1688
きし（岸） 1647
きなる（着馴る）　きなれ 1674 ☆
きなれのやま（きなれの山） 1674 ☆
きのふ（昨日） 901
（水際）
きみ（君） 992 996 1000 1668 1719 1727
（我君）
きみがよ（君が世） 993 1667
きゆ（消ゆ）　きえ 969
きよし（清し）　きよき 946
きり（霧） 1706
きる（着る）　き 1710 ☆、きる 941
（天霧る）
（横切る）

く

く（来）　き 901 904 937 1649 1710 ☆、こ 977 984 ☆、1658
（散り来）
くさ（草） 1676
（思ひ草）（木草）（下《した》草）（夏草）（若草）
くさのゆかり（草の縁） 924
くさば（草葉） 937
くさまくら（草枕） 981
（玉匣）
くだく（砕く）　くだくる 947 1665
くつ（朽つ）　くち 958 986 1724
くも（雲） 911 968 1644 1650 1677 1692 1697 1702
（白雲）（峯の雲）（村雲）（横雲）
くものうへ（雲の上） 997 ☆
くものぼる（雲上る）　くものぼる 1643
くもりなし（曇りなし）　くもりなき 1728
くもりはつ（曇り果つ）　くもりもはて 1632
くもる（曇る）　くもら 960、くもり 1653、くもる 946
くもゐ（雲居） 1685
くる（暮る）　くるる 962 1669 1708、くれ 917 954 1650 1666 1690 1718
くれ（暮） 975 1697
（夕暮）

け

（上《うは》毛）
けさ（今朝） 901 1657
けしき（気色） 938 997
けふ（今日） 902 925 936 1629 1641 1650 1659 1669 1679 1718
けふそへに（今日そへに） 1660

こ

（少女子《ご》）
こえわぶ（越え侘ぶ）　こえわび 984
こがらし（木枯） 960 1658
こきおろす（こき下す）　こきおろす 1660
こけ（苔） 1671
ここちす（心地す）　ここちこそすれ 1653
こころ（心） 911 948 1699（〜から）
（秋の心）
こころあてに（心当てに） 1682
こころのそこ（心の底） 1726
（末越す）
こずゑ（木末） 1665 1677 1687
こたふ（答ふ）　こたふ 1699、こたへ 905 1721
（思ふ事）
ことし（今年） 1718
ことづつ（言伝つ）　ことづてよ 914
こととひかぬ（言問ひ兼ぬ）　こととひかね 1705
こととふ（言問ふ）　こととは 980、こととへよ 1675

ごとに（毎に） 999
（物毎に）
ごとの（毎の） 1659
ことのは（言の葉） 1649
（大和言の葉）
ことわり（理） 1694
こぬみのはま（こぬみの浜） 984 ☆
このごろ（この比） 1717
このは（木葉） 955 1660
このはしぐれ（木の葉時雨） 1662
このよ（この世） 1669
こはぎ（小萩） 1651
こひ（恋） 974
こひわたる（恋ひ渡る）　こひわたる 971
こふ（恋ふ）　こひ 978 1635
こほりゐる（氷居る）　こほりゐ 963
こぼる（零る）　こぼる976、こぼるる 942
こま（駒） 967 984
こまつ（小松） 1683
こや（小屋） 962
ころ（頃） 907 930 1641
（この頃）（花の頃）
ころも（衣） 952
（唐衣）（蟬の羽衣）（旅衣）（露分衣）（夏衣）（花色衣）
ころもうつ（衣打つ）　ころもうつ 1705
ころもで（衣手） 966
こゑ（声） 908 944 965 1655 1656 1684 1694 1700 1705
（八声）
こゑたつ（声立つ）　こゑたて 933

さ

さえとほる（冴え徹る）　さえとほる 1713
さかり（盛り） 914
（月の盛り）
さく（咲く）　さく1691、さけ 1635
さくら（桜） 912 914 1685
さくらいろ（桜色） 1689
さくらばな（桜花） 918 1635 1637
ささのは（笹の葉） 981
さしそふ（差し添ふ）　さしそふ 999
さす（差す）　さす 935 ☆
さすがに（流石に） 935 ☆
さぞな（然ぞな） 1655
さそふ（誘ふ）　さそひ 1681
さだかに（定かに） 907
さつき（五月） 921（〜しも） 1642
さて（然て）
さと（里） 927 987 1651 1682
（古里）
さとなれはつ（里馴れ果つ）　さとなれはつる 926
さとびと（里人） 988
さの（佐野） 967
さはべ（沢辺） 993
さびし（寂し）
　さびし926、さびしき938、さびしさ 949 1665
（神さぶ）
さみだれ（五月雨） 930 1643 1693
さむし（寒し）　さむく966、さむみ 941
さむしろ（狭筵） 949
さゆ（冴ゆ）　さえ1657、さゆる 1710
さゆりば（小百合葉） 1646
さよ（小夜） 979
さよちどり（小夜千鳥） 995
さらに（更に） 993
さらば（然《さ》・あらば） 960
さをしか（さ雄鹿） 953 1655 1700

し

しか（鹿） 932 990
（さ男鹿）
しかのね（鹿の音） 943
しきたへ（敷妙） 1648

しく(如く)　しか 949 1686
しぐる(時雨る)　しぐる957、しぐれ 1710
しぐれ(時雨) 951 954
(木葉時雨)(杉の葉時雨)
しげみ(茂み) 1646
しげる(茂る)　しげる 922
(散り敷く)
した(下) 1646 1677
したかげ(下陰) 919 1645
(山下風)
したくさ(下草) 1631 1690
したつゆ(下露) 1649
したば(下葉) 957
したふ(慕ふ)　したふ 983 1674
したもえわぶ(下萌え侘ぶ)
したもえわぶる 1727
したもみぢ(下紅葉) 1697
しづかなり(静かなり)　しづかに 1720
しづのめ(賤の女) 987
しづむ(沈む)　しづみ 1723
しでうつ(しで打つ)　しでうつ 952
しののめ(東雲) 931 959 1648
しのはら(篠原) 1661
しのぶ(偲ぶ)　しのば920、しのぶ 1661
しのぶ(忍ぶ)しのび933 933、しのぶる 974

しば(柴) 962
しばのと(柴の戸) 989
しばし(暫) 927 962 1647 1661
(一入《しほ》)
しほかぜ(潮風) 985
(秋津嶋)(雄島)(松島)
しむ(占む)　しめ 930
しも(霜) 950 952 958 959 964 1634 1661 1710 1713 1715 1725
(露霜)(初霜)
しもがる(霜枯る)　しもがれ 1676
しらくも(白雲) 910☆、913 1635 1640☆、1684
しらたま(白玉) 934☆
しらつゆ(白露) 937
しらなみ(白波) 1696
しらゆき(白雪) 1630 1687 1716
しらゆふ(白木綿) 1691
しる(知る)　しら
910☆、917 934☆、947 966 991 994 1640☆、
1646 1648 1669 1673 1717、しる1631、しれ1722 1724
しるし(著し)しるき904、しるし 911 997 1684
しるべ(標) 919
しろたへ(白妙) 952 968 1664 1680
しをりす(栞す)　しをりせよ 989
しをる(萎る)　しをれ 937 981 1634

す

す(為)　せ 929 980
(如何《いか》にす)(家居す)(面変りす)(心地
す)(栞す)(手《た》向す)(友とす)(眺め
す)
すう(据う)　すゑ 992☆
すがのね(菅の根) 922
すがはら(菅原・歌枕) 927
すぎ(杉) 1645☆
すぎのはしぐれ(杉の葉時雨) 1709☆
すぐ(過ぐ)　す
ぎ1645☆、1709☆、1715、すぐる 1673 1689 1705
(村薄)
すずし(涼し)すずしき1698、すずしく 936
すずむ(涼む)　すずむ 1647 1695
すつ(捨つ)　すつる 1653
(恨み捨つ)(ふり捨つ)
すみよしのはま(住吉の浜) 1647
すむ(澄む)　すむ 1667
すゑ(末) 958☆、1668
(木末)(葉末)(行末)
すゑこす(末越す)　すゑこす 939
すゑの(末野) 992☆
すゑば(末葉) 958☆

せ

（明石の瀬戸）
せみのはごろも（蟬の羽衣） 933

そ

そ（其） 1708
そこ（其処） 917
（心の底）
そそや 1699
そで（袖） 937 942 944 967 976 986 1680 1689 1706 1710 1724 1725
（誰が袖）
そでのうへ（袖の上） 906 972 1652
そでのか（袖の香） 925
そでふる（袖振る） そでふる 915 ☆
そでふるやま（袖振山） 915 ☆
そなた（名） 944
そなれまつ（磯馴松） 1665
そのかみ（其の上） 1723
そふ（添ふ） そは998、そふ1667
（置き添ふ）（差し添ふ）（立ち添ふ）（身に添ふ）
（今日そへに）
（祝ひ初む）（置き初む）（告げ初む）（匂ひ初む）
そめはつ（染め果つ） そめはつる 951
そよぐ（戦ぐ） そよぎ1645、そよぐ1656
そよに（副） 981
そら（空） 908 911 916 927 935 950 962 983 1634 1636 1638 1640 1643 1667 1678 1701 1715 1721 1727
（天つ空）（大空）
そらになす（空に為す） そらになし 909
そらのいろ（空の色） 945
それ（代名） 908 915 1640 1672 1697

た

（小田）（山田）
たえず（絶えず） 1660
（箸鷹）
たかさご（高砂） 914
たが（誰が） 1649
たがそで（誰が袖） 929
たがため（誰が為） 1642
たかののやま（高野の山） 1667
たきがは（滝川） 934
たく（焚く） たく 962
たぐひ（類） 1717
たけ（竹） 990 1722
（木綿襷）
ただ（唯） 948 1659
ただぢ（直路） 1692
（夕立）
たちかさぬ（裁ち重ぬ） たちかさね 904
たちかふ（裁ち替ふ） たちかふる 1641 ☆
たちかへり（立ち返り） 1696 ☆
たちかへる（立ち返る） たちかへり1629☆、1671
たちそふ（立ち添ふ） たちそふ 1635
たちど（立ち所・処） 994
たちばな（橘・立花） 925
（花橘）
たつ（立つ） たち1629 ☆、1641☆、1696☆、たつ909 913☆、921
（思ひ立つ）（声立つ）
（芦鶴《たづ》）
たつたやま（竜田山） 913 ☆
たつたのやま（立田の山） 1649 ☆
たづぬ（尋ぬ） たづぬ1686、たづぬれ 903
たてぬき（経緯） 916
たなびく（棚引く） たなびく 968
たにのと（谷の戸） 902
たのむ（頼む） たのみ917、たのむ 992 996 1719 1726、たのむる975、たのめ928
たのも（田の面） 1656
たびごろも（旅衣） 1674

(白妙《たへ》)
たま(玉) 923
(新《あら》玉)(白玉)
たまえ(玉江) 930
たまくしげ(玉匣) 1701
たまちる(玉散る) たまちる 1652
たまぼこ(玉鉾) 1664
たまくら(手枕) 979
たみのと(民の戸) 1000
たむけす(手向す) たむけし 956
(誰が為)
たもつ(保つ) たもた 1000
たゆ(絶ゆ) たえ 1662 1672
(途絶ゆ)
たより(便り) 1705
たれ(誰) 965 979 1633 1655
たわに(副) 923
たをやめ(手弱女) 1706

ち

(幾千世)(千千に)(小夜千鳥)(百千鳥)
(浅茅)
(直《ただ》路)
ちぎりおく(契り置く) ちぎりおか 1654
ちぢに(千千に) 947
ちとせ(千歳) 999
ちどり(千鳥) 965
(小夜千鳥)(友千鳥)(浜千鳥)(百千鳥)
ちひろ(千尋) 1707
ちよ(千代) 998 1685
(幾千代)
ちりかふ(散り交ふ) ちりかふ 1682
ちりく(散り来) ちりくる 1713
ちりしく(散り敷く) ちりしく 918
ちりはつ(散り果つ) ちりはて 928 961
ちりまがふ(散り紛ふ) ちりまがへ 956
ちりゆく(散り行く) ちりゆく 942
ちる(散る) ちら 923、ちる 955
(打ち散る)(玉散る)

つ

(行き疲る)
つき(月) 906 907 917 945 948 949 960 966 977 979 982 983 985 1632 1643 1652 1653 1657 1667 1687 1693 1696 1715
(秋の月)(卯月)(神無月)(五《さ》月)(水無月)(夕月夜)(弓張の月)
つきかげ(月影) 909 937 950 1654 1663 1675 1703 1726
つきのかつら(月の桂) 1702
つきのさかり(月の盛り) 947
つきひ(月日) 1673 1689 1709 1719
つきよ(月夜) 946
(夕月夜)
つぐ(継ぐ) つぎ 969
(木綿付鳥)
つげそむ(告げ初む) つげそめ 1649
つたふ(伝ふ) つたふ 1700
(言伝《ことづ》つ)
つばさ(翼) 1634
(涙の端《つま》)
つまどふ(妻問ふ) つまどふ 953
つむ(摘む) (身に〜)つむ 1630 1680
つもる(積る) つもる 970 1637 1657
つゆ(露) 923 941 943 976 991 1657 1698 1704
(朝露)(下露)(白露)(夕露)
つゆけし(露けし) つゆけき 933
つゆじも(露霜) 986
つゆわけごろも(露分衣) 931
つら(列) 994
つらし(辛し)
つらき 978 1701、つらさ 1659、つらし 978
つらゐる(氷居る) つらゐ 1663
つれなし(形)
つれなき 974 1693、つれなさ 980

て

（衣手）
てなる（手馴る）　てなれ 992
てらしみる（照らし見る）てらしみよ 1726
てらす（照す）　てらす 998
（天照る）（天照《てる》神）

と

（明石の瀬戸）（天の戸）（柴の戸）（谷の
戸）（民の戸）（真木の戸）
（立ち所・処）（臥し所・処）
とき（時） 918 1651
ときはかきは（常磐堅磐） 996
とこ（床） 941
とし（年） 902 970 1659 1666
（幾歳）（今年）（千歳）（十年）（一年《とせ》）（三
年）
としのうち（年の内） 1688
としふ（年経）　としふ 1639、としふれ 1653
としふる（年古る）　とりふり 1716
とだゆ（途絶ゆ）　とだえ 1638
ととせ（十年） 1725
（掻き留む）（書き留む）
とばかり（と許） 978 1637
とひがほ（問ひ顔） 976 1652
とふ（問ふ）
とは 944 1672、とふ 985 989、とへ 934 1717
（言問ひ兼ぬ）
（言問ふ）（妻問ふ）
とぶひ（飛火・地名） 903
とほし（遠し）　とほき 1703
（冴え徹る）
とまる（止まる）　とまら 921
とむ（止め）　とめ 967
ともす（灯す）　ともす 932
（我友）
ともちどり（友千鳥） 1714
ともとす（友とす）　ともとし 982
とやま（外山） 961 1629 1681 1712
とり（鳥） 991
（小夜千鳥）（千鳥）（友千鳥）（浜千鳥）
（百千鳥）（木綿付鳥）
とりのね（鳥の音） 979
とををに 1691

な

な…そ（禁止） 953
な（名） 983 1671
（若菜）
ながし（長し）　ながく 922
ながむ（眺む）
ながむる 948、ながむれ 945、ながめ 1715
ながめす（眺めす）　ながめする 1650
ながめなす（眺め為す）　ながめなし 1718
たなめやる（眺め遣る）　ながめやる 931（〜に）966
ながら（乍）
なく（鳴く）　なく 991 993 1642、なけ 1631
（鳴く鳴く）
なくなく（鳴く鳴く）　なくなく 951 1675
なぐさむ（慰む）　なぐさむ 948
なぐさめ（慰め・名） 974
なげ（無げ） 917
なげきあふ（嘆き敢ふ）なげきもあへ 1637
なげく（嘆く）
なげか 1723、なげき 949、なげく 1669
なごり（名残） 920 1641 1644
なし（無し）　な 1694☆、なき 974 987
991 1651 1724、なけれ 956、なし 954 955 967 1678
（跡無し）（動き無し）（曇り無し）（程無
し）
（空に為す）（眺め為す）
なつ（夏） 934 1645 1698
なつくさ（夏草） 922 931
なつごろも（夏衣） 921 1641

なつのひ(夏の日) 1695
なつのよ(夏の夜) 1694☆、1696
なづむ(泥む) なづむ 984
など(＝どうして) 948
なに(何) 928
なのる(名告る) なのる 905
なびく(靡く) なびき 1712、なびく 1690 1695
(打ち靡く)
なほ(猶) 957 980 1636 1642 1643 1670 1671 1716
なみ(波) 972 1647 1665 1678 1720
(白波)
なみかぜ(波風) 1714
なみのうへ(波の上) 982
なみのおと(波の音) 988
なみだ(涙) 943 946 973 1653 1704
なみだのつま(涙の端) 985
ならす(慣らす) ならす 937
ならのは(楢の葉) 1704
ならひ(習ひ) 1655
(風の習ひ)
ならふ(習ふ) ならふ 925
なる(為る) なり 1709 1718、なる 922 985 ☆
なる(馴る) なれ 939 1688 1688 1722
(面馴る)(里馴れ《(る)》果つ)(手馴る)
(磯《そ》馴松)

なるみがた(鳴海潟) 985 ☆

に

には(庭) 954 1687
(萩の錦)(花の錦)
にはのあと(庭の跡) 1672
にはのおも(庭の面) 969 990 1651
にはのまつ(庭の松) 964
にほのうみ(鳰の海) 1679
にほひ(匂ひ・名) 905 906 1632
にほひそむ(匂ひ初む) にほひそめ 1685
にほふ(匂ふ) にほふ 913 1681

ぬ

ぬ(寝) ね 949 984 988 1657
(打ち寝《ぬ》)
(経緯《たてぬき》)
ぬぎかふ(脱ぎ替ふ) ぬぎかへ 921
ぬく(抜く) ぬく 923
ぬさ(幣) 956 1707
ぬる(濡る) ぬるる 944

ね

ね(音) 993(～をなく)
(鹿の音)(鳥の音)(初音)

(岩根)(垣根)(菅の根)(松が根)
(浮寝)(仮寝)(一人寝)

の

(秋の野)(入野)(小野)(春日野)(末野)
のき(軒) 906 925
のこる(残る) のこる 909 1671 1673、のこれ 1633
のち(後) 1670 1708
のどかなり(形動)
のどかなる 997 1719、のどかに 1684
のはら(野原) 1654
のべ(野辺) 905 951 1630
(雲上る)
のもり(野守) 903
のら(野ら) 959
のり(法) 1668

は

(蟬の羽衣)
(山の端)
(青葉)(荻の葉)(木葉)(木葉時雨)(草葉)(笹の葉)(小百合葉)(下《した》葉)(杉の葉時雨)(末《すゑ》葉)(楢の葉)(一葉)
(二葉)(紅葉葉)
ばかり(許) 989 1647 1719 1723

(如何《いか》許)(か許)(と許)
ばかりに(許に) 922
(秋萩)(小萩)
はぎのにしき(萩の錦) 941
はこや(名) 996
(蟬の羽衣)
はし(階) 1658
(浮橋)
はしたか(箸鷹) 992
(吹き始む)
はずゑ(葉末) 1690
はたて(果たて) 1650
はつ(果つ) はつる 1698、はて 1721
(荒れ果つ)(曇り果つ)(里馴れ果つ)
(染め果つ)(散り果つ)
はつ(初) 936 ☆
はつかぜ(初風) 1648
はつかり(初雁) 944 1656 1705
はつしも(初霜) 953
はつせ(初瀬) 936 ☆
はつせやま(初瀬山) 912
はつね(初音) 1692
はつはな(初花) 1680
はな(花) 913 917 919 921 969 1630 1636 1641 1684 1687 1688 1691
(卯花)(梅の花)(尾花)(桜花)(立花)
(初花)(花立花)
はないろごろも(花色衣) 904
はなたちばな(花橘・立花) 928 929 1644
はなのいろ(花の色) 915
はなのか(花の香) 907
はなのころ(花の頃) 911
はなのにしき(花の錦) 916 1686
はなる(離る) はなれ 934
はね(羽) 910 1710
(こぬみの浜)(住吉の浜)
はまちどり(浜千鳥) 1675
(荻原)(篠《しの》原)(菅原)(野原)(わたの原)
はらふ(払ふ) はらふ 964 981
(打ち払ふ)(吹き払ふ)
(弓張の月)
はる(晴る) はる 1728、はれ 1702
はる(春) 901 904 912 913 915 916 918 919 920 969 970 1629
1631 1633 1636 1637 1639 1640 1677 1679 1681 1682 1683 1687 1690 1717 1725
はるがすみ(春霞) 1686
はるさめ(春雨) 908 1634
はるのいろ(春の色) 903
はるのみや(春の宮) 998
はるのよ(春の夜) 1632 1638
はるかなり(遙かなり) はるかなる 1692

ひ

ひ(日) 1684 1718 1724
(秋の日)(朝日)(朝日影)(入る日)(月日)(夏の日)
ひ(火) 932
ひかげ(日影) 922
(朝日影)
ひかり(光) 998 1667 1713
ひきかふ(引き換・替ふ) ひきかへ 938
ひさかた(久方) 971 1719
ひさし(久し) ひさしき 975
ひと(人) 973 977 978 984 989 1672 1724
(遠方《をち》人)(大宮人)(思ふ人)(里人)(舟人)(諸人《もろびと》)
ひとしほ(一入) 912
ひとつ(一つ) 1678 1703
ひととせ(一年) 958 1715
ひとは(一葉) 960
ひとへ(一重) 1689
ひとめ(人目) 978
ひとり(一人) 1658 1693
ひとりね(一人寝) 964
ひびき(響き) 952
ひびく(響く) ひびく 936

（山姫）
ひよし（日吉）　1728
（千尋《ひろ》）

ふ

ふ（経）　へ　930　946　1636　1641　1703
（年経）
ふかし（深し）　ふかき　959　1717
（夜深し）
ふきかさぬ（吹き重ぬ）　ふきかさね　1707
ふきはじむ（吹き始む）　ふきはじめ　940
ふきはらふ（吹き払ふ）　ふきはらへ　960
ふきまず（吹き交ず）　ふきまぜ　968
ふく（吹く）
　ふく　1644　1650　1679　1704　1706　1709　1712、ふけ　925
ふく（葺く）　ふく　925
（夜更く）
ふしど（臥し所・処）　990
ふしみ（伏見）　927
ふしわぶ（伏し侘ぶ）　ふしわび　963
（打ち臥す）
ふたば（二葉）　903
ふたみのうら（二見の浦）　1701
ふぢ（藤）　919
ふなびと（舟人）　982
ふゆ（冬）　958　959　1660　1709　1712
ふゆがる（冬枯る）　ふゆがれ　1711
ふゆのよ（冬の夜）　963
ふりすつ（振り捨つ）　ふりすて　920
ふりゆく（古り行く）　ふりゆく　908☆
ふる（降る）ふら969、ふり908☆、1636☆、1725☆、ふる954☆、966　1631☆、1634　1664
（袖振る）
ふる（古る）
　ふり　990　1633　1636☆、1725☆、ふる　954☆
（年古る）
ふるさと（古里）　954☆、1631☆、1677

へ

（幾重）（一重）
（磯辺）（沢辺）（野辺）（道の辺）（寄辺）
へだつ（隔つ）　へだて　1641　1725

ほ

ほか（他）　1720
（玉鉾）
ほしあふ（干し敢ふ）　ほし（も）あへ　931
ほす（干す）　ほさ　986
ほど（程）　987　1646　1694
ほどなし（程無し）　ほどもなく　1688
ほととぎす（郭公）　924　926　927　928　1692　1693
（山郭公）
（明ぼの）
ほのぼのと　1700

ま

ま（間）　980　1669
まがふ（紛ふ）　まがは　1702
（散り紛ふ）
まき（真木）　957
まきのと（真木の戸）　935
まく（負く）　まけ　974
まくら（枕）　947　1648
（草枕）（手枕）
まさき（柾木）　961
（色増る）
ます（増す）　ます　946☆
（吹き交《ま》ず）
ますかがみ（真澄鏡）　946☆
また（又）　965　1650
まだ（未）　938　959　1641　1648
まだき（未き）　933
まちいづ（待ち出づ）　まちいで　1643　1691
まつ（松）　914☆、999　1673　1714　1716
（小松）（磯馴《そ》松）（庭の松）

まつ(待つ) また 924 1642、まち 902 1635、まつ 914☆、951☆、965☆、977 980 1667 1676 1727
まづ(先) 944 1656 1669
まつかげ(松陰) 1647
まつかぜ(松風) 968
まつがね(松が根) 972
まつしま(松島) 965☆
まつのいろ(松の色) 912
まつむし(松虫) 951☆
(神祭る)
ままに(儘に) 922
まよふ(迷ふ) まよふ 1634
(置き迷ふ)

み

み(身) 932 970 974 984☆、1723 1724(身を知る)
(憂身)(我身)
みかき(御垣) 1722
みかきがはら(御垣が原) 1680
みがく(磨く) みがき 1664
みかげ(御陰) 996 1719
みかさやま(三笠山) 1717
みぎは(水際) 1663
みす(見す) みせ 980
みそぎ(禊) 1698
みだる(乱る) みだれ 916 994
みち(道) 959 1658 1662 1664 1695
みちのべ(道の辺) 1633
みづ(水) 934 1696
(山水)
みとせ(三年) 1725
(青緑)
みなづき(水無月) 935
みにそふ(身に添ふ) みにそふ 1676
みね(峯) 913 932 968 1630 1635 1638
みねのくも(峯の雲) 1674
みねのゆき(峯の雪) 901
みむろ(御室) 1668 1716
みもすそがは(御裳濯川) 1639 1726
みや(宮) 1728
(大宮人)(春の宮)
みやこ(都) 904 914 982 985 987 1630 1686
(大宮人)
みやま(深山) 926 981 1693
みゆ(見ゆ) みえ 907 930 943 1651 1711、みゆ 989
みよ(御代) 992
みよしの(み吉野) 901☆、1636☆
みる(見る) み 901☆、912 917 930 1636☆、1640、1645☆、みる 969 1630、みれ 962
(浦見る)(返り見る)
みわ(三輪) 1645☆

む

むかし(昔) 908 925 1672 1703 1720
むかふ(迎ふ) むかへ 970
(手向す)
(松虫)
(稲莚)(狭莚)
むすぶ(結ぶ) むすば 963 1668、むすぶ 922、1696
むなし(空し) むなしき 1658、むなしく 1721
むめ(梅)→うめ
むもれぎ(埋木) 1717
むらくも(村雲) 1712
むらさめ(村雨) 927
むらすすき(村薄) 1711
(打ち群る)
(御室《みむろ》)

め

(少女子)(賤《しづ》の女)(手弱女)
(人目)
めぐみ(恵) 1727
(山廻《めぐ》る)

（下萌え侘ぶ）

も

もと（元）　1703
（山本）
もとあら（本荒）　1651
ものおもふ（物思ふ）　ものおもは 940
ものごとに（物毎に）　1708
もみぢ（紅葉）　954 956 1706
（秋の紅葉）（下《した》紅葉）
もみぢば（紅葉葉）　1707
ももちどり（百千鳥）　908 1684
もよほす（催す）　もよほす 948
（野守）
もる（漏る）　もる 906、もるる 912
もろかづら（諸葛）　924
もろびと（諸人）　904

や

（小屋）
やこゑ（八声）　991
やすむ（休む）　やすめ 1699
やすらふ（休らふ）
　やすらふ 920、やすらへ 927
やど（宿）　929 991 1673 1676
（我宿）
やどかる（宿借る）　やどから 919
やどす（宿す）　やどす 1696
やどる（宿る）　やどる 1652 1726
やなぎ（柳）　1633 1695
やま（山）　910 953 986 996 1686
（逢坂の山）（磐城の山）（入佐の山）（男山）（音羽山）（きなれの山）（袖振山）（高野の山）（竜田の山）（竜田山）（外山）（初瀬山）（三笠山）（深山）（吉野山）
やまおろし（山颪）　936
やまかぜ（山風）　1690
やまがつ（山賤）　962
やましたかぜ（山下風）　976
やまだ（山田）　918
やまとことのは（大和言の葉）　1720
やまのは（山の端）　909 966 977 1643 1678 1702
やまひめ（山姫）　1707
やまほととぎす（山郭公）　1642
やまみづ（山水）　1668
やまめぐる（山廻る）　やまめぐり 957 1697
やまもと（山本）　1645
（夕闇）
（打ち止む）
やよひ（弥生）　1688
（眺め遣《や》る）

ゆ

（草の縁《ゆかり》）
ゆかりのいろ（縁の色）　919
ゆき（雪）　903 959 966 967 968 969 1631 1636 1664 1717 1718
（白雪）（沫《あは》雪）（峯の雪）
ゆきをれ（雪折）　1665
ゆきつかる（行き疲る）　ゆきつかれ 1695
ゆく（行く）　ゆく 918 920 1640
（散り行く）（古り行く）
ゆくすゑ（行末）　998 1654 1721
ゆくへ（行方）　1671
ゆづる（譲る）　ゆづり 929
ゆふ（木綿）　1716
（白木綿）
ゆふかづら（木綿鬘）　971
ゆふだすき（木綿襷）　1728
ゆふぐれ（夕暮）　920 939 967 1639 1644 1659 1704 1712
ゆふつけどり（木綿付鳥）　1694
ゆふだち（夕立）　1645 1697
ゆふづくよ（夕月夜）　1700 1713
ゆふつゆ（夕露）　981
ゆふべ（夕べ）　938 945 1642

ゆふやみ（夕闇）　966
（梓弓）
ゆみはりのつき（弓張の月）　938
ゆめ（夢）　907 963 988 1638 1662 1674 1692
（小百合葉）
ゆゑ（故）　979

よ

よ（節）　930 ☆
よ（世）　1724
（幾千世）（幾世）（幾万代）（君が世）（こ
の世）（千代）（御《み》世）（四世）（世世）
（万代）
よ（夜）　930 ☆、977 1643 1657 1710
（秋の夜）（惜《あた》ら夜）（幾夜）（小《さ》夜）（小夜
千鳥）（月夜）（夏の夜）（春の夜）（冬
の夜）（夕月夜）
よこぎる（横切る）　よこぎる 1712
よこぐも（横雲）　1638
よし（副）　960
（み吉野）
よしのやま（吉野山）　911
よすが（名）　928
よそに（外に）　970 1645
よは（夜半）　1674
よぶかし（夜深し）　よぶかき 965
よふく（夜更く）　よふくる 1714
よなよな（夜な夜な）　958
よも（四方）　960 1000 1660 1684
よよ（四世）　1722
よよ（世世）　990
よる（夜）　988 1647 1725
よるよる（夜夜）　932 ☆
（夜夜）
よる（寄る）　よる 1647
（片寄る）
よる（縒る）　よる 932 ☆
よるべ（寄辺）　1663
よろづよ（万代）　996
（幾万代）
よわたる（夜渡る）　よわたる 1715

わ

わが（我が）　930 1654 1658 1726
わがきみ（我君）　995 998
わがとも（我友）　1722
わかくさ（若草）　1677
わかな（若菜）　903 1630 1680
わがみ（我身）　908 954 1699 1703
わがやど（我宿）　980
わかる（別る）　わかるる 976 1638 1640
わかれ（別れ）　1708
わく（分く）　わ
か1682、わく1682、わくる943、わけ 993
（露分衣）
わくらばに（副）　975 1672
わする（忘る）　わすれ 989 1633 1639 1699
わすれがたみ（忘れ形見）　1708 ☆
（うち渡す）
わたのはら（わたの原）　1678
わたり（渡・辺り）　967
わたる（渡る）　わたる 950 963
（恋ひ渡る）（夜渡る）
わぶ（侘ぶ）　わび1652、わぶる 964
（越え侘ぶ）（下萌え侘ぶ）（伏し侘ぶ）
われ（我）　920 983 985 1652 1676

五句索引

あ

あかしのせとを 982
あかすさむしろ 949
あかつきのこゑ 1694
あかつきのつゆ 991
○あかつきは 976
あきかぜぞふく 1650
○あきかぜに
　そよぐ 1656
　わびて 1652
あきかぜに 1705
○あきかぜよ 1699
○あききぬと 1649
○あきくれて 954
○あきつしま
　ほかまで 1720
　よもの 1000
○あきといへば 938
あきとはかねて 945
あきないそぎそ 953
あきにだに 957
あきにはしかじ 949
あきのかたみを 1661
あきのこころを 994
あきのしほかぜ 985
あきのつき 997 1701
○あきののに 943
あきのはつかぜ 1648
○あきのひに 987
あきのもみぢば 1707
あきのもみぢを 973
あきのゆふぐれ 939 1659 1704
あきのよと 1655
あきのよに 940
○あきのよの 950
あきのよの 947
○あきのよは 1702
あきはきにけり 937
○あきはぎの 942
あきははつせの 936
あきはみえけり 1651
あきもあらしの 955
○あきをへて
　くもる 946
　むかし 1703
あくがれて 907
あくるしののめ 931
あけがたのそら 950
あけぼののそら 1636
あけまくつらき 1701
あさけのこやに 962
あさぢはくちぬ 958
あさつゆは 942
あさはののらに 959
あさひかげかな 1664
あさぼらけ 901
○あしがもの 1663
あしたづの 993
あすかかぜ 1706
○あすしらぬ 1669
○あすよりは 955
あたらよのそら 1701
あたるひかりに 1713
○あづさゆみ 1683
あとぞうれしき 995
あとだにもなし 954
あとのつきかげ 1675
あとはたえにき 1672
あとみゆばかり 989
あはずはしかの 932
あはむとおもひし 992
あはれしれ 1722
○あはれとも 973
○あはれまた 1650
あふぎにつゆも 1698
あぶくまがはの 995
○あふげども 1721
あふさかの 1679
○あまつそら 997
あまてるかみの 971
あまてるつきひ 1719
あまのとわたる 950
あめおちて 1658
あめのゆふぐれ 920
○あやめふく 925
あらざりしみの 1723
あらしにはれて 1702
あらそひかねし 957
○あらたまの
　としのあくるを 902
　としのいくとせ 1666
あらぬあさぢの 1657
あらねども 924
あらはれぬべき 972

あられよこぎる 1712
あられをぞきく 961
○ありあけの 909
ありあけのかげの 935
ありあけのそら 983
あれはてて 990
あをばもみえぬ 1711
あをみどり 1721

い

○いかにせむ 994
いかにせよとて 940
○いかばかり 926
○いくかへり
なれても 939
はるをば 970
いくかもあらぬを 1690
いくちよのりの 1668
いくよしをれぬ 981
いくよろづよも 1000
いそべのこまつ 1683
いそべのなみの 972
いたづらにふく 1706
いつかはるべき 1728
○いつしかと 1629
○いつもみし 912
いづるうぐひす 902
いづるふなびと 982
いづれのくもの 1644
いづれのそらを 1640
いなむしろ 1695
いねがてに 1656
いはうちやまぬ 1665
いはきのやまを 984
いはねより 934
いはひそむらん 999
いはふみむろの 1716
いひかねて 979
いひてもかなし 1655
いへゐして 986
いまさかりなり 914
○いまはとて 935
○いまよりは 1654
○いもとわれと 983
いりあひは 975
いるさのやまは 983
いるののをばな 1700
いるひをうくる 1678
いろぞうつろふ 942
いろならで 1673
いろにいづらん 952
いろはかはらで 1709
いろまさりけり 1683
いろもかはらで 1722

う

うきねをうつす 1663
○うきはうく 978
うきみほど 1670
うぐひすさそひ 1681
○うぐひすは 1631
○うごきなき 1668
うたがはれつつ 946
うちちるくれの 1697
うちなびきつつ 1711
○うちなびく 1646
うちぬるゆめも 1662
うぢのさとびと 988
うちふすほども 1694
うちむれて 1630
○うちわたす 905
うづきまちいでて 1691
うつたへに 972
うつつなれども 1692
うつつにも 1662
うづむこがらし 1658
うつりにけりな 1637 1689
うとまれず 1659
○うのはなの 923
うはげにわぶる 964
うまれんのちの 1670
うめのにほひに 1632
うめのはつはな 1680
○うめのはな 906
うめのはな 1682
うらかぜぞふく 1679
○うらがれし 958
うらみすてつる 1670
うらみてかへる 1714
うらみてぞゆく 918
うらみねど 1724
うらむらん 926
うらやむばかり 1723

え

えだごとに 999
えだもとををに 1691

お・を

おきそふしもの　950
おきそめて　1698
おきてかひなき　991
おきのつきかげ　1663
○をぎのはも　933
をぎはらや　939
おきまよふしもの　952
おきまよふそでに　1725
おくしもの　959 1715
おくしもを　964
をぐらのみねに　913
をぐらのやまに　986
おくるとしのみ　970
おけるつゆ　923
をさまりて　1000
をしのひとりね　964
をしまぬくさや　1676
をじまのちどり　965
をだのはつしも　953
をちかたびとは　905
○をとこやま　999
おとぞひさしき　975
○おとづれし　961
おとづれもせで　929
おとはやま　955
をとめごが　915
○おのづから　917
をののしのはら　1661
をのへのさくら　914
おのれのみ　973
おほぞらに　1703
○おほぞらは　1632
おほはらのさと　987
おほみやびとの　1685
○おほよどの　1714
おもかげぞたつ　921
○おもかげに　1635
○おもかげの　1676
おもがはりせで　1666
おもなれて　977
○おもひあへず　953
おもひおきつの　1675
おもひぐさ　1727
○おもひたつ　910
おもひたつたの　1649
おもふおもひの　1666
おもふこそなほ　1671
○おもふこと　947
○おもふひと　944
おもへども　1660

か

かかるかぜしも　940
かかるより　911
かきとどめつる　995
かきねもたわに　923
かくるおもひの　1728
かくるしらゆふ　1691
かげぞあらそふ　906
かけていくよを　971
かけてまたるる　924
かげもなし　967
○かげやどす　1696
かささぎの　1710
かざしとや　1685
かさなるやまを　1686
かさなるよはを　1674
かさねてぞきる　941
○かすがのや　1727
かすみつつ　1632 1687
かすみをゆきに　1718
かすみをわけし　993
かすむこずゑは　1677
かすむひに　1684
○かすむより　1681
かすめるつきに　907
かぜそよぎ　1645
かぜにぞつたふ　1700
かぜのうへなる　1713
かぜのならひは　1711
かぜのふくらん　1644
かぜふけば　925
○かたいとを　932
かたみとなしに　955
かたみとまらぬ　921
かなしけれ　1671
かねのおとかな　936
○かばかりと　1670
かはらぬいろも　1683
かはらぬかねの　975
かはるきくさの　1673
かはるまで　1689
かひこそなけれ　956
かへすやまだを　918
○かへりみる　1677
かへるかりがね　910
かへるつばさに　1634
かへるほどなき　987

かみかぜや 1639
○かみさびて 1716
○かみなづき
　うちぬる 1662
　しぐれて 1710
かみなづき 956
○かみまつる 1691
かみもちとせを 999
かものかはかぜ 1698
かよふあきかぜ 1646
○からころも 941
からねどみえぬ 930
かりいほのとこの 941
かりがねの 994 1634
かりにもぞとふ 989
かりねながらに 931
かわくひぞなき 1724

き

きえずはあらねど 969
きさらぎやよひ 1688
きしによるなみ 1647
きなれのやまの 1674
きのふはかすむ 901
きみがみむろの 1668
○きみがよに 993
○きみがよは 1667
きみぞたもたむ 1000
きみのみかげを 996 1719
きみのみよにぞ 992
きみのめぐみを 1727
きよきつきよも 946
きりのをちかた 1706

く

くさのゆかりに 924
○くさまくら 981
くちにしそでの 1724
くちぬべきかな 986
くもにこころの 911
くものうへとは 997
くものただぢは 1692
くものはたてに 1650
くももまがはず 1702
くもよりしたの 1677
くもりつつ 1653
○くもりなき 1728
くもりもはてぬ 1632
くもるなみだの 946
くもゐのさくら 1685
くるるあきかな 1708
くるるそらかな 962
くるるまに 1669
くれなばなげの 917
くれぬらん 1666

け

けさのいろかな 1657
けさみよしのの 901
けしきもしるし 997
けふあらたまる 1629
○けふこそは 936
○けふそへに 1660
けふたちかふる 1641
けふたにのとを 902
れふのいのちの 1669
けふのそでのか 925
けふもくれぬと 1650
けふよりはるに 1679

こ

こえわびて 984
こけのゆくへよ 1671
ここちこそすれ 1653
○こころあてに 1682
こころから 948
こころのそこを 1726
こずゑくだくる 1665
こずゑのはなは 1687
こたふとも 1699
こたへぬそらの 1721
こたへねど 905
ことしもけふに 1718
ことづてよ 914
こととはずとも 980
こととひかねて 1705
○こととへよ 1675
○ことわりや 1694
こぬよのかげに 977
このごろふかき 1717
このはしぐれと 1662
このよをのみも 1669
こひつつまちし 1635
こひわたるらん 971
こほりゐにけり 963
こぼるるそでも 942
○こまとめて 967
○こまなづむ 984
ころもうつこゑ 1705
ころもしでうつ 952

ころもでさむく　966
ころもまだへぬ　1641
こゑうらむらん　965
こゑたてて　933
こゑものどかに　1684
こゑやむかしの　908

さ

○さえとほる　1713
さくはなの　1691
○さくらいろの　1689
さくらにもるる　912
○さくらばな
　うつりに　1637
　ちりしく　918
さくらばな　1635
さけばたちそふ　1635
ささのはの　981
さしそふまつの　999
さすがにをしき　935
さぞならひの　1655
さてしもはなの　921
さとなれはつる　926
○さとはあれて　1651
さののわたりの　967
○さびしさも　949
○さみだれの　1693
さみだれのころ　930
さみだれのそら　1643
さゆりばの　1646
さゆるよのそで　1710
さよちどり　995
さよのたまくら　979
さらにさはべの　993
さをしかの　953
さをしかのこゑ　1655　1700

し

しかのねは　943
しかのふしどと　990
○しきたへの　1648
しぐれてきたる　1710
しぐれをいまは　951
しげみがしたの　1646
しげるなつくさ　922
したふゆめかな　1674
したもえわぶる　1727
したもみぢ　1697
しづかにて　1720
しづのめが　987
しづみぬるかな　1723
しののめのみち　959
○しのばじよ　920
しのびしのびに　933
しのぶとて　1661
○しのぶるは　974
しばしぞすずむ　1647
しばしとみれば　962
しばしもおかぬ　1661
しばしやすらへ　927
○しばのとの　989
○しもうづむ　1661
しもがれぬらん　1676
しもぞちりくる　1713
○しもまよふ　1634
しらくもに　910
○しらくもの　913
しらくもの　1640
しらじかし　991
○しらつゆに　937
しらぬやどかな　1673
しられける　1648
しられぬほどに　1646
○しろたへに　968
○しろたへの
　ころも　952
　そで　1680
しをりせよ　989
しをれつつ　937

す

○すがのねや　922
すがはらや　927
すぎてあとなき　1715
すぎのしたかげ　1645
すぎのはしぐれ　1709
すぐるつきひは　1689
すぐるつきひも　1673
すずしくひびく　936
すずむかはかぜ　1695
すみよしのはま　1647
すむつきの　1667
すゑこすかぜの　939
すゑのをたのむ　992
すゑばのしもの　958
すゑをむすばむ　1668

せ

せみのはごろも　933

そ
そこともしらぬ 917
そそやをぎのは 1699
そでうちはらふ 967
そでかとぞおもふ 1680
そでかもみぢか 1706
そでのうへかな 972
そでのうへに 906
そでのうへを 1652
そでふるやまの 915
そでもくさばも 937
そでもひとへに 1689
そなたのかぜに 944
○そなれまつ 1665
そのかみを 1723
○そめはつる 951
そよぐたのもの 1656
そらにしるしも 911
そらにしをれし 1634
そらになしても 909
そらにまつかな 1727
そらのいとゆふ 916
そらのいろかな 945
それかとぞおもふ 915 1697
それとだにみむ 1640
それならぬ 908
それよりにはの 1672
そをだにのちと 1708

た
たえずこきおろす 1660
たがことのはか 1649
○たかさごの 914
○たがそでを 929
○たがための 1642
たかののやまに 1667
たきがはのみづ 934
たくしばの 962
たぐひをとへば 1717
たけあめるかき 990
ただけふあすの 1659
たちかさね 904
○たちかへり 1671
たちかへり 1629 1696
たちどもしらぬ 994
たつかすみかな 909
たつたやま 913
たづぬとも 1686
たづぬれど 903
たてぬきに 916
たなびくくもを 968
たのむかな 996
たのむばかりぞ 1719
たのむるくれの 975
たのめとて 928
○たびごろも 1674
たまえのあしの 930
○たまくしげ 1701
たまにぬくまで 923
○たまぼこの 1664
○たむけして 956
たよりもすぐる 1705
たれうゑおきて 1633
○たれもきく 1655
○たれゆゑぞ 979
○たれをまた 965
○たをやめの 1706

ち
ちぎりおかむ 1654
ちぢにくだくる 947
ちひろのうみに 1707
ちよのゆくすゑ 998
○ちよまでの 1685
ちらずもあらなん 923
ちりかふさとの 1682
ちりしくはるの 918
ちりはてて 961
ちりはてぬらん 928
ちりまがへども 956
ちりゆくをのの 942
ちるこのはかな 955

つ
つきかげならす 937
つきかげに 950
つきかげのこる 909
つきさへすつる 1653
つきぞさびしき 938
つぎてふらなん 969
つきにおどろく 945
つきにわれとふ 985
つきのかつらも 1702
つきのさかりは 947
つきはつれなき 1693
つきはみつ 917
○つきひのみ 1709
つきもありあけに 1687
つきもうらめし 977

つきもまちいでぬ　1643
つきをあはれと　979
つきをぞしたふ　983
つきをだにみむ　960
つきをみやこの　982
つげそめし　1649
つまどふやまの　953
つもるはるかな　1637
つもるらん　1657
○つゆおつる　1704
つゆこぼるなり　976
○つゆさえて　1657
つゆさむみ　941
○つゆじもの　986
つゆわけごろも　931
つゆをからなん　943
つらきはつらし　978
つらさとおもへど　1659
つらみだれにし　994
つららゐて　1663
つれなきこひの　974

て

○てなれつつ　992
てらしみよ　1726
てらすあさひの　998

と

ときしもあれ　918
ときぞともなき　1651
ときはかきはに　996
○としごとの　1659
としのあくるを　902
としのいくとせ　1666
○としのうちの　1688
○としふとも　1639
としふりて　1716
○としふれば　1653
とだえして　1638
○ととせあまり　1725
とはれしひとも　1672
とひがほに　976
ともすひに　932
とばかりも　978
とばかりを　1637
とはねども　944
とぶひののもり　903
とへどしらたま　934
ともちどりかな　1714
ともとして　982
とやまのかすみ　1629
とやまもいまは　961
とやまもにほふ　1681
○とやまより　1712
とりのねおそき　979

な

ながむるつきを　948
ながむれど　945
ながめする　1650
○ながめつつ　1715
ながめなしつつ　1718
○ながめやる　966
なぐさむもただ　948
なぐさめぞなき　974
なくなくいでし　1675
なくなくをしむ　951
なくやさつきの　1642
○なげかずも　1723
なげきつつ　949
なげきもあへず　1637
なけどもいまだ　1631
なごりとて　1644
なごりやすらふ　920
○なつかあきか　934
○なつくさの　931
なつごろも　921 1641
○なつのひを　1695
なつのよのつき　1696
なつのよは　1694
○なつはつる　1698
なつをばよそに　1645
などかこつらん　948
なにをよすがに　928
なのみして　983
なはのこるなる　1671
なびくしたくさ　1690
なびくやなぎに　1695
なほかたきかな　1670
なほくものぼる　1643
なほしぐるなり　957
なほつれなさは　980
なはまたるらん　1642
なほみよしのの　1636
なほゆふかくる　1716
なみかぜを　1714
なみだあらそふ　1704
なみだにぞかかる　973
なみだのいたく　1653
なみだのつまと　985

なみだはみえぬ 943
なみとそらとは 1678
○なみのうへの 982
○なみのおとに 988
なみのさびしさ 1665
ならのはあらく 1704
なりにけり 1718
なるままに 922
なるみがた 985
なれてもかなし 939
なれてもなれぬ 1688

に

○にはのおもに 969
○にはのおもは 990
にはのおもも 1651
にはのしらゆき 1687
○にはのまつ 964
にははもみぢの 954
○にほのうみや 1679
にほひぞなのる 905
にほひそめけん 1685
にほひをうつす 906

ぬ

○ぬぎかへて 921
ぬさのおひかぜ 1707

ね

ねてもあやふき 988
ねぬよのつきや 1657
ねられぬつきに 949
ねをやなくべき 993

の

のきのたちばな 925
のきもるつきの 906
○のこるまつ 1673
のこれるやなぎ 1633
のどかなる 1719
のどかなるべき 997
のはらのいほの 1654
のべのいろいろ 951
のべのうむめがえ 905

は

はぎのにしきを 941
はこやのやまの 996
はしたかの 992
はずゑかたより 1690
○はつかりの 1705
はつかりのこゑ 944 1656
はつせやま 912
はつねはゆめか 1692
はないろごろも 904
はなかとぞみる 1630
はなたちばなに 929 1644
はなたちばなの 928
はなとはしるし 1684
はなとみる 969
はななれど 1636
はなにほふらし 913
○はなのいろを 915
はなのおもかげ 1688
○はなのかの 907
はなのころとは 911
はなのなごりを 1641
はなのにしきの 916
はなのにしきは 1686
はなれておつる 934
はなをしるべに 919
はなをたのみて 917
はねうちかはし 910
はねにしもおき 1710
はまちどり 1675
はまにかもねむ 984
はらふあらしに 964
○はるがすみ 1686
○はるかなる 1692
はるきたりとは 904
○はるきぬと 901
○はるくれて 1690
はるさめぞふる 1634
はるさめのそら 908
○はるしらぬ 1717
はるといへば 1683
はるのあけぼの 915 1629 1681
はるのあはゆき 1682
○はるのいろを 903
○はるのおる 916
はるのひとしほ 912
はるのみや 998
はるのゆふぐれ 1639
○はるのよの 1638
はるのよのつき 1632
はるのわかくさ 1677
はるはかさねて 913
はるはわすれず 1633

○はるもをし　919
○はるやいかに　1687
はるをばよそに　970
はるをへだてて　1725
○はるをへて　1636
はるをやはしる　1631

ひ

ひかげもながく　922
ひかりぞそはむ　998
ひかりそふまで　1667
ひきかへて　938
○ひさかたの
　あまてるかみの　971
　あまてるつきひ　1719
ひとつにて　1678
ひととせの　958
ひととせのそら　1715
ひとはいはたの　973
ひとはくもらぬ　960
ひとめおぼえて　978
ひともこぬみの　984
○ひとりきく　1658
ひとりもいづる　1693
ひとをこひばや　978
ひとをもよをも　1724
ひびきより　952
○ひもくれぬ　1718
ひよしのみやの　1728

ふ

ふきかさね　1707
ふきはじめけん　940
ふきはらへ　960
ふきまぜて　968
ふくあらし　1709
ふくかぜに　1681 1704 1712
ふしみのさとの　927
ふしわびて　963
ふたばのわかな　903
ふたみのうらの　1701
ふぢのしたかげ　919
○ふゆがれて　1711
ふゆにもなりぬ　1709
ふゆのかぜとは　1660
ふゆのゆふぐれ　1712
ふゆのよなよな　958
○ふゆのよの　963
○ふゆはまだ　959
ふりにけん　1633
ふるさとに　1677
ふるさとの　954 1631
ふるゆきに　966
ふるゆきを　1664

へ

○へだてつる　1641

ほ

ほかまでなみは　1720
ほさでもそでの　986
ほしもあへず　931
○ほととぎす
　しばし　927
　なにを　928
ほととぎす　1692
ほととぎすかな　924 926 1693
ほどもなく　1688
ほのぼのと　1700

ま

まきのしたばを　957
まきのとに　935
まくらにのみぞ　1648
まくらもしらじ　947
まけてあふにも　974
まさきのかづら　961
ますかがみ　946
まだきつゆけき　933
まだしののめの　1648
まだゆみはりの　938
まちけらし　902
まづあけがたの　1656
○まつかげや　1647
○まつがねを　972
まつしまや　965
まづそでぬるる　944
まつとせしまの　980
まつとみやこに　914
まづなげくかな　1669
まつによふくる　1714
まつのいろかは　912
まつのしらゆき　1716
○まつひとの　977
まつむしの　951
まつらんそらに　1667

み

みえぬころかな　907
みかきがはらの　1680

みがきていづる　1664
みかきのたけも　1722
みかさやま　1717
○みせばやな　980
みそぎすずしき　1698
みだれてあそぶ　916
みちしろたへに　1664
○みちのべに　1633
みちはたえつつ　1662
みちゆきつかれ　1695
みづのしらなみ　1696
みとせはふりぬ　1725
みなづきのそら　935
みにそふやどに　1676
みにつもるらむ　970
みねにわかるる　1638
みねのくも　1674
みねのしらくも　1635
みねのしらゆき　1630
みねのまつかぜ　968
みねのゆきかは　901
みもすそがはに　1726
みもすそがはの　1639
○みやこおもふ　985
みやこぞしるき　904
みやこにしかじ　1686
みやこののべに　1630
みやこをいそぐ　987
みやまさびしと　926
みやまもそよに　981
みやまより　1693
みわのやまもと　1645
みをかへつ　974
○みをしれば　1724
みをもかへじを　932

む

むかしにかへる　1720
むかしにて　1672
むかしにならふ　925
むかしはとほき　1703
むかへつつ　970
むすばぬゆめに　963
むすぶばかりに　922
むすべどあかぬ　1696
むなしきはしに　1658
むなしくはてぬ　1721
むめ→うめ
むらくもなびき　1712
むらさめのそら　927
むらすすき　1711

も

もとあらのこはぎ　1651
もとのつきかげ　1703
○ものおもはば　940
○ものごとに　1708
もみぢはぬさと　956
○ももちどり
　こゑものどかに　1684
　こゑやむかしの　908
○もよほすも　948
○もろかづら　924
○もろびとの　904

や

やこゑのとりは　991
やどからむ　919
○やどになく　991
やどはいくよと　929
やどるつきかげ　1726
やどるつきかな　1652
やまおろしに　936
やまかぜに　1690
○やまがつの　962
やましたかぜも　976
やまとことのは　1720
やまのいくへも　910
やまのしたつゆ　1649
やまのはいづる　977
○やまのはに　1643
やまのはのつき　966
やまのはも　1702
やまのはもなし　1678
やまのはを　909
○やまひめの　1707
やまほととぎす　1642
やまみづに　1668
○やまめぐり
　それ　1697
　なほ　957
やまもかすみて　1679

ゆ

ゆかりのいろの　919
ゆきとふりにし　1636
ゆきのしたくさ　1631
ゆきのむもれぎ　1717
ゆきのゆふぐれ　967
ゆきにあまぎる　968

ゆきはるまで 969
ゆきもきえあへず 903
ゆきよりふかき 959
ゆきをれに 1665
ゆくすゑのあき 1654
ゆくすゑもがな 1721
ゆくはるの 920
○ゆくはるよ 1640
ゆづりけむ 929
ゆふかづら 971
○ゆふぐれは 1644
ゆふだすき 1728
○ゆふだちの 1645
ゆふだちのくも 1697
○ゆふづくよ 1700
ゆふづくよ 1713
ゆふつけどりの 1694
ゆふつゆはらふ 981
ゆふべとて 1642
ゆふべのけしき 938
○ゆふべより 945
ゆふやみしらぬ 966
ゆめのうきはし 988 1638
ゆめもさだかに 907

よ

よこぐものそら 1638
○よしさらば 960
○よしのやま 911
よぶかきかぜに 965
よものこがらし 960
よものこのはか 1660
よものしらくも 1684
よものたみのと 1000
よよふりにけり 990
よよまでなれぬ 1722
よるさへや 988
よるのしも 1725
よるばかり 1647
よるべのみぎは 1663
よるよるみねに 932
○よろづよと 996
よわたるつきに 1715
よをかさね 1643
よをへては 930

わ

○わがきみに 995
○わがきみの 998
わがこしみちを 1658
○わがしめし 930
○わがたのむ 1726
わがつきかげと 1654
○わがともと 1722
○わかなつむ 1630
わかなつむ 1680
わがみしぐれと 954
わがみひとつの 1703
わがみふりゆく 908
わがみやすめて 1699
わがやどを 980
わかるるかたも 1640
わかるるそでを 976
わかれにて 1708
わくともわかじ 1682
○わくらばに
　たのむる 975
　とはれし 1672
わくるをがやの 943
わすれがたみの 1708
わすれぬひとの 989
わすれねこころ 1699
わすれむものか 1639
○わたのはら 1678
わたるをがはは 963
わびてたまちる 1652
われとひがほに 1652
われふりすてて 920
われまつと 1676

■著者紹介

小田　剛（おだ　たけし）

一九四八・昭和二三年京都市に生まれる。
神戸大学大学院文学研究科修士課程（国文学専攻）修了
専　攻：中世和歌文学
著　書：『式子内親王全歌注釈』（和泉書院）、『守覚法親王全歌注釈』（同）、『小侍従全歌注釈』（同）、『二条院讃岐全歌注釈』（同）。
現住所：〒六六六―〇一一二　川西市大和西二―一四―五
TEL　〇七二―七九四―六一七〇

研究叢書393

定家正治百首、御室五十首、院五十首注釈

二〇〇九年七月二〇日初版第一刷発行
（検印省略）

著　者　小田　剛
発行者　廣橋研三
印刷所　亜細亜印刷
製本所　渋谷文泉閣
発行所　有限会社和泉書院

大阪市天王寺区上汐五-三-八
〒五四三―〇〇〇二
電話　〇六-六七七一-一四六七
振替　〇〇九七〇-八-一五〇四三

ISBN978-4-7576-0519-0　C3395

研究叢書

紫式部集の新解釈	徳原茂実著	381	八四〇〇円
鴨長明とその周辺	今村みゑ子著	382	一八九〇〇円
中世前期の歌書と歌人	田仲洋己著	383	二三一〇〇円
意味の原野　日常世界構成の語彙論	野林正路著	384	八四〇〇円
「小町集」の研究	角田宏子著	385	二六二五〇円
源氏物語の構想と漢詩文	新間一美著	386	一〇五〇〇円
平安文学研究・衣笠編	立命館大学中古文学研究会編	387	七八七五円
伊勢物語　創造と変容	山本登朗　ジョシュア・モストウ編	388	一三一二五円
金鰲新話　訳注と研究	早川智美著	389	一三六五〇円
方言数量副詞語彙の個人性と社会性	岩城裕之著	390	八九二五円

（価格は５％税込）